HEYNE ‹

AF204468

Das Buch

Eine Stunde später wurden sie eingeholt, als sie gerade über die großen Steine der Uferböschung kletterten, immer nach Westen. Das Wasser schäumte desinteressiert am Grund der Schlucht, und die grauen Felsen am anderen Ufer wanderten ganz allmählich abwärts, um sich mit dem schmalen Pfad zu vereinen. Culleo hatte soeben angemerkt, dass dieser Weg wirklich schlecht sei, weil zu steil, und sie lieber zu dem Dorf namens »aus Wolfshaut gemacht« hätten zurückgehen und sich von dort aus in die Wälder schlagen sollen. Er sagte das nicht zum ersten Mal, und jedes Mal mit einem weinerlichen Unterton, weshalb ihm niemand groß Beachtung schenkte. Der Pfeil, der ihn traf, presste das Wort »Wälder« in einem hohen, spitzen Schrei aus ihm heraus und katapultierte ihn mit dem Gesicht voran auf die Steine, die er so verabscheute. Drust war froh, einen Schild mitgenommen zu haben, und ließ ihn von der Schulter gleiten. »Formieren, formieren!«, schrie er, und sie wandten sich um, die Schilde erhoben.

Der Autor

Robert Low, Journalist und Autor, war mit 19 Jahren als Kriegsberichterstatter in Vietnam. Seitdem führte ihn sein Beruf in zahlreiche Krisengebiete der Welt. Um seine Abenteuerlust zu befriedigen, nahm er regelmäßig an Nachstellungen von Wikingerschlachten teil. Robert Low lebte in Largs, Schottland – dem Ort, wo die Wikinger schließlich besiegt wurden. 2021 ist der Autor verstorben.

Lieferbare Titel

978-3-453-53409-4 – Runenschwert
978-3-453-41000-8 – Drachenboot
978-3-453-43714-2 – Rache
978-3-453-41074-9 – Blutaxt
978-3-453-41168-5 – Der Löwe erwacht
978-3-453-41181-4 – Krone und Blut
978-3-453-41244-6 – Die letzte Schlacht
978-3-453-44096-8 – Jenseits des Walls
978-3-453-44097-5 – Tief in der Wüste

ROBERT LOW

IM SCHATTEN DER ALPEN

DIE TOD GEWEIHTEN

Aus dem Englischen
von Julian Haefs

WILHELM HEYNE VERLAG
MÜNCHEN

Die Originalausgabe *Beasts from the Dark (Brothers of the Sand 3)*
erschien erstmals 2020 bei Canelo, London

Sollte diese Publikation Links auf Webseiten Dritter enthalten,
so übernehmen wir für deren Inhalte keine Haftung,
da wir uns diese nicht zu eigen machen, sondern lediglich
auf deren Stand zum Zeitpunkt der Erstveröffentlichung verweisen.

Penguin Random House Verlagsgruppe FSC® N001967

Deutsche Erstausgabe 08/2023
Copyright © 2020 by Robert Low
Copyright © 2023 der deutschsprachigen Ausgabe
by Wilhelm Heyne Verlag, München,
in der Penguin Random House Verlagsgruppe GmbH,
Neumarkter Str. 28, 81673 München
Redaktion: Barbara Häusler
Umschlaggestaltung: Nele Schütz Design, unter Verwendung von
Motiven von © Canelo Digital Publishing Limited
Satz: Satzwerk Huber, Germering
Druck und Bindung: Nørhaven, Viborg
Printed in Denmark
ISBN: 978-3-453-42684-9

www.heyne.de

1

Provinz Raetia, Spätsommer, drittes Regierungsjahr
des Marcus Aurelius Severus Alexander Augustus

Man kann solch einen Ort überall finden, und falls einem
das gelingt, kann man hinterher so oft kommen und
gehen, wie man möchte. Er gehört einem ganz allein, wie
viele andere Leute ihn auch betreten mögen. Hier kann
man die Anwesenheit der Götter spüren, im unsichtbaren Wind, der wie Finger die Bäume durchkämmt,
oder in den Strahlen der Sonne, die auf stillem Wasser
tanzt.

Drust und die Brüder hatten den Göttern an Schreinen
von einem Ende des Imperiums zum anderen ihre Ehrerbietung dargebracht, sie hatten Steine aufeinandergesta-
pelt, Wein vergossen, Essen geopfert und um Vergebung
gebetet – alles, um den jeweils nächsten Kampf in der
Harena zu überleben. Sie wussten, dass man dafür weder
Steinsäulen noch Altäre noch Priester brauchte – aber das

hier war Raetia, deren Wälder mit solchen heiligen Orten übersät waren, die im Dunkeln lauerten. Ein Land voller Bäume mit Stämmen schwarz von altem Blut und voller alter Götter, deren Atem im Seufzen des Windes und im zähen Nebel waberte.

Ugo ehrte sie mit gesenktem Kopf und murmelte einen unterwürfigen Singsang, denn einige seiner Götter waren hier vertreten. Die anderen boten nicht mehr dar als ein widerwilliges Nicken oder zwei und eine Prise Salz aus dem Schweiß, den sie sich von den Gesichtern wischten – trotzdem bewegten sie sich vorsichtig und waren diesen zottigen Gottheiten gegenüber so argwöhnisch wie die Gottheiten ihnen gegenüber.

Es war ein Tempel mit Säulen, die allerdings aus knorrigen Baumstämmen bestanden, welche sich alle in eine Richtung neigten, weg vom Nordwind – sogar der alte König Eiche, der sich selten jemandem beugt. Auch Wasser gab es hier, das aus einem langen Einschnitt im Gelände hervorquoll; im Winter würde es zu einem Vorhang aus Juwelen erstarren, dachte Drust. Sah so aus, als wären sie am richtigen Ort, von dem Häuptling Erco ihnen erzählt hatte, aber er konnte nicht fassen, dass es so einfach gewesen sein sollte ...

Hier schritt selbst Jupiter achtsam umher und bat höflich um die Erlaubnis der alten Götter dieses Landes, das mit Rom nicht viel zu schaffen hatte. Und hier standen alle Brüder, drehten sich in langsamer Ehrfurcht um die eigene Achse, fühlten sich eingeschlossen von den mächtigen Zylindern der zehn Bäume, die diesen Waldmenschen heilig waren – die Erle, der Apfel, die Esche, die

Buche, die Schlehe, die Ulme, die Hasel, die Stechpalme, die Eibe, die Weide.

Und über ihnen allen ragte der elfte Baum empor, dessen Wurzeln Liebe, Familie, Leben, einfach alles aussaugten ...

Die Bluteiche.

Als die Bestien des Waldes mit Geheul über sie herfielen, war niemand überrascht, und alle nahmen mechanisch die vertraute Gladiatorenformation ein, so abgenutzt wie ein viel geschliffenes Schwert. Drust wollte weglaufen, wollte weinen, unsicher, ob er Letzteres nicht ohnehin tat – er warf einen schnellen Blick zur Seite, wo Praeclarum stand und ihr zahnloses Grinsen zeigte, die Klingen wie brutale Klauen erhoben. Dann erstickte das Feuer in ihm alle Tränen und Ängste, und er kauerte sich neben die Schulter seiner Frau. Seiner Liebsten.

Dann schnellte er der Bestie entgegen, die auf ihn losging, die schiefen Zähne in einer Ebermaske gefletscht, mit nacktem Oberkörper und einer ausgebleichten, karierten Hose voller Flecken. Das Wesen trug einen Speer und einen Schild groß wie ein hölzerner Sargdeckel.

Drust hatte keinen Schild, trug aber zwei grausame Ausgaben des Gladius, des Kurzschwerts, mit dem die Armee einst das Riesenreich errichtet hatte. Und als ihn die Bestie erreicht hatte, stampfend und mit wild zuckendem Speer, schlug er diesen mit einem seiner Schwerter zur Seite, ließ das zweite am Schaft entlang nach oben gleiten und schleuderte dem Mann eine Handvoll Eisen ins Gesicht.

Die Klinge traf das Backenstück und wurde knirschend abgelenkt, verfing sich in der Tiermaske und riss sie halb herunter; der seiner Sicht zur Hälfte beraubte Halbmensch schrie auf, ließ den Speer fallen und zückte ein Messer. Einen Moment lang waren er und Drust wie Hirsche ineinander verkeilt; der Fremde fauchte und stach wild grunzend und spuckend um sich.

Dann brach eine Klinge aus seinem Hals hervor und verschwand sofort wieder. Das halbe Gesicht, das Drust sehen konnte, drehte sich verblüfft um, kippte dann zur Seite und zog rubinrote Spritzer aus der offenen Wunde hinter sich her. Praeclarum stand mit tropfendem Schwert da und schlug Drust auf die Schulter.

»Raus«, rief sie. »Wir müssen hier raus ...«

Drust hatte nichts einzuwenden – er brüllte den Befehl so laut, dass es in seinem Kopf donnerte –, sah aber, wie ihm Asellio, der breitbeinig über einem sich windenden Feind stand, einen finsteren Blick zuwarf. Drust vermutete, es ginge ihm wohl um die Rangordnung und hielt Asellio für einen Arsch, sich in so einer Situation darüber Gedanken zu machen – doch dann erkannte er, dass er sich irrte und Asellio wütend den Rücken von zwei fliehenden Männern hinterherstarrte.

»Ich hab sie, ich hab sie ...«, ertönte eine Stimme von der anderen Seite.

Und das hatte er. Der Kerl hieß Crispus und hielt sie in einer blutverschmierten Hand. Mit breitem Grinsen stolperte er auf Drust zu, auch sein Lockenkopf, der ihm den Namen gab, war steif vor verkrustetem Blut. Er reckte den Arm, sodass der Schwanz der Draco-Standarte flatterte – da zuckte er nach vorn, blieb stehen und starrte die blutige Spitze an, die aus seiner Brust gebrochen war.

In einem mörderischen Kniff verschwand sie wieder; als Crispus vornüber auf sein Gesicht fiel, schüttelte der Besitzer des Speers das Blut daran so beiläufig ab wie ein höhnisches Ausspucken. Womöglich feixte oder lachte er sogar, was unter der ausdruckslosen kindlichen Visage des römischen Paradehelms, den er trug, jedoch kaum zu erkennen war.

Sie sahen ihn in die Hocke gehen, um die Standarte aufzuheben, und Drust hörte Kag schreien, jemand solle sie sich schnappen. Der Krieger musste seinen Speer loslassen, um die Standarte packen zu können, dann schwenkte er sie über dem noch zuckenden Leib von Crispus. Vielleicht stieß er dabei ein Triumphgeheul aus, aber das Geschrei und Kreischen der blutigen Gefechte ringsum übertönten es.

Drust sah Praeclarum losspringen und folgte ihr, verfluchte sie und war gleichzeitig von flammender Bewunderung erfüllt. Er hatte panische Angst, sie könnte von irgendeinem Schwert oder einem herumfliegenden Speer erwischt werden – derer gab es genug.

Stattdessen sah er die Knabenmaske des Helms, leprös von abblätternder Vergoldung und verspritztem Gewebe, wie sie plötzlich von der Wucht des massiven Hiebs einer Spitzhacke eingedrückt wurde. Die Seite der Kupfermaske schien rund um die bösartige Spitze vollständig zu zerknautschen. Ugo setzte mit einem brutalen Tritt nach, der den Maskierten zur Seite schleuderte und es ihm ermöglichte, die Waffe aus dessen Helm zu reißen.

Ugo hielt in jeder Hand eine Dolabra mit je zwei hässlichen Axtköpfen, einer horizontal und einer vertikal, mit scharfen Schneiden und spitzem Ende, das Lieblingswerkzeug der Armee. Seine heiß geliebte Langaxt hatte er schon vor langer Zeit verloren, aber jetzt hatte dieser Künstler ein neues Instrument für sich entdeckt ...

Wie ein Wirbelwind tauchte aus dem Nichts Quintus auf, hob die Draco-Standarte vom Boden auf und hielt sie grinsend in die Luft.

»Weg hier«, brüllte Kag. Der Hund, dessen entsetzliches Gesicht mit frischem Blut besprenkelt war, duckte sich, schnellte herum und rannte zu ihnen.

Die Wilden flohen wie Eichhörnchen.

»Ist er wirklich tot? Haben wir den Drachen?«

Ugo war überzeugt davon, hatte aber nicht genug Luft, um Kag zu antworten. So standen sie alle da, vornübergebeugt und keuchend, bis Asellio schließlich den Kopf schüttelte.

»Die Stange ja, aber nicht den Mann.«

»Ich hab ihm die Gesichtsmaske eingeschlagen«, gab Ugo zurück. »Er hatte so einen schicken Paradehelm der Kavallerie an, genau wie man uns gesagt hat. Ich hab ihm seine Scheißvisage zertrümmert.«

»Nicht der«, sagte Kisa. »Ein anderer.«

»Ein anderer«, wiederholte Quintus gehässig. »Glaubst du echt? Die Drachenmänner sind ja angeblich Römer, die sehr tief gefallen sind, aber trotzdem – die da hinten sahen eher aus wie Schwesternficker von irgendeinem wilden Stamm, nicht wie Römer oder überhaupt Leute, die jemals zivilisiert waren.«

Mit einem frustrierten Axtschwung riss Ugo ein Stück Waldboden aus, und Kag klopfte ihm beruhigend auf die mächtige Schulter.

»Immerhin haben wir die Draco zurückbekommen.«

»Aber nicht die richtige«, sagte Kisa und hob den schlaffen Schwanz der Standarte hoch. »Die hier ist alt und verrottet – guck, die Vergoldungen am Kopf sind fast komplett abgeblättert und die Metallauflagen ...«

»Haben uns zwei Leute gekostet«, murmelte einer, den sie Culleo nannten, und ließ sich mit einer Grimasse auf den Boden plumpsen.

»Vier«, murmelte Asellio, und alle wussten, dass seine Verbitterung den beiden geflüchteten Männern galt, von denen einer sein Stellvertreter gewesen war. Drust sagte nichts, während die Männer den Waldrand und die Strohhütten durchsuchten – auf der Suche nach zurückgelassenen Feinden, wie sie sagten, aber Plündern traf es wohl eher.

Quintus bedachte Kisa mit einem scharfen Blick, hob die Standarte auf und reckte sie in Richtung des verlassenen Dorfs. »Wir hätten es wissen sollen. Erco hat gelogen, und Fortuna hat uns wieder mal alle gefickt.«

Kein Dorfbewohner war geblieben, um diese Erkenntnis zu diskutieren; die Menschen aus Lupinus hatten schon vor langer Zeit ihre Sachen zusammengerafft und sich nach Süden hinter den Schutz des Limes zurückgezogen. Lupinus – aus Wolfshaut gemacht – war der Name, den die Garnison und alle anderen nördlich des Limes diesem Ort gegeben hatten, aber die paar Dutzend Stammesmitglieder, die hier gehaust hatten, hatten ihr Dorf anders genannt, davon war Drust überzeugt. Wie, hatte ihn bei keinem seiner Besuche hier in den letzten Wochen interessiert; interessant an diesem Ort waren nur der Häuptling Erco und die Jäger und Fährtenleser, die die Armee mit Wolfs- und Bärenfellen belieferten.

Für Drust war Erco deshalb so wichtig, weil der Mann einen anderen kannte, welcher wiederum einen im Norden kannte, der wusste, wo Drust einen weißen Bären herbekommen konnte, den er rechtzeitig zum Ludus Magnus nach Rom zurückbringen musste, um das unersättliche Amphitheater zu füttern.

Und dieser weiße Bär war es, der sie überhaupt in diese ganze Misere gebracht hatte, dachte er grimmig.

Die Leute kamen aus den Hütten zurück. Culleo schüttelte den Kopf. »Sie haben sich allesamt verpisst. Wahrscheinlich zurück zur Brücke.«

Er spuckte aus. »Das sind Moossammler«, schob er geringschätzig hinterher, und Drust fiel ein, dass Culleo selbst aus Raetia stammte, also quasi ein Einheimischer war, wenn auch aus dem römischen Teil des Landes. Er war Helvetier und hasste Tiguriner, was der römische Name für eine Gruppe von Stämmen war, darunter auch die Moossammler. Sie siedelten nördlich des Limes, blieben aber des Profits wegen dicht an der Reichsgrenze und trauten ihren eigenen Leuten nicht, das für einleuchtend zu halten – aber wer auch immer von ihnen in diesem Dorf namens Lupinus gelebt hatte, hatte alle Habseligkeiten zusammengerafft und sich aus dem Staub gemacht.

»Sie sind zur Brücke«, stellte Asellio klar, hob seinen Weinstock auf und marschierte entschlossen los. »Zur Brücke, verfolgt von diesen zwei davongelaufenen Arschschwämmen ...«

Die Erkenntnis traf sie alle im selben Moment und ließ jede Müdigkeit verfliegen. Sie fluchten und krabbelten den zerfurchten Trampelpfad hinauf, stolperten über alles Mögliche, was die Dorfbewohner in der Eile weggeworfen oder zurückgelassen hatten – Scherben von Tongefäßen, ein umgestoßener Getreidesack, ein kompletter Wagen mit gebrochenem Rad. Sie hatten nicht einmal lange genug angehalten, um ihn vollständig zu entladen, obwohl sich lebenswichtige Ausrüstung darauf befand. Alle, die diesen Weg entlangrannten, schickten keuchende Stoßgebete an die Götter, doch bitte zu intervenieren, auch wenn sie genau wussten, was sie vorfinden würden.

Die Brücke war fort. Ebenso die Ingenieure auf der gegenüberliegenden Seite, nebst ihren Ochsen, Ketten, Schaufeln und Äxten. Alles weg. Nichts übrig, bis auf die Holzhaufen zu beiden Seiten; der Fluss schäumte, und die Balken, die man hineingerammt hatte, waren längst davongetrieben.

Asellio riss sich den Helm vom Kopf und warf ihn auf den Boden. Er verfluchte Stolo und Tubulus und den *Optio*, der den Ingenieurstrupp befehligt hatte.

»Er hätte es besser wissen müssen, die alte Scheißtrompete«, wütete er. Drust konnte sich die Szene jedoch durchaus vorstellen – die beiden Männer aus dem *Numerus* der Bataver kamen angerannt, schrien etwas von einem Überfall, von Tiermenschen in den blutigen Wäldern. Und hinter ihnen rückte eine Horde näher ...

»Sie haben die Horde über die Brücke gelassen«, sagte Kag finster, und Drust konnte ihm nicht widersprechen. Der *Optio* hatte die Dorfbewohner erkannt, und sobald der Letzte von ihnen keuchend über die Brücke war, hatte er seinen Ochsen die Peitsche gegeben und die von Ketten gehaltenen Stützen, die bereits eingeritzt waren, herausgerissen und zu Fall gebracht. Drust wusste es, denn Stolo und Tubulus hatten ihm erzählt, alle anderen seien tot.

»Die werden sich noch wünschen, dass wir tot wären«, knurrte Asellio mit mörderischem Blick und wischte sich mit der Hand durchs Gesicht. Sie zitterte so stark, dass es allen auffallen musste.

»Was jetzt?«, fragte Scrofus, der dünne, weinerliche Pannonier, und sie schauten Asellio an, denn er war ihr Kommandant, gebot selbst über die Brüder. Kag aber warf Drust einen schnellen Blick zu, als wolle er sagen: »Scheiß doch auf die alle, wir gehen unserer eigenen Wege.«

Asellio fand seinen Helm wieder, hob ihn auf und wischte geistesabwesend den Schmutz weg. »Westen«, sagte er. »Da ist die nächste Brücke, anderthalb Tage entfernt ungefähr.«

»Die wird auch kaputt sein«, murrte Ugo. Asellio starrte ihn böse an. Entschuldigend breitete Ugo die Arme aus und hielt den Mund.

»Wir brauchen Nahrung und Wasser«, sagte Drust. Quintus grinste und schaute in den Himmel.

»Wir haben den Fluss, wenn wir es runter zum Ufer schaffen, und außerdem regnet es bald.«

»Kannst du uns bitte mit deiner guten Laune verschonen?«, fauchte Asellio, schien sich aber ein wenig aufzurichten. »Culleo, nimm dir Tuditanus mit und kümmert euch um die Nachhut – diese inzüchtigen Baumschleicher sind hinter uns her, das spür ich genau. Ich seh mir mal den Wachturm an – vielleicht ist da noch was, das wir brauchen können.«

»Wir können hier nicht bleiben«, maulte Scrofus. »Die kommen bestimmt bald.«

»Dann renn weg«, sagte Manius und starrte ihn auffordernd an. Scrofus wich vor ihm zurück.

Kag und die restlichen Brüder scharten sich um Drust, was den anderen nicht verborgen blieb, denn die waren jetzt, abgesehen von Asellio, nur noch zu dritt – der schmächtige Pannonier namens Scrofus, was »Sau« bedeutete, dann Tuditamus, ein Einheimischer, der sich »Hammer« nannte, weil er das Gemeinschaftszelt und den Zelthammer trug, sowie Culleo, der andere Einheimische. Sein Name stand für einen Weinschlauch, und seine Gesichtsfarbe machte deutlich, woher er ihn hatte.

Sie waren der Bodensatz der Armee, das Pack, mit dem sich sonst niemand abgeben wollte. Ihre Beine und Rücken waren von Rutenschlägen gezeichnet und sie selbst so tief gesunken, dass sie nicht einmal mehr richtige Namen trugen. Als letzten Ausweg hatte man sie in die Truppe der *Exploratores* gestopft, als Kundschafter der Numeri der batavischen Kohorte. Was bedeutete, dass sie anziehen konnten, was sie wollten, und man sie ausschickte, um herumzuschleichen und zu klauen. Befehligt wurden sie von einem einzigen regulären Soldaten – einem *Decanus* namens Scaevola, Spitzname Asellio. Es verdeutlichte seinen eigenen niederen Status, dass die spöttischen gleichrangigen Kollegen ihm diesen Spitznamen verliehen hatten – »Eselhüter«.

Drust wusste, dass sich diese Männer jetzt fürchteten, weil zwei von ihnen erschlagen worden und zwei weitere geflohen waren, sodass sie den Brüdern des Sandes, diesen ehemaligen Gladiatoren und Sklaven, nun zahlenmäßig unterlegen waren. Selbst für Leute wie den verlotterten Säufer Culleo waren diese sieben Brüder und die Frau nicht besser als Scheiße unter seiner Sohle.

Doch Culleo hütete sich, das laut zu sagen – diese Scheißhaufen waren Männer mit harten Mienen und unzweifelhaftem Geschick im Umgang mit Waffen. Einer von ihnen, Hund genannt, hatte ein entsetzlich entstelltes Gesicht mit Narbenzeichnungen und Tätowierungen, die es absichtlich wie einen Totenschädel aussehen ließen, und die ergrauten Stoppeln, die er nicht rasiert hatte, vergrößerten seinen schreckenerregenden Anblick nur noch. Culleo und Sau kam es vor, als wäre der Hund erst gestern dem eigenen Grab entstiegen, nachdem er dort ein Jahr lang vor sich hingemodert hatte.

Manius war ein Mavro, ein dunkelhäutiger gemeiner Kerl aus den Wüsten tief im Süden der afrikanischen Lande jenseits des Mittelmeers; Kag war ein Thraker, sehnig und todbringend; Quintus war groß und schlaksig und grinste andauernd, selbst während er Leuten die Kehle durchschnitt. Culleo meinte: besonders, während er Leuten die Kehle durchschnitt, aber das sagte er leise und nur zu Sau. Ugo, der riesige Friese, trug seine zwei Dolabrae und wusste auch genau, wie er sie zu benutzen hatte.

Dann war da noch ein Typ namens Kisa, ein Jude, und die konnte sowieso niemand leiden, vor allem diesen nicht, der immer alles besser wusste, nie die Klappe hielt und selten Lust zum Kämpfen hatte. Außerdem war er, so dachten zumindest Culleo und Sau, ein *Frumentarius*, ein staatlicher Spitzel, weshalb sie ihn noch weniger mochten.

An der Spitze dieser Kerle, die ihnen wirklich gegen den Strich gingen und ihnen unheimlich waren, stand allerdings der Anführer der Brüder. Drust sah zwar nicht besonders bedrohlich aus, schaffte es aber trotzdem, dass selbst der verrückte Hund seinen Befehlen gehorchte. Es ging ihnen jedes Mal auf die Nerven, dass sich diese sogenannten Brüder des Sandes, wenn Asellio Befehle brüllte, erst zu Drust umdrehten, um auf dessen Bestätigung zu warten. Und schließlich war da noch dessen Frau, die sich Praeclarum nannte – »ausgezeichnet«. Eine Gladiatorin. In der Armee. Das Ende aller Tage konnte wirklich nicht mehr weit sein.

Kag sah ihre Blicke und lächelte zurück, was dafür sorgte, dass sie sich abwandten und irgendeine Beschäftigung suchten. »Wir sollten uns von diesem Haufen trennen«, sagte er leise zu Drust. »Die sind echt der Abschaum der Armee.«

»Wir sind der Abschaum der Armee«, entgegnete der Hund und kratzte sich den Bart.

»Wir sind nicht in der Armee«, stellte Kisa pedantisch richtig. »Zumindest technisch gesehen. Wir sind Teil der Numeri ...«

Drust hörte nicht zu. Er kniff die Augen zusammen und wartete darauf, dass Asellio zurückkam, denn sie hatten wirklich nur noch wenig Zeit, bevor sich diese Baumficker mit Geheul auf sie werfen würden. Nominell hatte Asellio hier das Sagen, und Drust hoffte, dass es nicht dazu kommen würde, daran etwas ändern zu müssen.

Fürs Erste saß er auf einem Stein, hörte dem tanzenden Fluss in der Tiefe zu und starrte über die Schlucht. Die vierzig Fuß Leere zwischen den beiden Holzhaufen hätten ebenso gut vierzig Meilen sein können – an dieser Stelle würden sie den sicheren Süden definitiv nicht erreichen.

Er fragte sich, ob Erco, dieser grinsende kleine Verräter, zusammen mit seinen Dorfbewohnern geflohen war. Er mochte sich im Schatten des Imperiums herumdrücken, mit ihnen handeln und angerannt kommen, wenn der Rest seines kriegerischen Volks mal wieder Streit vom Zaun brach, aber Drust war sicher, dass dieser kleine Mann namens Herkules sie absichtlich in einen Hinterhalt gelockt hatte. Er wird sich mit ihnen zusammen verpisst haben, dachte er. Trägt wahrscheinlich gerade eine Bärenmaske und tanzt um Crispus' verkohlten Leichnam herum.

Ihn widerte all das an, und er schaute zu Praeclarum hinüber, deren Anblick ihm immer Trost brachte; sie lächelte zurück, ohne ihre fehlenden Zähne zu zeigen. Kaum sechs Monate lag ihre Hochzeit zurück, und er erinnerte sich noch gut an den Tag, an diese Freude. Wie waren sie bloß hier gelandet?

Er schaute zum Wachturm hinauf, als könnte er Asellio mit Blicken zur Eile antreiben. Der Turm war eine schmale, dreistöckige Konstruktion, die unterste Etage aus Stein, der Rest aus Balken und Holzschindeln. Die Eingangstür im mittleren Stock erreichte man über eine Steintreppe, was der Verteidigung diente, dennoch war es kaum mehr als ein Unterstand für die Unglücksraben, die diese Brücke jenseits der Mauer hatten bewachen müssen.

Mit wütendem Fluchen tauchte Asellio im Türrahmen auf, und Drust sah, dass er mit leeren Händen zurückkam – also doch nichts Brauchbares da drin. Er seufzte und wandte sich wieder dem geflüsterten Streitgespräch zu, als er Asellio stürzen sah. Die Nägel in den Sohlen seiner abgenutzten Armeeschuhe trafen auf die oberste Stufe und rutschten nach vorne weg, er krachte auf die Treppe, schlug auf zwei Stufen auf, rollte über die Seite ohne Geländer und fiel ein Dutzend Fuß tief auf die Erde. In seinem Brustpanzer aus Eisenschienen machte es ein unschönes Geräusch wie ein Haufen umgestoßener Zinnschüsseln.

Ugo heulte vor Lachen und schlug sich auf die Schenkel. Die anderen fielen ein, bis ihnen aufging, dass es der *Decanus* offenbar nicht eilig hatte, wieder auf die Beine zu kommen. Da rannten sie alle zu ihm.

»Komm schon, komm schon – das ist der falsche Zeitpunkt für ein Nickerchen«, sagte Kag und packte Asellio unter den Armen, um ihn hochzuziehen; er brauchte all seine Kraft, denn der *Decanus* steckte in einer schweren Rüstung. Sein Kopf rollte nach hinten, und Blut sickerte ihm aus dem Mund. Erst jetzt sah Drust, dass auch der Hinterkopf voller Blut und zum Großteil eingedrückt war von dem im Gras verborgenen Stein, auf dem er gelandet war.

»Oh, Kacke, Mann«, sagte Kag und ließ Asellio sanft wieder sinken, wischte sich die Hände an seiner Tunika ab und starrte den Mann an. Alle starrten ihn an, mit wachsendem Grauen.

»Helft ihm auf die Beine«, sagte Culleo mit hörbarer Panik.

»Nur Pluto hilft dem jetzt noch auf die Beine«, knurrte der Hund. Er wischte sich mit dem Handrücken über den Mund, und alle standen wieder wie gelähmt da und starrten den Toten an.

Da lag Asellio, *Decanus* der *Exploratores* der *Cohors nona Batavorum*. Dreißig Dienstjahre – nach dem Ende der regulären fünfundzwanzig Jahre hatte er sich erneut verpflichtet. Er hatte in ganz Pannonia und Raetia gegen die Alemannen gekämpft, dabei viele Abzeichen und Ehrungen errungen und trug seine alte *Lorica Segmentata* wie eine Ehrenauszeichnung, auch wenn dieser Rüstungstyp immer mehr aus der Mode geriet.

Er hatte mehr Söhne gezeugt, mehr Männern die Ehefrauen ausgespannt und mehr Reichtum angehäuft, als sich die meisten Männer auch nur vorstellen konnten, und war unzählige Male befördert und degradiert worden – seine Beine wiesen die alten, verblassten Striemen vergangener Bestrafungen auf.

Gestorben beim Sturz von einer verwitterten Treppe.

Alle brauchten eine ganze Weile, um wirklich zu begreifen, dass so etwas einen Mann wie Asellio hatte dahinraffen können. Irgendwann mussten sie es aber einsehen, während sie ihn hinauf zu der zerfurchten Straße trugen. Hammer schaute sogar in den grauen Himmel, als erwartete er einen Wutanfall des trauernden Jupiter.

Die Brüder waren nicht ganz so fassungslos. *Dis Pater* war quasi einer von ihnen, und sie fürchteten sich weder vor diesem Gott noch vor den Todesfällen, die er selbst unter ihren engsten Freunden gefordert hatte, denn das hatten sie schon zu lange Tag für Tag miterlebt.

Culleo und die Übrigen standen mit Dis weniger auf Du und Du und hatten außerdem länger unter dem *Decanus* gedient, lange genug, dass er zu ihrem gemeinsamen Fundament geworden war.

Drust sah, wie der Schock ganz allmählich von ihnen abfiel und sie alle mit der gähnenden Leere unter ihren Füßen zurückließ.

Sie schleppten ihn hinauf und legten ihn ab, betrachteten ihn und wischten sich die Augen, als könnten sie den Anblick abkratzen. Aber er blieb – ein alter Mann, dessen Kopf in einem unmöglichen Winkel abstand, mit allmählich trocknendem Blut in den Bartstoppeln.

Sie sprachen aus, was passiert war. Und abermals. Und noch einmal, als würde dies etwas ändern, es plötzlich nicht mehr wahr sein lassen.

»Scheiße, du alter Bastard«, sagte Sau schließlich voller Bitterkeit. »Gerade, als wir dich wirklich gebraucht hätten.«

Kag beugte sich vor, überprüfte etwas und schaute auf. »Will irgendwer seine Rüstung?«

Es kam ihnen vor wie ein Schlag ins Gesicht, eine Beleidigung, fast ein Sakrileg, und sie lehnten ab. Auch von den Brüdern wollte sie keiner haben – in so einem Ofen ließ sich schlecht kämpfen.

»Wir müssen leicht und schnell sein«, sagte Praeclarum. »Wenn wir immer noch nach Westen wollen, haben wir ziemlich unwegsames Gelände vor uns – und werden von Leuten verfolgt, die da jeden Stein kennen.«

»Nun gut«, sagte Culleo zögerlich und zupfte seinen löchrigen Kettenmantel zurecht. »Ich bin jetzt hier der Ranghöchste, also ...«

»Halt den Rand, du schlappsandaliger Kotklumpen«, sagte Kag freundschaftlich und sah zu Drust auf. »Was jetzt?«

»Rollt ihn in den Fluss, wie er ist. Ansonsten reißen sich diese Schreihälse seine Waffen, seine schöne Rüstung und seinen Kopf unter den Nagel.«

Hammer gab ein Geräusch von sich, als wolle er protestieren und sich für ein ordentliches Begräbnis aussprechen, aber Drust sah ihn an, und die Worte blieben ihm im Hals stecken.

»Wollt ihr euch die Zeit nehmen, ein Loch zu buddeln? Oder so viel Entfernung zwischen uns und die Leute bringen, die gern ihre gestohlene Draco-Standarte wiederhätten?«

Sie rafften ihre Ausrüstung zusammen und machten sich abmarschbereit. Praeclarum trat zu Drust, küsste ihn auf die Wange und streifte sein Ohr mit ihren weichen Lippen. Die Härchen in seinem Nacken stellten sich auf. Er brauchte hin und wieder Zärtlichkeit oder zumindest eine Bestätigung, dass die anderen mit seiner Arbeit zufrieden waren.

»Wie zum Hades sind wir in diese Scheiße geraten?«, flüsterte sie.

*

Auf die übliche Art und Weise – indem sie zur falschen Zeit am falschen Ort gewesen waren. So lautete zumindest Quintus' trockene Analyse. Der Hund murmelte üble Verwünschungen in Richtung von Cascus Minicius Audens, Tiermeister des flavischen Amphitheaters, dessen Auftrag sie überhaupt erst in die dunklen, feuchten Wälder von Raetia gebracht hatte. Kag zuckte mit den Schultern und machte wie so oft die ewig wankelmütige Fortuna für alles verantwortlich.

Kisa flüsterte Gebete an seinen einen Gott, Ugo schaute einfach grimmig drein wie ein alter Felsbrocken. Manius sagte gar nichts, schärfte nur sein Messer und suchte im Kopf nach einem Ausweg. Praeclarum schließlich sprach kurz und finster von göttlicher Vergeltung dafür, dass sie eine Kaiserin und Vestalin in einem Erdloch hatten verrecken lassen.

Das war vor einem halben Jahr gewesen – genau an dem Tag, als er und Praeclarum geheiratet hatten, erinnerte sich Drust. Diese neue Unternehmung war der Preis, den sie dafür gezahlt hatten, die entlaufene ehemalige vestalische Kaiserin eines toten Kaisers aus der staubigen Wüste Syriens zu ihrer Familie zurückzubringen, damit man sie ordnungsgemäß einkerkern konnte. Und sollten sie erfolglos zurückkehren, würden sie so pleite sein wie die Bettler zwischen den Gräbern entlang der Via Appia. Wieder mal.

Drust wusste, warum sie wirklich hier im Dunkel gelandet waren, und das hatte mit einer ganz anderen Göttin zu tun, die sie ignoriert und somit wütend gemacht hatten. Fama, die deinen Namen weit und breit verkündet, die in der Mitte der Welt haust, wo sich Erde, Meer und Himmel treffen. Von da aus sieht und hört sie alles, und ihre Heimstatt auf einem hohen Gipfel hat keine Türen, sondern eintausend Fenster, und besteht zur Gänze aus Bronze, sodass selbst das kleinste Geräusch oder Geflüster als lautes Echo erschallt.

Das hatte Drust vom Legaten Marcus Peperna Vento erfahren, in der Principia des Lagers von Biriciana, wo dieser sie zusammengerufen hatte.

»Man sagt mir, dass ihr trotz eures Erscheinungsbilds die Richtigen für diese Aufgabe seid«, erklärte er und stach mit einem Wurstfinger auf die Schriftrolle mit der aufgemalten Landkarte, die vor ihm auf dem Schreibtisch lag. »Hier leben anständige Stammesangehörige, die unter dem Schutz Roms einen Haufen Kinder und Getreide, Schafe und Rinder produzieren.« Ein weiterer Stich mit dem Finger. »Und dort sind das Einzige, was sie erfolgreich produzieren, Barthaare und Hass auf alles diesseits des Limes.«

Niemand lachte.

Er nannte sich Legat, aber Marcus Peperna Vento hatte keine eigene Legion – die hatte heutzutage niemand mehr. Er verfügte über Einheiten aus allen Ecken des Imperiums, zum Großteil von der Dritten Italischen Legion, und diese Männer waren entlang einer einzigen Steinmauer und auf die Kastelle verteilt, die in regelmäßigen Abständen daran aufgereiht waren – dies war die große Nordgrenze.

»Das ist das Land der Baumanbeter, deren zivilisatorischer Fortschritt kurz vor Erfindung des Kamms zum Erliegen gekommen ist. Sie hocken in den Wäldern, die man bei uns Blutwälder oder einfach das Dunkel nennt«, fuhr Peperna fort. »Da draußen verfluchen sie Rom und handeln sich mehr Ärger ein als ein Hund, der einen stibitzten Kuchen verschlingt. Genau wie ihm steht ihnen bevor, vom Knüppel der Armee totgeschlagen zu werden.«

Mit düsterer Miene und ernsten Blicken schaute er sich um, ein gedrungener Mann, der gern ehrenvoll und mit einem hübschen Haufen Münzen nach Rom zurückkehren wollte und alles tun würde, um dieses Ziel zu erreichen. »Hin und wieder«, sprach er weiter und senkte seine Stimme zu einem bitteren, fast beschämten Knurren, »rotten sich genug von ihnen zusammen, um über die Mauer zu hüpfen und auf unserer Seite auf Kuchenjagd zu gehen. Dann müssen wir ausschwärmen und sie wieder einfangen.«

Wieder sprach niemand, denn alle wussten, dass eine solche Rotte auch jetzt wieder unterwegs war, und der einzig sichere Ort beiderseits des Limes der war, an dem sie sich gegenwärtig befanden; die Armee hatte genug Soldaten, schien aber nicht willens zu sein, sich des Problems anzunehmen.

Die Plünderer kamen aus den Stämmen der Helvetier, Tiguriner und Raetier – sogar Sueben mit ihren seltsamen Haarknoten waren dabei. Johlend und heulend streiften sie landauf, landab durch den fruchtbaren, reichen Süden, sie raubten, mordeten und vergewaltigten. Sie waren nicht zahlreich genug, um eine Bedrohung für die Passstraßen gen Süden nach Cisalpina darzustellen, sollte es jedoch dazu kommen, würde Peperna endgültig ausrücken müssen, um sie aufzuhalten. In der Zwischenzeit hatte die Armee die wichtigen Brücken zerstört – alle, die Vieh oder Karren aushielten. Die Plünderer mochten plündern, mussten sich aber auf das beschränken, was sie selbst tragen konnten.

Es war schlimm genug, dass es mittlerweile an Selbstmord grenzte, die Straßen nach Süden gen Rom nehmen zu wollen, dachte Drust. Die Brüder verfügten zwar über Karren und Wagen, um einen weißen Bären sowie Futter für ihn zu transportieren, allerdings über keine sichere Route, um ihn zum Tiermeister des flavischen Amphitheaters zu bringen.

Und Peperna wusste das. Er musterte sie der Reihe nach und setzte ein gehässiges Grinsen auf. »Man hat mich auf euch aufmerksam gemacht. Fama hat eure Namen in ein wichtiges Ohr auf dem Palatin geflüstert, und so ist die Kunde bis zu mir gelangt. Ihr nennt euch die Brüder des Sandes – sogar die Frau. Ihr habt Fähigkeiten, die der Armee von Nutzen sein können.«

»Wir gehören nicht zur Armee«, knurrte Ugo warnend. »Und ›die Frau‹ ist Drusts Gemahlin.«

Pepernas Lächeln hatte sich wie eine Eisenfalle immer weiter gedehnt – selbst Quintus musste da neidisch werden, dachte Drust mit wachsendem Unbehagen.

»Von jetzt an schon«, gab Peperna zurück. »Gleich werdet ihr Decanus Scaevola kennenlernen. Er ist jetzt euer Kommandant, und ihr seid damit Teil der Numeri der batavischen Kohorte. *Exploratores* der Achten, um genau zu sein – versteht ihr, was das heißt?«

Drust wusste es – sie alle wussten es, denn es war nicht das erste Mal, dass sie diese Arbeit verrichteten, bisher allerdings nicht für die Batavische. Die war einst Teil der germanischen Kaisergarde gewesen, bis Galba sie aufgelöst hatte, weil sie seiner Meinung nach dem abgesetzten Nero gegenüber zu loyal war. Das hatte zu einer größeren militärischen Auseinandersetzung mit den empörten Batavern geführt, an deren Ende einige der Germanen wieder in die Armee eingegliedert worden waren.

Die *Exploratores* aber, die Späher und Informanten, waren immer noch die meistgehasste Abteilung der Armee.

»Teil der Armee, aber nicht wirklich in der Armee«, sagte Kag ausdruckslos. »Keine Uniformen, kein Exerzieren, keine Paraden – bloß ein bisschen Spähen und Rumschleichen.«

Perpina verzog keine Miene. »Ihr werdet Decanus Scaevola mit eurem Wissen über lokale Gegebenheiten unterstützen. Ihr werdet ihn und seine Männer ins Gebiet nördlich des Limes eskortieren und eure dortigen Kontakte über den Verbleib eines römischen Offiziers und der Kavallerietruppen befragen, die er bei sich hatte.«

Die Verblüffung über diese Eröffnung ließ alle den Mund zuklappen.

Perpina nickte, als hätte er nichts anderes erwartet, und bedachte sie mit einem scharfen, beunruhigend verzerrten Grinsen.

»Ihr habt schon mit den Kalkschädeln nördlich von hier zu tun gehabt«, sagte er. »Aus diesem Dorf an der Brücke 41.«

Drust erkannte, dass Perpina Erkundigungen eingezogen hatte und abstreiten sinnlos war – aber er wusste auch nicht viel mehr, als dass der Häuptling dieses Dorfes Erco hieß, die lokale Version von ›Herkules‹, wobei

Nichtrömer ihn sicher nicht unter diesem Namen kannten. Nichts davon machte ihn zu einem Freund, geschweige denn zu einem Sippenangehörigen. Das sagte er auch und wies darauf hin, dass die Besatzung des Wachturms bei Brücke 41 dies mit Sicherheit ebenso wusste.

»Außerdem«, fügte er hoffnungslos hinzu, »sind wir hergekommen, um dem Kaiser eine Beute zu beschaffen – einen weißen Bären für die großen Spiele. Ich kenne diesen Erco nur als Kontaktmann zu denen, die so ein Tier aus dem hohen Norden hergeholt haben.«

Peperna kratzte sich die Bartstoppeln – wenn ein Mann in so einer Stellung das Rasieren vernachlässigte, wusste man schon, dass man in Schwierigkeiten steckte, meinte Kag später.

»Der Wachturm ist nicht mehr besetzt. Bei Brücke 41 gibt es nur noch einen Ingenieurstrupp, der sie abreißen soll. Ihr werdet also Folgendes tun, ihr sogenannten Brüder des Sandes. Ihr schließt euch den restlichen Numeri unter Scaevola an. Wir kümmern uns hier um eure Karren und eure Ausrüstung, bis feststeht, dass ihr nicht mehr zurückkommt. Ihr solltet euch darüber im Klaren sein, dass diese Anweisungen euch betreffend von ganz oben kommen – mir wurde gesagt, ich solle den Namen Julius Yahya erwähnen.«

Er sah die Reaktion und lächelte dünn. »Euren weißen Bären könnt ihr vergessen.«

»Am Arsch«, knurrte Quintus mürrisch, aber es war ein armseliger Ausbruch, der sehr schnell erstickt wurde.

»Wir stehen für jeden Befehl zur Verfügung«, sagte der Hund sarkastisch, und Peperna schaffte es, ihm lange genug in die Augen zu schauen, um zu zeigen, dass ihn dessen Gesicht nicht sonderlich beeindruckte. Aber Drust wusste, dass das eine Lüge war. Er wusste auch, dass Peperna Angst hatte; man konnte sie förmlich riechen, ein durchdringender Gestank, gegen den man ankämpfen musste, wollte man sich nicht anstecken.

Julius Yahya hat diesen Effekt, dachte Drust und erinnerte sich daran, als dieser Mann sie vor Jahren nördlich der Grenze Britanniens eingesetzt hatte. Es war nicht gut ausgegangen ...

»Ein Sklave«, sagte Kag plötzlich und lachte giftig. Dann sah er Peperna an und hob entschuldigend die leeren Handflächen. »Es amüsiert mich nur immer wieder, wenn Männer im Rang eines Legaten vor Julias Yahya katzbuckeln.«

»Er ist ein Freigelassener«, gab Peperna zurück, ohne auf die Spitze einzugehen. »Und Berater der Mutter des Kaisers. Vielleicht reicht dir das als Hinweis, warum auch Legaten sich ihm fügen? Und warum ihr dem Befehl gehorchen werdet?«

Julia Avita Mamaea, Mutter des Kaisers, deren Kopf auf Münzen prangte und die überall ihre Finger im Spiel hatte, da sie zum Wohl ihres Sohns die Fäden zog. Eine Frau, die den Tod seines Vetters organisiert hatte, damit ihr Sohn seinen schmächtigen Kinderarsch auf den Thron pflanzen konnte. Eine Frau, die für ihn eine gute römische Hochzeit arrangiert hatte, dann auf die Gemahlin eifersüchtig geworden war, sie hatte verbannen und ihren Vater wegen Verrats hinrichten lassen. Drust spürte, wie ihre schmierige graue Hand ihn in eine solche Hoffnungslosigkeit quetschte, dass er den Kopf hängen ließ. Dann spürte er Praeclarus' Finger an seinen.

»Was man nicht überwinden kann, muss man überdauern«, sagte sie.

Niemand hatte eine Erwiderung darauf. Peperna raffte seine Diensttoga zusammen und sah aus wie ein großer zerzauster Wolf.

»Ihr tut also Folgendes ...«

Er zog eine Schriftrolle aus dem Ärmel und händigte sie Kisa aus, eine Geste, die Drust nicht verborgen blieb. Der kennt uns genau, dachte er. Er hat sich gründlich erkundigt und weiß, wer von uns am besten lesen und wer sauber schreiben kann, wer wofür zuständig ist.

»Das ist die Geschichte von Marcus Antonius Antyllus«, sagte Peperna und klang dabei fast, als riefe er einen Gott um seine Gunst an. »Er ist ein Nachfahre des großen Antonius und ein *Tribunus Laticlavius*, ehemaliger Legat der Dritten – als solche Posten noch an Senatoren gingen.«

Der letzte Halbsatz klang verbittert, und Drust war klar, dass der Rang eines römischen Senators in letzter Zeit einiges an Einfluss eingebüßt hatte, da die Kaiser ihre Armeen lieber den niedriger stehenden *Equites* anvertrauten.

»Ihr geht nach Norden«, sagte Peperna. »Fragt eure Kontakte nach Marcus Antonius aus, findet ihn und sorgt dafür, dass Scaevola und seine Männer ihn zu seinem Lager zurückbringen.«

»Er ist also verschollen?«, fragte Kag mit düsterer Stimme und düsterer Miene, denn er kannte die Antwort bereits.

»Er ist uns abhandengekommen«, sagte Peperna gleichgültig. »Er hatte immer radikale Vorstellungen davon, den

Krieg zum Feind zu tragen, und gerade jetzt ist das nicht die beste Idee. Vielleicht ist euch schon etwas über den ›Drachen‹ zu Ohren gekommen. Das ist Marcus Antonius. Er ist irgendwo da draußen und kämpft gegen einen Gegner, den er selbst überhaupt erst geschaffen hat, indem er die Kalkschädel aufwiegelt. Jetzt haben sie den Grenzwall überschritten, um sich an unserem Kuchen zu vergreifen, und niemand weiß, ob General Antyllus noch lebt. Ihr findet das heraus, und sollte er noch am Leben sein, werdet ihr ihm Roms Missfallen mitteilen und ihn davon überzeugen, mit seiner Kavallerieeinheit und der Draco-Standarte, die er mitgenommen hat, zurückzukehren. Rom will verhindern, dass die Blutpriester des Dunkel einen edlen Kopf oder eine edle Standarte erbeuten, auf die sie ihn spießen können.«

Fama hatte bereits etwas über den Drachen geflüstert, einen römischen General, der unter der Draco-Standarte eine Bande von Abtrünnigen der Zweiten flavischen Kavallerie führte, hierhin und dorthin stürmte und alles angriff, was sich nördlich der Mauer bewegte. Einst hatte dieser Antyllus Einheiten von der Stärke einer Legion befehligt, dann aber die Unzufriedenen aus der Ala Flavia um sich geschart und zu seiner eigenen Kompanie geformt. Angeblich hielt er Kavallerie in einem Land wie diesem für eine Vergeudung von Männern und Ressourcen und wollte sie zu Waldkriechern und Geheimtruppen umschulen. Es ging das Gerücht, er und seine Truppe hätten in einem perversen Ritual ihre sämtlichen Pferde gegessen.

Sie traten aus der Halle der Principia, standen blinzelnd im Licht und fanden sich in einem wahren Gewusel wieder, denn überall liefen Offiziere und Schreiber mit Tafeln und Schriftrollen umher. Draußen krachten Sohlen auf die harte Erde, und aus vielen Kehlen drang der Schlachtruf »*Roma invicta!*«. Alle trugen ihre Angst wie schweres Marschgepäck, das sich nicht abschütteln ließ.

Ein Mann aber stand behäbig und reglos da und starrte sie an. Er war ergraut und sein Gesicht so ledrig wie die Nageltasche eines Dachdeckers. »Scaevola«, verkündete er knapp. »Ihr werdet hören, dass man mich auch Asellio nennt, aber das stört mich nicht im Geringsten. Rüstet euch aus, in angemessenem Rahmen. Dann folgt mir.«

»Wir stehen für jeden Befehl bereit«, sagte Quintus. Scaevola musterte ihn von Kopf bis Fuß.

»Man hat mir berichtet, wer ihr seid und was ihr tun sollt. Und euch hat man von mir erzählt. Geht mir bloß nicht auf die Eier, sonst stecke ich euch in Brand und lösche das Feuer mit einem Spaten.«

Sie schwiegen vor Bewunderung, bis Drust sagte: »Man hat uns von dir erzählt. Du weißt, was wir hier tun sollen. Was sollst du denn hier tun?«

Scaevola sah ihn mit zusammengekniffenen Augen an und nickte. »Du bist dann wohl Drust, der Anführer. Solange du meine Anweisungen befolgst, kommen wir gut miteinander aus. Sobald ihr dieses hochwohlgeborene Arschloch findet, werden ich und meine Jungs ihn von seiner Verirrung überzeugen.«

»Was, wenn er nicht überzeugt werden will?«, fragte Praeclarum süßlich und mit großen Augen. Drust sah Scaevolas Blick zu ihr und dann zurück zu ihm huschen. Jetzt kommt's, dachte er. Aber für einen Mann mit dem

Spitznamen Asellio, Eselshüter, war die Anwesenheit eines weiblichen Gladiators in seiner Truppe wohl nur eine weitere *Infamia* in einer langen Liste.

»Er muss seines Kommandos enthoben werden, hat Peperna gesagt. Mit allen Mitteln.«

»Und dann?«, fragte der Hund glatt und scharf wie frisch geschmiedeter Stahl. Asellio besah sich ausdruckslos dessen Gesicht mit der Totenschädel-Tätowierung, was Drust imponierte. Hier stand ein Mann, der Schlimmeres gesehen hatte als das Gesicht des Hundes. Er wollte nicht wirklich wissen, was genau, aber eine kreischende Meute bewaffneter, muskelbepackter Männer mit Haaren, die mithilfe von Kalk zu weißen Dornen geformt waren, würde fast jede Liste anführen. Er schauderte.

»Du willst, dass wir den Kerl umbringen«, sagte Quintus.

»Ich will verflucht noch mal, dass ihr überhaupt nichts tut, was ich euch nicht befehle«, gab Asellio zurück. »Das schließt auch Morden mit ein.«

»Was wird Rom davon halten?«, fragte Kisa mit schriller Empörung. »Einen Senator ermorden?«

»Mach dir darüber mal keine Gedanken«, erwiderte Asellio ruhig. »Das größte Verbrechen in Rom ist Geiz bei der Armenspeisung.«

Drust lachte laut auf, alle anderen verstummten und schauten ihn an und runzelten die Stirn , als könnten sie sich auf diese Weise den Witz aus dem Hirn quetschen, den er erkannt hatte und sie nicht. Schließlich erklärte er ihnen, dass, wenn der Mord an einem Senator, selbst an einem mit einem Kopf voll wimmelnder Schlangen, nicht von Bedeutung war, dieser Auftrag tatsächlich nur von einer Person stammen konnte – von Julia Mamaea, *Consors imperii* und Mutter des Reichs. Asellio nickte mit widerstrebender Anerkennung.

»Ihr wisst ja, dass man Fisch nicht mit dem Löffel isst«, knurrte Asellio.

»Das ist eine Treibjagd«, sagte Drust entschieden. »Und dafür braucht man meistens nur Speere und Dummheit, weshalb kluge Leute andere dafür einspannen.«

Der Hund räusperte sich und spuckte aus, ein herber Affront auf den Stufen der Principia, der ihm eigentlich die schwerste körperliche Züchtigung eingetragen hätte; die Vorbeieilenden taten so, als hätten sie es nicht gesehen. Kag schloss mit einem finsteren Urteil.

»Von allen Tieren ist der Sündenbock immer am einfachsten aufzustöbern.«

*

Eine Stunde später wurden sie eingeholt, als sie gerade über die großen Steine der Uferböschung kletterten, immer nach Westen. Das Wasser schäumte desinteressiert am Grund der Schlucht, und die grauen Felsen am anderen Ufer wanderten ganz allmählich abwärts, um sich mit dem schmalen Pfad zu vereinen.

Culleo hatte soeben angemerkt, dass dieser Weg wirklich schlecht sei, weil zu steil, und sie lieber zu dem Dorf namens »aus Wolfshaut gemacht« hätten zurückgehen und sich von dort aus in die Wälder schlagen sollen. Er sagte das nicht zum ersten Mal und jedes Mal mit einem weinerlichen Unterton, weshalb ihm niemand groß Beachtung schenkte.

Der Pfeil, der ihn traf, presste das Wort »Wälder« in einem hohen, spitzen Schrei aus ihm heraus und katapultierte ihn mit dem Gesicht voran auf die Steine, die er so verabscheute. Drust war froh, einen Schild mitgenommen zu haben, und ließ ihn von der Schulter gleiten.

»Formieren, formieren!«, schrie er, und sie wandten sich um, die Schilde erhoben. Sau und Hammer tanzten in kleinen panischen Kinderschritten umher und schienen kurz davor zu sein, Reißaus zu nehmen.

»Sollten wir hier stehen bleiben?«, brüllte Hammer verzweifelt, als der nächste Pfeil heranzischte und neben ihm an einem Felsen zerschellte.

»Warum nicht«, grunzte Ugo bissig und ließ die Schultern kreisen. »Wir könnten ein paar Blümchen pflanzen.«

Sie schauten ihn von der Seite an, diesen großen Mann mit den zwei Spitzhacken und ohne Schild. Er stierte durch seinen langen Bart zurück, dessen Zöpfe mit denen auf seinem Schädel verwachsen zu sein schienen. Es mochten zwar ein paar graue Strähnen darin sein, als hätte ihm ein Vogel aus seinem Nest auf den Schädel gekackt, aber diese Schultern waren wirklich massiv und sein Gebrüll eine Schallwelle, die sie alle spüren konnten.

»Kommt schon, ihr Arschschwämme! Kommt her und verreckt!«

Und sie kamen, aber die ersten beiden schienen zu straucheln und stürzten, aus dem Gleichgewicht gebracht durch die Setzlinge, die plötzlich aus ihren Brustkörben sprossen. Manius legte einen dritten Pfeil auf und brachte auch ihn ins Ziel, ehe sie Drust und die anderen erreicht hatten.

Drust ließ eine Schulter sinken und den feindlichen Speer ein paar Fäden aus seiner Tunika reißen, dann schlug er zurück, war aber zu weit entfernt, um mehr als mit der Spitze seines Schwert einen kleinen rosa Fleck zu verursachen, immerhin genug, um den Krieger zurückzucken zu lassen. Sein Mund unterhalb der Haare, deren Kalkspitzen aussahen wie Eiszapfen, formte ein weites O.

Kag rammte Drusts Schulter – hier ist einfach kein Platz zum Manövrieren, dachte Drust. Schlecht für unseren Kampfstil.

Etwas krachte gegen seinen Schild, er sah einen Fuß und holte mit dem Gladius aus, dessen Klinge rasiermesserscharf geschliffen war. Der Besitzer des Fußes winselte und wich hopsend zurück. Drust drehte sich ein wenig, als er im Augenwinkel etwas aufblitzen sah. Er blockte den schweren Speerstoß mit seinem verschrammten Ei von Schild ab, zog den Gladius mit der Rückhand über die Kehle des Mannes, der gurgelnd den Speer fallen ließ und die Hände über diesen Springbrunnen legte, als könnte er den klaffenden Spalt damit schließen.

Ein Pfeil jagte so dicht an seinem Kopf vorbei, dass Drust den Windstoß der Befiederung auf der Wange spürte – ein weiterer Gegner, den er nicht hatte kommen sehen, bekam ihn knapp unterhalb der Nase direkt ins Gesicht und machte kein Geräusch, als ihm der Kopf in den Nacken gerissen wurde und seine letzten Gedanken blutig durch zerfetzte Kopfhaut und Schädelknochen aus dem Hinterkopf brachen.

Manius tut wirklich, was er am besten kann, dachte Drust, aber es wäre schön, wenn er es ein bisschen weiter weg täte.

Ugo machte sie endgültig nieder, schlug mit großen Schwüngen seiner Hacken tiefe Wunden, abgesichert von Quintus, der sich um diejenigen kümmerte, die Ugo nicht sah und um die dieser sich auch nicht geschert hätte, hätte er sie gesehen. Quintus blockte, stach zu und schlitzte, um Klingen und Spitzen von dem großen Mann fernzuhalten, während die Zwillingsdolabrae blutige Kreise ins stichige Licht des schwindenden Tages malten. Den feindlichen Kriegern ging auf, dass sie sich wie streunende Hunde mit einem wilden Stier angelegt und sich gründlich übernommen hatten, also ließen sie ab und flohen. Keiner von ihnen kam weiter als ein Dutzend Schritte.

Einen Moment lang sagte niemand etwas, alle standen vornübergebeugt da und keuchten. Irgendwer grunzte und stöhnte. Hinter Drust sagte Kisa zu Culleo, er sei nicht durchbohrt, sondern nur von der Wucht des Pfeils gefällt worden, der seine Vorratstasche und den darunterliegenden Kettenpanzer getroffen hatte.

»Ihre Bogen sind echt nichts wert«, fügte Manius verächtlich hinzu und wedelte mit seinem eigenen persischen Exemplar herum, einem geschwungenen Gedicht aus Knochen und feinen Hölzern. »Diese albernen Stöckchen sind schlecht verarbeitet und haben überhaupt keine Wucht.«

»Immerhin hat einer von ihnen dem da mal kurz das Maul gestopft«, sagte der Hund und warf dem aschfahlen Culleo einen knappen Blick zu, während er über die hingestreckten Toten stiefelte und sie begutachtete. »Das sind auf jeden Fall keine Römer, sondern hiesige Waldläuse – oder, Leute?«

Er drehte sich um und schaute mit seiner entsetzlichen Visage unschuldig wie eine frischgebackene Vestalin zu Sau und Hammer hinüber, die noch immer halb in der Hocke mit erhobenen Schilden verharrten. Sau leckte sich über die Lippen bei dieser Beleidigung seiner raetischen Wurzeln und sah aus, als wolle er dem Hund sagen, wohin er sich seine Sprüche stecken könne, aber Drust beobachtete, wie ihn im letzten Moment doch der Mut verließ.

»Die haben noch nie auf einem Pferd gesessen«, bestätigte Quintus. »Genauso wenig wie die am Waldheiligtum. Hier sind keine Römer aus dem Gefolge des Drachen.«

»Dieser Häuptling hat uns ein dreibeiniges Pferd verkauft«, sagte Praeclarum. »Aber die, denen er von uns erzählt hat, halten uns sicher trotzdem für lohnende Beute.«

»Na ja, wir haben ihnen das schöne Stück vom Altar geklaut«, knurrte Kag. »Und einige von ihnen erschlagen, inklusive einen ihrer Anführer mit einer dieser Paradekopfbedeckungen der Kavallerie. Wenn sie das mit einigen gepfählten Köpfen von uns wettmachen können, ist das aus ihrer Sicht bestimmt ein passabler Handel.«

»Wir hätten sowieso nie hierherkommen sollen«, sagte Culleo heiser, setzte sich mühsam auf und rieb sich die Stelle, wo ihn der Pfeil getroffen hatte. »Guckt mal – der Pfad ist da drüben zu Ende. Wie gehen wir jetzt weiter?«

»Auf jeden Fall nicht zurück, auch wenn du uns damit seit Stunden in den Ohren liegst«, fauchte der Hund. Drust sah sich um.

»Hoch mit euch«, sagte er, und alle stöhnten. Culleo sah geschockt aus.

»Das schaffen wir nie.«

»Lass dein Eisen hier«, sagte Drust.

Culleo wollten schier die Augen aus dem Kopf fallen, da er gerade erst begriffen hatte, dass ihn sein Kettenmantel gerettet hatte.

»Wie sollen wir uns dann im Kampf schützen?«

»Besser kämpfen«, knurrte Kag und beugte sich zu einer der Leichen hinab. Drust dachte, er habe etwas Wertvolles entdeckt, aber der kleine Thraker drehte sich um.

»Der hier lebt noch.«

»Dann ändere das«, gab der Hund zurück. Drust ignorierte ihn, ging zu dem Mann und kniete sich hin. Kag hatte recht – er war tatsächlich noch am Leben, und unter der vertrockneten Schnauze der Wolfsmaske kam ein massiger Krieger zum Vorschein, mit flachsblondem Haarschopf und einem Bart, der zu zwei beeindruckenden Zöpfen geflochten war, zusammengehalten durch angelaufene Silberringe.

Er trug eine blassblaue Tunika, die allerdings in erster Linie voller Schlamm und Blut war, eine rot-grün karierte Hose und darunter Riemen vom Knie bis zu den abgetragenen Lederschuhen. Manius hatte ihn mit einem Pfeil erwischt, der jedoch knapp unterhalb der Hüfte eingedrungen war. Praeclarum kam dazu, prüfte die Wunde, brach den Schaft durch und zog beide Enden heraus.

»Er wird es überleben«, sagte sie und kramte in ihrer Tasche nach Verbandszeug und Riemen. »Aber weit laufen kann er damit nicht.«

Manius tauchte an ihrer Seite auf und nahm ihr vorsichtig die Schafthälfte ab, auf der die Pfeilspitze steckte. Er warf ihr einen ausdruckslosen Blick zu. »Er wird sterben. Spätestens morgen, vielleicht auch früher.«

Sie betrachtete die mit Widerhaken versehene Spitze und sah dann wieder in den Abgrund seiner Augen. »Du vergiftest deine Spitzen?«

»Um Tiere zu jagen nicht«, erwiderte er ohne eine Spur von Ironie.

»Was kümmert es uns überhaupt, ob er laufen kann oder nicht?«, fragte Ugo argwöhnisch. Er hatte einer anderen Leiche den Großteil der Tunika abgerissen und nutzte die Stofffetzen, um seine Dolabrae abzuwischen.

»Weil wir ihn nicht hier ausquetschen können und dringend Informationen brauchen«, sagte Drust, richtete sich auf und wischte sich die Hände an der eigenen Tunika ab. »Wir müssen so viel in Erfahrung bringen wie möglich, aber leider wohl nicht von dem hier.«

Er warf Manius einen strengen Blick zu. »Eine deiner Pfeilspitzen hat um ein Haar meine Wange geküsst. So eine Liebhaberin will ich nicht, vor allem keine mit vergifteten Lippen. Und wenn Praeclarum sich beim Entfernen daran geschnitten hätte ...«

Manius quittierte die Rüge mit einem Nicken und trollte sich. Quintus sah ihm ernst nach und schüttelte den Kopf.

»Sib hatte recht. Den hätte man nie aus der Wüste rauslassen dürfen.«

Sib ist tot, wollte Drust dagegenhalten, und obwohl Manius geschworen hatte, dass der Pfeil nicht von ihm gekommen war, konnte man sich da nicht sicher sein. Aber vielleicht hatte Sib auch versucht, Manius zuerst zu töten, weil er ihn für einen Wüstendämon gehalten hatte. Drust erinnerte sich auf jeden Fall daran, dass ihre Beziehung kompliziert gewesen war, auch wenn sie beide zu den Brüdern gehört hatten.

»Zusammenpacken«, befahl er barsch, dann kniete er sich erneut hin, zückte sein Messer, suchte nach dem Herzschlag in der Kehle und stach zu. Der Krieger röchelte und gurgelte, und Praeclarums ganzes Können war verschwendet. Kurz trommelten die Fersen noch wild auf den Boden und zuckten, dann erschlaffte alles.

All die Zeit in den Katakomben des flavischen Amphitheaters, dachte Drust trocken, all die Lehren des griechischen Medicus, wie man so etwas anstellt. Der Grieche würde sich freuen, dass ich seine Worte immer noch im Ohr habe ... vielleicht ist das das wahre Geheimnis der Unsterblichkeit.

Quintus drehte sich zu Culleo und den übrigen zwei um. Sein Grinsen war warm und weit und weiß, brutal wie ein Hai in Fresslaune.

»Entledigt euch des ganzen nutzlosen Metalls, Jungs, oder ihr schafft diese Kletterpartie niemals. Ich lasse auch das Zelt hier – bringt uns eh nicht mehr viel.«

»Und wenn ich helfen muss, einen von euch zu tragen«, fügte der Hund hinzu, »hab ich dazu auch noch was zu sagen.«

Culleo stand auf, mahlte mit dem Kiefer, und Drust wusste, dass der Mann mehr als alles andere nach einem kräftigen Schluck gierte; er fragte sich, ob dies der Moment sein würde, in dem der Kerl etwas wirklich

Idiotisches anstellte. Da brach Sau mit einem resignierten Grunzen die Knoten und schleuderte das Achtmannzelt in die Schlucht.

»Na dann los. Auf schnellstem Weg zum nächsten Lager.«

Kag nickte. »Gute Idee. Dann kannst du auch endlich diesen Ausschlag auf deinen Eiern behandeln lassen.«

»Das solltest du besser deiner Mama sagen«, schoss Sau zurück. »Da hab ich ihn schließlich her.«

Kag und Quintus lachten, und Ugo versetzte Sau einen so heftigen Schlag in den Rücken, dass er stolperte und hustete. Als er wieder zu Atem gekommen war, schälte er sich dennoch grinsend aus seinem Kettenhemd.

*

Eine Stunde lang kletterten sie über loses Gestein und Geröll, bis sie endlich die Oberkante des Steilhangs erreichten. Spärliches Buschwerk zog sich bis hinab zum Saum eines Waldes, der sie nun von allen Seiten umschloss.

»Wir haben sie abgehängt«, verkündete Kag, wischte sich das verschwitzte Gesicht und schlug nach ein paar Insekten. »Es sei denn, die kommen durch den Wald.«

»Wie sieht's aus, Jungs?« Quintus starrte Culleo, Sau und Hammer an. »Ihr kommt doch aus dieser Gegend – Helvetier, oder? Werden die uns durch den Wald folgen?«

Culleo spuckte aus, was Quintus nicht gefiel. »Helvetier. Was soll das in deinen Augen heißen? Ihr seid ja auch alles Römer – aus der Stadt? Aus Apulien? Aus Gallien?«

»Was er damit sagen will«, unterbrach ihn Hammer, »ist, dass er auch nicht mehr weiß als ihr. Niemand mag das Dunkel.«

»Das Dunkel?«

»Die Wälder hier sind so alt wie die ersten Götter«, sagte Hammer leise. Sein Blick huschte über die Wipfel. »Seid besser vorsichtig.«

Sau hatte sich hingehockt und ruhte sich aus, allerdings so, dass er jederzeit aufspringen konnte. »Ihr habt den heiligen Ort gesehen, wo wir die Standarte geklaut haben.« Er machte eine Pause und bedachte Drust mit einem finsteren Blick. »Nur um sie dann wegzuwerfen, als wäre sie bedeutungslos.«

»Die war so alt wie Varus«, sagte Kag ungehalten. »Rom hat sie längst vergessen.«

»Aber nicht der Stamm, der sie erobert hat, egal wie lange das her ist«, fauchte Culleo. »Und die sind es, die uns jetzt jagen.«

»Dafür kannst du dich bei Erco bedanken«, grollte Ugo. »Der kleine Wichser hat gelogen und uns in einen Hinterhalt gelockt. Hat gedacht, wir werden alle umgebracht, und genau das auch den Ingenieuren an der Brücke gesagt. Dann sind eure Zeltnachbarn angerannt gekommen und haben etwas von wilden Horden und Blut und Tiermenschen gebrüllt, was sicher nicht geholfen hat.«

Culleo und die anderen verstummten, denn gegen diese Wahrheiten ließ sich wenig einwenden. Praeclarum sah Drust an. Sie wirkt blass und erschöpft, dachte er.

»Wir brauchen ein sicheres Versteck zum Ausruhen«, sagte sie. Drust nickte Manius zu, der vernehmlich tief Luft holte und dann verschwand.

Er mag diese Wälder genauso wenig wie wir, dachte Drust. Erfahrener Fährtenleser und lautloser Mörder – aber er ist und bleibt ein Mann der Wüste. Bäume sind ihm nicht geheuer. Lediglich Ugo scheint das nicht zu kümmern. Doch ein Blick auf den großen Friesen verriet ihm, dass er sich irrte, denn Ugo stand da wie ein nervöser Bulle, sein zotteliger Kopf schwang hierhin und dorthin auf der Suche nach heranschleichenden Feinden.

Manius kam zurück, sobald sie sich gen Westen in Richtung der Bäume aufgemacht hatten, die viel zu schnell näher zu kommen schienen. Er hatte einen geeigneten Platz entdeckt, eine Art Felsvorsprung, der zwar keine geschlossene Höhle bildete, dessen Inneres alle dennoch ängstlich beäugten. Drust hingegen erkannte sofort, dass sie hier unbemerkt Feuer entfachen konnten, gegen die Kälte und für warmes Essen. Allerdings gefiel ihm gar nicht, dass sie dafür unter eine einzelne über ihnen schwebende Felsplatte von den Ausmaßen einer stattlichen Villa auf dem Caelius kriechen mussten.

»Was ist, wenn die runterfällt?«, fragte Ugo. Der Hund lachte, ging in die Hocke und machte sich daran, ein Feuer zu entfachen.

»Dann sind wir platt«, sagte er. »Es sei denn, du bist ein wahrer Herkules und kannst sie halten, bis wir alle raus sind.«

»Sag bloß nichts über Herkules«, warf Kag ein und verzog das Gesicht. »Dieser Erco wird leiden, wenn ich ihn das nächste Mal treffe.«

»Vielleicht hat er sich nicht mit dem Rest seines Dorfs in die Sicherheit des nächsten Lagers geflüchtet«, sagte Kisa. »Ich glaube ja, dass er sich eher den kreischenden Wilden anschließt.«

»Was sagst du dazu?«, fragte Ugo und sah Culleo an, der mit seinen pechschwarzen Augen zurückstarrte.

»Ich sage dazu, dass du aufhören sollst, mich dauernd zu fragen. Ich bin genau so Helvetier – das ist zumindest der römische Name dafür –, wie du Friese bist. Wenn einer von denen hier ankäme und seine Handgelenke anböte, um ihn in Eisen zu legen, wüsstest du ja auch nicht, warum.«

»Da hat er recht.« Manius lachte. »Abgesehen davon – für mich seht ihr eh alle gleich aus.«

Er hatte unterwegs einige Fallen gestellt und zog nun los, um sie zu überprüfen. Das Feuer kam in Gang, und schnell saßen sie alle darum versammelt, schmiegten sich in die Wärme wie in mütterliche Arme und unterhielten sich nur noch leise und mit zusammengesteckten Köpfen.

»Julius Yahya«, sagte Kag müde, und Drust nickte, denn er wusste genau, was sein Kamerad meinte. Julius Yahya war noch ein Sklave gewesen, als er Drust und die anderen davon überzeugt hatte, nach Britannien zu ziehen und jenseits des Walls im Norden eine römische Frau und ihr Kind zu retten – jedoch ein Sklave mit den Befugnissen eines Senators und mehr. Die römische Dame und ihr Kind waren sogar noch bedeutsamer gewesen, wie Drust sich erinnerte. Und Yahya hatte wahrscheinlich auch hinter ihrem nächsten Auftrag gesteckt, der sie tief in die Wüste geführt hatte, um eine weitere edle Römerin aufzuspüren, eine Vestalin sogar.

»Immerhin geht es diesmal nicht um eine Frau«, murmelte Kag.

»Soweit wir wissen«, entgegnete Drust nachdenklich. »Letztes Mal ging es angeblich auch erst um hyrkanische Tiger und darum, Manius und den Hund zu retten.«

Als hätten ihn diese Worte heraufbeschworen, kam Manius mit einer Handvoll kleiner Eichhörnchen angelaufen und machte sich sofort daran, sie auszuweiden und aufzuspießen.

»Glaubst, da steckt wieder so was dahinter? Irgendeine Frau?«

Drust seufzte und starrte Kag müde an, während der plötzliche Duft von bratendem Fleisch Heißhunger in ihm aufkommen ließ. »Woher soll ich das wissen? Ich weiß nur, dass jeder Erfolg unsererseits dazu führt, dass der beschissene Julius Yahya uns in seinen nächsten perfiden Plan verwickelt.«

Er sprach nicht aus, was er befürchtete – dass die Frau im jetzigen Fall die Mutter des Imperiums war, die vom Palatin aus ihre Fäden spann.

Der Hund setzte sich aufrecht hin und bedachte die Eichhörnchen mit einem gierigen Blick. »Wenn ich zurückkomme, werde ich mal ein Wörtchen mit Julius Yahya reden.«

»Stell dich hinten an«, sagte Kag. Dann saßen sie da, rochen die Eichhörnchen und überlegten sich, wie man sie am besten aß. Am Ende taten sie, was sie immer taten – sie mischten kleine Fleischstückchen und welkes Gemüse in ihren Haferbrei. Sie hatten noch Wein, sie waren ihren Verfolgern entkommen, und sie waren noch am Leben. Fürs Erste eine gute Bilanz.

»Wie weit bis zur nächsten Brücke?«, fragte Kisa und erntete Schweigen, bis Culleo begriff, dass alle ihn anschauten.

Er zuckte mit den Schultern und fummelte am Schorf auf seiner blauroten Nase herum. »Ein Tag. Vielleicht mehr. Auf diesem Weg bin ich da noch nie hin. Solltest du das nicht selbst wissen? Du bist hier der *Frumentarius*.«

»War«, entgegnete Kisa tonlos. »Jetzt nicht mehr. Hab mich zu sehr mit dieser Bande eingelassen, als dass mir der Staat noch als Spion vertrauen würde. Nicht dass das gut bezahlt worden wäre.«

»Die Brücke ist bestimmt auch kaputt«, sagte Sau. »Wenn sie die hinter uns schon zerlegt haben.«

»Irgendwo muss es noch einen Übergang geben«, knurrte Quintus. »Diese ganzen Kalkschädel kommen ja offenbar problemlos nach Süden. Und über diesen verdammten Wall noch dazu.«

»Die haben kaum Gepäck und können klettern oder schwimmen«, meinte Kag nachdenklich und sah Drust an. »Von einem Spartakus war keine Rede.«

»Ein Gladiator?«, gab Sau verächtlich zurück. »Sehr unwahrscheinlich.«

»Kein Anführer mit großem Namen, um den sich die Leute scharen, meint er«, erklärte Drust. »Das heißt, es gibt hier keinen Eroberungsversuch, sondern nur jede Menge kleiner Kalkschädel, die zu Plünderungen aufgewiegelt werden. Die werden sich sofort wieder mit ihrer Beute nach Norden verkrümeln, sobald es danach aussieht, als hätten sie einen ernsthaften Kampf zu erwarten.«

Lange sagte niemand etwas; sie hatten die hiesige Armee gesehen, und anscheinend war dort niemand auf einen ernsthaften Kampf aus. Allenfalls untereinander, wenn es um Soldrückstand oder Rationen oder Privilegien ging. Die Kommandanten wirkten mehr damit beschäftigt, ihre Männer davon abzuhalten, sie zum Kaiser auszurufen, als mit ihnen loszuziehen und die Plünderer aufzuhalten. Als Drust das so sagte, schaute Sau ruckartig auf.

»Mach dir keine Sorgen, Gladiator. Die Armee wird sich um sie kümmern.«

Der Hund lachte gehässig, aber Drust hob warnend die Hand; Culleo, Sau und Hammer waren der Abschaum dieses Landes, so übel, dass sie nicht einmal in der letzten Centurie der letzten Kohorte einer Legion einen Platz gefunden hatten, sondern den Numeri zugeteilt worden waren, so weit unten in der Hackordnung, dass man sie gar nicht erst hätte verpflichten müssen. Trotzdem hatten selbst sie ihren Stolz.

Sie waren, dachte Drust, auf ihre Art gar nicht so anders als der Laticlavius, den zu finden sie ausgeschickt worden waren, dieser Abtrünnige im Rang eines Senators.

Als die Wachen verteilt waren und sich alle anderen zum Schlafen zusammengerollt hatten, ging Drust mit entzündeter Fackel zu Kisa und machte ein Zeichen, ihm zu folgen, ein Stück abseits von den anderen.

»Was hat es mit diesem Senator-General auf sich?«, fragte er. Kisa gähnte und zog die Schriftrollen hervor, die man ihm anvertraut hatte. Er schielte sie triefäugig an, aber Drust wusste, dass er das Meiste davon ohnehin im Kopf hatte.

»Marcus Antonius Antyllus«, rezitierte Kisa. »Wie uns gesagt wurde – ein Nachfahre des großen Antonius höchstselbst und damit Mitglied einer der mächtigsten Familien Roms. Hat die übliche Laufbahn absolviert, ist zum Quaestor, Praetor und so weiter ernannt worden. Er war erst Tribun bei der Fünfzehnten Apollinaris in Cappadocia, dann bei der Zweiten Adiutrix in Pannonia – und da erst beginnt sein Lebenslauf, vom Üblichen abzuweichen. Anscheinend hat er jede Principia beschmutzt, die er betreten hat – er hat Spielschulden angehäuft, sich für einen grundlegenden Taktikwechsel ausgesprochen und mehr Disziplin gefordert. Außerdem wollte er wieder mehr Senatoren als Legionskommandeure statt der heute üblichen Equites. Er hat auf dem Palatin Ärger gemacht und ist schließlich hier in Raetia als Legat der Dritten Italica abgesetzt worden – entweder das, oder er hat von sich aus aufgehört, da sind die Unterlagen unklar. Dann ist er Anführer der Ala Flavia geworden, was ein gewaltiger Karriereknick für so einen Mann ist – aber er hatte ja die Vorstellung, dass Pferde in Gegenden wie Raetia und Pannonia ohnehin wertlos sind und die Männer lieber zu schneller leichter Infanterie umgeschult werden sollen. Was tatsächlich gar keine schlechte Idee ist, wenn man sich diese Berge und Wälder anschaut.«

»Interessant, aber unwichtig«, knurrte Drust. Kag räusperte sich.

»Vor sechs Monaten ist er mit dem Großteil der Ala Flavia nach Norden aufgebrochen, angeblich als Machtdemonstration und gegen den Befehl von Statthalter und Legat, die beide verhindern wollten, dass sich die Stämme nördlich der Mauer provoziert fühlen – aber er ist und bleibt Senator, also konnten sie nicht viel mehr tun, als sich in Rom zu beschweren. Einmal mehr.«

»Er ist nicht zurückgekommen?«

Kisa schüttelte den Kopf. »Laut diesem Bericht hier hat er Nachrichten geschickt, dass er seine Männer neu ausbildet, aber einige von denen hatten mit der Ala Flavia gar nichts zu tun – aufsässige Legionäre und Hilfstruppen. Das hat die Generäle und den Statthalter besorgt, genauso wie die Berichte von Einheimischen aus zweiter und dritter Hand, wonach irgendwelche seltsamen Römer ihre Pferde geopfert oder gegessen hätten oder beides. Dann kamen Meldungen, dass diese Einheit plündert, Krieg gegen die Stämme nördlich des Walls führt und sich ihre Vorräte zusammenraubt, weil das nächste Lager die Versorgungswege gekappt hat, um ihn zur Umkehr zu zwingen. Diese Einheit wurde von jemandem angeführt, der sich ›der Drache‹ nannte und eine prächtig verzierte Rüstung sowie einen Helm mit Gesichtsmaske trug. Das ist eindeutig eine Paraderüstung der Kavallerie. Und er hatte eine Draco-Standarte, höchstwahrscheinlich die der Zweiten flavischen.«

»Und da kamen wir ins Spiel«, meldete sich eine Stimme. Praeclarum tauchte aus dem Schatten auf. Im Fackelschein wirkte ihr Lächeln warm und freundlich. »Habt ihr tatsächlich immer noch vor, das weiterzuverfolgen?«

Hatte Drust nicht. Er wollte nur noch zurück auf die richtige Seite des Walls, und das sagte er auch. Kisa atmete erleichtert auf, und Praeclarum lächelte noch breiter, wobei sie das rosige Fleisch ihrer Zahnlücken zeigte;

die kostbaren Zähne aus Perlen hingen in einer weichen Tasche um ihren Hals.

»Ich brauche eine Bestandsaufnahme unserer Vorräte«, sagte Drust zu ihr. »Sau soll sich darum kümmern – sag ihm, er ist ab jetzt Quartiermeister, dann macht er das sofort.«

»Was ist mit den anderen beiden?«, fragte Kisa leise. »Wir können ihnen nicht trauen.«

»Culleo ist um Haaresbreite um eine Kreuzigung herumgekommen«, sagte Praeclarum düster. »Hammer ist ein Plünderer und Raufbold – hebt seine Tunika an, dann seht ihr die Peitschennarben. Sau ist auch nicht viel besser – die einzigen richtigen Kämpfe, die die drei je bestritten haben, haben sich entweder um Huren oder um Essen gedreht.«

»Wir können nicht mehr tun, als sie im Auge zu behalten«, gab Drust zurück. »Mach ihnen klar, dass wir uns alle aufeinander verlassen können müssen, vor allem da, wohin wir unterwegs sind.«

»Das Dunkel«, sagte Kisa trübselig.

Die Sonne versank, das Licht erstarb. Schatten und Angst krochen näher, verjagten Sinn und Verstand; das Rascheln eines Blatts im übel riechenden Wind ließ Köpfe herumfahren und Herzen in abgehacktem Galopp verfallen. Die Schwärze war überall und bot keinen Ausweg. Alles andere war nur noch Erinnerung.

2

Drust erwachte mit dem Gefühl, aufwärts zu fallen. Ich hätte nicht einschlafen dürfen, dachte er. Auf keinen Fall. Aber Träume findet man nun mal nur im Schlaf, und die geben mir eine Menge. Träume – sie sind, was ich bin, wenn ich zu erschöpft bin, um ich zu sein.

Sie gingen leise und zielgerichtet vor unter dem düsteren Felsüberhang, prüften diese Klinge, reparierten jenen Riemen. Praeclarum hockte sich zu ihm und hielt ihm einen dünnen Weinschlauch hin; die Flüssigkeit war harzig, aber er trank trotzdem.

»Die drei horten Zeug«, sagte sie. Drust wuchtete sich auf die Beine. Er bezweifelte ihre Aussage nicht.

»Wo sind sie?«

Sie machte eine Kopfbewegung, und er folgte ihr nach draußen, wo Culleo an einem Schnürriemen herumfummelte und Sau mit Hammer darüber stritt, wie sie die große Tasche für die Vorräte am besten verschließen sollten. Sie hatten die gewachste Lederplane verwendet, in der Hammer seinen Zelthammer und die dazugehörigen Pflöcke transportiert hatte. Als Drust und

Praeclarum sich näherten, schauten alle drei schuldbewusst auf.

»Leert eure Taschen und Beutel aus«, sagte Drust. Die drei warfen einander abschätzende Blicke zu, Praeclarum legte die Hand auf ihren Schwertgriff. Dann glitten ihre Blicke an Drust vorbei hinter ihn, und er widerstand der Versuchung, sich umzudrehen; den Trick kannte er schon.

»Ausleeren«, sagte der Hund mit Grabesstimme. Die Männer schauten erst mürrisch, dann gekränkt, dann resigniert. Endlich machten sie sich daran, Zeug aus ihren Taschen zu kramen, bis der Hund vortrat, ihnen Taschen und Beutel aus den Händen riss und alles auf dem Boden ausleerte.

Vier Päckchen Zwieback, das Brot der Armee, und ein Schinkenknochen, an dem noch Fleisch hing. Drust machte eine knappe Kopfbewegung in Richtung Sau, der alles in den Proviantsack stopfte und dabei gebührend beschämt dreinschaute.

»Wären wir hier in einem Lager, würdet ihr dafür die Rute spüren«, stellte Drust klar. Dann blickte er Culleo und dessen noch immer volle Tasche an. »Was hast du sonst noch?«

Culleo schaute für einen Augenblick mordlustig drein, dann versenkte er die Hand und zog einen Weinschlauch hervor, klein, aber noch prall. Er setzte ihn an die Lippen und fing an zu saugen, bis Drust ihn ihm aus der Hand riss, sodass die rubinroten Tropfen nur so spritzten. Drust kostete, nachdem er demonstrativ das Mundstück abgewischt hatte, dann reichte er den Schlauch an den Hund weiter, der ebenfalls trank.

»Anständig«, sagte er. »Besser als alles, was wir noch haben.«

Drust betrachtete die drei Männer. »Ihr könnt euch euren eigenen Weg suchen, ihr miserablen Scheißhaufen. Falls ihr es über den Wall schafft, sorge ich dafür, dass ihr bis an euer Lebensende mit euren eigenen Arschschwämmen die Latrinen putzt. Ich glaube aber nicht, dass ihr es alleine schafft, also biete ich euch noch eine letzte Chance an. Bleiben oder abhauen?«

Sie schwiegen ein paar Sekunden lang, dann stopfte Sau den Weinschlauch in die Vorratstasche und starrte Culleo böse an. Er sah wirklich beschämt aus.

»Ich bleibe. Hammer auch, weil er auf sich allein gestellt einfach zu blöd ist. Allein kommen wir auf keinen Fall durch.« Er wandte sich zu Hammer. »Du weißt, dass das wahr ist.«

Drust und Culleo sahen sich an. Er war ein schlaksiger Kerl mit kantigen Knochen, dürr und gezeichnet von Wetter und Suff, sodass sein Gesicht aussah wie eine rot geäderte Felsenklippe mit Augen. Endlich nickte auch er.

»Dann rüber zu den anderen«, befahl Drust. Die drei stiefelten los, und der Hund sah ihnen nach, bis sie außer Hörweite waren.

»Schneiden wir ihnen doch jetzt gleich die Kehle durch«, sagte er sanft. »Das spart uns später Zeit.«

»Drei Paar Fäuste mehr, die Eisen halten können«, entgegnete Drust, und der Hund gab ihm mit einem knappen Nicken recht.

Sie zogen weiter, bis die Büsche größer wurden und die Schösslinge zahlreicher. Die gewaltige Waldlandschaft

Germaniens bestand nicht aus einem Stück, sondern aus vielen unterschiedlichen Wäldern, verbunden durch größere offene Flächen – manche für den Ackerbau geschlagen, manche von Götterhand geleert. Diese Wälder waren anders.

Sie marschierten hinein, als wäre es eine dunkle Gasse in Subura, mit verkniffenem Grinsen, die Schultern herausfordernd durchgedrückt, als wollten sie mögliche Beobachter dazu animieren, nur ja etwas zu versuchen. Doch schon nach einem Dutzend Schritte waren sie in sich zusammengesackt wie leere Weinschläuche und fingen an, sich geduckt und geräuschlos fortzubewegen und nur noch zu flüstern oder gänzlich zu verstummen.

Im Schatten der Baumkronen folgte ein Stamm auf den anderen, ein Zwischenraum auf den anderen, eintönig und scheinbar endlos. Mit gedämpften Schritten durchquerten sie einen Raum ewiger Gleichförmigkeit, eine Halle endloser Spiegelbilder des Immergleichen, ohne Gefühl für Richtung oder Entfernung. Der Wind raunte den Bäumen Botschaften zu, die sie mit raschelndem Lispeln weitergaben; von irgendwo wurde das Echo eines klopfenden Spechts zurückgeworfen. Kag blies die Backen auf und lächelte.

Drust wusste, warum. Der Specht war dem Mars geweiht, denn während die Wölfin die Zwillinge Romulus und Remus gesäugt hatte, hatte der Specht ihnen Essen gebracht. Er war ein gutes Omen.

Sie schritten durch die Säulenhalle eines gigantischen Holztempels, drapiert mit hängendem Moos, das die Stämme halb erstickte. Ein plötzlicher Platzregen setzte ein, den sie zuerst allerdings nur als schlangenartiges Zischen in den Wipfeln hörten, bis er schließlich durch das Blätterdach wie durch ein Sieb auf sie herabtropfte. Schwüle legte sich auf sie wie eine Decke, Insekten schwirrten und summten, und es gab immer noch keine Sonne, nur den Dunst feuchter Hitze.

Als Drust meinte, es müsse jetzt etwa Mittag sein, machten sie Halt, auch wenn Kag darauf bestand, dass es mindestens eine Stunde später war. Nicht dass es etwas geändert hätte, denn hier schien selbst die Zeit zu kriechen wie die fahlen Ranken aus Dampf, die dem Moos entstiegen. Sie setzten sich auf einen umgestürzten Baumstamm und aßen in Wein getunkten Zwieback, um ihn weich zu machen. Dann ließen sie Culleos konfiszierten Weinschlauch mit dem guten Tropfen kreisen. Drust sah, wie der Mann sich die Lippen leckte und finster glotzte; das wird noch ein Nachspiel haben, dachte er wohl.

»Echt mies, das Essen«, knurrte Sau.

»Dann zieh Leine und jag uns was«, fauchte Culleo ihn an.

»Der Mavro hat einen Bogen – soll er doch jagen.«

»Der jagt nur Menschen«, sagte der Hund und grinste. In Wahrheit hatte es, dachte Drust, mehr mit dem dunklen Wald als mit Manius' Auswahl an Zielen zu tun. Er war viel zu dicht und mit zu viel Unterholz, als dass er sich leise hätte anschleichen können. Er war ein Distanzschütze aus der Wüste, hier aber würde seine Beute ihn sehen und hören, lange bevor er selbst sie entdeckte.

Trotzdem gewöhne er sich langsam um, erklärte Manius. Er würde die richtige Farbe hier finden, sagte er, und sobald er das tat – was immer diese auch war –, würde er mit der Landschaft verschmelzen, eins mit der hiesigen Natur werden. Weit weg sein und doch genau hier. Unsichtbar werden. Quintus lachte, und die restlichen Brüder stimmten ein, nachdem sie begriffen hatten, dass Manius damit Culleo, Sau und Hammer Angst machen wollte. Sie lachten jedoch nur kurz und leise; sie erinnerten sich an Sib, der Manius einen Dschinn genannt hatte, ein Wort aus der Wüste für etwas Finsteres direkt aus dem Hades. Sie betrachteten den schlanken dunklen Mann mit den schwarzen Augen im Schatten und glaubten es.

Manius kramte in einer Tasche und zog ein kleines Päckchen aus Blättern hervor, die wie ein winziges Kissen zu einem Dreieck gefaltet waren. Er hielt es hoch und schob es sich in die Backentasche.

»Zwei übrig«, sagte er. Niemand antwortete oder schaute ihn an, vor allem nicht seine Augen, die nun noch seltsamer, glasiger und dunkler wurden als sonst, sodass man kaum noch sagen konnte, wo seine Pupillen anfingen. Es war eine Mixtur aus seiner Heimat, aus der tiefen Wüste südlich von Lepcis, und niemand außer ihm selbst wusste, was da alles drin war, sie wussten nur, dass die Spucke danach Blutflecken ähnelte.

»Wie lange noch, bis wir hier wieder rauskommen?«, wollte Hammer wissen. Er hatte den Kopf eingezogen und spähte in die umliegenden Wipfel.

»Sobald wir die letzten Bäume erreichen, sind wir da«, sagte Ugo hilfsbereit. »Ich dachte, ihr Jungs wärt von hier – warum solche Angst vor diesem Wald?«

Hammer warf ihm einen säuerlichen Blick zu. »Dich nennen sie einen Germanen, aber ich weiß, dass du ein Friese bist. Da gibt es kleine Wäldchen, aber nicht Vergleichbares. Sümpfe mit kleinen Baumgruppen, das hab ich gehört. Ich bin sehr weit östlich von hier geboren und aufgewachsen, direkt am Rand von einem ganz ähnlichen Wald – der eigentlich derselbe ist, denn er erstreckt sich über Berge und Täler weit durchs Land.«

Er beugte sich vor. »Da ist niemand mehr als ein paar Schritte reingegangen oder lange dringeblieben oder hat sich nachts auch nur in die Nähe begeben. Mein Dorf hatte eine Palisade errichtet gegen das, was da vielleicht rauskommen könnte. Und den Göttern immer Opfer gebracht, wenn sie ihn ein wenig zurückgeschnitten haben, um mehr Getreide anbauen zu können.

»Cernunnos, Jäger mit dem prächtigen Geweih, steh uns bei«, flüsterte Sau, und Culleo versetzte ihm einen Hieb gegen die Schulter.

»Nicht so laut, du Trottel.«

»Cernunnos«, wiederholte Ugo plötzlich mit einem tiefen Brummen, das alle aufschreckte. »Rückgrat der Mittelwelt. Schick uns die Amsel, den Wächter des Tores; den Siebenendigen Hirsch, Herr über die Zeit; die Uralte Eule, finstere Nachtmutter; den Adler, Herr der Lüfte und Auge der Sonne; und den Lachs, Ältester der Alten, Weisester der Weisen, der aus der Vereinigung der Fünf Quellen entspringt. Wacht über uns.«

Er vergoss etwas von dem guten Wein, aber nicht einmal Culleo protestierte. Eine Brise fuhr durch Blätter und ließ sie zischend flüstern. Keiner wagte, sich zu regen oder zu atmen. Als aus der Tiefe des Waldes ein Vogel zirpte, wimmerte Sau.

Irgendwann blies Kisa die Backen auf. »Na dann – folgt dem Wind und den Vögeln, wie euer Gott sagt.«

Er stand auf und entfernte sich, wobei er leise fremde Gebete murmelte, und der Hund schaute ihm voller Bewunderung nach.

»Man kann über den kleinen Juden ja sagen, was man will – wenn's drauf ankommt, hat er Eier wie Jupiter.«

Kag und Praeclarum gesellten sich zu Drust, der bemerkte, dass sie ihm etwas zu sagen hatten, also ließ er sich ein Stück zurückfallen.

»Wir könnten in Schwierigkeiten geraten, wenn wir zurückkommen«, sagte Kag. Drust schwieg. »Wir haben es nicht geschafft, den Drachen zu finden, haben seine Standarte nicht wiederbekommen und obendrein Asellio und die meisten seiner Männer verloren. Es braucht nicht mehr, als dass die drei da behaupten, das wäre alles unsere Schuld gewesen, und dann ...«

»Warum sollten sie?«, fragte Praeclarum.

»Um ihre eigene Haut zu retten«, sagte Kag. »Offiziell hat Culleo jetzt das Sagen, und er wird diese Beschwerde schon hervorziehen, die er momentan noch irgendwo verstaut hat. Er wird behaupten, wir hätten das Kommando übernommen, was ja auch nicht falsch ist. Das muss er tun, weil die Armee sonst ihn für unser Scheitern verantwortlich macht.«

»Und das heißt?«, fragte Praeclarum, und Kag spuckte vielsagend aus. »Das heißt, dass wir die drei töten, bevor wir zurückkommen«, schob sie hinterher.

Drust hatte den Eindruck, dass sie einen kleinen Hitz-schlag hatte, denn ihr Ton war hitzig und ihre Stirn schweißüberströmt, Die Vorstellung, dass sie sich in diesem finsteren Wald ein Fieber eingefangen haben könnte, beunruhigte ihn sehr.

»He – hab ich das gesagt?«, protestierte Kag, und Praeclarum riss genervt die Hände in die Höhe – da eine von ihnen einen nackten Gladius hielt, wichen beide Männer vor der funkelnden Schneide zurück.

»Ganz ruhig«, sagte Drust. Er sah sie blinzeln und sich Schweißtropfen aus dem Gesicht schütteln. Sie war blass und hatte blutunterlaufene Augen.

»Ich wollte damit nur sagen«, meinte Kag beschwichtigend, »dass wir vielleicht darüber nachdenken sollten, uns doch erst um diesen Drachen zu kümmern. Mit ihm zu reden. Damit wir wenigstens sagen können, wir hätten es versucht.«

»Bist du krank?«, fragte Drust Praeclarum.

Sie stieß ein kleines nervöses Lachen aus. »Puh! Dieser Ort ... diese Hitze.«

Drust berührte ihr Gesicht, spürte die Hitze in der feuchten Haut. »Wir sind bald hier raus.«

Er drehte sich zu Kag um. »Wir werden sicher nicht einem Scheißsenator nachjagen, der sein Pferd gegessen und den Großteil seiner Leute zur Rebellion angestachelt hat.«

*

Im Gänsemarsch schlängelten sie sich voran wie ein Zug aus Kamelen und Maultieren, der immer wieder stockte, wenn der Vorderste stehen blieb, weil ihm irgendetwas nicht gefiel. Dann ging es weiter, und der Zug entzerrte sich wie ein Stoffband, bis sie erneut aufeinander aufliefen. Sie kamen voran wie eine träge Raupe.

Alles war ermüdend und heiß und schweißtreibend. Nach zwei Stunden rief Drust eine Pause aus, und alle sanken zu Boden, wo sie gerade standen. Manius ging an Drust vorbei, das grinsende Gebiss rot verfärbt; sein Mund sah aus wie ein Schlachtfeld.

Über den Wipfeln sank die Sonne, und die Farben um sie herum verblassten, das grelle Grün, tiefe Braun und satte Gold schienen auszubluten, und Schatten schlichen wie Meuchelmörder zwischen den Stämmen umher. Sie hockten da und sahen zu, wie das hängende Moos zu Hexenhaaren wurde, horchten in die Nacht und versuchten, ohne ein verräterisches Feuer etwas zu essen und ein wenig Schlaf zu finden. Kag und Manius standen Wache, während der Rest getränktes Brot aß. Wir brauchen bald neue Verpflegung, dachte Drust niedergeschlagen angesichts ihrer Situation. Oder müssen schnellstens einen Weg über den Fluss finden, um allen zu entgehen, die uns nachstellen.

Praeclarum kam in der kühlen Nacht zu ihm, und sie saßen Schulter an Schulter da, hörten dem Knacken und Rascheln in den Baumkronen zu. Niemand sprach, selbst wenn er etwas zu sagen gehabt hätte; an diesem Ort war selbst ein Flüstern wie ein Schrei.

Irgendwo in der samtigen Finsternis verendete etwas Kleines unter lautem Kreischen. Eulen sangen blutige Klagelieder.

Als er Wache hielt, fühlten sich Drusts Augen trocken und rau an, und er blinzelte, um sie zu befeuchten, er wollte nicht einmal den Kopf schütteln, denn selbst diese kleine Bewegung hätte seine Position verraten. Er kam sich vor wie ein getupftes Rehkitz auf einer Lichtung. Aufmerksam hockte er da, ließ seine Blicke in langsamen Kreisen umherschweifen, zerschnitt mit ihnen die Dunkelheit der Baumschatten wie Kuchenstücke in einzelne Segmente und hörte seinen eigenen Herzschlag und sein rauschendes Blut.

Kurz befiel ihn Panik und das Gefühl, beobachtet zu werden. Sehr langsam drehte er den Kopf, bis er endlich den Umriss einer Füchsin ausmachte, die genauso angestrengt und reglos starrte wie er selbst. Sie setzte sich auf die Hinterläufe, strich sich wie eine Dame vor dem Spiegel mit den zarten Pfoten die Maske zurecht und verschwand mit einem kurzen Aufblitzen ihres Schwanzes. Drust atmete vorsichtig aus, während sein Magen aufhörte, Purzelbäume zu schlagen.

Das ist kein Ort für uns, dachte er. Dieses Dunkel, das selbst die Einheimischen fürchten – abgesehen von den Blutanbetern, die sich hier frei bewegen auf unsichtbaren Pfaden, die sie seit Ewigkeiten benutzen und die wir doch nicht finden können. Mit einem Mal ging ihm auf, dass es kein Wolfsgeheul gab. Wahrscheinlich auch keine schnüffelnden Bären – sie haben sie aus diesen Wäldern vertrieben, und die meisten ihrer Artgenossen hängen über den Schultern der Standartenträger und Hornbläser der wilden Armeen dieser Lande. Vielleicht werden sich die Waldgötter, die sich hier verkriechen, irgendwann dafür rächen, dachte er – und vertrieb diese Vorstellung mit einem inbrünstigen Stoßgebet an Fortuna.

Die anderen schliefen, zumindest diejenigen, die Drust gut kannte – Ugo, Kag, der Hund, seine Frau und Manius, der dunkeläugige Schlächter. Selbst Kisa, der Jude, der nie Sklave oder Gladiator gewesen war, der nie erlebt hatte, wie es sich anfühlt, in der Dunkelheit darauf zu warten, dass die Zellentür geöffnet wird, nur dorthin gehen zu dürfen, wohin zu gehen einem befohlen worden war, oder aus dem Zwielicht unter der Arena durch das Tor des Lebens hinaus ins Licht dessen zu treten, was sehr wohl der letzte Tag auf Erden sein mochte.

Was für unglaubliche Möglichkeiten das Leben bereithielt, dachte er. Was für ein pralles Füllhorn von Dingen, vor denen man sich fürchten konnte – einst hatte er geglaubt, man verliere seine Angst, sobald man einmal begriff, wie viel es davon gab, wie hoch der Preis für das eigene tägliche Leben war, wenn man sich bloß ängstigte. Er hatte gedacht, es sei ihm gelungen, und sich vor Kag mit diesem Wissen gebrüstet, mit dieser neuen Philosophie – wonach Angst ein Luxus war, und Luxus konnte sich niemand leisten. Es war allenfalls ein schlechter Scherz – die einzige Verstümmelung, die schlimmste Verletzung, die jeder Mann vermeiden wollte, war der Verlust der eigenen Eier. Man betete dafür – »Fortuna, erhöre mich, nimm mir das Augenlicht, die Beine, die Hände, Scheiße, sogar das Leben, große Göttin, aber die nicht. Die nicht.«

Sobald man diese Angst einmal überwunden hatte …

Kag hat mir den Kopf gewaschen, erinnerte sich Drust, weil er echte Philosophie kennt, was der Tatsache zu verdanken ist, dass er mit einem hochgeborenen kleinen Scheißer, den er beschützen sollte, gemeinsam im Unterricht sitzen musste. Der kleine Scheißer hatte nicht viel gelernt, Kag aber sehr wohl, obwohl er weder lesen noch schreiben konnte.

Du redest nur von Dingen, die dich töten oder verstümmeln können, hatte er zu Drust gesagt. Aber was ist mit dem Rest? Du fühlst dich für uns alle verantwortlich, für die Brüder des Sandes, dafür, uns heil durch jede Unternehmung zu führen. Und das ist die eine Angst, die du nicht töten kannst.

Wir hätten uns absetzen sollen, dachte Drust. Wir hätten uns verpissen sollen, sobald die Entscheidung gefällt wurde, die Tore des Lagers zu schließen. Wir hätten uns irgendwo verstecken, alles zurücklassen und uns schleunigst über den nächsten Pass zurück nach Italia aufmachen sollen. Scheiß auf den weißen Bären. Sooft er – wie jetzt gerade – Zeit hatte, darüber nachzudenken, quälte ihn diese Erkenntnis wie ein eingerissener Fingernagel.

Stattdessen hingen sie hier in diesem Wald und suchten nach einer Furt oder einer Brücke oder einem Gott, der sie über das Hindernis eines Flusses in Sicherheit bringen würde. Und Kag wollte allen Ernstes diesem Abtrünnigen nachstellen – der wahrscheinlich schon tot und mit Sicherheit völlig übergeschnappt war. Drust saß da und fühlte seine Hand zittern, etwas ganz Neues, das er vor den anderen geheim hielt. Er fragte sich, ob das jetzt immer so bleiben, zu ihm gehören würde, oder ob das Zittern aufhören würde, sobald sie in Sicherheit waren. Bestimmt sitze ich in ein paar Jahren mit ein paar Freunden oder sogar im Kreis einer Familie beim Essen, dachte er, und dann fängt die Hand plötzlich wieder zu zittern an, all die alten Muskeln aus der Arena erinnern sich auf einmal an ihre Aufgaben, sind aber nur noch kräftig genug, um mich mit Wein zu bekleckern, während die Geister der Menschen, die unter meiner Obhut gestorben sind, mit grimmigen Mienen zuschauen ...

Vorausgesetzt, mir bleiben überhaupt noch ein paar Jahre.

Da war eine Bewegung, und ein dunklerer Schatten schob sich raschelnd auf ihn zu. Drust schreckte auf, bis er erkannte, dass es Manius war, der die nächste Wache hatte.

»*Omnes ad stercus*«, sagte Manius, was die Losung für diese Nacht war. Seine Zähne leuchteten noch immer fleckig rot im Dunkeln.

»*Sodales, avete*«, gab Drust ungehalten zurück. »Verdammt, ich hätte dich fast massakriert.«

Manius ignorierte es und setzte sich. Selbst aus dieser Nähe schien er einfach im Schatten zu verschwinden. »Ich habe die Farbe gefunden, ich bin nicht hier«, sagte er träumerisch. »Ich bin an einem anderen Ort.«

»Das ist mir klar«, erwiderte Drust und hoffte, dass seine Stimme ruhig klang. »Halt bitte trotzdem Wache.«

*

Drust erwachte mit den ersten Strahlen der Sonne im Blätterdach, das dicht genug war, um den Bolzen einer Balliste abzufangen, das gleißende Licht aber immerhin als matte Tupfer durchließ. Er lag da und lauschte der schlafenden Praeclarum, deren Atem in einem sanften Schnaufen zwischen den weichen Lippen hervorkam. Er sah das Sonnenlicht einen nahen Baumstamm erreichen und langsam die raue Rinde emporklettern wie alte Kohlen, ein helles Rot, eingehüllt in einen gelben Schein. Kurz erfasste der Strahl ein Eichhörnchen, das in Gold gebadet dasaß, ehe es in den Schatten huschte. Er hörte ein Kratzen, ein leichtes Trippeln, und wunderte sich angespannt, bis an seiner Seite raschelnd Sau auftauchte und sich für einen Moment mit schief gelegtem Kopf neben ihm niederließ.

»Ein Dachs«, erklärte er. »Kratzt sich neues Material für seinen Bau zusammen. Und Eichhörnchen, die Haselnüsse knacken oder die Rinde von Ästen reißen und sie fallen lassen.« Er stockte und runzelte die Stirn. »Hab nie rausgefunden, warum sie das machen – sie essen sie nicht, sondern lassen sie einfach fallen.«

Drust sah ihn an. »Woher weißt du solche Sachen?«

Sau zuckte mit den Schultern. »Hab ich doch gesagt – ich hab als Kind am Rand vom dunklen Wald gewohnt. Heißt nicht, dass wir nicht echt Schiss hatten, wenn wir hin und wieder ein Stück weit reingegangen sind – da gibt's Bären und Wölfe, wie du weißt. Na ja, hier nicht, weil Rom dafür bezahlt hat, dass sie verjagt werden.«

Er rutschte herum. »Der Mavro sagt, er riecht irgendwas, was ihm nicht gefällt. Und Kag hat gesagt, ich soll dir das sagen.«

Drust ging zu Kag und Manius, die in einer Baumgruppe kauerten, an deren Stämme sich wie Tentakel dicke

Moosfäden hinabwanden. Hier war das Blätterdach besonders dicht, und das Licht wirkte, als säße man unter Wasser.

»Rauch«, sagte Manius, als sich auch die anderen um ihn versammelten. Sie trauten sich kaum zu atmen, geschweige denn zu sprechen. Jetzt konnte Drust es auch riechen, eine Mixtur aus stechendem Holzrauch – jener Art, die schmerzliches Verlangen nach alten Annehmlichkeiten aufkommen lässt – und einem noch stechenderen Kohlegeruch. Die Erinnerungen, die dies freisetzte, ließ die Brüder einander anschauen, was nicht unbemerkt blieb.

»Was ist denn?«, fragte Culleo schrill. Unerwartet sanft legte ihm der Hund eine Hand auf die Schulter.

»Etwas, das dich leise und weich laufen lässt, als ob du versuchst, einen Affen zu fangen.«

Drust glaubte kaum, dass Culleo jemals einen Affen gesehen hatte, aber er schien in etwa zu verstehen.

»Sachte fängt sich der Affe«, sagte Kag und leckte sich die Lippen.

Quintus grinste. »Seht ihr? Genau das hab ich nie verstanden. Man kann sich nicht an Affen anschleichen – wir haben es wirklich versucht, bei allen Göttern. Tief im Süden des Nils, wisst ihr noch, Jungs? Man muss die kleinen Mistviecher mit einem Stein oder einem Stock erwischen und dann Netz drüber, solange sie noch benommen auf dem Boden liegen. Das gilt zumindest, wenn man sie für den Tiermeister der großen Arena fangen soll. Wenn man nur an ihr Fleisch kommen will, nimmt man Manius und seinen Bogen.«

»Hast du so auch deine letzte Frau getroffen?«, schoss Kag dazwischen. »Die sah nämlich aus wie ein Affe.«

»Meine letzte Frau war deine olle Mama«, flüsterte Quintus zurück, spähte dabei aber aufmerksam ins Unterholz.

Drusts eigene Frau sah ihn an und lächelte, spülte sich den Mund mit Essigwein aus und spuckte. Ihr Aussehen gefiel ihm gar nicht, aber er sagte nichts, sondern gab Manius ein Zeichen, sie alle zu der Quelle dieser komplexen Geruchsmischung aus Freude und Tod zu führen. Eine sanfte Brise wehte wie ein dünner Schrei über stürmischem Wasser, und mit ihr kam eine Schärfe, der Hauch einer bekannten Note, aber so schwach, dass Drust sie nicht einordnen konnte. Er sah Kag an. Kag nickte knapp, als hätten sie damit etwas Bestimmtes vereinbart.

Sie krochen voran bis zu einer Stelle, wo die Bäume lichter wurden und ihnen das Gras fast an die Schultern reichte – bei allen bis auf Ugo. Hier und da standen Schösslinge, aber sonst überall nur Gras. Kisa zupfte ein paar Samen aus den Ähren und runzelte die Stirn.

»Da ist Weizen dazwischen«, sagte er, und sofort hatten alle ein Bild vor Augen – alte Felder, die man wieder dem Wald überlassen hatte, aber auch das hohe Gras war wie ein Raubtier und würgte sogar die Bäume ab. Insekten surrten und summten, selbst die Hitze schien zu zischen. Fast wünschte Drust sich in den Schatten des Waldes zurück, den sie hinter sich gelassen hatten.

Dann zeigte Ugo auf etwas, und alle spähten mit zusammengekniffenen Augen in Richtung der unförmigen gelbbraunen Erdhügel, die sie erst für alte Heuhaufen gehalten hatten. Aber das waren sie nicht. Sondern alte Gebäude, tief am Boden gebaut, sodass ihre Strohdächer fast bis auf die Erde reichten.

So alt wie die Felder, dachte Drust und blies sich Insekten von den Lippen. Er erkannte ein Langhaus, dessen Dachbalken gebrochen war und in der Mitte durchhing. Ringsum verteilt standen mehrere kleine Gebäude .

»Zwanzig Bewohner«, flüsterte Kisa. »Vielleicht mehr.«

»Jetzt niemand mehr«, sagte Manius in normaler Lautstärke, sodass alle zusammenzuckten. »Bis auf die da.«

Sie hingen zu sechst da, schwangen im Wind und waren schwarz vor Fliegen, die nur kurz aufflogen, um zu enthüllen, dass die Toten Streifenröcke aus ihrem eigenen geschundenen Fleisch zu tragen schienen. Zwei von ihnen waren Frauen, aber auch das war aufgrund der abgetrennten Brüste nur schwer zu erkennen. Die übrigen vier waren Männer mit Froschmündern, da man ihnen ihre Genitalien in den Mund gestopft hatte. Und sie alle hingen schon lange hier, waren ausgetrocknet und von Verwesung marmoriert. Einem war sogar ein Bein abgefallen.

Ein anderer trug ein Stück Borke an einer Kordel um den zerschnittenen Hals. Das grobe Gekritzel darauf besagte: *Roma invicta.*

»Hier seht ihr euren Drachen in Aktion«, sagte Praeclarum und spuckte aus.

»Das ist Wochen her«, sagte Kag. Die Wolke aus Fliegen hatte ihn entdeckt, und er wich zurück, prustete und wedelte mit den Armen.

Culleo stand da, die Arme schlaff an den Seiten, sein Blick starr und leer. »Bis zur Ära von Sulla und Marius waren wir glücklich«, knurrte er an niemand Bestimmten gerichtet – außer vielleicht die baumelnden Toten. »Dann haben wir herausgefunden, dass wir Barbaren sind, nackt und sündig, und dass wir fremde Götter aus einer anderen Welt unter einem anderen Himmel anbeten sollen.« Er sah sie alle traurig an. »Sehr nett von den Römern, uns das wissen zu lassen.«

»Du solltest ihn im Auge behalten«, flüsterte Kisa wie ein zischendes Orakel an Drusts Schulter, als Culleo außer Hörweite gekrochen war.

»Der fehlende Suff setzt ihm zu«, gab Drust zurück, klang aber nicht sehr überzeugt. In Wahrheit glaubte er, dass Culleo vom Dunkel infiziert war und auch nach all den Jahren als Römer die alten Blutgelüste in sich aufsteigen spürte.

»Er hat die Wahrheit über Rom erkannt«, sagte Kisa.

»Und die wäre?«, fragte Drust, während er weiter spähte und spähte.

»Dass die kerzengeraden Straßen, der Marmorprunk, das flavische Amphitheater und all die anderen Prachtbauten so vergänglich sind wie ein Traum auf dem Kamm einer Sanddüne, wie geboren aus einem wolkenlosen Himmel. Ihr fallt in fremde Länder ein und zwingt die Bewohner dazu, bessere Schuhe und größere Karren haben zu wollen, billiges Essen aus Garküchen, kostenloses Getreide für kostenloses Brot, und alles, was sie dafür tun müssen, ist, sich wie Deppen in eine Toga zu hüllen.«

»Fick dich, Kisa – das kommt davon, wenn man zu viele griechische Philosophen liest.«

Quintus kam zu ihnen, und Drust sah, dass er den Mund grimmig verzogen hatte. Er hatte Quintus noch nie grimmig gesehen. »Rom ist ewig«, fauchte er Kisa an. »Athen ist eine Göttin, Alexandria ist eine Hure wie Babylon, Jerusalem ist ein Kinnbart mit verstecktem Messer – Rom aber ist ein Mann mit kantigem Kinn, voll von gerechtem Zorn und köstlicher Pastete, der in einer Taverne sitzt und guten Wein trinkt, ehe er auszieht, um das Imperium zu vergrößern.«

Ein leises Lachen erklang, und Drust sah das Grinsen auf Quintus' strahlendes Gesicht zurückkehren.

Nie hatten sie mehr danach gelechzt, dachte Drust, nach all den Ziegeln und dem Marmor und den Rauchsäulen am Himmel, nach dem Kloakengestank des Tiber und den würzigen Kochfeuern von tausend Nationalitäten. Sie wollten sich in die fackelbeleuchtete Düsternis der Subura stürzen, das Gekreische und Gestreite hören und die hohen, spitzen Schreie, die entweder von tödlichen Meinungsverschiedenheiten oder wildem Sex zeugten. Rom war das Schmettern von Trompeten und der blutige Tod am Nachmittag, das Geschrei der Frauen auf den Märkten, das Gebrüll von Menschen aus aller Herren Länder, eine dichte Menschenkruste aus allen Ecken des Imperiums, verteilt über sieben Hügel und verbunden durch kurvenlose Straßen und das Gesetz. Sie verzehrten sich danach wie nach der Umarmung der Mutter.

Rom, dachte Drust, ist das schlagende Herz dieser Welt und kann höchstens von sich selbst zu Fall gebracht werden.

»Rom ist fast tausend Meilen weit weg«, knurrte Kag, als Drust einige dieser Gedanken aussprach. »Den Römern hier nützt es einen Scheiß.«

»Man muss sich doch fragen«, sagte Praeclarum mit einem Blick auf die Gehängten, »warum sie diese Botschaft hier hinterlassen haben?«

»Der Drache markiert wie jeder dreckige Köter sein Territorium«, grunzte der Hund.

»Das versteh ich schon«, meinte Praeclarum leise. »Aber warum ausgerechnet hier? Guck dich doch um – hier hat seit Jahren niemand mehr gelebt. Eine Botschaft bringt ja nur was, wenn Leute sie auch sehen können.«

Drust spürte, wie ein kalter Hauch den Schweiß auf seiner Haut eiskalt werden ließ. Niemand lebte hier, und doch kamen Menschen hierher. Sie trafen sich an diesem namenlosen Ort in einem dunklen Wald. Sie trafen sich und zogen gemeinsam zum Plündern aus. Für sie hatte Antyllus diese Botschaft hinterlassen.

Auch die anderen schienen zu dieser Erkenntnis gelangt zu sein. Der Hund fluchte leise und sah Praeclarum bewundernd an. Ugo ließ die Schultern kreisen und sagte: »Die haben sicher Augen gemacht.« Plötzlich kamen sie sich alle beobachtet vor.

»Manius«, sagte Drust. Der hob einen Arm, rutschte in das hohe Gras und war verschwunden, ließ nichts als einen Fleck blutroter Spucke zurück.

»Er ist gar nicht hier«, sagte Quintus grinsend und wischte sich über das verschwitzte Gesicht. »Der ist weit weg.«

»Der hat bloß Scheiße im Kopf«, sagte der Hund düster. »Das Zeug, dass er da kaut, wird uns noch alle umbringen.«

Drust war anderer Meinung. Was sie umbringen würde, waren rachsüchtige Männer mit scharfen Speeren und Schwertern, und genau auf die trafen sie eine Stunde später, als sie über verfallene Bruchsteinmauern kletterten, die kaum noch hüfthoch waren, obwohl sie einst höher als vier Mann aufgeragt hatten.

»Die alte Grenze von Rom«, bemerkte Culleo spitz. »Bevor sie sich zurückgezogen haben.«

»Das ist mindestens hundert Jahre her«, sagte Quintus. »Und Rom hat kaum mehr als ein Dutzend Meilen aufgegeben. Ich würde nicht damit rechnen, dass deine Baumficker-Freunde bald vor den Toren der ewigen Stadt stehen. Eher geht die Welt unter.«

»So hab ich das ja nicht gemeint«, murmelte Culleo. Drust hatte den Helm abgenommen, um ein bisschen Wind zu spüren und den Schweiß vom Innenleder zu wischen. Kaum hatte er ihn schmatzend wieder aufgesetzt, da explodierte die Welt in hellen Sternen und einem Geräusch, als wäre er selbst der Schwengel einer Glocke.

Der Teil seines Selbst, der nicht davon benommen war, sagte etwas von »Pfeil« und »Helm«, und er hätte schwören können, dass Fortuna ihm »Mehr Glück als Verstand« ins Ohr flüsterte – dann riss Praeclarum ihn zur Seite aus dem Getümmel. Kag und der Hund standen Seite an Seite, Ugo schlug taumelnd um sich, und wo er traf, spritzten Blutfontänen; Quintus blockte tänzelnd und stechend die Schläge ab, die auf ihn gerichtet waren.

»Bist du noch bei uns?«, fragte Praeclarum. Drust kam mühsam auf die Beine, wankte ein wenig und hörte ihre Stimme immer noch wie aus weiter Ferne. Er winkte sie in den Kampf, und zückte seinen Gladius, der so schwer wog wie nie zuvor; er hatte den eiförmigen Schild seit dem letzten Kampf mitgeschleppt und war jetzt froh darüber.

Er hörte den Hund wilde Flüche ausstoßen und sah Manius, der mit angelegtem Pfeil auf ihre Flanke zuhielt. Schreiend und blutüberströmt brach der Hammer aus dem hohen Gras hervor – ein Krieger, der ihm auf den Fersen war, sah Drust, stockte und lief dann weiter, in einer Hand einen Speer, in der anderen einen langen Schild. Er trug einen albernen Helm mit Hörnern, der ein wenig schief saß. Aber Drust kämpfte noch immer um die Beherrschung seiner Sinne, und der Speerträger griff ihn stampfend und mit einer Geschwindigkeit an, dass der Speer nur so pfiff und schnalzte – und plötzlich war sein Gladius fort.

Drust hatte kaum gespürt, wie er ihm aus der Hand glitt, schaffte es aber, die nächsten Stöße mit dem Schild abzufangen. Der Speer schabte über das Holz, Drust taumelte und ging zu Boden. Der Speerträger war ein untersetzter pickliger Knabe mit wallend rotem Haar und feinem Bartflaum und einem triumphierenden Grinsen.

Und ich sitz hier auf dem Hintern, dachte Drust, robbte rückwärts und sah schon vor sich, wie er von diesem halbwüchsigen roten Schwein aufgespießt wurde – da fühlte er etwas unter seinen Fingern liegen und schaffte es, sie darum zu schließen und sich zur Seite zu rollen, als der Speer erneut herabfuhr.

Hammers Zelthammer, begriff Drust mit wilder Erleichterung. Der Speerträger stach abermals zu. Drust ließ die Spitze über sich hinweggleiten und schwang den Hammer gegen die Fußknöchel des Angreifers, spürte den Aufprall, hörte das Knirschen und sah den Burschen zu Boden gehen, wo er sich mit lautem Geschrei wälzte.

Drust rollte sich auf die Beine und schwankte wie ein dürrer Baum im Wind, während der Speerträger kreischte und mit leeren Händen nach dem weißen Knochen und den blutigen Fleischfetzen schlug, die einmal sein Schienbein gewesen waren. Drust hieb auf den albernen gehörnten Helm des Knaben ein, als schmiedete er Zimmermannsnägel. Keine gute Arbeit, dieser Helm; seine einzelnen Segmente brachen an den Nahtstellen auseinander, und Blut quoll aus dem Mund des Jünglings.

Plötzlich prasselte Feuer, ein Lodern aus Hitze und Rauch und Geknister. Drust hörte Kag brüllen, alle sollten sofort das Feld räumen, das Gras stehe in Brand. Er stolperte vorwärts und sah zwei weitere Speerträger, Fratzen aus geflochtenen Bärten und Geifer, die ihn anstarrten und kreischten wie Mädchen. Er begriff, dass er zu ihrem schlimmsten Albtraum geworden war – ein großer hammerschwingender Gott, umrahmt von Feuer und Qualm. Er lachte; sein Kopf war eiskalt, sein Rücken dagegen brannte vor Hitze.

Der Erste ging zu Boden, ohne auch nur den Speer zu heben; der Zelthammer traf ihn mitten ins Gesicht, das kaum mehr Widerstand leistete, als hätte Drust in ein Vogelnest geschlagen. Der Zweite fuchtelte mit dem Speer und schien gleichzeitig zustechen und fliehen zu wollen. Drust brach den Schaft mit einem Schlag entzwei und zog im gleichen Schwung den Hammer nach oben. Der Unterkiefer flog in einer Blutwolke davon, begleitet von einem letzten Schrei voller Entsetzen.

Die nächsten beiden wollten sich gemeinsam auf ihn stürzen, aber einen verließ der Mut, und er rannte zur

Seite weg, wobei er mit der einen Hand den Speer fortwarf und mit der anderen die Fackel. Drust fällte den anderen mit einem Hieb zwischen Hals und Schulter. Es krachte wie ein zersplitternder Baum.

Einen Moment lang stand er da, drehte sich nach allen Seiten um und suchte im Rauch nach weiteren Feinden, als Kag vor ihm auftauchte und ihn anblinzelte.

»Du scheinst ja über Fortunas Gunst nach Belieben verfügen zu können«, meinte er, zog Drust den Helm vom Kopf und drückte ihn ihm in die Hand. »Ich hab gesehen, wie du das Ding aufgesetzt hast, einen Augenblick bevor der Pfeil eingeschlagen ist. Einen Wimpernschlag langsamer, und Praeclarum könnte ihre Erbschaft zählen.«

Drust lachte. Kag ebenfalls. Aneinandergelehnt standen sie da und keuchten vor qualmersticktem Gelächter, bis sie durch die Schwaden Kisa neben Hammer knien sahen. Drust erinnerte sich an das blutverschmierte schreckliche Werkzeug in seiner Hand und schämte sich, es derart beschmutzt zu haben.

»Ist er verletzt?«

Eine Possenspielfrage, die eigentlich dem *Maccus* in einer Atellane zufiel, wenn man sich anschaute, wie Hammer beide Hände auf den breiten Schlitz in seinem Bauch gepresst hielt, als könnte er die blau-weißen Eingeweide auf diese Weise zurückhalten. Er hatte offenbar darauf vertraut, dass seine Finger selbst im Tod nicht erschlafften, den Kisa bestätigte, indem er mit ausdrucksloser Miene aufschaute und den Kopf schüttelte.

Culleo spuckte aus. Sau gab ein kleines wimmerndes Stöhnen von sich, aber sonst sagte niemand viel, bis auf den Hund, der anregte, es sei vielleicht nicht die schlechteste Idee, sich vom Feuer zu entfernen. Sie wandten sich ab und überließen es Sau und Culleo, Hammer nach noch Brauchbarem zu durchsuchen, als hätten allein sie dazu das Recht.

»Der hier lebt noch«, sagte der Hund plötzlich und stieß einen Körper mit der Fußspitze an; der Mann ächzte. Kag und Ugo zerrten ihn auf die Beine. Er blutete aus Wunden in Kopf und Armen, war jung und dunkelhaarig, rasiert und mit einem sauberen Haarschnitt. Drust sah das Blut auf seiner Tunika und die *Braca*, diese Wollhose, die viele Nordmänner trugen, weit und grässlich bunt und an den Knöcheln zusammengebunden. Er sah den von Treffern gezeichneten Schild des Mannes in der Nähe liegen, ein eiförmiges Ding mit Verzierungen in Grün und Gold, ähnlich wie ein weiterer ganz in der Nähe. Auch das rote Schwein, unter dessen Augenlidern noch immer Blut hervorquoll, war ein Römer mit einem schlechten Helm.

Der Qualm stach ihm in die Augen, der Mann hing schlaff zwischen Ugo und Kag und brabbelte vor sich hin. Der Hund rief Culleo und Sau zu sich.

»Fragt ihn, wer sie sind und ob hier noch mehr von denen auf uns warten.«

Culleo spuckte aus. »Die kommen aus dem Dunkel. Sie beten Blut an und sollten sterben.«

Drust klopfte ihm auf die Schulter, schaute dann demonstrativ den Hund an und zeigte auf die Schilde. Der Kopf des Manns sackte auf die Brust.

»Er ist keine Waldlaus«, sagte Drust. »Das ist ein Römer – schau ihn dir an.«

»Bei Fortunas fetten Titten, tatsächlich«, knurrte Kag und schlug dem Mann auf die Schulter. »Römer, wie? Red schon, du Schneckenschleim.«

»Ich bin Römer, Teil der Ala Flavia«, schnaufte der Mann und blies sich Blut von den aufgeplatzten Lippen. »General Antyllus ist ein Quell von Gnade und Freigiebigkeit. Seid ihm gegenüber auch eine Quelle von Gnade und Freigiebigkeit. Wenn ihr es tut, werdet ihr bei ihm Erlösung finden. Andernfalls trollt euch und geht Schweine ficken.«

Drust schwieg kurz und überlegte. Er brauchte Informationen, glaubte aber kaum, dass dieser Mann freiwillig damit herausrausrücken würde. Er schaute sich um. Ringsum schien alles in Flammen zu stehen, sie sollten diesen Ort wohl besser verlassen. Prasseln und Schreie kamen von überall.

Der Mann spuckte schwach aus, und der blutige Speichel rann ihm übers Kinn.

»Alle Stämme aus dem Dunkel sind auf dem Vormarsch«, brachte er mit einer Stimme wie ein müdes Seufzen heraus. »Sie kommen – aber wir sind *Roma invicta*. Unser Zorn ist wie Feuer. Er brennt alles sauber. Wir kommen wie eine große Flammenwand.«

»Nach allem, was wir gehört haben, bist du ein Verräter«, sagte Quintus und schüttelte den Mann. »Römer – wo steckt dein berühmter General Antyllus?«

»Die Bitterkeit ist ein Gott, der seinen Träger von innen zerfleischt«, sagte der Soldat und grinste blutig in die Runde. »Der Drache rückt näher, und er wird das Licht des Mithras ins Dunkel tragen. Ich bin der Rabe. Ich bin die Flamme.«

»Die Nummer mit dem Feuer hat der Drache schon mal versucht«, grunzte Ugo mit Blick auf die qualmenden Schwaden. »Das kann er nicht so gut, was?«

»Da fällt mir eine Redensart ein«, sagte der Hund plötzlich, hob eine erloschene Fackel auf und schritt auf das flackernde Feuer zu. Allmählich kommen sie uns wirklich etwas zu nah, dachte Drust.

»Mach einem Mann Feuer, und er hat es einen Tag lang warm?«, vermutete Kisa gehässig. Der Hund lachte und fuhr mit der Fackel am Saum der Tunika des hängenden Römers entlang.

»Steck ihn in Brand, und er hat es warm für den Rest seines Lebens.«

Fluchend sprangen Kag und Ugo zur Seite und ließen den brennenden Mann kreischend zusammenbrechen. Er versuchte sich aufzurappeln und zu fliehen, aber seine Sehnen verzogen sich, und so schlug er bloß wild um sich, schrie die Flammen an, bis sie seine Stimme fraßen.

»Bei Jupiters mächtigem Pimmel, Hund – wer hat dir denn in die Stiefel gepisst?«, fauchte Kag, aber Drust hatte endgültig genug von der Hitze und den Flammen und dem brutzelnden Schweinegestank des Mannes, der zwischen ihnen im Feuer verreckte.

»Manius – auskundschaften, wie es da vorne weitergeht. Alle anderen ab nach Westen. Lasst uns diesem blutigen Wald endlich den Rücken kehren.«

Sie machten sich auf. »Wo ist Praeclarum?«, fragte Drust, und als niemand antwortete, wiederholte er die Frage.

Eine weitere Wiederholung war zwecklos. Niemand wusste es. Sie war einfach verschwunden.

3

Ihm war kalt, der Schweiß auf seiner Haut hatte sich in eine eisige Schmiere aus Furcht und Panik verwandelt. Trotzdem brannte Drust vor blinder Wut und dem Bedürfnis, ihr hinterherzurennen, wo immer sie sein mochte. Ganz gleich, welche Richtung, einfach eine einschlagen, er würde sie schon finden. Nur dazusitzen und zu versuchen, einen klaren Gedanken zu fassen, ließ ihn am ganzen Leib zittern und die Hände zu Fäusten ballen, bis sich die tätowierten Buchstaben auf seinen Knöcheln scharf von der weißen Haut abhoben.

Schweigend traten sie zu ihm. Der Hund legte ihm eine Hand auf die Schulter, Quintus eine in den Nacken, als wäre er ein Haustier, das es zu beruhigen galt. Ugo klopfte ihm kurz und unbeholfen auf den Rücken, knurrte und blieb dann ganz in der Nähe stehen, unruhig wie ein nervöses Pferd.

Kag kniete sich vor ihn und zwang Drust, ihn anzusehen und in die entschlossenen Augen zu schauen. »Wir holen sie zurück«, sagte Kag und breitete die Hand aus, zeigte ihm die abgespreizten Finger mit den eigenen Tätowierungen auf den Fingerknöcheln – E-S-S-S. *Ego sum servus Servilius* – ich bin ein Sklave des Servilius. Jeder Sklave wurde irgendwo markiert, und selbst die Freiheit ließ diese Tatsache nicht verschwinden; man lebte damit, indem man sie entweder versteckte oder sie trotzig zur Schau stellte. Bei ihnen gab es kein Verstecken.

Culleo und Sau hockten da und schauten schwitzend und unbehaglich zu. Und auch wütend.

»Sie ist tot«, sagte Culleo barsch, und Ugo versetzte ihm einen Tritt, dass er zur Seite rollte. Er kam jedoch sofort wieder auf die Beine und starrte die Brüder finster an, eingerahmt von Feuer und schwarzem Rauch.

»Wenn sie sie überhaupt mitgenommen haben und sie nicht noch tot hier irgendwo im Gras liegt«, fuhr er fort. »Dann ist sie spätestens jetzt tot. Sie werden ihr die Kehle durchschneiden.«

»Das sind keine Wilden aus eurem Dunkel«, unterbrach ihn Kisa aufgebracht. »Das sind Römer.«

»Wo ist eigentlich Manius?«, fragte Drust, und Kisa fuhr herum, starrte ihn an und blinzelte sich Schweiß aus den Augen.

»Er ist los, um nach Hinweisen zu suchen«, sagte er. »Hör nicht auf den Kerl – wir haben alles abgesucht und sie nicht gefunden. Die haben sie mitgenommen und wenn, dann aus einem bestimmten Grund, und sie lebt noch. Das sind Römer.«

»Römer«, bestätigte Sau und nickte widerstrebend. »Mag sein – aber ich wette, jeder hier hat gesehen, was Römer in einem Krieg einer Frau antun können.«

»Sie haben sie nicht ohne Grund mitgenommen«, sagte Kisa beharrlich und verzog das Gesicht. »Sie sind wegen ihr gekommen.«

»Um sich eine Frau zu schnappen?«, fragte Culleo ungläubig.

»Um einen von uns gefangen zu nehmen«, sagte Kisa. »Und das natürlich lebend, oder warum sich sonst überhaupt die Mühe machen?«

»Warum sollten sie das tun?«, fragte Quintus, aber niemand hatte eine Antwort darauf, auch wenn Drust dieses Rätsel nutzte, um die Zahnräder in seinem Kopf zu beschäftigen und sie so davon abzubringen, seine Beine weiter zum Losrennen überreden zu wollen. Da kam Manius zurück, schwarz wie der Qualm und glänzend vor Schweiß.

»Vier unterwegs nach Norden«, berichtete er. »Keine Spuren, die ich Praeclarum zuordnen kann, aber vielleicht tragen sie sie – der Boden ist nicht weich genug, um ihre Fußabdrücke von anderen zu unterscheiden. Auf jeden Fall sind Blutstropfen dabei, irgendwer läuft also aus.«

»Sag ich doch«, meinte Culleo und wich zurück, weil Ugo sofort einen Schritt in seine Richtung machte.

»Also hinterher«, sagte Drust und ließ beim Aufstehen ein wenig von seinem Zorn verfliegen. Culleo, der ebenfalls aufstand, stieß ein Knurren aus.

»Du willst denen folgen? Tiefer ins Dunkel? Der einzig sichere Weg führt nach Westen.«

»Dann nimm ihn. Wir gehen nach Norden«, fauchte Kag. Culleo schleuderte seinen Helm auf den Boden.

»Hammer liegt da drüben mit einem Loch im Bauch, das selbst du mit deiner tätowierten Pranke nicht schließen könntest, aber das interessiert hier keinen auch nur einen Scheiß. Nein – wir sollen lieber alle losrennen, um einer von euch hinterherzujagen, noch dazu der Dirne von eurem Anführer.«

Überraschend schnell für einen Mann seiner Größe sprang Ugo auf ihn zu, und Culleo konnte nur noch kurz aufjaulen, bevor er vor die finstere Grimasse gehoben wurde, die Ugos Gesicht war.

»Ich werde dir den Schädel zerdrücken, bis alles rausquillt«, polterte er, stockte dann aber, weil er eine Klinge am Hals spürte. Als er ihr mit dem Blick folgte, entdeckte er am anderen Ende einen entschlossen dreinblickenden Sau.

»Lass ihn runter, Riese. Diese Unternehmung hat schon zu viele Bataver das Leben gekostet.«

»Mach schon«, befahl Drust und spürte neuen Zorn aufwallen angesichts dieser Verzögerung. »Kag – gib ihnen genug Wasser und Brot, um sich durchzuschlagen.«

»Alleine?«, fragte Sau.

»Deine Entscheidung«, sagte Kag. »Wir gehen nach Norden.«

Sau steckte das Schwert in die Scheide und blies die Backen auf. Dann sah er Culleo an. »Nicht viel Auswahl, oder? Im Westen sterben oder im Norden sterben.«

»Ich arbeite an einer ganz neuen Technik«, gab Culleo zurück und massierte sich den Hals, wo Ugo ihn gepackt hatte. Die verschwitzten Stacheln seiner Haare waren so schief wie seine Mundwinkel. »Namens gar nicht sterben.«

Ugo wischte sich die Handflächen an der Tunika ab und nickte Sau anerkennend zu. »Große Klöten für so einen kleinen Mann – aber wenn du deinen Zahnstocher noch mal auf mich richtest, werde ich ihn dir abnehmen und sie dir damit entfernen.«

»Irgendwo musst du ja auch welche herbekommen«, sagte Sau und stierte zurück.

Kag streckte die Hand aus, Knöchel nach oben und Finger gespreizt. Einer nach dem anderen taten es ihm die Eingeweihten gleich, bis er schließlich Sau und Culleo anstarrte.

»Ihr habt auch Markierungen irgendwo – diese idiotischen wahrscheinlich, die sich alle Armeefurzer machen lassen. *SPQR* auf dem Schulterblatt, wo es ein *Optio* bei der Parade nicht sehen kann. Oder *Roma invicta* quer über den Bauch – was in Ordnung aussieht, solange er flach und hart ist, aber richtig fies wird, wenn er im Ruhestand anschwillt. Egal – ihr seid auch nicht anders als wir.«

»Ehemalige Sklaven?«, fauchte Culleo mit hochrotem Kopf. »Gladiatoren? Ich bin nie ein Sklave gewesen – und ich bin römischer Soldat, nicht so ein tänzelnder Grieche, der lieblich durchs Amphitheater schwebt.«

»Du warst mal Helvetier«, gab Drust barsch zurück, »auch wenn du die jetzt verleugnest. Der Vater deines Vaters und dessen Ahnen haben sicher einem Römer gehört, bis einer aus eurer Sippe begriffen hat, wie man einen Löffel hält, sich ein bisschen hochgearbeitet und seine Freiheit erkauft hat. Und jetzt hast du dieses Erbe genommen, dich mit den Insignien Roms markiert, dem du dich versklavt hast, und leugnest, je etwas anderes gewesen zu sein.«

Er streckte die eigene Hand vor, deren Buchstaben noch schärfer hervorzustechen schienen als gewöhnlich.

»So wird ein Sklave gemacht – nicht durch Geburt oder Zucht, nicht durch eine Laune des Mars Ultor oder der geschnitzten Götter dieses Blutwalds. Ein Pfund ägyptische Kiefernrinde, zwei Unzen angelaufene Bronze, zwei Unzen Gallensaft, eine Unze Vitriol. Nach Belieben Wut und Schmerz und Erniedrigung hinzugeben. Gut umrühren und durchsieben, die Knöchel mit Lauchsud abwaschen, das gewünschte Motiv mit spitzen Nadeln einstechen, bis das Blut zum Vorschein kommt. Dann die Farbe einreiben.«

Er schaute sie an, einen nach dem anderen. »Entweder man zeigt sie, oder man versteckt sie.«

»Brüder des Sandes«, sagte der Hund. »Zu einem Ring geschmiedet.«

Einer nach dem anderen wiederholte den Spruch, während Culleo und Sau zuschauten und sich fragten, warum plötzlich die Hitze aus dem Tag gewichen war und ihre Haut wie unter einer eisigen Brise erschauerte.

*

Zwischen innigen Küssen schmiedeten sie Pläne. Sie wollten Subura verlassen und offen als Mann und Frau leben. So war es nur richtig, dass sie schließlich wie ganz gewöhnliche Menschen spazieren gingen und im Schatten des Colossus Solis ihre Hochzeit planten.

Drust mochte den ausgeprägten Narzissmus des alten Nero. Vespasianus Augustus hatte dem Kopf klugerweise eine Krone aufsetzen lassen und die riesige Statue in Colossus Solis umbenannt, aber eigentlich war es immer noch der alte Nero. Splitternackt und hoch wie zwanzig Männer stand er auf seinem Sockel und hielt ein Ruder in der Hand, das den Globus durchstach, auch wenn nur die Wenigsten wussten, was das bedeuten sollte.

Praeclarum war verärgert wegen der Vestalin, deren Schicksal es war, demnächst lebendig begraben zu werden, die rechtmäßige Bestrafung dafür, dass sie ihre Eide gebrochen hatte. Sie fand, die Vestalin sei schon genug bestraft worden und war erbost von der Vorstellung, sich die eigene Zukunft damit zu erkaufen, dass sie diese Frau, die einmal Kaiserin gewesen war, zum Sterben zurück nach Rom geschleift hatten.

Zwei Knaben rauschten an Drust vorbei, die einander lachend schubsten und knufften. Eine elegante Erscheinung aus teurem Duft und viel Kajal schwebte an ihnen vorbei in Richtung des stinkenden Dämmerlichts der großen Säulen am Eingang des flavischen Amphitheaters. Höker verkauften Eintrittskarten zum doppelten Preis, dazwischen Diebe und Würstchenverkäufer – hier gab es die ganze Bandbreite menschlichen Lebens und manches mehr, das kaum danach aussah. Sie ergossen sich aus den Vororten und Bauernhöfen in die Innenstadt, um Geld zu verdienen oder zu verlieren – Hauptsache, sie hatten Spaß dabei. Einen Moment lang fühlte er sich wirklich als Teil eines Ganzen, spürte die glorreiche Vereinigung und was es bedeutete, in der eigentlichen Stadt zu leben statt in ihrem übelsten, finstersten Teil. Er war sie alle, und sie alle waren er.

Bis auf die bedrohlich dreinblickenden Männer, die sich ihm aus vier verschiedenen Richtungen näherten. Er erkannte sie sofort – angeheuerte Schläger, schwere Jungs.

Ganz egal warum, denn es gab einfach zu viele Leute, die nachtragend waren oder sich rächen wollten. Man konnte Subura nie wirklich verlassen, denn wohin man auch ging, schleppte man den Dreck mit sich.

Die vier Schläger, die sie umzingelten, waren die eigentliche unumstößliche Wahrheit ihres Lebens, und so standen sie da, aller Träume entrissen, und griffen nach Waffen, die sie nicht bei sich trugen.

Es kam zum Handgemenge, und einer der Männer ging zu Boden. Die Menschen ringsum wichen von dieser Angelegenheit zurück wie Wellen von einem ins Wasser geworfenen Stein. Ein grinsender Ugo trat dem am Boden liegenden Mann gegen den Kopf, während seine Spießgesellen glotzten. Der Nächste ging zu Boden, und da war Kag mit einem Holzknüppel. Der Dritte jaulte und fiel, als Quintus ihm mit einem hölzernen Übungsschwert und geübten Handgriffen beide Knie bearbeitete.

»Bewegung«, sagte der Hund und grinste sie beide an, während der letzte Angreifer vor seinem unverhüllten Gesicht floh. »Ich höre, hier soll eine Hochzeit stattfinden, und der Schatten des Colossus Solis hat eure Familie zum Feiern gerufen.«

*

Er erwachte im Zwielicht und betrachtete einen Moment lang verwirrt die Masse und die Schatten vor sich, bis er sie eingeordnet hatte – die Masse war ein umgestürzter Baum, und die Schatten nutzten ihn als Unterschlupf und Versteck, ein kaltes Lager aus Geflüster und wenig Bewegung.

Manius hatte diesen Platz entdeckt, als das Licht zu schlecht wurde, um die Spuren weiterzuverfolgen, und Drust hatte den großen Baum begutachtet, eine Eiche, die den Kampf gegen Wind und Alter endlich aufgegeben hatte. Ihre Wurzeln waren dem Boden entrissen worden und klammerten sich noch verzweifelt an Erdklumpen und Steine, und nun waren die Knochen des Erdreichs sichtbar. Wie tief verlaufen die Wurzeln in diesem Wald? Er schmiegte die Wange an den Lehm und das kalte Moos und spürte die tiefe, ätzende Panik über Praeclarums Verschwinden, wo sie wohl war, wie es ihr wohl ging.

Eulen taten sich mit dem fahlen Mond zusammen, um Wühlmäuse und Spitzmäuse zu erlegen. Die unsichtbaren Vögel ließen ihre Flötentöne erklingen, solch wohltuende Begleitung für einen Mord. Irgendwo schrie ein Fuchs, und etwas Kleines kreischte entsetzt. Dieser Wald war ein einziges Gemetzel.

Er erhob sich und schleppte sich von Schatten zu Schatten, sagte hier und da ein paar Worte, ließ aber meist nur den eigenen Schatten auf sie fallen, damit sie wussten, dass er da war. Er bekam unterschiedliche Antworten, von einem Grunzen bis hin zu einem fragenden Tonfall von Kisa.

»Problem?«

Der Mann wirkte zögernd und schien mehr sagen zu wollen. Drust spürte die eigene Unruhe wie einen Angelhaken im Fleisch.

»Praeclarum«, sagte er. Der Angelhaken bohrte sich tiefer.

»Welche Frau nennt sich selbst ›ausgezeichnet‹?« Culleos mürrische Stimme war zu laut, was ihn der Hund auch wissen ließ, indem er sein entsetzliches Gesicht aus dem Schatten ans Licht hob. Culleo schrak zurück und murmelte etwas Unverständliches.

»Sie heißt so, weil sie es ist«, knurrte der Hund, und Drust blinzelte einmal, zweimal, restlos erstaunt. Der Hund war immer derjenige gewesen, der sich mit Händen und Füßen und Spucken jeglichem Versuch von Drust widersetzt hatte, die Truppe zu etwas Besserem zu machen, als sie ursprünglich gewesen war. Außerdem hatte er selbst der Anführer sein wollen – Drust war sich unsicher, ob diese Ambitionen erkaltet waren oder immer noch in ihm schlummerten.

»Das sind sie eigentlich alle«, sagte Sau und legte Culleo die Hand auf die Schulter. »Der Hund hier hat sein Gesicht mit Tinte markieren lassen, um eine Frau zu verfolgen, wie man hört. Quintus, Kag, Manius und Ugo sind alle langjährige Arenakämpfer – du weißt ja, wie einen die Legion verändert, Culleo? Das ist beim Amphitheater auch nicht anders, denke ich.«

»Hab da aber noch nie eine Frau kämpfen sehen«, meinte Culleo. »Kommt mir falsch vor.«

»Ist jetzt auch verboten«, sagte Ugo, der sich dem Gespräch näherte, als wäre es ein warmes Feuer. »Der alte Severus Augustus hat dem ein Ende gemacht, und durchaus zur rechten Zeit – Frauen wurden nicht ordentlich ausgebildet, haben nicht richtig gekämpft. Sie haben meist Zwerge oder unbewaffnete Verurteilte abgeschlachtet. Außerdem hat man sie meistens nackt in die Arena geschickt, um den Notgeilen im Publikum ein paar Titten und Mösen zu bieten.«

Er beugte sich ein wenig vor. Sein Gesicht schien zu leuchten wie ein kleiner Mond. »Aber jetzt ist sie besser dran. Eine anständige Frau, verheiratet und in guten Händen. Das war eine richtige Zeremonie – wir waren alle dabei. Wir alle haben dadurch gewonnen.«

Ugo verstummte, denn das war mehr als genug gewesen, was seine Gefühle anbelangte. Kags Hand lag auf seiner Schulter.

»Hält irgendwer Wache?«, fragte Drust trocken, aber er fühlte sich erfüllt von der Wärme seiner Kumpanen, als säße er an einem heimeligen Herd.

*

Mitten am folgenden Morgen ließen Vögel sie innehalten, als sie gerade halb kriechend, angespannt und schwitzend vor Angst die Stelle erreicht hatten, wo die Bäume spärlicher wurden und das Gelände abfiel. Die Vögel kreisten in lässigen Spiralen, ließen sich plötzlich herabstürzen und stiegen dann wieder auf. Hoch über ihnen am gleißend blauen Himmel waren trägere Umrisse zu erkennen, die wie fern dahinschwebende schwarze Kreuze wirkten.

Vor ihnen erstreckte sich ein lang gezogener Abhang offenen Geländes, eine Lichtung, die vielleicht einst als Weideland genutzt worden war, jetzt aber von Buschwerk überwuchert wurde, dazwischen viele alte Stümpfe, aus denen frische Triebe sprossen. Sie hockten im Dickicht und bewerteten die Lage; alle trugen ihre Eindrücke vor.

»Eine Schlucht«, sagte Kag. »Da hinten die grüne Linie. Verläuft von hier aus schräg nach unten und ist voller Bäume, das bedeutet Wasser.«

»Vielleicht ist das die Stelle, an der der Fluss schmaler wird«, meinte Kisa, aber Quintus schaute prüfend nach der Sonne und auf den Abhang und schüttelte den Kopf.

»Unwahrscheinlich – wir sind schon zu weit nördlich. Das muss ein anderer Zulauf sein.« Er setzte ein Grinsen auf, um die Enttäuschung zu versüßen. »Wir könnten ihm bis zum Hauptarm folgen und da einen Übergang suchen.«

»Die Vögel haben Aas entdeckt«, fügte Ugo hinzu. Manius wischte sich das dunkle, verschwitzte Gesicht und pflichtete ihm bei.

»Vielleicht ein totes Reh«, sagte er. »Vielleicht auch nicht. Aber sie haben uns hergelockt, und wenn wir sie sehen können ...«

Können das auch andere, beendete Drust den Satz im Geiste. Er betrachtete die Beschaffenheit der Landschaft, die Dicke der Stämme ringsum und unten in der Schlucht. Er überlegte, wie lange es dauern würde, sie zu durchqueren, und wie sie es am besten anstellen sollten. Und die ganze Zeit über kreischte ein Teil von ihm bei der Vorstellung, was sie dort finden mochten.

Sie zu lieben, war glühend und erfüllend gewesen, und ich hätte mehr als zufrieden sein müssen, dachte er, mit ihr und mit mir selbst. Stattdessen habe ich mich ständig mit der Vorstellung gequält, dass die Götter darüber lachen, wie wir uns unser Leben als Paar vorstellen. Irgendetwas daran hat mein Herz donnern lassen, dachte er, und nicht vor Freude, sondern vor Angst. Unsere Leben haben immer gezittert, waren immer am Rand von etwas Schrecklichem.

Die Schlucht war nicht besonders steil, bemooste Felsbrocken sorgten für einen einfachen Ab- und Aufstieg. Das Flussbett war trocken und voller verrottender Bäume und übersät von Dornbüschen, durch die sie sich einen Weg hacken mussten. Unten am Grund staute sich die Hitze, die Luft war so stickig und abgestanden, dass selbst die Insekten anscheinend kaum darin fliegen konnten.

Schwitzend und keuchend kamen sie oben auf der anderen Seite in einem Birkenwäldchen heraus, mit dichtem Unterholz aus Astgewirr und langen Wurzeln, die wie sterbende Finger in die Höhe zu ragen schienen. Die Vögel flatterten davon, Aas- und Saatkrähen und einige Schwarzmilane, die lautstark ihr Missfallen kundtaten.

Der Körper war unschwer zu finden, bedeckt von einem Leichentuch aus Insekten, die sich mit wütendem Summen zerstreuten. Manius ging neben der Leiche in die Knie, während sich die anderen fragten, wie er den Gestank ertragen konnte. Auch Drust kniete sich hin, worüber sich jedoch niemand wunderte. Alle hielten den Atem an, nicht nur wegen des Gestanks und der Fliegen, sondern auch seinetwegen.

Nicht sie. Die pure Erleichterung ließ Drust fast vornüberkippen, aber er kämpfte den Schwindel nieder und stand auf.

Es war ein Mann in einer Leinentunika, an den Knöcheln geraffter Hose und mit Armeestiefeln. Die Schultern und der Rücken der Tunika waren mit Rinnsalen aus schwarzem Blut verkrustet, der Rest seines Körpers durch Schnäbel und Krallen entstellt.

Sonst trug er nichts bei sich, doch das zerstörte Gesicht zeigte eine gerade Linie quer über die Stirn, die die Vögel in Ruhe gelassen hatten, während sie seine Augen auspickten. Die Linie markierte, wo die Sonne wegen seines Helms nicht hingekommen war.

»Sie haben seinen Helm und die Waffen und alles andere mitgenommen«, sagte Manius und wedelte die Fliegen fort. Eine spuckte er aus. »Nur sein *Signaculum* haben sie ihm gelassen. Lucius Claudius Silanus, fünf Fuß sieben Zoll, *Ala II Flavia pia fidelis milliaria*.«

Er kramte in dem kleinen Lederbeutel, zog ein gefaltetes Blatt Papyrus hervor und reichte es Drust.

Gutes Material. Nicht aus groben Fasern wie das Zeug für den alltäglichen Gebrauch. Es war so oft gefaltet worden, dass es entlang der Kanten gebrochen war, weshalb man die verblasste Schrift kaum noch lesen konnte. Drust reichte es an Kisa weiter.

»Das war ein sauberer Schnitt«, bemerkte Ugo bei näherer Betrachtung der Leiche fast schwermütig. »Eindeutig von einem Gladius.«

»Praeclarum hat sich gewehrt«, gab Kag zurück. »Dann hat der Kerl sich wacker gehalten, wenn er sich noch so weit geschleppt hat, dieser germanische Riese.«

Culleo trat zu der Leiche, und alle gingen davon aus, dass er nach Beute suchte, aber er verweilte nur kurz und fuchtelte beim Abwenden spuckend mit den Armen, um sich der Insekten zu erwehren.

»Ich erinnere mich an ihn«, sagte er. »Einer dieser noblen Jungs, die mit unserem abtrünnigen General losgezogen sind.«

Drust und Kag wechselten einen Blick, der das Gleiche zu sagen schien – warum machten sich die Männer dieses römischen Abtrünnigen die Mühe, ihnen eine Frau zu klauen, als wäre sie eine teure Zuchtstute?

»Das ist ein Brief von einer Geliebten«, sagte Kisa traurig und faltete den Zettel vorsichtig zusammen. »Lucia fragt sich, warum sie so lange nichts von ihrem Schatz gehört hat, und wundert sich darüber, dass sein letzter Brief so komisch geklungen hat.«

Sie würde sich wohl noch ein Weilchen länger wundern und sorgen müssen, dachte Drust und empfand für einen Augenblick ihren Verlust nach, eher er das Gefühl mit wilder Entschlossenheit abschüttelte. Praeclarum ist nicht tot, brüllte er sich lautlos an. *Ubi tu Gaius, ego Gaia* – wo du Gaius bist, bin ich Gaia –, das traditionelle römische Ehegelübde, bei dem ihre falschen Perlenzähne ihr Lächeln hatten erstrahlen lassen. Der Blumenkranz hatte ihr Gesicht mit den rissigen Wangen für ihn zu einem prachtvollen Anblick gemacht.

»Er ist nicht der Richtige«, sagte Manius. Seine Stimme klang dumpf wie aus einem alten Zinngefäß; er wischte sich ungehalten durchs Gesicht und schüttelte den Kopf. »Den hier haben sie zurückgelassen, weil er sie aufgehalten hat – aber da ist noch einer, ebenfalls verwundet, nur nicht schwer genug, um die Truppe am Weiterkommen zu hindern. Dieser hier ist seit höchstens einer Stunde tot.«

»Woher willst du das so genau wissen?«, fragte Culleo verächtlich. Manius schenkte ihm einen ausdruckslosen Blick.

»Die Vögel hatten nicht genug Zeit, um größere Schäden anzurichten, und sie werden sich erst über ihn hergemacht haben, als er tot und eindeutig allein war. Seine Kameraden sind bei ihm geblieben, bis er gestorben ist, haben ihm dann alles Wertvolle abgenommen und sind weitergezogen. Und sie haben sein *Signaculum* dagelassen, damit wer immer ihn findet, weiß, dass er ein Römer und ein Soldat war. Sie haben eine Stunde Vorsprung.«

Culleo wusste darauf nichts zu erwidern, aber Drust starrte Manius an. »Kannst du ihrer Spur folgen?«

Manius wirkte nervös und kurz davor, sich mit einer Lüge zu behelfen. Dann nickte er. »Ich spüre die Farben noch immer.« Er schnellte hoch und eilte davon, um die Fährte aufzunehmen.

Sau wischte sich den strömenden Schweiß aus den Augen und schaute zwischen den dünnen Ästen zum Himmel, wo sich bauchige Wolken bildeten, um die Sonne zu verdecken.

»Außerdem wird es kühler«, sagte er hoffnungsvoll. »Also ist alles gut.«

Ugo tätschelte ihn wie einen entlaufenen Hund. »Lobe den Tag am Abend, die Waffe, wenn sie sich bewährt hat, das Mädchen nach der Hochzeit, die Eisdecke, wenn sie überschritten ist, und den Wein, wenn er getrunken ist.«

Ein blöder alter Spruch, den er von Zeit zu Zeit hervorkramte und als alte friesische Weisheit bezeichnete. Sie alle kannten ihn gut. Gut genug, dass Drust Ugo dafür dankbar war, den Teil ausgelassen zu haben, der da lautete: »Eine Gattin, wenn sie tot ist.«

4

Wie so viele göttliche Gaben entpuppte sich der Segen der Wolken bald darauf als Fluch. Es wurde finster und sogar noch schwüler, bis ohne Warnung Windböen über sie hereinbrachen, die wie tosende Brandung durch die Wipfel jagten. Dann erbebte die Luft unter den mächtigen Trommelschlägen des Donners. Ugo schaute hinauf, breitete die Arme aus, in jeder Hand eine seiner Dolabrae, und brüllte: »Wôðanaz!«

Culleo und Sau wichen vor ihm zurück, vor allem, als der erste gleißende Blitz die Welt in scharfe Konturen hüllte. Drust kniff die Augen zusammen, alle anderen ebenfalls, als hätte sich das Licht in ihre Augäpfel gebrannt.

Kurz darauf setzte der Regen ein, aber es schüttete nicht, sondern fiel in grauweißen Schleiern herab, als ein durchnässender Nebel, der die Sichtweite selbst während der Blitze auf vage Umrisse reduzierte.

Manius verlor die Fährte und gestand, dass Regen und Dunkelheit und Nebel seine Arbeit unmöglich machten. Weiteres Vorankommen war ebenfalls unmöglich, also kauerten sie sich eng zusammen, schenkten einander Wärme und warteten auf das Ende, keuchend und winselnd wie ein Rudel streunender Hunde. Am Ende konnte niemand mehr sagen, ob es noch Tag war oder längst Nacht.

Nach viel zu langer Zeit senkten sich Nebelschwaden wie Schlangen durch die Bäume und gaben durch die trübe Düsternis den Blick frei auf etwas, das, wie sie feststellten, ein fahler Sonnenuntergang war. Manius zog erneut los und verwirbelte im Vorbeigehen die milchigen Schwaden. Noch immer grollte der Donner, aber die Blitze hatten sich verzogen.

»Ich wünschte, der verdammte Regen würde das auch«, murmelte Kag, als Ugo den Abzug der Blitze als Geschenk von Wôðanaz bezeichnete. Der große Mann nickte sich dicke Tropfen aus den buschigen Augenbrauen und runzelte die Stirn.

»Das wird er, nach und nach – du solltest Geduld haben. Und dankbarer sein.«

Kag klatschte ihm auf den Arm und entlockte der durchweichten Tunika eine Wolke feiner Tropfen. »Du solltest dich vielleicht daran erinnern, dass du den Großteil deines Lebens in einer Sklavenzelle in Subura verbracht hast. Du hast dich viel zu schnell mit den hiesigen Baumgöttern angefreundet, mein germanischer Riese. Demnächst trägst du noch eine Halskette aus Schädeln und tanzt um blutige Altäre rum.«

»Du denkst an die Arena«, gab Ugo zurück und verzog das Gesicht. »Die einzigen Germanen, die du da gesehen hast, waren große Kerle, die so albernen Schmuck wie

Schädelketten getragen haben und dazu blonde Perücken. Die meisten von denen sind überhaupt keine Germanen, sondern Gallier, die so tun, als wären sie das, was sich die Veranstalter im flavischen Amphitheater unter Germanen vorstellen. Die meisten echten Germanen haben es nicht mal bis in die Arena geschafft, die sind lange vorher bei Triumphzügen für römische Generäle erdrosselt worden.«

Quintus täuschte ein wehmütiges Stöhnen vor. »Jetzt müsste die Zeit für die Victoriae Caesaris sein«, sagte er. »Da hatten wir immer Spaß.«

»Du bist ganz schön vergesslich«, fauchte der Hund. »Heißt ›Spaß‹ bei dir in den Katakomben unter der Arena zu hocken und auf den nächsten Kampf zu warten? Zuzusehen, wie Freunde verrecken?«

Quintus fiel auf, in welch schwieriges Fahrwasser er sich manövriert hatte, und hielt klugerweise die Klappe. Octavians Spiele zu Ehren von Caesars großem Sieg bei Pharsalos waren zu einem alljährlichen Spektakel mit einem großen Fest geworden, um Venus Genetrix zu preisen, Caesars Schutzgöttin und die himmlische Matriarchin der Familie der Julier. An dieses Fest mit Essen, Wein und willigen Frauen hatte Quintus sich erinnert – aber Drust erinnerte sich ebenfalls gut daran, dass sie während der begleitenden Spiele hatten mitansehen müssen, wie zu viele ihrer Brüder durch die Pforten des Hades geschleift worden waren. Der Kaiser war reich genug, um für viele Tode zu bezahlen.

Manius kam zurück. Er glitt durch den Nebel, der ihm bis zur Hüfte reichte und ihn wie ein Umhang umwehte, sodass Drust beim Anblick dieses schauerlichen Gespensts einen kurzen Moment kaltes Grauen überkam. Manius berichtete von alten Mauern und einem Turm und führte sie hin, während noch immer Regen fiel, weich wie Säuglingshaar.

Drust fühlte sich beobachtet, und das nicht als Einziger. Alle waren unruhig, und selbst der plötzliche Wind, der die Insekten fortblies und den Balsam des Regens brachte, schaffte es kaum, die Stimmung zu heben. Immerhin blieben sie stehen, hielten Schilde und Waffen erhoben und drehten die ausgezehrten grinsenden Gesichter in den feuchten Segen. Die Festung ragte wie eine bösartige schwarze Fratze vor ihnen auf, aber nichts beobachtete sie von dort oben, bis auf ein paar mürrisch darauf kauernde Krähen.

Die Festung war klein, nicht mehr als vier Mauern und ein hoher Turm, bestand aber aus Stein. Die Feuer, die man in ihr gelegt hatte, hatten zwar das Holz verzehrt, den Rest aber nur geschwärzt. Und es war wohl nicht die erste Zerstörung hier gewesen, denn an manchen Stellen waren die Mauern eingestürzt und durch Erdwälle mit spitzen Holzpfählen ersetzt worden. Sie waren mit Moos überwachsen und mithin ihrerseits schon sehr alt.

Das Haupttor war nicht mehr vorhanden. Im Hof hatte es augenscheinlich einmal Stallungen, eine Backstube und eine Küche gegeben, die jedoch längst in sich zusammengefallen waren, und eine zwei Mann hoch aufgeschossene Kastanie hatte den Steinboden des Hofs gesprengt.

Das Dach dessen, was wohl einst die große Halle gewesen war, war eingestürzt, als die hölzernen Dachbalken abbrannten, der Turm hingegen hatte auf allen sechs Stockwerken steinerne Rundbogen und wirkte, bis auf die fehlende Tür, völlig intakt. Über einem der Bogen war eine verblichene Inschrift zu erkennen, eine Widmung: *Für Mars Victor, die 1. Kohorte der Breuker unter dem Befehl von Titus Caninius, a.u.c. 874.*

»Dieser Ort ist über hundert Jahre alt«, sagte Kisa leise, als fürchte er, auch nur die Luft in der Festung zu berühren. Kein Wunder, dachte Drust – alles stank nach muffigem Stein und altem Tod.

»Diese Jungs aus der Breuker haben oben in Britannien am Wall gedient«, sagte der Hund und strich mit schwieligen Fingern über die Inschrift, nachdem er sie von Moos und Ranken befreit hatte. »Hatten also kein angenehmeres Dasein, nachdem sie von hier versetzt worden sind.«

Niemand lachte, denn nun waren sie selbst hier und würden wohl auch erst mal bleiben. »Jetzt muss ich auch noch in einer Kohlegrube pennen«, murrte Culleo düster.

»Das ist kein guter Ort«, sagte Sau und zog den durchnässten Umhang enger um sich, während er sich umschaute. »Die Toten sind hier.«

Drust hatte keine Zeit für derlei Gerede. Er war aufgeregt und frustriert, weil es ihnen nicht gelungen war, zu Praeclarums Entführern aufzuschließen. Eine Stunde, bei allen Göttern – nur eine Stunde Vorsprung.

»Die Toten sind hier«, wiederholte Ugo und sah sich um. Das riss Drust aus seinen Grübeleien.

»Sehr gut«, fauchte er. »Dann treib sie auf und frag sie etwas Sinnvolles – und falls das alles nichts bringt, ruf eben Woden-Arsch.«

Das war harsch – mehr, als er gewollt hatte. Ugo starrte ihn unverwandt an mit den Achataugen eines Hundes, der einmal zu oft getreten worden ist, bis man seinem Blick nur noch schwer begegnen kann.

Kag trat an seine Seite. »Komm, mein germanischer Riese – lass mal schauen, ob wir in dieser Ruine irgendwo noch genug Dach für einen Unterschlupf finden.« Ugo nickte, schwang sich die doppelten Dolabrae über die Schultern und stiefelte davon. Als er zwanzig Schritte entfernt war, stieß Drust endlich den angehaltenen Atem aus.

Ich habe sieben Mann, dachte er, und eine Frau, die auch zu uns gehört. Sie sind grimmig und stark, aber wie eine Herde Maultiere, die man umschmeicheln, zwingen oder locken muss, um sie dazu zu bringen, mit dem gleichen Ziel in die gleiche Richtung zu laufen.

Bis jetzt haben wir Schwein gehabt. Eine Truppe, die lebendig dem Ring der Arena entkam, obwohl sie nie ganz oben auf der Rangliste gelandet war – möglicherweise gerade deswegen, denn für den Tod der Besten wurde am meisten Geld hingelegt. Es zu überleben, als plärrende Säuglinge von Rom mitgenommen zu werden, war ein Geschenk der Götter gewesen, die nachfolgende Kindheit zu überstehen ein ständiges Würfelspiel. Und selbst nachdem man sie freigelassen hatte, waren sie weiterhin von einem Wunder zum nächsten gestolpert.

Rein äußerlich hatten sie alle immer wie eichenharte, verdreckte Schwerter ausgesehen, was nahezu alle feineren Wahrheiten verborgen hatte. Jetzt aber schmolz selbst diese Fassade in grauen Strähnen dahin, und ihre

Muskeln waren träge geworden. Er sah zu, wie sie geschäftig herumliefen, ihre Ausrüstung sortierten und ein Lager vorbereiteten – all die routinierten Handgriffe, die es ihnen erlaubten, nebenbei weiter ein Auge auf den Waldrand zu haben und auf das, was ihm entsteigen mochte. Sie waren mürbe und verbraucht unter den vielen Schichten aus dumpfem Matsch, all der alte Staub zu schlammige Rinnsalen geworden, ihr Leder ausgebleicht.

»Alles klar bei dir?«

Kag bemühte sich, flapsig zu klingen, aber die Sorge stand ihm wie blaue Äderchen ins Gesicht geschrieben, und Drust begriff auch, warum: Hier bin ich, der Mann, dem sie all die Jahre gefolgt sind, auf den sie sich verlassen haben, dass er sie aus dieser Scheiße rausholt, und ich stehe da wie ein Ochse vor dem Schlachthof und starre mit großen Augen in den nebligen Wald.

Er grinste und log, denn es ging ihm wirklich nicht gut. Es wird mir nie wieder gut gehen, dachte er, selbst wenn Praeclarum wieder bei mir sein sollte, denn das Gefühl, sie verloren zu haben, wird mich bis ans Ende meiner Tage nicht wieder loslassen. Er würde sie keiner Gefahr mehr aussetzen – aber was sollten sie und er und die anderen sonst anstellen, um ihren Lebensunterhalt zu bestreiten?

Drust sah keinen Ausweg, und das begriff er erst jetzt.

Sie fanden eine trockene Ecke und entfachten ein Feuer, obwohl sie ganz sicher beobachtet wurden, aber Wärme, warmes Essen und ein trockener Schlafplatz wirkten wie gesegneter Luxus aus den Händen der Fortuna. Was die Beobachter tun würden, beschäftigte sie dennoch, während sie gemeinsam ums Feuer kauerten und hofften, dass die eigenen Wachtposten die schärferen Augen hatten.

»Tja«, sagte Kag, »sie bewachen Praeclarum sicher gut jetzt. Ich kann mir nicht vorstellen, dass sie über uns herfallen, um uns abzuschlachten – warum hätten sie dann mit ihr wegrennen sollen? Sie war das Ziel.«

»Aber warum?«, fragte Ugo stirnrunzelnd. »Das ergibt keinen Sinn. Es sind Römer – ich kann mir nicht erklären, was sie mit ihr wollen.«

»Ein Opfer«, sagte Culleo ausdruckslos, und Kag versetzte ihm einen Stoß.

»Halt dich bloß nicht zurück, ja? Wir sind alles gefühllose Klötze hier.«

»Kein Opfer«, sagte Kisa verächtlich. »Selbst die Barbaren würden sich für so was nicht diese Mühe machen. Klar, die würden unsere Köpfe an den nächsten Baum nageln, nachdem sie uns im Kampf besiegt haben. Aber ein Überraschungsangriff, nur um dann mit einer Frau zu fliehen? Nicht für ein Opfer.«

»Was denn dann?«, fragte Sau ungehalten. »Obwohl ich dem kleinen Juden zustimme.«

»Tauschhandel«, sagte Kisa, sah Drust an und rutschte unruhig herum. »Vielleicht will uns dieser Drache dazu bringen, nach Hause zu gehen und ihn in Ruhe zu lassen.«

Quintus zeigte sein Bärenfallen-Grinsen. »Dafür braucht er aber Praeclarum nicht. Er hat mehr als genug Männer und könnte uns wie lästige Fliegen zerdrücken. Außerdem muss er gesehen haben, dass wir auf dem Weg nach Süden waren, bevor er uns überfallen hat.«

»Dann will er etwas anderes«, sagte Drust und starrte ins gleißend helle Feuer. Wir alle sind Händler, und was immer wir transportieren, was immer wir anzubieten haben, immer geht es um Verlangen.

Sie diskutierten lange weiter, bis nach dem nächsten Wachwechsel, aber keiner fand eine Erklärung, worum es gehen mochte. Ihr einziger Beschluss, ehe sie der Schlaf übermannte, war, dass sie hierbleiben würden. Früher oder später würde der Drache sie wissen lassen, was er wollte.

Drust saß immer noch da, als das Feuer bereits zu Glut zerfallen war. Er stierte ins Dunkel, dachte an Praeclarum irgendwo da draußen, bis sich ein Schatten regte, um sich zu ihm zu gesellen. Zu seiner Überraschung war es Kisa.

» Man hat sie sicher entwaffnet, und sie ist wütend, aber unversehrt«, sagte der Jude. Drust stimmte ihm zu – er glaubte auch nicht, dass sie in Kälte und Nässe ausharren musste, doch sie war allein.

Ein lautes Einatmen von Kisa ließ Drust aufschrecken. Er schaute ihn an und sah Kisas Blick voller Sorgen und Geheimnisse.

»Sie ist nicht allein«, sagte Kisa.

Sie ist nicht allein. Kisa hatte die traditionelle Wendung gebraucht, mit der römische Ehefrauen ihren Männern eine Schwangerschaft mitteilen: »Ich bin nicht allein.« Drust war dermaßen fassungslos und überwältigt von der bloßen Vorstellung, dass er gar nicht begriff, dass Kisa offenbar schon länger davon gewusst und nichts gesagt hatte. Als es ihm dann doch endlich aufging, explodierte er förmlich, und alle anderen schraken aus dem Schlaf, wachsam und besorgt.

»Es stand mir nicht zu, etwas zu sagen«, erklärte Kisa mit beschämter Miene und breitete die Handflächen aus. »Es war ihre Sache. Sie hat es mir nur verraten, weil sie dachte, ich kenne eine Methode, um zu erkennen, ob es ein Junge oder ein Mädchen wird.«

»Damit sie dir verkünden kann, dass du einen Sohn bekommst«, fügte Ugo hinzu, der sofort begriffen hatte. »Eine bedeutsame Angelegenheit.«

Jüdische Magie, dachte Drust argwöhnisch und starrte Kisa an. »Und?«, fragte er. Seine Stimme klang heiser und seltsam fremd. Praeclarums Entführung war eine Sache. Die Entführung von Praeclarum und ihrem ungeborenen Kind – meinem Kind, dachte er –, war noch mal etwas ganz anderes. Kisa schüttelte den Kopf und zuckte mit den Schultern.

Der Hund stand unbeweglich da wie ein Pfosten, aber Drust konnte den Zorn in den tiefen Teichen seiner Schädelaugen erkennen. Hund brauchte nichts zu sagen, denn Drust hätte ohnehin keine Antwort für ihn gehabt.

Er trug ihnen auf, den Hof zu säubern und kleine Bäume zu fällen, um eine solide Holzpalisade für das Haupttor und eine weitere für den Eingang zum Turm zu errichten, in den sie sich zurückziehen wollten.

Die ganze Zeit dachte er dabei an vergangene Zeiten, an die Kämpferin einer Gruppe, die sich Amazonen nannten, und an die dunkle staubige Ruine, in der Praeclarum gelegen und sich winselnd auf dem Boden gewunden hatte, als sie ihr Kind viel zu früh auf den dreckigen Boden ergoss. Während der Medicus bis zum Ellbogen in ihrem Blut gesteckt hatte, um sie zu retten, hatte er sich laut darüber gewundert, wie eine versklavte *Gladiatrix* überhaupt hatte schwanger werden, geschweige denn ihr Kind so lange hatte austragen können.

Aber Praeclarum ist keine Sklavin mehr und hat auch die Arena überlebt, dachte Drust, also besteht tatsächlich die Möglichkeit, dass sie eine Mutter sein kann. Und ich ein Vater.

Diese Erkenntnis schien die ganze Gruppe zu erfassen und sie alle verändert zurückzulassen. Vor allem der Hund saß stumm da und machte durch seine Körpersprache mehr als deutlich, dass er die Sache für eine klare Bestätigung all seiner Warnungen hinsichtlich Gladiatoren und Frauen hielt.

»Du hast einen Kübel Falernum auf der Hochzeit getrunken«, sagte Quintus plötzlich und scheinbar ohne Zusammenhang, aber der Kontext war allen klar.

»Eine Ausrede, um einen Kübel Falernum zu trinken«, sagte der Hund säuerlich. »Dafür ist einem alles recht.«

»Du hast sie geküsst«, fügte Kag mit einem schiefen Grinsen hinzu, »und sie hat dich gelassen, was echt nett von ihr war, wenn man dein Gesicht bedenkt. Du hast ihr alles Gute, ein langes Leben und Glück gewünscht.«

»So ist es Brauch«, murmelte der Hund. Dann ging ihm auf, dass Drust zuhörte, und er schaute drein wie der beschämte Tod persönlich. »Ich will dir nichts Böses, Drust, aber der Kopf ist abgelenkt, wenn man jemanden hat, um den man sich mehr sorgt als um sich selbst. Man wird zur Gefahr. Man geht Risiken ein – schau uns doch an, wie wir hier einem Wolfsrudel hinterhergejagt sind und jetzt genau da sitzen, wo sie uns haben wollen.«

»Auf der Schlachtbank«, meldete sich Manius finster aus dem Schatten. Ugo knurrte ihn an.

»Warum sollten die das alles auf sich nehmen, nur um uns dann abzuschlachten? Das hätten sie überall tun können.«

»Sie kennen unseren Auftrag. Irgendwer hat es ihnen erzählt«, sagte Kisa unvermittelt und warf Culleo und Sau vielsagende Blicke zu.

»Du als Prinz aller Informanten kennst dich da sicher bestens aus«, fauchte Culleo zurück. »*Frumentarius.*«

»Das gesamte Lager ist so undicht wie ein verrotteter Aquädukt«, sagte Kag, um die Gemüter zu beschwichtigen. »Abgesehen davon – wenn du glaubst, dass Culleo es war, dann frag dich mal, warum er jetzt hier sitzt, in dieser Kälte und Nässe und genauso in Gefahr wie alle anderen.«

Stille. Dann sagte Quintus: »Was glaubst du, Drust?«

Drust fühlte sich, als sei er ganz woanders, als schwebe er über dem eigenen Körper und lausche den Eulengesängen.

»Ich glaube, dass ich Vater werde«, sagte er zögernd und mit einem seligen Grinsen. Er wandte sich Kisa zu. »Falls deine jüdische Magie gewirkt hat, erzähl mir nicht, was sie in sich trägt.«

»Wir werden es bald genug herausfinden«, sagte Kag finster. »Sobald wir sie befreien.«

Sie saßen rund ums Feuer, das aufgrund des nassen Holzes nur spärlich brannte und qualmte, aber das war jetzt nicht von Belang. Sie wollten gefunden werden, sie wollten Praeclarum zurückhaben, und sie hatten die Männer, die ihre Gefährtin geraubt hatten, bis hierher verfolgt.

Sau scherte sich mit seinem frisch geschärften Messer den Kopf, bis er wie eine Daumenkuppe aussah. Culleo schaute ihm zu und zitterte dann und wann vor alkoholischer Entbehrung. Drust mochte Sau mit seinem frisch geschorenen Kopf und seiner ruhigen Art. Im Lager galt er zwar eher als Einheimischer denn als echter Römer, aber er war definitiv kein Waldbewohner. Wie Kag richtig sagte, würde er auf dem Forum jeder römischen Stadt mühelos in der Menge untergehen.

Jetzt sieht er so grimmig und blutig aus wie der Rest von uns, dachte Drust, aber alle wussten, dass er schlecht schlief, alle hörten ihn in seinen Träumen mit den Toten des Waldes ringen, die ihm mit Messern nachstellten und ihm die Augen auskratzen wollten. Manius hatte ähnliche Träume, aber seine größte Angst war, unsanft geweckt zu werden und mit einem der Messer, die er beim Schlafen in der Faust hielt, einen Freund zu erledigen. Außerdem driftete er langsam ab, das sagte zumindest Kag, und Drust wusste, was er damit meinte. Manius war immer noch wachsam wie ein Windspiel, spuckte Blutsaft aus seinem zerkauten Blatt, musterte einen mit Augen wie Löcher in der Finsternis und erklärte, er sei eigentlich weit weg. Manius konnte den Feind riechen und nur der Nase nach auf Fährtensuche gehen; bis jetzt hatten ihn seine Gaben nicht im Stich gelassen, aber selbst er wusste, dass dies irgendwann der Fall sein würde, ob nun morgen oder übermorgen.

Quintus war noch immer ein hochgewachsener Mann, der grazil wie eine langbeinige Spinne durch die Wälder streifte, und das Alter hatte ihm diesbezüglich weder etwas anhaben noch sein ewiges Grinsen abstellen können.

Dann waren da noch die anderen – Kag mit seinen dunklen, feuchten, nervösen Augen, die immer nach einem Ausweg, einer Alternative, einer neuen Perspektive suchten. Kisa, der beim Gedanken an jegliche Form von Kampf zu zittern anfing und allem Anschein nach ein ausgemachter Feigling war – und doch war er ihnen bisher in jede schreckliche Gefahr gefolgt.

Er ist wie wir alle, dachte Drust, wie die Brüder, deren Fußstapfen mit Blut gefüllt sind. Ein Mann kann durch dieses Leben gehen und mit klappernden Zähnen lachen, aber wenn er auch nur einen Hauch von Verstand hat, weiß er, dass das Glück nicht ewig währt und ihm am Ende einzig die Götter helfen können.

Er fragte sich, wo Praeclarum war und wie es ihr ging und machte im Geiste sämtlichen Göttern die unmöglichsten Versprechungen, wenn sie sie nur beschützten.

5

Der Wald jenseits der eingestürzten Mauern war ein brütendes Gemisch aus Schatten und wogenden Tupfern der Morgensonne. Er bedeutete weiteres Dunkel, Baumstämme wie Tempelsäulen, unheilvolle Vogelschreie, selbst das Gurren der Ringeltaube klang traurig. Als sie plötzlich verstummte, packten alle ihre Waffen, kauerten sich hinter die Schilde und spähten angestrengt hinüber.

Ein Flügelschlag ließ kleine Zweige regnen. Die Taube floh vor den neuen bewegten Schatten, die sich in mehreren Gruppen zwischen den Bäumen abzeichneten. Die Schatten näherten sich, bis sie einen guten Pfeilschuss von der Festung entfernt waren. Dort hielten sie an, jeweils eine Mannlänge auseinander, die Schilde und Waffen kampfbereit erhoben. Sie trugen gute Helme und Kettenpanzer, Speere und Schwerter. Die Schilde, erkannte Drust, waren zwar ramponiert, und die grün-goldenen Lorbeeren darauf konnten etwas frische Farbe vertragen, aber es waren die altbekannten Zeichen der *Ala II Flavia pia fidelis milliaria*.

»Keine Pferde«, sagte Ugo, eine derart überflüssige Bemerkung, dass alle ihn anschauten und der Hund verächtlich schnaubte.

»Was für eine Beobachtungsgabe«, sagte er, und Quintus drehte sich grinsend zu ihm.

»Aber schaut mal – schön brav in Reih und Glied, als hätten sie doch noch welche.«

Drust sah, dass er recht hatte – sie standen in einem Abstand zueinander, der die nicht vorhandenen Pferde miteinkalkulierte. Kag lachte und schüttelte den Kopf.

»Gut, dann haben wir sie ja genau da, wo wir sie haben wollen. Wer soll denn ohne ihre Pferde jetzt für sie denken?«

Er ging in die Hocke, legte die Hände auf die Knie und begann, leise auf Griechisch zu singen. Niemand verstand, was er da sang, bis auf den Refrain – »*Erreto, erreto, erreto ...*« Kag hatte ihnen erklärt, das bedeute so viel wie »zum Hades«, und dieses Lied handele von einem reumütigen griechischen Krieger aus längst vergangenen Tagen, der mit seinem Schild auch seinen Mut verloren hatte und aus einer Schlacht abgehauen war; jetzt beklagte er den Verlust von beidem.

»*Erreto* allesamt da drüben«, murmelte der Hund.

»Die sehen ganz schön entschlossen aus«, meinte Sau und kratzte sich sorgenvoll die sprießenden Stoppeln am Kinn. Zur allgemeinen Verblüffung räusperte Culleo einen dicken Schleimklumpen hoch und spuckte ihn zur Seite.

»Ich hab schon zäheres Hammelfleisch kleingekriegt als die da.«

Das brachte sie alle zum Lachen, ein Geräusch so wild wie geifernde Wölfe, während Drust die Traube aus Gegnern näher rücken sah, bis zu einer Stelle, an der ein lauter Ruf sie erreichen würde. Sie umringten einen Mann mit brüniertem Kettenhemd und einem Helm mit zwei langen gelben Federbüschen und einer Gesichtsmaske, die in leuchtender Bronze das Abbild eines glatt rasierten Jünglings zeigte. Über der Rüstung trug er einen Umhang in der Farbe alten Weins, mit prächtig verzierter Bordüre. Neben ihm schritt ein Standartenträger mit einer langen Stange, gekrönt von einem langen *Draco* aus grünen Metallschuppen und Seide. Was sicher eindrucksvoller aussehen würde, dachte Drust, wären sie im Galopp angerückt und hätten genug Wind um die Nase gehabt, dass sich der Drache aufplustern und tanzen konnte.

»Der Drache«, hauchte Kisa, aber Drust hatte keine Zeit dafür. Mit Blicken wie hektische Eichhörnchen suchte er überall nach einem Anzeichen von ihr. Doch er fand keines.

»Der Drache will mit uns reden«, sagte Kag. »Jetzt beginnt der Tanz.«

Drust hörte es, aber alles schien bedeutungslos – sein Magen machte einen Satz, und der Schweiß entlang seines Rückgrats schien zu gefrieren. Der Standartenträger reckte seine Last in die Höhe und räusperte sich.

»Marcus Antonius Antyllus Augustus, Vir Ementissimus, Verteidiger von Rom.«

»Ach du Kacke«, sagte Kisa. Drust warf ihm einen unwilligen Blick zu, und Kisa ließ den Kopf hängen und seufzte müde.

»Sie wollen ihn in Purpur hüllen«, sagte Kag finster. »Begrüßt euren neuen Kaiser, Jungs – zumindest, sobald sich die Legionen um ihn scharen und ihn zum Gott erheben.«

»Kein Wunder, dass sie ihn aus dem Verkehr ziehen wollen«, sagte Quintus und sah zu, wie der Drache aus dem Pulk seiner Garde heraustrat und den Helm abnahm.

Darunter kam eine wahre Menagerie von einem Mann zum Vorschein, mit einem Bart wie ein Dachshintern, blaugrünen Fischaugen und Krähennase. Er grinste durch seine Pferdezähne, wischte sich den Schweiß vom Gesicht und plusterte die Backen auf.

»Das muss wohl reichen«, sagte er mit überraschend hoher Stimme. »Zu heiß für großes Zeremoniell, aber die Jungs wollen es so.«

Die Jungs sahen eher so aus, als wollten sie einen Kübel Wein und etwas Anständiges zu essen, dachte Drust, hütete sich aber, ein voreiliges Urteil zu fällen. Marcus Antonius Antyllus mochte aussehen wie eine Ansammlung harmloser Tiere, aber Drust hatte sein Wirken gesehen, und das war nicht weniger irre und blutig als die Machenschaften an den Altären der heimischen Barbaren. Außerdem hatte er Praeclarum in seiner Gewalt.

Antyllus streckte den Arm mit dem Helm aus, und der Feldzeichenträger nahm ihn entgegen. Antyllus sah nicht ihn an, sondern hinauf zum fauligen Zahn des alten Wachturms im zerstörten Gebiss der alten Festung.

»Dies war Rom«, schrie er. »Dies war das Imperium, bevor jene, die es hätten besser wissen sollen, es aufgaben und verfallen ließen.«

Seine Männer pflichteten ihm mit Gebrüll und Waffen-klirren auf ihren Schilden bei. Antyllus sah Drust und die anderen an. »Tapfere Männer sind hier gestorben, und die, die sie im Stich gelassen haben, spüren diesen Verrat noch immer in ihren Söhnen und Enkeln widerhallen. Jetzt plant dieser Knabe, der sich ausgerechnet Alexander nennt, das Gleiche zu tun – er will sich zurückziehen und das Imperium schrumpfen lassen.«

»Will er das?«, grölte Quintus, zog sich mit dem Daumen einen Klumpen aus der Nase und inspizierte den Fund. Er wischte ihn lässig an der Tunika ab und setzte sein breites Grinsen auf. »Das war mir nicht klar. Habt ihr das gewusst? Kag? Ugo?«

»Zeigt Respekt!«, knurrte der Standartenträger, dessen Stimme metallisch unter seiner Gesichtsmaske hervordrang. Der Hund reckte den stoppeligen Totenkopf in seine Richtung.

»Du musst ja fast zerkochen in deinem Kopftopf«, rief er. »Nimm ihn ab, damit ich dein Gesicht sehen kann, um es später wiederzuerkennen, wenn ich es dir vom Hals reiße.«

»Was willst du?«, fragte Drust, an Antyllus gewandt. Es war, als wäre eine Ladung Ambosse von einem Karren gefallen. Einen Moment lang herrschte völlige Stille, bis sogar die Vögel wieder zu erwachen schienen und tief zwischen den dunklen Bäumen flöteten.

»Man hat euch geschickt, um mich zu töten«, sagte Antyllus.

»Um dich zu überreden zurückzukommen. Sie sagten, du bist unvernünftig«, gab Drust zurück. »Und deine Methoden sind fragwürdig.«

»Neben ihm wirkt Caligula wie die Rechtschaffenheit in Person, haben sie gesagt«, bestätigte Kag. Antyllus blickte von einem zum anderen, und alle sahen, wie sich diese blaugrünen Fischaugen in etwas verwandelten, dass dem Spiegelbild von Feuer in geschärftem Stahl glich.

»Ich bin unvernünftig denen gegenüber, die Rom nicht lieben«, sagte er und nahm einen kurzen, rasselnden Atemzug – um den Zorn zu dämpfen, der in ihm aufsteigt, dachte Drust. »Haltet ihr meine Methoden für unvernünftig?«

»Ich sehe überhaupt keine Methodik«, erwiderte Drust und schaute sich um. »Ich sehe Kavallerie ohne Pferde, die in einem Wald herumrennt, in dem sie nichts verloren hat, und die örtlichen Stämme aufwiegelt.«

»Und jetzt haben wir gesehen, wozu diese Stämme fähig sind«, gab Antyllus sanft zurück. »Und wie die Reaktion der Armee aussehen wird. Gefällt sie euch?«

Er winkte mit der Rechten grob in Richtung Süden. »Dort, nur wenige Wochenmärsche entfernt, liegt Italia. Ein oder zwei Wochen jenseits der Grenze liegt Rom. Während dieser Kindskaiser seine Soldaten mit Völlerei und Gier verweichlicht, lecken sich die Wölfe dieser Wälder die Reißzähne und streifen umher.«

Culleo machte ein Geräusch, das nach Bestätigung klang, verstummte aber sofort.

»Rom«, sagte Kag wehmütig, und Drust wollte sich umdrehen und ihm den Mund verbieten, denn der Blick dieser Fischaugen war ihm nicht geheuer, und außerdem hatte der Mann Praeclarum in seinen Fängen. »Rom wird deine Dienste nicht zu schätzen wissen«, fuhr Kag fort. »Sie haben genug Usurpatoren gehabt.«

Antyllus riss eine Hand hoch, als wolle er eine Fliege verscheuchen. Er schaute in den Himmel zwischen den Wipfeln. »Ihr seid gekommen, um mich zu töten, und habt versagt. Jetzt brauche ich stattdessen eure Hilfe, und ich habe deine Frau in meiner Gewalt. Ihr habt Zeit, bis die Sonne die Spitze dieser mächtigen Eiche berührt. Solltet ihr bis dahin nicht die Waffen gestreckt haben und herausgekommen sein, um vor mir niederzuknien, werde ich euch demonstrieren, was ich von den Blutaltären in diesen Wäldern gelernt habe. Ich brauche euch nicht alle.«

*

»Warum wartet er überhaupt?«, fragte der Hund, als sie sich wie wilde Füchse zusammenkauerten und nach einem Ausweg aus ihrem belagerten Bau suchten.

»Weil er offenbar noch Verwendung für uns hat«, sagte Drust, auch wenn er nicht wusste, welche.

Manius kam heran und sah ergriffen aus, sein Gesicht wie das eines neugeborenen Kälbchens, das zum ersten Mal blinzelnd die Welt erblickt. Dieses Gesicht ängstigte Drust mehr, als es das des Hundes je getan hatte.

»Ich kann sie nicht riechen«, sagte Manius. »Ich kann sie nicht hören, ich kann sie nicht sehen – aber ich weiß, dass sie da sind. Ich weiß es. Ich muss sie finden.«

Der Hund ragte über ihm auf und schien ihn anschnauzen zu wollen, sah aber Drusts Blick und klappte den Mund wieder zu. Kag gab Manius Wasser, alle anderen zogen sich ein Stück zurück.

»Er ist total fertig«, sagte Quintus.

»Ein Wunder, dass er überhaupt so lange durchgehalten hat«, sagte der Hund. »Diese Blätter, die er kaut, haben ihn endgültig verwirrt.«

Das Dunkel hat ihn verwirrt, dachte Drust, diesen Mann aus dem weiten, wogenden Meer der Sanddünen, gefangen in einem Labyrinth aus Stämmen und Schatten.

»Wir sollten rausgehen«, sagte Culleo flehentlich. Er schwitzte und zitterte. Der Alkoholentzug schien sein Innerstes auszuhöhlen wie Wellen eine Sandmauer. »Mit ihm reden. Tun, was immer er von uns verlangt. Er ist ein römischer Senator.«

»Und du glaubst, dass ... was?«, fragte der Hund unwirsch. »Dass ihn das zivilisierter macht als einen *Haruspex* der verlausten Waldwilden hier? Du solltest ein einziges Mal in der Mitte der Arena stehen und dich in den teuren vordersten Reihen umsehen. Da kannst du unsere Senatoren sehen, die genauso gierig nach Blut schreien wie jeder baumfickende Germane oder Gallier.«

Keiner sagte etwas dazu, denn sie wollten die Sache zwar beenden, aber auch nicht sterben. Am Ende, dachte Drust erschöpft, werden wir doch die Waffen niederlegen müssen, andernfalls können wir Praeclarum niemals befreien.

Antyllus zeigte seine wahre Natur, als er seine Leute ausschickte, bevor die Sonne die Eiche berührt hatte. Pfeilschnell tauchten sie auf und verrieten sich nur durch knackendes Unterholz und geknurrte Befehle. Er hat sie meisterlich zu Fußtruppen ausgebildet, dachte Drust widerwillig.

Dann hörte er Kag etwas von »Jupiters Klöten« brüllen, und unmittelbar darauf registrierte er aus dem

Augenwinkel, wie schon die ersten Gestalten die zerstörten Mauern bezwangen, sodass er noch auf den Knien herumfuhr. Der Soldat, der seinen Speer auf ihn ansetzte, begriff zu spät, dass sein gewaltiges Ausholen ihn für einen Gegenangriff öffnete wie eine Bordelltür.

Drusts Gladius drang tief in seinen Leib, kam mit einem abscheulichen Ruck wieder frei und ließ ihn eher vor Überraschung als vor Schmerzen aufschreien. Noch wird er kaum welche spüren, dachte Drust, und deshalb weiterkämpfen, ohne zu begreifen, dass er bereits tot ist.

Die Dummheit dieses Mannes, der letztendlich immer noch ein Römer war, machte ihn wütend. Drust nahm den Gladius und den Schild und verdrosch ihn wie ein unartiges Stiefkind. Er schlug immer weiter auf ihn ein, bis abermals etwas in seinem Augenwinkel aufblitzte und er fauchend gebückt zur Seite auswich.

Der Hund rauschte an ihm vorbei wie der verlorene Sohn des Dis, mit schäumendem Speichel auf den Lippen und im Stoppelbart. Statt eines Schildes trug er nur zwei Schwerter und krachte wie eine kreischende Walze in eine Gruppe feindlicher Krieger.

Quintus war dicht hinter ihm und hielt ihm den Rücken frei, blieb aber kurz stehen und musterte Drust von Kopf bis Fuß. »Da sind noch mehr von denen, und deiner ist eindeutig schon hinüber«, sagte er leise, ehe er weitertrabte.

Beschämt schloss Drust seine schweißnasse Hand um den Schwertgriff und nahm sich einen Augenblick Zeit, um sich umzusehen. Zu viele Feinde und zu wenig Schutz durch die maroden Mauern. Er warf sich in den nächsten

Kampf, tauchte hinter dem Mann auf, der gegen Kag focht. Beide tauschten Schläge aus und lauerten auf eine Lücke, während sich zwei weitere Angreifer Kag von hinten näherten. Drust ließ einem den Rand seines Schilds in den Rücken krachen und hörte die Wirbelsäule splittern wie morsches Holz. Wie ein gefällter Baum ging der andere zu Boden. Kag blinzelte Drust keuchend an, als traue er seinen Augen nicht.

»Formieren, formieren!«

Zwischen all den Schreien und Flüchen wiederholte Kag grölend seinen Befehl. Einer nach dem anderen wichen die Brüder zurück und duckten sich paarweise in den Schutz der alten Steine und des Erdwalls mit der frisch angespitzten Palisade, wo Manius mit seinem Bogen stand.

Ein Hornsignal ließ die abtrünnigen Römer innehalten; sie drehten um und zogen ab, auch wenn viele wie Gliederpuppen hingestreckt herumlagen und einige andere humpelten oder krochen. Wenigstens einer lag unsichtbar im hohen Gras und schrie ihnen mit schriller, angsterfüllter Stimme hinterher. Drust brauchte die Worte nicht zu verstehen, um sie als Flehen zu deuten, nicht zurückgelassen zu werden.

Ein Kamerad erhörte es, machte kehrt und kam zurückgerannt – Drust hörte Quintus einen Bewunderungsruf ausstoßen angesichts des Mutes dieses Römers, aber Drust wollte etwas unternehmen, dem Mann bedeuten stehen zu bleiben, denn ein schnell vordringender Soldat konnte einen zweiten und dritten ebenfalls dazu animieren, bis die Bastarde allesamt wieder kehrtgemacht hatten und die Brüder doch noch übermannten.

Er riss das Schwert hoch und ließ es durch die Luft sausen, brüllte »*Roma invicta!*« und holte damit gegen den Rennenden aus, aber der Griff war glitschig vom Blut des Rotschopfs und schoss ihm aus der Hand. Mit offenem Mund stand er da, entsetzt über den Verlust seiner Waffe.

Sie segelte davon wie ein Pfeil, drehte sich einmal um die eigene Achse und traf den rennenden Römer mit dem Griff voran ins Gesicht. Es klang, als wäre ein nasser Lehmklumpen an eine Hauswand geklatscht. Der Mann wurde umgerissen, und Drust preschte vor, getrieben von der Furcht, er könnte wieder auf die Beine kommen und mit seinem Gladius davonlaufen.

Er erreichte den Kerl, als er sich halb blind und mit heftig blutender, gebrochener Nase aufrappeln wollte. Drust griff nach dem Schwert, rutschte aus und fiel ins blutige Gras, bekam sein Schwert zu fassen und schlug noch im Liegen zu. Die Klinge zerschmetterte das nackte Knie des Kriegers, der aufheulte und erneut zu Boden ging, während Drust verzweifelt nach Atem rang.

Er richtete sich halb auf, rutschte erneut weg und fiel auf den wegkrabbelnden, wimmernden Krieger, zielte nun auf dessen Kopf und verfehlte ihn fast eine Handbreit. Die Schwertspitze glitt dem Mann in den Nacken, während sich Drusts Blickfeld trübte und auf Nadelöhrgröße schrumpfte. Er lag mit dem Gesicht nach unten auf dem Leib des Mannes, sog die letzten Atemzüge des Feindes ein und zuckte zusammen, als der Mann noch einmal austrat und sich aufbäumte, um dann still dazuliegen.

Sie zerrten Drust von der Leiche, drehten sein Gesicht gen Himmel und versetzten ihm ein paar saftige

Ohrfeigen, bis er wieder zu Sinnen kam und Quintus mit breitem Grinsen über sich aufragen sah.

»Wieder bei uns, ja? Sehr schön – das war ja mal ein Angeberangriff, wie ich ihn höchstens beim Üben gesehen habe. Den würde ich aber nicht in der Arena zeigen – kein Mensch würde glauben, dass das nicht gestellt war.«

»Den kriegst du auch unmöglich zweimal hin«, sagte der Hund kategorisch. »Ist das jetzt dein neuer Arena-Name? Der Fleischer?«

»Ha«, sagte Kag verächtlich. »Das von dem Mann, der einen Gefangenen in Brand gesteckt hat?«

»Feinde?«, brachte Drust heraus. Kag half ihm auf, und dann stand er da, auf wankenden Beinen, die nicht ihm zu gehören schienen.

»Immer noch da draußen. Stellen Forderungen.«

»Tja«, sagte Quintus, »dieser Antyllus hat offenbar kein Problem damit, uns gerade genug Leute auf den Hals zu hetzen, um uns zum Nachdenken zu bringen und zu zeigen, wozu er fähig ist.«

*

»Legt eure Waffen nieder und kommt heraus«, brüllte der Standartenträger. »Ihr könnt nicht bestehen gegen uns.«

»Das habe ich vor einer Stunde auch schon gehört«, sagte Kag gerade laut genug, dass seine Mitstreiter es hörten und laut lachten, was dem Schreihals draußen überhaupt nicht gefiel. Er hatte die Gesichtsmaske hochgeschoben und schaute finster drein. Dem Akzent nach zu urteilen war er Gallier, davon war Sau überzeugt.

»Von denen gibt es eine Menge«, sagte Culleo. »Und sie haben Bogen.«

»Wir haben auch einen Bogen«, gab Quintus zurück, wandte sich aber noch beim Sprechen um. »Wo ist Manius?«

»Weit weg«, antwortete der Hund mit bitterer Miene. Drust konnte nur hoffen, dass der Mavro gut versteckt irgendwo ganz in der Nähe hockte – oder dass er die Farben wiedergefunden hatte, was immer das bedeuten mochte. Er sah sich in ihrer Festung um. Ein halb verfallener Turm aus brüchigen Steinen, durchzogen von Efeu und Schösslingen. Schlechter Ort zum Kämpfen, dachte er einmal mehr – aber wenigstens sind die, die Praeclarum bei sich haben, ganz in der Nähe. Einmal mehr suchte er ihre Reihen ab, in der Hoffnung, sie zu entdecken.

»Kommt raus. Der General hat versprochen, euch nichts anzutun, wenn ihr ihm Folge leistet. Wir haben eure Kriegerin.«

»Zwischen diesen Bäumen werden mehr finstere Pläne ausgeheckt als in den Palästen auf dem Palatin«, sagte der Hund mürrisch. »Was wollen die wirklich?«

Der Standartenträger machte ein Handzeichen, und Drust schlug das Herz plötzlich bis zum Hals, als eine Gruppe Männer näher kam, die Schilde emporgehoben und die Speere kampfbereit. In ihrer Mitte lief, etwas wacklig, Praeclarum. Ugo brüllte, schlug sich mit einer Dolabra gegen den Helm und mahlte in geiferndem Zorn mit dem Kiefer. Der Standartenträger hatte nun auch den Helm ausgezogen, um sich verständlicher zu machen, und zeigte so, dass er zu blass für diese Hitze war; sein

Gesicht war ein blutroter Sack mit blauen Augen. Er zeigte auf Praeclarum und ihre Begleiter und starrte zu Drust herüber.

»Deine Frau«, sagte er. »Falls du und deine Männer nicht die Waffen strecken, wird der General sie auf dem Setzling reiten lassen. Das ist eine Methode, die wir von diesen Waldläusen gelernt haben.«

Drust wusste nicht, was das bedeutete, aber gut war es sicher nicht – Sau erklärte ihm in knappen Worten, dass es darum ging, sie zwischen zwei stark verbogenen jungen Bäumen anzubinden und dann die Seile zu zerschneiden, damit die Bäume in unterschiedliche Richtungen auseinanderschnellten.

»Fortunas Titten«, knurrte Kag. »Auf so was können nur Barbaren kommen.«

»Hast du die Kreuzigungen in der Arena vergessen?«, fragte Quintus scharf, und Kag verstummte. Drust schaute vom einen zum anderen, dann ließ er Schwert und Schild zu Boden fallen. Die anderen sagten nichts, taten es ihm aber gleich – nur Culleo zögerte und leckte sich die Lippen, bis ihn der Blick des Hundes dazu brachte, mit einem Fluch sein Schwert auf die Erde zu werfen.

»Jetzt sind wir wirklich am Arsch«, fauchte der Hund und sah Drust an.

»Fortuna ist uns hold«, erklärte Kag entschlossen. Quintus schüttelte grinsend den Kopf.

»Für so was ist Fama zuständig. Mal schauen, ob sie schützend die Hand über uns hält.«

»Sie ist keine Göttin«, empörte sich Kisa. »Sondern bloß ein literarisches Konstrukt. Ovid hat sie erfunden.«

Quintus betrachtete die Männer mit ihren gezückten Speeren, die näher rückten, um die abgelegten Waffen einzusammeln, während der Standartenträger mit einem selbstzufriedenen Grinsen auf dem verschwitzten Gesicht heranstolzierte.

»Jetzt hast du sie beleidigt«, bemerkte Quintus angespannt zu Kisa, »und deshalb wird nicht einmal der Wind deinen Namen flüstern.«

Drust machte Anstalten, auf Praeclarum zuzugehen, fand seinen Weg aber von Speerspitzen blockiert. Antyllus trat vor und drohte lächelnd mit dem Zeigefinger.

»Noch nicht, Gladiator. Sobald wir miteinander gesprochen haben und zu einer Einigung gelangt sind, aber nicht vorher.«

Drust gefiel diese kleine Geste kein bisschen, aber der Kerl hatte alle Waffen und die Leben der Brüder in seiner Hand, vor allem das von Praeclarum, also nickte er nur.

»Dann los.«

Antyllus verzog das Gesicht. Ihm gefiel die Respektlosigkeit nicht, auch hatte er vorgehabt, den Männern noch mehr Angst einzuflößen. Stattdessen sah er sich gezwungen, seine Leute anzuherrschen, sofort abzurücken, und begnügte sich dann damit, den Standartenträger anzuweisen, Drust unsanft ein paar Schritte zu schubsen.

Als er sein Gleichgewicht wiedergefunden hatte, tauchte Kags verschwitztes Gesicht direkt an Drusts Ohr auf.

»Manius fehlt«, flüsterte er ihm aufgeregt zu.

Sie begaben sich zwischen die Bäume, und Drust versuchte, die Gruppe mit Praeclarum im Auge zu behalten – seine Frau im Blick zu behalten. Alles andere verschwand an den Rändern seines Sichtfelds, und als sie keuchend eine Pause einlegten, wusste er nur, dass Praeclarum verletzt war.

»Ich will sie sehen«, rief er dem Standartenträger zu, der bloß stumm den Kopf schüttelte.

»Ohne seine verdammte Maske ist er sogar noch unerträglicher«, flüsterte Kisa und wischte sich den Schweiß aus den Augen. Kag hockte sich hin und sah zu Boden, um sein Sprechen zu verbergen.

»Das sind nicht die Leute, mit denen wir uns in dem Hain um die Draco-Standarte geschlagen haben«, sagte er. »Das waren Barbaren aus dem Dunkel. Erco hat uns zu ihnen geschickt, was nur bedeuten kann, dass er von diesem Antyllus bezahlt wird.«

»Was wiederum bedeutet, dass Antyllus alles über uns und unsere Mission gewusst hat, seit wir zum Tor hinaus sind«, sagte Quintus, und Ugo, der umständlich an ein paar Zweigen und seinem Gürtel herumfummelte, nickte. Das Fehlen seiner beiden Waffen machte ihn nervös.

Drust war immer noch ganz auf die Gruppe um Praeclarum konzentriert, riss seinen Blick dann aber schließlich von ihr los, als sie sich hinsetzte, schwer atmend und mit gesenktem Kopf. Die Männer waren klein – üblich für Kavallerieeinheiten, denn auch die Pferde waren klein – und trugen große, alle mit den gleichen Symbolen versehene Schilde, wenn auch voller Schrammen und mit abgeblätterter Farbe. Die meisten Gesichter waren glatt rasiert und die Haare militärisch kurz, manche dagegen hatten lange, teils geflochtene Bärte. Sie trugen lange Lanzen und kurze Wurfspeere mit breiten Spitzen, Kettenpanzer und lange Reiterschwerter. Sie hatten nichts mit den Tiermenschen gemein, die sie am Altar bekämpft hatten.

Vielleicht hätte Drust diese Überlegungen noch weiter verfolgt, aber jegliche Gedanken wurden vom Anblick Praeclarums verjagt, die wie ein halb geleerter Getreidesack zur Seite kippte. Er sprang auf und machte einige Schritte auf sie zu, bis ihn einer der Soldaten mit seinem Speer aufhielt. Drust machte nicht Halt, sondern ging in Kampfhaltung über, zog eine Schulter ein und rammte sie dann nach oben. Der Mann taumelte nach hinten, und sofort brachen Hektik und Geschrei aus.

Ugo packte Drust von hinten und brachte ihn zum Stehen, während die Soldaten eine Barriere aus Speeren um die Brüder bildeten. Antyllus kam heran, das schwitzende Gesicht ungnädig verzogen und den Helm in einer Armbeuge.

»Mach das nicht noch mal. Ich brauche dich lebendig, aber du wirst Schmerzen spüren, wenn du dich nicht benimmst.«

»Sie ist krank«, sagte Drust und wehrte sich gegen Ugos Umklammerung.

Antyllus warf einen Blick über die Schulter und sah dann wieder unsicher Drust an. »Man wird sich um sie kümmern, sobald wir unser Ziel erreichen.«

»Ich kann mich ihrer annehmen«, sagte Kisa unvermittelt und schlug sich auf die Brust. »Medicus. Einer deiner Männer ist ebenfalls verwundet – den kann ich mir auch anschauen.«

Antyllus blickte zu dem verletzten Soldaten, der dasaß und sich das Bein hielt. Dann nickte er. Kisa schenkte Drust ein kurzes Lächeln und ging los.

»Manius folgt uns«, flüsterte der Hund Drust ins Ohr und schaute zu Kisa hinüber, der vor dem verwundeten Soldaten kniete. »Ich hoffe, unser Jude bringt keinen um – der ist so sehr ein Medicus, wie ich Münzen furzen kann.«

»Er hat magische Kräfte«, sagte Kag, und es klang nicht einmal ironisch.

Kurz darauf rief ein barscher Befehl alle zum Aufbruch. Kisa kam zu ihnen gelaufen, und Drust packte ihn an den Armen.

»Und?«

Kisa zuckte vor Schmerz zusammen, und Drust ließ ihn los. »Sie wurde geschlagen – brutal. Sechs von denen haben sich auf sie gestürzt, und sie hat zwei verwundet, bevor sie sie übermannt haben. Einer ist verblutet und gestorben, als sie abgehauen sind – das war der, den wir gefunden haben. Den anderen habe ich gerade verbunden, dem hat sie den Oberschenkel aufgeschlitzt. Das hat die anderen vier wütend gemacht. Sie wussten, dass sie sie lebendig zurückbringen sollen, aber von unversehrt war nicht die Rede. Also haben sie sie verprügelt.«

Drusts Blick sagte mehr als jedes Wort. Ugo legte ihm eine Hand auf die Schulter. »Dafür werden sie bezahlen«, versprach er.

»Was wollen sie denn – konntest du das rausfinden?«, erkundigte sich Kag, während Drust versuchte, die Sturmwolken aus seinem Kopf zu vertreiben. Das hätte ich fragen sollen, dachte er schuldbewusst.

»Nur dass der Befehl von Antyllus gekommen ist und er nicht erfreut darüber war, dass sie sie geschlagen haben – ich glaube nicht, dass die Männer ohne Bestrafung davonkommen«, sagte Kisa und stockte. »Aber ihr solltet hier sehr vorsichtig sein. Diese Männer haben alle ihre Gründe, dem Rom, das sie kannten, den Rücken gekehrt zu haben, und ihr einziger Weg zurück ist, dass Rom nach den Vorstellungen ihres Generals umgewandelt wird.«

Culleo glitt neben sie. Er leckte sich die Lippen und sah aus, als habe er gerade einen Regenguss abbekommen; seine Hände zitterten heftig.

»Die Soldaten streiten sich. Einige wollen nach Südwesten ausweichen und umgehen, was vor uns liegt. Andere beschimpfen sie und sagen, wir sollten direkt mittendurch marschieren. Alle haben Angst.«

»Mitten durch was?«, wollte Kag wissen, und Ugo riss die leeren, nervösen Hände hoch.

»Du musstest ja fragen.«

Culleo leckte sich erneut über die Lippen. »Durch den schlimmsten Teil des Dunkels.«

*

Es gab keinen plötzlichen Übergang vom Licht in die Schatten, aber die Krieger, die eben noch aufrecht marschiert waren, mit Schild auf dem Rücken und Speer über der Schulter, begannen auf einmal, erst gebeugt weiterzugehen und dann gebückt.

Langsam schwand das Licht, aus vereinzelten Tupfern auf dem Waldboden wurden Strahlensplitter im blaugrünen Zwielicht. Drust beging den Fehler hochzuschauen, und schwindelte angesichts des panischen Eindrucks, dass sie unter Wasser gingen und langsam ertrinken mussten.

Der Boden zwischen den gewaltigen Stämmen der erdrückenden Bäume war ein Teppich aus sich windendem Efeu und Mulch. Überall Wurzeln, die ein normales Vorankommen unmöglich machten, sodass alle langsam und vorsichtig gehen mussten. Die Bäume waren ummantelt von Moos, das herabhing wie fauliges Hexenhaar. Einige dieser mächtigen Eichen tragen das Moos wie Barbarenkönige ihre Pelzumhänge, dachte Drust. Es war kein guter Ort.

Als ein fernes geisterhaftes Klappern einsetzte und in den Schatten widerhallte, wurden alle noch angespannter, selbst Ugo, der seine Waffen schmerzlich vermisste und immer wieder die Fäuste um imaginäre Griffe schloss.

»Auerhahn«, klärte er sie auf. »Ein großer Vogel. Balzruf. Hab ich schon mal gehört.«

Das beruhigte sie nur ein wenig, denn keiner von ihnen hatte je einen Auerhahn gesehen, und es schien, als balzte da eine gewaltige Menge dieser Hähne im Dunkel, was Kag auch äußerte.

»Das liegt daran, dass ihr und die Römer vor euch in diesen Wäldern alles erlegt habt, was sie frisst – Wölfe und Bären«, sagte Culleo missmutig. »Dank euch gibt es kaum noch welche hier – die Füchse allein reichen nicht.«

»Trotzdem«, gab Ugo zurück und runzelte die Stirn, »da draußen sind wirklich *viele* Auerhähne unterwegs.«

Obwohl sie von hundert römischen Soldaten begleitet wurden, fühlten sich die Brüder in diesem Wald nicht sicher, und als das Licht endlich wieder zu Tupfern anschwoll und die Vögel wieder zwitscherten und sangen, wischten sich alle den Schweiß von der Stirn und atmeten erleichtert auf.

»Ich mag dieses Dunkel wirklich nicht«, knurrte Quintus, während die anderen Krieger grinsten und Geräusche machten wie Männer, die nie Zweifel an der eigenen Tapferkeit gehegt hatten oder daran, den Wald ohne Zwischenfall zu durchqueren. Der Standartenträger stolziere herum wie einer dieser klappernden Vögel, meinte Kag und erntete lautes Gelächter.

Die Bäume wichen Schösslingen und Buschwerk, dann folgten weite Flächen überwucherten einstigen Weidelands mit einigen grasenden Kühen und Schafen darauf. Drusts Blick schnellte voraus wie ein davonstiebendes Reh, fast trunken angesichts der Befreiung von den eingeengten Sichtverhältnissen des tiefen Waldes.

Jetzt sahen sie alle den Rauch und die fernen Gebäude hinter der mächtigen Palisade. Am einen Ende stand ein Quadrat aus Steinmauern, teilweise ausgebessert mit Stämmen und Erdwällen. Im dessen Innern stand ein einziger rechteckiger Turm von sechs oder sieben Mannslängen Höhe.

»Mit Sicherheit ebenfalls eine ehemalige römische Grenzfestung«, zischte der Hund. »Da ist nur schwer rein- oder rauszukommen.«

»Gib uns Zeit«, sagte Quintus mit seinem Grinsen.

»Ihr habt keine Zeit«, fauchte Culleo. »Wir sind am Ende und alles nur wegen dieser Frau.«

Der Hund verzichtete auf eine Erwiderung, und Drust zuckte bloß mit den Schultern. »Hast du je jemanden geliebt?«, fragte er. Culleo schien nachzudenken und kratzte sich nervös den Bart.

»War mal verheiratet, aber sie ist mit einem Hufschmied durchgebrannt.«

»Liebe ist etwas für Narren. Nicht mehr als eine Blutwallung in den Lenden.« Der Hund schaute zwar geradeaus, aber alle wussten, dass dies an Drust adressiert gewesen war. »Daran ist nur wenig Rätselhaftes und noch weniger Magie«, fuhr er fort. Dann drehte er sich um und schaute Drust ins Gesicht, wobei er – wie immer – sein eigenes Aussehen wie einen Knüppel einsetzte.

»Jetzt ist sie wieder eine Sklavin, wie wir alle. Sie werden uns schuften lassen wie Ochsen, bis wir sterben, und sie wird man schänden. Vielleicht behagt ihr das sogar mehr als die Ochserei. Das macht das Sklavenleben mit einem – es lässt einen irgendwann dankbar sein für Scheiße, die einen freien Menschen zur Raserei bringen würde. Ich erinnere mich noch sehr gut daran. Nur hab ich nie erwartet, noch mal so tief zu sinken.«

Drust war erbleicht. Ugo packte ihn an den Armen und Kag schnellte vor, um sich zwischen Drust und den Hund zu stellen, den er wütend anstarrte. Aber bevor er etwas sagen konnte, reckte zur allgemeinen Verblüffung Kisa sein zornrotes Gesicht ins Blickfeld des Hundes und spuckte ihm Worte wie Messer entgegen.

»Du Hurensohn«, zischte er. »Sie hat dir mindestens einmal das Leben gerettet – ich war dabei. Am Tag, als sie und Drust geheiratet haben, hast du sie auf beide Wangen geküsst und versprochen, du würdest sie in jedem Kampf verteidigen. Und jetzt schmeißt du hier mit diesem alten Gift um dich, obwohl du genau weißt, dass es nicht stimmt und du sie fast mehr liebst als wir alle, abgesehen von Drust.«

Entgeistert klappte der Hund den Mund auf und zu.

»Ohne uns bist du erschöpft, ausgelutscht, leer und unnütz, wie wir alle ohne einander. Du bist schmierig, verkommen, hässlich und gottlos, eine faule und ekelerregende Ausscheidung mit einem eigenhändig verunstalteten widerlichen Gesicht, der einen lebenden Menschen in Brand stecken und darüber auch noch lachen kann. Affen schauen auf dich herab. Hunde pissen auf deine Schuhe. Selbst Schafe würden sich weigern, von dir gefickt zu werden. Du bist absolut erbärmlich, gierst nach Aufmerksamkeit, ein Idiot, ein Dummkopf, Hund. Und je eher du das einsiehst, desto besser für uns alle, vor allem für dich.«

»Junge, Junge«, sagte Kag voller Bewunderung und klatschte Beifall wie ein Anwalt bei einer Gerichtsverhandlung. Der Hund starrte stumm ins Leere. Kisa wandte sich ab und schien sich fast ein wenig zu schämen.

»*Missus*«, sagte Quintus und schaute den Hund warnend an. Aber ob dieser die Aufforderung zu einem Waffenstillstand angenommen hätte oder nicht, sollte er nie erfahren, denn in dem Moment wurden sie von Speeren im Rücken zum Weitergehen gedrängt.

Sie kamen durch vereinzelte Viehherden, die nach Drusts Überzeugung gestohlen worden waren, denn in dieser Gegend hatte eindeutig lange Zeit niemand mehr gelebt. Hier und da sahen sie Patrouillen, wachsam wie Füchse, und mehrfach ertönten Hornsignale, um Antyllus' Ankunft zu vermelden, aber das kleine Dorf hinter der Palisade war eine zerfallene Ansammlung uralter Gebäude, manche von ihnen unheilvoll rußgeschwärzt. Alle wirkten nervös und gereizt.

»Rom«, meinte Kag lakonisch, während sie auf die einzige Gruppe zugingen, die hier nicht bewaffnet war. Es waren Sklaven, bei den letzten Beutezügen gefangen genommene Einheimische – wenn sie wegliefen, wären sie in einem, maximal zwei Tagen daheim, meinte Drust. Ugo sah das anders.

»Die kommen von der anderen Seite dieses Waldes«, sagte er. »Wenn sie nach Norden fliehen, werden sie einfach zu Sklaven eines anderen Stammes. Wenn sie nach Hause wollen, müssen sie einmal quer durch das Dunkel. Noch sind sie nicht verzweifelt genug für die Freiheit.«

Die älteren Sklaven starrten sie mit jener stummen Duldung des Elends an, die jeden, der sie überhaupt wahrnahm, schnell den Blick senken oder wegsehen ließ. Im Blick der Jüngeren lag nackte Verachtung, womit sie die Peitsche riskierten.

Drust und seine Leute wurden zu einer großen runden Hütte gebracht, mit lichtdurchlässigen Lehmwänden und einem Dach wie die Frisur einer Hure, die man gerade aus dem Bett geschmissen hatte. Es roch muffig nach altem, ranzigem Stroh und nach Tod.

Praeclarum wurde, wie er sah, zum fernen Torbogen der steinernen Festung gebracht – das hölzerne Tor war noch intakt, und dahinter gab es zweifellos auch ein zweites, mit Zacken versehenes Fallgatter.

Uns bringen sie sicher in den Turm, ganz nach oben, dachte Drust. So würde ich es machen.

»Sie wird auf keinen Fall aufgeben«, sagte Kag, der sich neben ihn gehockt hatte. »Und das solltest du auch nicht.«

»Kannst du noch mal zu ihr?«, fragte Drust Kisa, aber der Jude schüttelte bedauernd den Kopf.

»Jetzt nicht mehr. Die haben hier ihren eigenen Medicus, Frontinus heißt er. Antyllus will ganz offensichtlich dein Verlangen anheizen, sie zu sehen und mit ihr zu reden, aber er wird es nicht zulassen.«

»Und mich so dazu bringen, dass ich alles tue, was er verlangt«, führte Drust seinen Satz zu Ende. Kisa nickte.

Sie hatten sich kaum an das Halbdunkel unter dem gespaltenen Dach gewöhnt, als Männer kamen und sie wieder hinaus über die zerfurchte Straße zum größten Gebäude zerrten, das einmal der Versammlungsort des Dorfs gewesen war, das Langhaus. Es war aus soliden Stämmen erbaut worden, das Dach war jedoch aus Stroh, dessen Halme abstanden wie die schlechte Perücke einer zänkischen alten Vettel.

Im Inneren brauchte man trotz Tageslicht Fackeln, weshalb sie Antyllus vor der Tür antrafen. Er saß mit dem Gesicht voll Seifenschaum auf einem Stuhl. Sie standen da, während der Barbier ihn rasierte und vom überschüssigen Schaum befreite.

»Das ist Lentulus«, sagte Antyllus und nickte dem Mann mit dem Rasiermesser zu. »Er schneidet auch Haare – wenn wir hier fertig sind, wird er sich um euch kümmern. Ihr seht aus wie Barbaren – aber das war wohl der Sinn der Sache, nachdem sie euch in den Wald gescheucht haben, um mich zu töten.«

»Um dich zu finden«, korrigierte ihn Drust. Er fühlte sich wieder wie ein Sklave, wie er da mit den Händen auf

dem Rücken stand und den Herrn über sein Schicksal anschaute. Es gefiel ihm gar nicht.

»Das Lager hat keine Geheimnisse«, sagte Antyllus und
wischte sich das Kinn mit einem sauberen Tuch ab. Er
trug eine einfache Tunika mit einem breiten Purpurstreifen und die blutroten Stiefel eines Senators; die Botschaft
war unmissverständlich. »Ich habe fast im gleichen Moment von eurer Mission erfahren, in dem ihr mit den anderen das Nordtor verlassen habt. Erco war angewiesen,
euch ins Versteck der Tiermenschen zu führen und un-
schädlich zu machen.«

Drust erwiderte nichts, aber der Hund grunzte wie ein
Eber, der einen Rivalen wittert. Antyllus befühlte fachmännisch sein Kinn und nickte Lentulus zufrieden zu.
Die Geste irritierte Drust, denn es lag eine seltsame Hoch-
achtung darin.

»Ja«, fuhr er fort, »ihr habt durchaus Widerstandsfähig-
keit gezeigt, das hat mich die Sachlage noch einmal überdenken lassen. Ich hielt es für unwahrscheinlich, dass ihr
ohne einen gewissen Ansporn mit meinen Plänen über-
einstimmen würdet – deshalb befindet sich deine Frau
jetzt in meinem Turm.«

Er zog einen Lederbeutel unter dem Gürtel seiner Tunika hervor. Drust hielt den Atem an, denn er kannte ihn
nur zu gut.

»Ich habe ihr Lächeln«, sagte Antyllus und klimper-
te mit dem Beutel, der Praeclarums Perlenzähne barg.
»Wenn du das und sie selbst wiederhaben willst, musst
du etwas für mich tun. Der Weg über den Fluss, den ihr
so lange gesucht habt, befindet sich eine Tagesreise weiter

südlich. Da wird der Fluss etwas schmaler, und die Brücke ist noch intakt, allerdings zu schmal für Karren oder Vieh. Deshalb wird sie unbenutzt sein. Die ganzen Wilden werden versuchen, das Vieh hinüberzubringen, das sie gestohlen haben, und erst, wenn sie begreifen, dass es nicht geht, werden sie die Tiere freilassen, die Karren abstellen und sich die Beute auf die Schultern packen. Ihr müsst diese Brücke nehmen, um zum Lager zu kommen, zu Marcus Peperna Vento. Dem berichtet ihr, dass ihr mich überzeugt habt, mich wieder der Armee anzuschließen, mit all meinen Männern und dem Feldzeichen der Ala Flavia.«

»Jupiters haarige Eier«, fauchte Kag. »Kannst du uns nicht einfach in Frieden lassen? Geh doch einfach selbst zum Tor und gib es bekannt. Dann könnt ihr euch mit euren Schwänzen zuwinken.«

Antyllus nickte knapp, und Kag spürte eine Bewegung hinter sich, reagierte aber zu spät; der Speerschaft traf ihn in die Wade und riss ihn hüpfend und fluchend nach vorn.

»Ihr werdet tun, was ich euch auftrage. Ich habe vierhundert Mann, kampferfahren und als leichte Infanterie ausgebildet, und Marcus Peperna Vento sollte sich nach solcher Verstärkung die Finger lecken – in seiner Provinz wimmelt es nur so von plündernden Feinden. Sollte er zögern, wisst ihr, dass er meinen Tod will, nicht meine Rehabilitierung. In dem Fall findet ihr einen Weg, die Tore zu öffnen. Was danach geschieht, ist meine Sache und soll euch nicht weiter kümmern. Du kriegst deine Frau und ihre Zähne zurück, und außerdem das, was euch an Karren und Tieren noch bleibt – wahrscheinlich nicht der

Rede wert, da man Peperna sicher schon euren Tod gemeldet hat.«

»Da soll mich doch Fortuna ...«, brummte Quintus. »Wir haben getan, was von uns verlangt wurde. Undank ist der Welten Lohn.«

»Der Preis des Ruhms«, sagte Antyllus ruhig und erhob sich von seinem Stuhl. »Wenn ihr bereit wart, im Dunkel des Nordens nach seltsamen Tieren zu suchen, würdet ihr auch den Hades selbst betreten, um eine Frau zu retten, die eine von euch ist, sogar eine ohne Zähne.«

Er hielt inne, und sein Lächeln wurde noch breiter. »Den Hades verlange ich ja gar nicht. Nur das Tor zum Lager.«

Plötzlich schaute er beunruhigt drein und fuhr sich mit der Hand an die Stirn, ehe er sie sinken ließ. »Wenn ihr genau hinhört, könnt ihr die Würfel auf dem Tisch rollen hören«, sagte er müde. »Sobald sie still daliegen, wissen wir, was Sache ist.«

Niemand sagte etwas. Alle hatten Erwiderungen auf der Zunge, aber keine, die ausgesprochen werden konnten. Antyllus nickte zufrieden.

»Später gibt es ein kleines Abendessen, nur ich und meine Offiziere. Ihr werdet dem beiwohnen. Versucht bitte, bis dahin etwas reinlicher auszusehen.«

Er wandte sich zum Gehen, drehte sich dann aber noch einmal zu ihnen um.

»Einer der Euren fehlt. Der Mavro, der Libyer. Falls ihr eine Möglichkeit habt, ihn dazu zu bringen, sich zu euch zu gesellen, kann ich nur wärmstens empfehlen, sie zu nutzen. Dies ist kein Ort, um alleine herumzuschleichen – Cernunnos wird ihn erwischen, todsicher.«

6

Ein kleines Abendessen für Offiziere. Nun war das Langhaus kein *Triclinium*, obwohl alle zu drei Seiten eines langen Tischs aufgereiht saßen. Auch konnte man hier weder Lerchenzungen noch gesäuberte Gebärmütter von Säuen noch mit Milch gemästete Schnecken erwarten – stattdessen gab es Hammelfleisch von vierhörnigen Schafen, Käse und runzlige Winteräpfel, Wildschwein sowie einen großen Kessel mit gesottenem Rindfleisch. Es war eine Tafel, wie sie ein Barbarenhäuptling decken würde, nur eben arrangiert nach römischer Sitte.

Es gab Bier in großen Krügen, was die Fremdartigkeit nur noch verstärkte – aber auch jede Menge anständigen Rotwein, Jubel, Gebrüll und beinahe verzweifelte Trankopfer an alle Götter Roms, als wollten sie Risse in einem unnatürlichen Gefäß kitten. Falls es hier welche gab, die es für unpassend hielten, heimische Bräuche auf diese Weise über ein anständiges römisches Abendessen zu stülpen, aßen sie jedenfalls nicht mit, dachte Drust.

Antyllus lag auf einer geziemenden Liege, ebenso die ranghöchsten Offiziere – zu seiner Linken der Standartenträger, der, wie Drust nun wusste, Marcellus hieß, und Lentulus zu seiner Rechten. Selbst Kisa konnte nicht sagen, ob Letzterer ein einfacher Barbier oder gar ein Sklave war; er stand jedoch eindeutig hoch in der Gunst seines Herrn und hatte entsprechenden Einfluss.

»Sie mögen uns überhaupt nicht, Drust«, sagte der Hund aus dem Mundwinkel, obwohl er sich das hätte sparen können; es war laut genug, um selbst einen Schrei zu übertönen. »Wir hätten den Barbier zumindest an einen von uns ranlassen sollen, wie es aussieht.«

Drust hatte keine Antwort auf diese Feststellung, die eindeutig den Tatsachen entsprach – Lentulus war dem Wunsch des Generals entsprechend zu ihnen gekommen, sie hatten ihm gesagt, er solle sich verpissen, er war wieder abgezogen und hatte seinen Misserfolg vermeldet. Es hatte keine weiteren Konsequenzen gegeben, was den Mann nur zusätzlich verärgerte, der eindeutig der Meinung war, dass seine Beschwerde eine Reaktion verdient hätte.

Drust und seine Leute aßen wenig und tranken noch weniger, da sie nicht wussten, was Fortuna noch für sie bereithalten mochte. Sie sahen Antyllus zu, wie er sich in seiner weißen Tunika mit dem purpurnen Saum eines Senators auf seiner Liege fläzte und alle von oben herab behandelte, die seiner Meinung nach weniger wert waren als er. Also jeden.

Dennoch war er freigiebig und lächelte die von ihm Geladenen, seine Erwählten, an wie ein gekochter Dorsch. Er wirkte wie ein Barbarenhäuptling auf seinem Thron, Lentulus und Marcellus wie Jagdhunde zu seinen Füßen. Drust war überzeugt, dass diese beiden Kerle faule und miese Versager waren, einzig verbunden durch die finsteren Blicke, die sie einander zuwarfen – und, da war er sicher, durch ihre gemeinsame Furcht vor Antyllus.

Drust betrachtete Antyllus und kam sich vor wie ein Opferpferd im Moment, da es die Klinge spürt – doch der Zorn über Praeclarums Schicksal brannte alle anderen Gefühle aus seinem Kopf. Alle in seiner Nähe spürten die ungute Hitze seiner Wut; der Hund rutschte auf der Bank ein wenig von ihm ab und nahm einen tiefen Schluck aus seiner Schale. Und dann noch einen.

Kag beugte sich zu Drusts Ohr. »Sei vorsichtig. Das ist ein offizielles römisches Abendessen, noch dazu für einen General, aber die Männer hier sind alle extrem angespannt. Sie sind fast eher seine Sklaven als wir.«

Dann ließ Antyllus das *Dinos* bringen. Drust wusste zwar, dass es sich dabei um ein griechisches Weingefäß handelte, aber was dann hereingetragen wurde, war so schwer, dass zwei Männer es schleppen mussten. Ein riesiges Trinkgefäß aus Bronze, prächtig verziert mit Schriftbändern und prallen Trauben. Doch es wurde hier nicht mit Wein, sondern mit Weizenbier gefüllt, das eine Krone wie Meerschaum bildete. Später erfuhren sie, dass man es hier unter den Vorräten entdeckt hatte und es eindeutig Teil des verwaisten Haushalts eines germanischen Kriegsherrn gewesen war.

»Auf die Armee«, rief Antyllus, erhob sich von der Liege und reckte seinen Kelch in die Höhe. Alle taten es ihm gleich, auch Drust und seine Leute. Sie hielten es für das Beste, mitzuspielen. Als der Lärm ein wenig abebbte, schaute Lentulus spöttisch zu ihnen herüber.

»Gehören die da wirklich zur Armee?«

»Das tun sie«, sagte Antyllus.

»Zu welcher denn?«, rief jemand und erntete brüllendes Gelächter, bis Antyllus mit erhobenen Händen Ruhe gebot und Drust mit schief gelegtem Kopf musterte.

»Nun – sag ihnen, was eure Aufgabe im Gefüge der Legionen ist«, forderte er ihn trocken auf. Er wollte, dass sie zugaben, geschickt worden zu sein, um ihn zu töten, damit seine Offiziere sahen, wie groß und weitreichend sein Einfluss war. Er wollte gebieterisch und furchtlos wirken. Doch Drust hatte nicht vor, sich von ihm einspannen zu lassen.

»Ich kann sagen, was wir *nicht* tun«, gab er ruhig zurück. »Wir salutieren nicht, wir arbeiten nicht, und wir marschieren nicht.«

»Wir kämpfen«, fügte der Hund hinzu.

»Das hatte ich gehört«, sagte Lentulus. »Gladiatoren, hatte ich gehört. Die immer noch aussehen wie Sklavenabschaum und sich weigern, mich etwas an diesem Umstand ändern zu lassen.«

»Es wäre etwas schwierig, im Lager zu erklären, wie es kommt, dass wir frisch rasiert sind«, erwiderte Drust, und Antyllus, der offensichtlich keine Diskussion darüber aufkommen lassen wollte, warum sie zum Lager zurückkehren oder was sie dort für ihn tun sollten, wechselte das Thema. Lentulus aber war vom Trinken in boshafter Stimmung und suchte nach einem Vorwand, sie auszukosten.

»Tja, immer noch Gladiatoren eben, auch wenn ich gehört habe, dass ihr allenfalls armselig wart und jetzt noch armseliger seid. Genau die passende Belustigung für ein römisches Abendessen.«

»Nicht für dieses«, sagte Antyllus scharf. Sein schneidender Tonfall drang auch in Lentulus' benebelten Geist. Marcellus lächelte.

»Ich dachte, sie könnten uns mit dem unterhalten, was sie doch angeblich am besten können«, beharrte Lentulus mürrisch. »Kämpfen.«

»Etwas, womit du sicher noch keine Erfahrung gemacht hast«, sagte Kag vernehmlich. »Du, dessen Schwielen nur vom Halten einer großen Stange stammen – ach, Moment. Das war ja der andere Päderast.«

Das ungläubige Luftholen ringsum klang wie Mottengeflatter.

Das war's, dachte Drust. Hier würde ihr Leben enden. Alle Blicke richteten sich auf die beleidigten Männer, alles wartete hämisch darauf, was jetzt mit den Neuankömmlingen passieren würde. Ugo gab ein kehliges Knurren von sich, während Kag spöttisch seinen Becher hob, um Lentulus zuzuprosten, der versuchte, sich von seiner Liege zu erheben, dabei aber ein klägliches Bild abgab.

»Es reicht«, sagte Antyllus. Lentulus stellte seine Aufstehversuche ein. Marcellus hingegen schien wirklich erbost und starrte sie giftig an.

»Natürlich«, sagte er mit sanfter Stimme, »kann so eine Beleidigung nicht ohne Reaktion stehen bleiben.«

»Marcellus«, sagte Antyllus warnend. Lentulus wirkte wie ein verwirrtes Pferd, das vier Hände an den Zügeln zerren spürt. Marcellus zuckte träge mit den Schultern.

»Ich hatte nur an den Kessel gedacht. Der Verlierer bittet um Entschuldigung. Auf den Knien.«

Der Kessel. Wie das Rauschen eines herben Windes machte das Wort die Runde durch die Halle. Einige stimmten damit Sprechchöre an und schlugen im Takt auf die Tische, andere brüllten es einfach betrunken dazwischen. Lentulus sah aus, als wäre ihm übel, und Marcellus schenkte Drust ein blutrünstiges Grinsen.

»Dann sollen die beiden den *Dinos* anheben.«

»Keiner von ihnen kann das schaffen«, gab Antyllus barsch zurück, aber Marcellus zuckte wieder nur mit den Schultern.

»Dann sollen sie einen anderen küren – der große Kerl da sieht ganz fähig aus. Er gegen Mus.«

Die anderen griffen den Namen auf und fingen wieder an, auf die Tische zu hämmern und ihn im Sprechchor zu rufen – »Mus, Mus, Mus.«

Als der Gerufene endlich gebückt in den stickigen Gestank des Langhauses trat, stellte er sich beileibe nicht als Maus heraus; vielmehr war er ein Riese in einer durchgeschwitzten Tunika, noch größer und breiter als Ugo, der sich nach Drust umsah, grinste und die Schultern zuckte.

Da erst bemerkten die anderen ein Leuchten in Drusts schnellem Seitenblick, ein wütendes, gerissenes Aufglimmen. Als wäre plötzlich ein Bär aus der Höhle gekommen, in die man gerade hineinwollte, erzählte Ugo hinterher.

»Ich brauche keinen Stellvertreter«, sagte Drust, was die Schreihälse eine Weile verstummen ließ. Er grinste in die Runde.

»Fünf Denare auf den Sohn des Mars«, brüllte jemand. Sofort erfüllten neues Geschrei und Wetteinsätze den

Raum. Ein kleines römisches Abendessen, dachte Drust böse.

Er trat an den *Dinos* und erkannte sofort, dass das fein polierte Gefäß zwar aussehen mochte wie Gold, in Wahrheit aber sogar nicht einmal aus Bronze, sondern aus vergoldetem Eisen bestand, wie die Geräusche der Kelle in seinem Inneren verrieten. Das Bier darin schwappte und verströmte den Gestank fermentierten Weizens.

Das Ausschlaggebende – das alles Entscheidende – an diesem Gefäß war die Tatsache, dass es schwer genug war, um selbst in leerem Zustand von zwei Männern getragen werden zu müssen. War es wie jetzt mit einem See aus Bier gefüllt, konnte es überhaupt nicht mehr bewegt werden, allenfalls von vier Mann vielleicht, weshalb Diener oder Sklaven die Becher der Gäste nahmen und sie mit einer schweren Eisenkelle nachfüllten.

»Mus ist nicht stark genug.«

Die Wetteinsätze schnellten in die Höhe, alles schrie durcheinander, ständig änderten sich die Quoten. Nur wenige setzten auf Drust, selbst von denen, die der Scherz über den »Sohn des Mars« erfreut hatte – jeder römische Soldat war ein Sohn des Mars.

Mus hingegen ließ zum Gebrüll der Menge seinen Bizeps spielen. Der *Dinos* stand da wie ein düsteres Verhängnis und schwitzte schwappendes Bier wie eine bittere Botschaft.

»Der hätte nie bei der Kavallerie aufgenommen werden dürfen«, grummelte Ugo. »Schaut ihn euch doch an. Seine Beine würden Furchen in den Boden reißen und jedes Pony unter seiner Last in der Mitte durchhängen.«

»Er war nicht bei der Kavallerie«, sagte Kisa. »Und er hat hier noch mehr Kameraden vom selben Schlag. Die da zum Beispiel – Querulanten und Sonderlinge und alles keine Reiter. Und ›Schlag‹ sage ich auch nicht von ungefähr – achtet mal auf ihre Beine.«

Sie sahen die Schwielen und Narben von den Rebstöcken der Centurionen, mit denen sie ihre Fußsoldaten bestraften, wann immer diese die Ansprüche nicht erfüllt hatten. Also alles Männer, die sich schlecht behandelt fühlten.

»Wie lauten noch mal die Regeln?«, fragte Drust und schaffte es, sich im Gebrüll Gehör zu verschaffen. Er klang etwas verzweifelt, und Lentulus mit seinen kleinen Schweinsäuglein und Wangen so rot wie ein versohlter Hintern lachte laut.

»Regeln?«, prustete er. »Hochheben und tragen, und wer das Ding weiter trägt, gewinnt.«

»Also«, sagte Drust und runzelte die Stirn, als wäre er begriffsstutzig, »wenn deine dicke Maus ihn nicht weiter tragen kann als ich, hab ich gewonnen?«

Vereinzeltes Gelächter. Lentulus blinzelte, runzelte die Stirn und nickte. Drust sah Antyllus die Augen zusammenkneifen und fragte sich, ob der General ihn durchschaut hatte – aber der Mann blieb stumm und strich sich übers Kinn.

Die Quoten jagten wie Mauersegler durch den Raum und veränderten sich ständig. Lentulus grinste anzüglich, und Marcellus starrte finster und verbissen in die Runde. Antyllus gab sich alle Mühe, stoische Ruhe auszustrahlen, aber es gelang ihm nicht ganz; es behagte ihm nicht, dass ihm die Kontrolle über das Geschehen so entglitten war. Gewöhn dich dran, dachte Drust hitzig, denn du glaubst, dass du diese Söhne des Mars anführst, aber in Wahrheit führen sie dich. Der Purpurumhang, den sie dir um die Schultern legen wollen, mag sich wie die Bestätigung deiner Großartigkeit anfühlen, aber sein Gewicht wird dich erdrücken.

»Du zuerst«, sagte er und betrachtete nachdenklich zuerst das Gefäß, dann Mus. »Ich brauche noch etwas Zeit, um mich vorzubereiten. Außerdem verschüttest du ja vielleicht etwas und erleichterst mir die Sache.«

Mus hatte ein Kinn wie ein Felsenriff und ein Grinsen, das zu viele schlechte Zähne offenbarte. Er ging in die Knie und umarmte den Kessel. »Ich werde gar nichts verschütten«, erklärte er. Drust nickte und schaute trübselig drein. Kag und die anderen sahen verwirrt zu. Sie wussten zwar, dass Drust das Ding überhaupt nicht würde hochheben können, aber selbst Kag kam nicht dahinter, was er vorhatte.

Mus gab sich ganz seiner Aufgabe hin und mühte sich ab, während die Menge ihn brüllend anfeuerte. Alle Gesichter waren schweißbedeckt und von purer Lust am Wettkampf erfüllt. Kag und die anderen sahen zu, wie Drust vortrat und die Kelle aus dem Kessel nahm; die glasigen Locken seiner verschwitzten Haare flatterten in der Hitze der Fackeln.

»Nur, um es ein bisschen leichter zu machen«, sagte er und schwenkte die Kelle in der Luft. Mus brachte bloß ein Grunzen heraus, aber die Menge lachte und feuerte ihn noch lauter an. »Na los!«, riefen all jene, die auf ihn gesetzt hatten. »Heb ihn hoch, heb ihn hoch!«

Mus knurrte und verrenkte sich, seine Muskeln spannten sich, als kämpfte unter seiner Haut etwas Lebendiges darum, seinen Leib zu verlassen. Endlich hob sich der Kessel etwas vom Boden, und Mus schickte sich an, ihn ein paar Schritte voranzuschleifen. Kag sah, wie Drust den Kopf schief legte, als wollte er der ächzenden Arbeit Respekt zollen. Fast sah er aus wie ein sonderbarer Vogel aus dem Dunkel.

Er ließ Mus schuften, bis der Kessel einen Fingerbreit über dem Boden schwebte und das Geschrei seinen Zenit erreichte.

Dann holte er aus und schlug Mus die Kelle gegen die Stirn.

Der Riese grunzte und fiel wie ein Opferlamm hintüber; der *Dinos* krachte schwer auf die Fliesen, schwankte und schwappte über. Die Umstehenden brachten sich vor dem Bier in Sicherheit. Langsam balancierte er sich auf seinem Dreibein aus, und dann erst steckte Drust sorgsam die Kelle zurück. Er schaute Mus an, der sich wie ein niedergestreckter Käfer auf dem Boden wand, leicht schielte und einen roten Fleck auf der Stirn hatte. Alle starrten Drust fassungslos an, Stille senkte sich wie ein schwarzer Umhang auf die Szene.

»Keine Regeln«, rief Drust laut und schaute wieder auf den benommenen Mus hinab. »Du hast ihn nicht weiter getragen, als ich es gekonnt hätte.« Er warf dem grünlich verfärbten Lentulus ein Lächeln wie ein gezückter Dolch zu. »Ich hab gewonnen. Ich werde mich gedulden, bis dir der Wein die Sinne zurückgegeben hat, bevor ich deine Entschuldigung höre. Morgen reicht mir.«

Ugo beugte sich vor und streckte eine Hand aus, die Mus ergriff; es war für beide ein Kraftakt, den angeschlagenen Riesen wieder auf die Beine zu ziehen, und Ugo schwankte danach.

»Setz dich, dann bringt dir jemand ein Bier und einen kalten Lappen«, sagte Ugo. »Das eine für den Magen, das andere für den Kopf – ich helfe gern, solltest du sie verwechseln.«

Eine Pause entstand, in der alle immer noch zu begreifen versuchten, was sich da gerade ereignet hatte und warum. Schließlich kam man offenbar zu dem Beschluss, es sei einfach urkomisch gewesen. Jedenfalls heulte alles vor Lachen und haute auf die Tische. Mus nickte betäubt und taumelte mit hängendem Kopf davon, um sich hinzusetzen.

Kag sah Lentulus' Gesichtsausdruck – und dann spürte er Antyllus' Blicke wie Schmeißfliegen auf sich. Sie flatterten von einem zum anderen, sein Gesicht aber wirkte wie eine steinerne Maske. Es gefiel Kag überhaupt nicht. Drust lächelte steif, tunkte die Kelle erneut in den Bierkessel und rief: »Ein Hoch auf General Marcus Antonius Antyllus – dreimal langes Leben.«

Der Halle blieb nichts anderes übrig, als seinem Trinkspruch zu folgen – *Vivat. Vivat. Vivat.*

Der Hund zupfte so lange an Drusts Tunika, bis er ihn neben sich auf die Bank gezerrt hatte.

»Du hast es ihm auf jeden Fall gezeigt, aber ich glaube nicht, dass wir noch lange bleiben sollten«, sagte er. »Wir sollten unsere Waffen holen, einen Weg in den Turm suchen, Praeclarum befreien und zur Brücke rennen.«

»Oder wir schneiden uns selbst gleich hier die Kehlen durch«, knurrte Culleo triefäugig, kippte noch einen Schluck in sich hinein und rülpste ihnen seinen Bieratem in die Gesichter. »Das erspart uns den ganzen Aufwand und das Nachdenken, denn am Ende sind wir genauso tot. Wir und deine verdammte kostbare Gattin.«

*

Antyllus hielt Wort, was sie alle überraschte. Sobald das hoffnungslose Nachtmahl zum Ende kam, führten zwei Soldaten Drust durch die furchigen Gassen zwischen den dräuenden Schatten der zerstörten Gebäude zur Festung.

Es gab tatsächlich ein Fallgatter, registrierte er im Vorbeigehen, solide und mit Metallzacken bewehrt. Aber nur ein Teil seines Hirns beschäftigte sich damit, denn sein Herz schlug wie ein irrer Vogel gegen die Käfigstangen seiner Rippen. Sie brachten ihn die Treppe des Turms hinauf bis in einen Raum, der von grellen Fackeln erhellt war, und übergaben ihn an weitere Wachen, die an einem Holztisch saßen und würfelten.

Am Ende der nächsten Treppenwindung wurde die Luft stickig, und Drust erkannte diesen Fiebergestank nur zu gut wieder, denn er weckte Erinnerungen an die Sterbenden in den Katakomben der Amphitheater in allen Ecken des Imperiums; der irre Vogel war drauf und dran, durch seine Kehle zu entkommen.

Sie lag auf besudeltem Stroh, aber immerhin hatte man ihr eine Decke und einen Becher gegeben, der dem

Geschmack nach Wasser mit etwas Weinessig enthielt – *Posca*, der beliebte Marschtrunk der Armee.

Als sie den Rand des Bechers an den Lippen spürte, regte sie sich und riss in einem Moment der Panik die Augen auf, ehe sie ihn erkannte und sich entspannte.

»Vorsicht«, sagte sie heiser von Fieber, »ein paar Zähne hab ich noch übrig.«

»Ich habe die anderen gesehen. Antyllus trägt sie in einem Ärmel seiner Toga spazieren, aber wir holen sie uns zurück.«

»Sie haben mich so einfach gegriffen«, murmelte sie erbittert. »Ich habe es ihnen so leicht gemacht.«

»Wir haben es nicht verhindert, und du hast dich teuer verkauft – einer ist tot, und ein anderer wird sich bei jedem humpelnden Schritt an diesen Tag erinnern.«

»Sie haben mich geschlagen«, sagte sie, und die Erinnerung an die Schmerzen lag so dick auf ihrer Zunge, dass Drust vor Zorn fast den Becher zerbrach. Stattdessen strich er ihr über die verschwitzte Stirn, und sie lächelte.

»Wenn ich Haare hätte, würde ich jetzt aussehen wie Medusa. Ein Glück, immerhin.«

»Die *Posca* ist schön kühl.«

»Herrlich«, sagte sie.

»Wir holen dich hier raus. Und gehen nach Hause. Alles wird wieder wie früher.«

Sie stockte, und er sah ein Glänzen in ihren Augen – es waren die Fackeln, die sich in Tränen spiegelten.

»Unser Kind«, sagte sie.

»Kisa hat es mir gesagt.«

»Das Problem bei Kisa ist, dass ihm die Gabe guter Unterhaltungen abgeht, die Gabe des Sprechens dagegen nicht.«

»Er ist jung genug, um alles zu wissen«, gab er zurück und hörte sie erst kichern, dann husten. Ein feuchtes Geräusch, dass ihn beunruhigte.

»Ich glaube, ich habe es verloren«, sagte sie einfach, aber ihre Worte trafen sie beide wie eine Totenglocke. Er senkte den Kopf und bemühte sich, die Tränen daran zu hindern, dick wie Apfelkerne auf sie zu fallen.

Er hörte die Wachen auf der Treppe und wusste, dass seine Zeit um war.

»Ich liebe dich«, sagte er verzweifelt.

»Tja, heirate mich, und ich werde nie wieder eine andere Stute ansehen, hast du gesagt«, erwiderte sie spöttisch.

»Ich fühle mich ganz elend ohne dich«, sagte er und grinste. »Fast so, als wärst du da.«

Die Wachen traten ein, zwei Schatten ragten wie Säulen hinter ihm auf. Er spürte eine Hand auf der Schulter.

»Ich hole dich hier raus, komme, was wolle«, versprach er.

Als Drust aus dem Turm in den Hof kam, erwartete ihn Antyllus. Ein leichter Regen hatte eingesetzt, weich wie Tränen.

»Du hast sie gesehen«, sagte er. »Jetzt ist es an der Zeit, deinen Teil der Abmachung einzuhalten.«

»Sie ist krank«, gab Drust zurück. »Möglicherweise hat sie unser Kind verloren.«

»Dem ist nicht so«, sagte Antyllus bestimmt. »Mein Medicus hat es mir versichert und bringt Asclepius immer wieder Opfer dar, um so ein schreckliches Schicksal abzuwenden.« Er zögerte und verzog das Gesicht. »Ich wusste nicht, dass sie schwanger ist, als ich befohlen habe, sie abzufangen.«

»Hätte es etwas geändert?«

Antyllus antwortete nicht, und Drust stürzte sich auf sein Schweigen. »Dann lass sie frei. Lass sie mit uns kommen – wir werden tun, was du verlangst.«

Antyllus schüttelte den Kopf. »Von denen, die sie holen sollten, ist einer tot und einer verkrüppelt. Was würden sie – und ihre Kameraden – denken, wenn ich ihren Einsatz und ihre Opfer nichtig erscheinen lasse?«

Drust nickte. Die Antwort war ihm klar gewesen, trotzdem hatte er fragen müssen. Noch immer brannte kalter Zorn in ihm, so wie sich manchmal im tiefsten Winter Eis auf der Haut anfühlt. Er sagte nichts weiter, versprach aber allen Göttern, die sie retten würden, noch mehr.

*

Und das taten auch die anderen, als er ihnen berichtete, allerdings außer Hörweite der etwa hundert Mann, die sie eine Tagesreise gen Süden zum Fluss eskortiert hatten. Hier tanzte er nicht mehr voller Gischt, sondern floss träge in weitem Bogen durch eine grasbedeckte Ebene. Das Wasser war tief, dunkel und kalt, die Brücke eine schmale Holzkonstruktion mit einem verlassenen Wachturm.

»Da kriegt man auf jeden Fall weder Karren noch Ochsen oder sonst welche Packtiere drüber«, meinte Kag und sah zu Antyllus' Männern hinüber, die sie beobachteten.

»Deshalb interessiert sich auch keiner für sie, und deshalb ist sie noch intakt«, sagte Culleo grinsend. »Wir können einfach rüber und bald ein anständiges Bad und einen oder zwei Becher Wein genießen.«

»Sofern wir nicht auf eine Gruppe Plünderer stoßen, die gerade auf dem Heimweg sind«, sagte Sau. Culleo spuckte mürrisch aus.

»Klappe, am Ende hören irgendwelche Götter zu, die uns hassen.«

»Der einzige Gott, der dich nicht hasst, ist Bacchus«, gab der Hund zurück und betrat die Brücke. Der Rest folgte. Auf der anderen Seite drehte er sich um, hob eine Hand und winkte Antyllus' Soldaten zum Abschied.

Nachdem sie über den Pfad um die nächste Biegung außer Sichtweite waren, blieb Drust stehen und wandte sich an seine Leute. Sie wussten, was er sagen würde, noch bevor er den Mund aufmachte.

»Ich kann nicht von euch verlangen, mich zu begleiten, aber sobald die da drüben abgezogen sind, gehe ich zurück. Sie hält ohne Hilfe nicht mehr lange durch, ich muss mich zurückschleichen und einen Weg finden, sie da rauszuholen. Ihr solltet weitergehen und Peperna alles erzählen – sorgt dafür, dass er erfährt, dass keiner von euch vorhat, irgendwelche Tore zu öffnen.«

Kag und der Hund wechselten einen Blick, der Hund verlagerte sein Gewicht von einem Bein aufs andere, sah wieder Kag an, dann Drust, dann die Übrigen.

»Ich komme mit«, sagte er. Kag lachte und schüttelte spöttisch den Kopf. Quintus grinste bloß breit, wie immer.

»Eine noble Geste«, stellte er fest, und der Hund funkelte ihn an.

»Ich bin nicht nobel, noch nie gewesen. Aber du, Drust, willst bestimmt wissen, warum, nach allem, was ich neulich gesagt habe.«

Er holte tief Luft und starrte böse in die Runde, zuckte dann aber plötzlich mit den Schultern. »Ich sehe aus wie der Tod, und mittlerweile fühle ich mich auch so. Im Winter tun mir die Knochen weh, und ich muss mich mitten in der Nacht aus dem Schlaf rollen, um pissen zu gehen. Ich kann andere nicht besonders leiden und sie mich auch nicht.«

Er stockte, schaute zu Boden und reckte dann trotzig das Kinn. »Ich wurde mittellos geboren und habe immer noch nichts. Ich habe keine Blutsverwandten, keine alten oder neuen Liebschaften und kenne höchstens ein paar Kneipenwirte, mit denen ich einen Abend verbringen könnte. Kisa hatte recht – ihr seid die Einzigen, die ich um mich haben will und die mich freiwillig um sich haben. Wirklich eine traurige Bilanz für ein ganzes Leben. Ihr seid am ehesten so was wie meine Familie, und das haben wir Drust zu verdanken – das wisst ihr alle. Also werde ich ihm folgen und seine Frau retten.«

»Gut gesagt, Pluto«, sagte Ugo und strahlte. »Was mich angeht, gab es da sowieso nie Zweifel.«

»Geht mir genauso«, schob Quintus hinterher. Kag nickte bloß. Culleo spuckte zur Seite aus und rannte los, weiter den Pfad entlang. Niemand war überrascht – wohl aber davon, dass Sau stehen blieb.

»Fragt mich nicht«, sagte er müde, als sie ihn zur Rede stellten. »Ich kann es euch nicht sagen. Vielleicht, weil meine ganze Einheit tot ist, bis auf die Ratte, die gerade wegläuft. Vielleicht, weil ich deine Frau mag, Drust, diesen aufgeblasenen Senator aber überhaupt nicht.« Er schwieg kurz und ließ die Schultern hängen. »Vielleicht weiß ich es einfach selbst nicht.«

Ugo klopfte ihm auf die Schulter und lachte. »Vielleicht änderst du deine Meinung noch, wenn du siehst, wo wir hinmüssen.«

Drust sah ihn an. Manchmal vergisst man glatt, dass dieser große Friese nicht der Hornochse ist, als der er oft erscheint, dachte er. Er sah sich um und betrachtete seine Familie, diese Brüder des Sandes.

Dann nickte er und führte sie zurück über die Brücke, zurück ins Dunkel.

7

Sie bewegten sich rasch nach Süden, durch Buschwerk und junge Schösslinge bis zu jener Stelle, an der die Bäume wieder dichter standen. Als die Sonne sank und die Schatten länger wurden, tauchten sie ins Dunkel ein, und es war, als hätte man ihnen ein Laken übergeworfen.

Das letzte Tageslicht fiel in gleißend goldenen Speeren durchs Blätterdach, die einer nach dem anderen erloschen, bis nur noch Düsternis und Angst zurückblieben. Da hielten sie an – nicht aus Erschöpfung, sondern aus dem Gefühl, gegen eine finstere Wand anzulaufen, als wäre der Boden selbst ein undurchdringlicher Morast oder Schlund.

Sie hockten sich hin, nagten hartes Brot und spülten mit verdünntem Wein nach, bis es weich genug war, um es zu kauen.

»Was wird Culleo jetzt machen?«, fragte Kisa Sau, der mit den Schultern zuckte.

»Uns beschuldigen. Sich selbst als Helden darstellen und uns als willige Werkzeuge von Antyllus. Er wird uns alle verraten.«

»Rattenficker«, sagte Quintus, aber sein Grinsen blitzte selbst in der Dunkelheit auf. »Eines nicht allzu fernen Tages werde ich ihn dafür bezahlen lassen.«

»Hinten anstellen«, murmelte der Hund und hob den Kopf, als in der Nähe ein Vogel rief.

»Amsel«, verkündete Kisa. Der Hund schnaubte.

»Das ist eine Drossel.«

»Amsel.«

»Singen die beiden denn nachts?«, warf Kag ein. Alle verstummten.

Dann kam ein Geräusch, das ihnen die Haare zu Berge stehen ließ und kalte Schauer über den Rücken jagte. Tief und klagend und weit entfernt. Sofort wurde es irgendwo hinter ihnen aufgegriffen.

»Wölfe?«, fragte Kisa mit zitternder Stimme.

»Dachte, wir hätten diese Wälder von ihnen gesäubert«, sagte Kag.

»Irgendwann füllt sich jeder Raum wieder«, meinte Sau.

»Wolfslaute hallen aber nicht wider«, sagte Ugo plötzlich. Der Hund schüttelte spöttisch den Kopf.

»Jedes Geräusch hallt wider, wenn die Umgebung entsprechend ist.«

»Ist sie hier aber nicht.«

Er hat recht, dachte Drust. Das ist kein Echo, und vielleicht sind es auch keine Wölfe. Er wies sie an, die Waffen bereitzuhalten und wachsam zu bleiben.

Sie hatten Schwerter und Speere, aber keinen Bogen. Niemand erwähnte den fehlenden Manius oder wo er stecken mochte, aber Drust glaubte nicht, dass er tot war.

Das hätte er ganz sicher gespürt, und die Götter würden so einem Mann kein unscheinbares Ende gestatten.

»Ich kann mein Messer benutzen«, schlug Kisa vor, und Sau grunzte. Es war jetzt so finster, dass man kaum noch die Hand vor Augen sah, einzig Quintus' Grinsen leuchtete weiter.

»Aber nur aus nächster Nähe«, sagte Sau. »Und an einem Ort wie diesem willst du dich mit nichts aus nächster Nähe anlegen. Sobald es wieder hell wird, schnitze ich dir einen Stock. Damit kannst du doch wohl zuhauen, oder?«

Drust konnte fast hören, wie sich Kisas Nackenhaare aufstellten. Das hier mochte nicht sein Lieblingsort sein, sagte er, und er mochte auch keine Ahnung vom Leben im Wald haben oder wie man sich in einem bewegte oder wie man Amseln von Drosseln unterscheiden konnte. Aber er wisse sehr wohl, wenn jemand eine Meise habe.

Alle lachten, aber viel zu laut, und Drust herrschte sie zischend an. Von etwas weiter weg ertönte Kags Stimme, sanft und leise.

»Bleib einfach bei mir, kleiner Jude. Mach einfach, was ich sage, dann wird alles gut.«

Er schob ein kleines Lachen hinterher. »Außerdem ist es eine Ringdrossel, keine Amsel.«

»Arsch«, knurrte der Hund.

»Es ist eine Schwarzdrossel«, sagte Ugo.

Die ganze Nacht hindurch harrten sie stumm und schwitzend aus, während ringsum Geknister und Gequieke zu hören war, Eulenrufe und Heulen, das von Wölfen stammen mochte oder auch nicht. Am Morgen massierten sie sich die Starre aus den Gliedern und gingen nacheinander pissen. Sau schnitt Kisa einen stabilen Ast zurecht, auch wenn die Geräusche seiner Arbeit alle anderen zusammenfahren ließen. Dann brachen sie auf und schwenkten im Gehen die Köpfe von links nach rechts wie erblindete Tiere. Seltsamerweise ging Ugo vorneweg.

»Ich konnte kaum laufen, als mein Papa mich das erste Mal mit auf die Jagd genommen hat«, erzählte er unterwegs, wobei er überall hinblickte, nur nicht zu seinen Kameraden, die hinter ihm liefen. »Und er hat mir einiges beigebracht. Das meiste hab ich wieder vergessen, aber ein paar Sachen sind hängen geblieben. Wir haben Pisse zum Jagen benutzt. Die von einer Hirschkuh ist am besten, aber natürlich nur, wenn sie nicht trächtig ist – auch wenn Reh besser schmeckt. Hirsche sind am einfachsten zu kriegen – man braucht nur die Pisse einer Hirschkuh zum Anlocken, vor allem während der Brunft. Aber dann muss man wirklich hungrig sein, weil die Viecher echt nicht besonders schmecken – viel zu zäh und zu sehnig. Zu viel schwarze Galle im Körpersaft und meistens abgemagert, weil sie in dieser Phase oft das Fressen vergessen. Hirschpisse kann man dafür jederzeit benutzen – selbst wenn er gerade kein Interesse an einem Weibchen hat, kommt ein Hirsch beim Geruch eines fremden Männchens in seinem Revier sofort angelaufen, aus reiner Neugier.«

Er brach ab und lauschte, seine Hände schlossen sich rhythmisch um die Griffe der Dolabrae. Alle standen halb gebückt und wachsam da. Schließlich sprach Ugo weiter.

»Das gilt alles für die klassische Treibjagd. Dabei werden die Tiere langsam auf einen zugetrieben – die Reichen machen natürlich viel lieber eine Menge Lärm mit Pferden und Hunden und Jagdhörnern. Die jagen ja auch nicht fürs Überleben, sondern zum Spaß.«

Kurz kniete er sich hin, suchte den Boden ab, stand wieder auf und pirschte weiter.

»Am besten«, fuhr er fort, »schneidet man einen Stock und entfernt die Blätter ungefähr auf Kopflänge. Dann nimmt man ein paar Köttel und etwas Pisse – wenn man sich umschaut, findet man das überall, weil die Tiere damit ihr Revier markieren. Und dann wartet man. Ein Hirsch kommt an und denkt, dass es die Hinterlassenschaften eines Rivalen sind. Manchmal auch eine Hirschkuh, obwohl die sich eigentlich nichts aus dem Geruch der Männchen machen. Man kann auch Wildschweine aufspüren, aber das ist schon schwieriger. Dafür sucht man erst mal nach aufgewühlten Eicheln. Nach Stellen, an denen sie mit der Schnauze nach Essen gegraben haben. Oft kommen sie sogar an diese Stellen zurück, deshalb wartet man da am besten. Man kann sich sowieso nie so leise bewegen, dass Waldtiere einen nicht bemerken – der eigene Geruch ist dein größter Feind bei der Jagd. Verlass dich nie darauf, dass der Wind richtig steht. Niemals.«

Wieder blieb er stehen, sah sich um, schaute in den Himmel und schätzte die Windgeschwindigkeit anhand der Bewegungen von Zweigen und Blättern. Bisher hatten sie alle Ugos angebliches Wissen über den Wald belächelt, denn er war noch ein Knabe gewesen, als man ihn versklavt hatte. Jetzt belächelte ihn niemand mehr, denn nach seinem Vortrag hatte er plötzlich etwas Dunkles, Wildes an sich.

Ein kurzer, heftiger Regenguss setzte ein, der allerdings erst bis zu ihnen durchdrang, als er schon wieder aufgehört hatte und seine Überreste durch das dichte Blätterdach tropften, ins grünblaue Zwielicht hinunter, in dem sie sich bewegten.

»Birken«, sagte Ugo und nickte den umstehenden Bäumen zu. Sie waren feucht und hatten die Farbe fleckiger Sahne. »Die Birke ist die Herrin der Wälder. Aus ihr macht man Besen, mit denen man nicht nur Staub, sondern auch das Böse aus dem Haus fegt.«

So sprach er noch eine ganze Weile weiter, murmelte sanft wie im Gebet vor sich hin – um die eigene Angst zu überspielen, vermutete Drust. Sie schlichen vorbei an sprießenden Haselbüschen – »die Nüsse tragen Weisheit in sich, und wenn man sich aus dem frischen Holz eine Wünschelrute schnitzt, kann man damit verlorene Dinge wiederfinden.«

Sie erfuhren auch, dass Eichen ein Tor zu den geheimen Orten im Herzen des Waldes darstellten, und als sie an einer vorbeikamen, die ihre mächtige Krone über eine Lichtung breitete, blieb Ugo stehen und holte tief Luft. Es war jetzt so dunkel, dass sie ihn nur noch als schweißgebadeten Schatten erahnen konnten.

»Bald kommen wir zu Weiden«, sagte er. »Die bedeuten Trauer – ihr wisst, wie Weiden aussehen?«

Alle nickten. Ugo sammelte Speichel im Mund und schluckte schwer. Seine Kehle ist trocken, dachte Drust und spürte, wie sich die eigene zusammenzog.

»Die Eiche ist das Tor«, sagte Ugo weiter. »Die Weide ist der Wächter. Danach folgt die Ulme, die aus Pfählen wächst, die man in Leichen steckt. Aus ihr werden Galgen und Särge gemacht. So markiert man einen geweihten Ort, einen heiligen Ort. Bald werden wir auf den Blutbaum stoßen.«

»Wir nähern uns also einem ihrer Ritualplätze?«, fragte Kisa ängstlich.

»Das hat der germanische Riese gemeint«, gab Quintus zurück. »Ich werde sein Wissen über das Dunkel nie wieder anzweifeln, außer vielleicht, um ihn zu fragen, wie zum Hades wir in diesen Teil des Waldes gelangt sind.«

»Fortuna leitet unsere Schritte, die launische Schlampe«, sagte Kag leise. Der Hund spuckte aus.

»Hier ist keine Fortuna, genauso wenig wie irgendwelche anderen Götter Roms«, gab Ugo zurück. »Das ist das Land von Cernunnos, dem hirschköpfigen Gott der Gallier und Germanen. Wir sind hier, weil ihr mir gefolgt seid und ich der Anziehungskraft. Ich sage euch das, weil ich ab jetzt kein Geräusch mehr machen werde und ihr auch nicht.«

Sie gingen weiter, und das Gezwitscher der Vögel erschien ihnen an diesem Ort so unpassend wie ein Helm auf dem Kopf eines Esels. Als würden sie nicht von Ungeheuern verfolgt.

Der Wald beunruhigte Drust zunehmend; die Bäume wirkten wie ineinander verflochten und verknotet, wie unter Folter verrenkt und in stummen Schreien erstarrt. Geteilte Stämme wuchsen fast ebenerdig weiter, ihre Ableger sahen aus wie Schlangen. Der Regen sickerte in den

Mulch, während unsichtbare spitze Schnäbel Lieder in den zersplitterten Himmel woben, und aus einem Spalt des granitfarbenen Himmels zwischen den Blättern kam eine wild mit den Flügeln schlagende Krähe im Sturzflug herab.

Überall vermeinte Drust lauernde Augen zu sehen. Sie spähten hinter den Weiden hervor, die als fast kahle Klauen dastanden und nur mit Büscheln herunterhängender Blätter wie schüttere Haare bedeckt waren. Wie höfliche Trauergäste schienen sie sich zu verbeugen, wann immer man an einer vorbeikam. Ein kummervolles Seufzen schien die Luft zu erfüllen.

Plötzlich blieb Ugo wie angewurzelt stehen. Drust spürte das Blut aufwallen und in seinen Ohren pochen; er sah zu, wie Ugo auf etwas zeigte, und allen blieb förmlich das Herz stehen beim Anblick der geisterhaft huschenden Schatten zwischen den fahlen Lichtstrahlen, die durch die Kronen schimmerten.

Ein Fuchsgesicht, sehr groß selbst für das eines Tiers, das auf zwei Beinen stand. Groß wie ein Mann spähte es zwischen den Zweigen eines Weißdorns hervor, der dunkle, schlanke Körper fast unsichtbar. Links von ihm stand ein Bär und jenseits des Bären noch ein Tier, das Drust nicht einordnen konnte.

Als stille, schattenhafte Welle, die sich wie Splitter aus der Dunkelheit schälte, stürmten sie herbei, so schnell, dass Drust gerade noch seinen Gladius hochreißen konnte, um den ersten Schlag abzuwehren. Mit einem dumpfen, unheilvollen Dröhnen trafen sich die Klingen, und Drust wurde zur Seite geschleudert. Er warf sich in die Drehung, vollführte eine Kreisbewegung und fuhr seitlich an dem Angreifer vorbei, setzte seinen Schild wie eine Tür ein und rammte ihn dem Angreifer in den Rücken, der mit dem Gesicht voran in den nächsten Baumstamm krachte.

Schon warf sich ein anderer auf ihn, und er zog die Klinge über den wild emporgestreckten Arm, hörte Knochen brechen und ein lautes Jaulen. Keine Bestien aus einer anderen Welt also – man konnte sie verletzen. Und wenn man sie verletzen konnte, konnte man sie auch töten. Drust wollte sich schon abwenden und zuckte zurück, als sich derselbe Mann abermals auf ihn warf.

Der Krieger stolperte vorwärts und fauchte durch die Wolfsmaske mit Menschenaugen. Er hätte sich eigentlich blind vor Schmerz auf dem Boden wälzen müssen. Oder tot sein sollen. Der zerschmetterte Arm hätte nutzlos an seiner Seite hängen müssen, aber er hielt zwei Äxte in den Fäusten und roch ranzig wie Mäusepisse.

Drust wich dem Axthieb des gebrochenen Arms aus, aber die Axt hing schlaff in der Hand und segelte in die Schatten. Der Mann schien es gar nicht zu bemerken, sondern schwang weiter auf Drust ein, als hätte er die Axt noch immer in der Hand. Drust wich zurück. Seine Kehle war trocken, Schweiß klebte auf seiner Haut wie kaltes Waschwasser – aber jetzt spürte er brennenden Zorn in sich aufsteigen. Er war ein Held der Arena, nicht irgendein Speerfuchtler aus einem Königreich am Arsch der Welt, der sich von einem nach Nagetierpisse stinkenden Gegner aus der Fassung bringen ließ.

Er rammte den Schild wie eine Faust in die taumelnde Gestalt, hörte sie grunzen und sah sie zu Boden gehen, setzte nach und riss tiefe Furchen in den Waldboden, als der Kerl zur Seite rollte. Zweimal schlug er daneben, zweimal traf er, dann hielt er keuchend und blutbesprenkelt inne. Beide Schultern des Mannes waren zermalmt, und als Drust feststellte, dass er sich trotzdem *immer noch* regte, warf sich schon eine weitere Gestalt auf ihn.

Der Schild war von dem wilden Einsatz eingeknickt, außerdem war es bereits zu spät, ihn rechtzeitig zu drehen, und das wusste er auch – so fuhr er herum und riss verzweifelt die Klinge hoch. Eine Dolabra flog wie ein rollendes Rad über ihn hinweg und donnerte in die schwarze Gestalt, die Drust vollständig verfehlt hätte. Das war ja der Kerl, den er mit dem Gesicht voran in den Baumstamm geschickt hatte, dachte er benommen. Der ebenfalls außer Gefecht oder tot sein sollte.

Ugo stampfte hinter seiner Waffe her, hieb sie noch einmal in die liegende Gestalt und streckte eine Hand aus, um Drust aufzuhelfen. Er schaute finster drein.

»Nicht totzukriegen, diese Maskenbiester. Verflucht seien die stinkenden Mütter, die sie rausgepresst haben.«

Immer noch neue drangen aus dem blauen Dunkel, pflügten sich durch die abgefallenen Blätter und das Hexenhaar-Moos, hüpften, fauchten und brüllten wie die Tiere, zu denen ihre Masken sie machten. Sie waren entsetzlich und geisterhaft. Aber die Brüder kannten dieses Spiel, hatten es in jeder erdenklichen Art in der Arena kennengelernt, von den ausgeklügelten Gesichtsmasken der *Secutor*-Helme bis zu den prächtigen Löwenköpfen der persischen »Barbaren«.

Wahrscheinlich hatte ihre Taktik diesen Männern bisher stets Erfolg beschert – eine Horde heulender Bestien aus dem Dunkel würde selbst hartgesottene Legionäre kreischen und sich einnässen lassen. Aber nun sah Drust einen Fuchspelz unter einem Hagel brutaler Gladius-Stiche des Hundes untergehen, er sah einen Hirschkopf vor Kag und Quintus taumeln und stürzen, als hätte ein Wolfsrudel ihn gerissen. Sau brach einer rennenden Gestalt mit seinem Schwert die Schienbeine, aber die Klinge verkeilte sich im Knochen; er schnappte sich den Speer des Mannes und rammte ihn einem Weiteren in den Bauch, sodass er am Ende zappelte wie ein aufgespießter Lachs.

Zu Drusts Verblüffung sprang Kisa einem Kerl mit Wolfsmaske auf den Rücken, einem von gleich vieren, auf die Ugo einschlug. Kisa stach dem Mann ein kurzes Messer ins Auge und fiel mit ihm zu Boden – wo sie in einem Knäuel aus Laub, Erde, Blut und zuckendem, brüllendem Wahnsinn wegrollten und er sie aus dem Blick verlor.

Drust wusste, was zu tun war. Es behagte ihm nicht, aber das half nichts. Er drehte den Gladius, als sei er Teil seines Arms, sprang vor, hob mit den Resten seines Schilds einen Mann von den Füßen, stach einen zweiten aus dem Weg und hielt direkt auf eine ganze Gruppe von ihnen zu, die sich um eine schwarze Eiche geschart hatten – den Blutbaum.

Die Luft war sämig und träge geworden wie ein Löffel in zähem Brei. Eine Axt blitzte auf, und er blockte sie ab, die Erschütterung riss ihm fast den Schild aus der Hand. Splitter stoben auf. Jemand warf sich auf ihn, fauchte schrill wie eine Katze, hakte die Finger wie Klauen in den Rand seines Schildes, riss ihn mit seinem Gewicht nach unten und Drust gleich mit. Er bekam den Großteil des Schildes frei und trat dem Mann im Fallen mit dem Stiefel in den Leib, verfehlte ihn aber mit dem Schwert. Nur weiter. Etwas Hartes oder Scharfes oder beides traf ihn seitlich am Kopf. Weißes Licht wischte alle anderen Sinneseindrücke beiseite, und er stolperte und wankte, bis sich sein Blick wieder klärte.

Eine weitere Axt blitzte auf. Er schlug die Hand, die sie hielt, mit dem Schildbuckel – denn viel mehr war von dem Schild nicht mehr übrig –, stach in das verwitterte Wolfsgesicht und riss die Waffe wieder heraus, während der Mann in einer Blutfontäne umkippte.

Dann sah er Praeclarum. So klar und deutlich wie an einem Sommertag vor dem leuchtenden Blau eines wolkenlosen Himmels, wie sie hoch oben auf einem Steinturm stand. Sie lächelte wie eine Mutter, die ihrem Kind dabei zusieht, wie es etwas sehr Schlaues tut – dann streckte sie die Arme aus und zog ihn an sich, immer tiefer in eine feste Umarmung. Er spürte sie und grinste blutig in die plötzlich unendlich langsame Menge vor sich. Seine Schläfe schmerzte und fühlte sich an wie vereist.

»Kommt«, sagte er zu ihnen und bewegte sich ohne zu warten wie durch ein Heufeld, die geborstenen Reste des Schildes in der einen, den Gladius in der anderen Hand, ließ ihn kreisen wie eine Sichel aus Licht und die Spreu zu allen Seiten davonfliegen. Er mähte nieder, schlug und drehte sich, bewegte sich wie eine Jungfrau beim Tanze, und fremde Klingen sausten wie Pferdebremsen an ihm vorbei, während ihre Besitzer einer nach dem anderen zu Boden gingen.

Er lachte vor Vergnügen. Da ragte mit einem Mal der mächtige Hirsch vor ihm auf, doch selbst dessen Schlag blockte er ab und verhöhnte ihn, auch wenn nun der letzte Rest des Schildes abgetrennt wurde und er nur noch den Metallbuckel mit schartigen Splittern hielt. Der große Hirsch röhrte, sein Geweih war ausladend und furchterregend, und seine Axt schien die Luft zum Kreischen zu bringen, während sie zischend umherschwang.

Doch Drust ließ ihm keine Chance und fiel über ihn her mit dem Zorn einer Lawine. Er rammte ihm den Überrest des Schildes in den Leib, und wären die Götter gnädiger gewesen, hätte ihn einer der Splitter ins Auge getroffen, aber das behaarte Gesicht mit den dunklen Augenhöhlen zuckte zur Seite, und die Splitter schabten ihm nur über die Wange. Doch der Schlag streckte ihn nieder, und Drust taumelte mit ihm zu Boden. Dann riss er den Gladius in die Höhe und pflockte den Hirsch wie frisch gegerbtes Leder in die Erde.

Männer brüllten wie ein plötzlich aufziehender Sturm. Sie wichen vor ihm zurück, bis er sich in einem Halbkreis wiederfand, dessen Ränder zu beiden Seiten unter anderen Kämpfen erbebte – aber diese fernen Geschehnisse kümmerten ihn kaum, denn Drust sah nur den Halbkreis aus gehörnten Hirschmenschen. Der zu seinen Füßen wand sich kreischend, hing aber mit dem Gesicht im Boden fest; weitere Männer kamen auf ihn zu, und Drust sah sie sofort.

Einer, größer als die anderen, nahte schnell und mit gesenktem Kopf, als wolle er Drust mit seinem seltsamen Geweih rammen. Er war wendig und kräftig und schwang eine große Keule wie Herkules – aber Drust bestand aus gewebtem Krieg und rotem Tod. Seine Berührung brachte Verderben.

Dieses Gefühl blieb, bis der Hirschmann ihn so hart rammte, dass der Lederriemen riss und Drust der Helm vom Kopf flog. So heftig, dass sein Kopf fast vollständig nach hinten gerissen wurde und er sich im blutigen Matsch des Waldbodens wiederfand, den Mund voller Blätter, grunzend und wimmernd. Er rollte zur Seite, wie er es immer und immer wieder geübt hatte; die Keule spritzte ihm eine Wolke aus Blut und Zweigen ins Gesicht, genau an der Stelle, wo er gerade noch gelegen hatte.

Der Hirschmann röhrte in brünstiger Wut. Drust rollte sich weiter, und er schlug weiter zu, verfehlte Drust immer wieder und fluchte frustriert. Drust hatte den Gladius verloren, warf aber den eisernen Schildbuckel, der von seinem Angreifer abtropfte, als hätte er einen Kiefernzapfen auf einen dicken Eichenstamm geschleudert.

Dann kam der Gehörnte wieder näher, und Drust hatte nichts mehr in den Händen außer Matsch und Blut und wusste, er war verloren.

Der Pfeil kam aus dem Nichts und bohrte sich mit Wucht in den Mann. Drust sah ihn keuchen und taumeln – aber nicht fallen. Ein zweiter Pfeil traf ihn genau zwischen den beiden Geweihhälften und ließ Hirnmasse aus seinem Hinterkopf hervorbrechen. Er jaulte nur leise, fiel aber auf ein Knie.

Mit einer Mischung aus Übelkeit, Faszination und Entsetzen sah Drust zu, wie der Hirschmann wieder auf die Beine kam und vor ihm aufragte, und er wusste, was diese

Keule tun würde. Der Hirschmann brüllte wild und setzte die letzten paar Schritte auf Drust zu – so redete es ihm sein zerstörtes Hirn zumindest ein. Stattdessen lief der Mann seitwärts wie ein Krebs, krachte gegen einen Baum und ging nuschelnd und gurgelnd zu Boden.

Es ertönten ein vielstimmiges Geheul und ein Hornsignal, und wenige Sekunden später schlugen die keuchenden Brüder nur noch auf Schatten ein.

Ugo brüllte herausfordernd wie ein Stier. Quintus und Kag rangen nach Atem, bedeckt mit blutigem Schweiß und aufgerissenen Augen, und versuchten herauszufinden, wie schwer sie verletzt waren. Kisa kotzte. Der Hund schnellte aus seiner kampfbereiten Hocke in die Höhe und grinste mit seiner blutigen Totenmaske einen Schatten an.

»Gerade noch rechtzeitig«, sagte er. »Und guter Schuss.«

Manius glitt aus dem Dunkel und legte den nächsten Pfeil auf. Aus den dunklen Teichen, die seine Augen waren, schaute er in die Runde.

»Ich habe die Farben dieses Orts gefunden«, sagte er. »Ich bin ihnen und euch nachgegangen. Und weiß, wo der Turm von hier aus gesehen steht. Ich bin hier. Ich bin weit weg.«

Niemand erwiderte etwas, alle waren vollauf mit Atmen und der Suche nach Wunden beschäftigt. Drust starrte die Toten an, diese monströse Armee des Cernunnos. Der Gestank nach Mäusepisse war überwältigend.

»Sie haben kaum geblutet«, sagte Kag, und Kisa, der sich über den Mund wischte und immer wieder ausspuckte, sah auf und betrachtete sie benommen.

171

»Irgendein unheiliges Gesöff. Ich hab schon davon gehört – sie können keinen Schmerz mehr fühlen, bluten nicht, und wenn man sie tötet, muss man sie erst umwerfen, bevor man wirklich sagen kann, ob sie tot sind.«

Drust blinzelte, schluckte das trockene Kratzen in seiner Kehle herunter und wischte sich Schweiß aus den Augen, trotz eines plötzlichen Fröstelns. Ein Windhauch fuhr über die schattige Lichtung. Er drehte sich zu Manius um, der gebückt dahockte wie ein Hund.

»Ich danke dir«, sagte er. »Das war ein guter Schuss – wo hast du gesteckt?«

Manius zuckte mit den Schultern. »Weit fort.«

Der Hund lachte und schaute Drust vielsagend an; genauso gut hätte er den Finger an die Schläfe legen und kleine Kreisbewegungen machen können.

»Ungeheuer«, brachte Kisa heraus und sah sich um. Wieder lachte der Hund und drehte den Hirschmann mit dem Fuß so weit auf den Rücken, wie es Manius' Pfeil zuließ. Ugo murmelte ein Gebet oder einen Zauber.

Selbst im Halbdunkel erwies sich dieser Cernunnos als ein alter Mann. Sein verfilztes grauweißes Haar hatte sich mit Zweigen in den Geweihsprossen verflochten, sein Bart war voll von Blättern, noch mehr Zweigen, kleinen Knochen und bunten Bändern. Seine Haut fühlte sich so kalt und normal an wie die eines jeden soeben getöteten Mannes. Trotzdem hatte er gekämpft wie einer, der mindestens zehn Jahre jünger war, und das einzig mit seiner knorrigen Keule. Drust brummte immer noch der Schädel.

»Sie sind wirklich schwer zu töten«, sagte Kag. »Irgendwer ernsthaft verletzt?«

Sie hatten Schnitte, Schlitzwunden und Schrammen abbekommen, manche davon so tief, dass sie genäht werden mussten. Der Hund hatte die übelste Wunde davongetragen, einen Schnitt über der Lende, der wie ein lippenloser Mund klaffte. Kisa tat mit Nadel und einem schlechten Faden sein Bestes und entschuldigte sich dabei die ganze Zeit. Der Hund knurrte nur. »Einen Fingerbreit tiefer, und du hättest dir keine Mühe mehr machen müssen.«

Ugo klopfte Kisa auf die Schulter erklärte ihn zum Gewinner der Spiele. »Diese Nummer mit dem Messer im Auge«, sagte er und schüttelte voll Bewunderung den Kopf. Kisa wurde wieder grün im Gesicht.

»Wir sollten ihre Geweihe auf ihrem Altar platzieren«, fügte Ugo hinzu. »Den heimischen Göttern zu Ehren.«

»Fick deren Götter«, fauchte der Hund. »Sollen sich die Vögel und andere Viecher um sie kümmern. Ist nur passend, dass diese Waldbiester so wieder Teil des Dunkels werden.«

»Abgesehen davon«, schob Sau hinterher, »habt ihr sie reihenweise erschlagen, trotz all ihrer Geisterkraft und ihrer Tränke.«

Wohl wahr, dachte Drust. Das waren keine Krieger gewesen, sondern nur Priester, getrieben von geheimem Gebräu und Verzweiflung. Sie hatten ihr Heiligtum verteidigt, wie Sau sagte.

Kag starrte ihn böse an und wandte sich achselzuckend ab.

»So ist die Welt eben, oder nicht? Zwei Bauern bekriegen sich wegen eines kleinen Stückchens Land, das am nächsten Tag von einem Kriegsherrn und dessen Auserwählten verwüstet wird. Die ihrerseits am Tag darauf von Rom und seiner Armee bis auf den letzten Mann vernichtet werden. Händler bringen einfache Leute um Haus und Hof, um ihre Lebensgrundlage oder um ihr Leben selbst. Ein Mann, der eine eigene Hütte, eine Frau, einen Sohn und einen brauchbaren Ochsen für die Feldarbeit hatte, schneidet diesem Händler aus Rache die Kehle durch. So wird die Welt beherrscht, von den Göttern in der Höhe und in der Tiefe.«

Alle schwiegen, und Kag wirkte ein wenig verlegen ob seines Ausbruchs. Er spuckte aus.

»So«, sagte er und sah Manius an. »Wie weit weg bist du denn – kannst du uns zu Praeclarum bringen?«

8

Der Lauf der Jahrhunderte hatte diesen heiligen Hain erschaffen, dessen gewaltige Eichen sich immer höher in den Himmel krallten und an Macht und Umfang gewannen, bis sie verschmolzen wie fließender Stein dem *Opus Caementitium* gleichkamen, jener Bausubstanz, aus der das Imperium errichtet war. Nun waren die Stämme zu Pfeilern angeschwollen, die denen einer Basilika in nichts nachstanden, während die Äste gut hundert Fuß über ihren Köpfen schlangenförmige Brücken bildeten.

Irgendwann einmal war hier ein Feuer ausgebrochen, ob absichtlich oder durch Zufall, und jetzt gab es schwarze Höhlen, verkohlte Kammern und schattenhafte Löcher unter dem Blätterdach, das sich wie eine Donnerwolke aufwölbte. Sie mochten alles Mögliche verbergen, zum Beispiel die angenagelten Köpfe der Toten, wie der Hund entdeckte.

»Den hier haben sie mitten durch die Augen genagelt«, sagte er und zeigte den Schädel herum. »Meint ihr, das hat was Bestimmtes zu bedeuten? Vielleicht Rache dafür, dass ihre Feinde Späher ins Dunkel geschickt haben?«

»Das sind einfach zwei praktische Löcher für Nägel«, knurrte Kag und nickte dem hockenden Manius zu. Der Hund nickte und warf den geschwärzten Schädel achtlos beiseite.

»Also, was ist jetzt, Manius?«, fragte er. »Findest du einen Weg zu Praeclarum?«

»Wie bist du diesen grauenhaften Gestalten ausgewichen?«, fragte Kisa dazwischen, ehe Manius antworten konnte, wich aber zurück, als der Mavro den Kopf in seine Richtung drehte. Der sah aus, als hätte er überhaupt keine Augen, sondern bloß dunkle Höhlen wie der Schädel, den der Hund gerade weggeworfen hatte. Er wartet auf seine eigenen Nägel, kam Kisa unwillkürlich in den Sinn, und er wurde sich plötzlich der von Fliegen umschwärmten Toten bewusst, zwischen denen sie standen.

»Ich habe die Farbe gefunden«, sagte Manius. »Ich habe meinen Vater gefunden. Er trug ein Halsband aus der Mähne eines Löwen, den er mit bloßen Händen getötet hatte – er trug die Narben eines einzigen Prankenhiebs am Leib, als Beweis für seine Tat.«

»Alles klar«, sagte Kag zögernd.

»Ich habe nie so ein Halsband getragen, obwohl ich eines haben wollte. Ich hatte ein Gewand aus Leopardenfell und zu meiner Körpergröße passende Wurfspeere, und ich wusste, ich würde irgendwann einen Löwen töten, wenn nicht heute, dann morgen. Ich kannte die Geheimnisse jedes Wadi und jeder Oase, die des Geiers und der Hyäne, die Fährte der Elenantilope, die Losung der Giraffe. Ich habe mit dem Geruch des Sandes unter dem Rad der Sterne geschlafen, und all das zusammen hat ein

Pigment ergeben, das ich überall erkennen würde. Ich kannte die Farbe meiner Heimat.«

Er verstummte und senkte den Kopf, worüber Kisa dankbar war. »Dann sind die Römer gekommen und haben mich zum Sklaven gemacht.«

Drust legte ihm eine Hand auf die verfilzten Flechtzöpfe. »Du bist kein Sklave mehr, Bruder des Sandes. Führ uns zu Praeclarum.«

Manius richtete sich auf, nickte und huschte davon. Sie schauten ihm hinterher und machten sich auf, ihm zu folgen, auch wenn Kag und Drust einen Blick über seinen Zustand austauschten und nichts zu sagen brauchten, um sich beide an die Worte des lange verstorbenen Sib zu erinnern, der angsterfüllt vom Dschinn gesprochen hatte und darüber, dass Manius die Wüste niemals hätte verlassen und in die Welt hinauskommen dürfen.

Andere beunruhigte anderes.

»Ich hasse Bäume«, murmelte Quintus.

»Du hasst alles, was keine Taverne in Rom ist«, sagte Kag mit Nachdruck. »Kneif mal ein bisschen die Augen zusammen – erinnert dich der Anblick nicht an die Nacht in irgendeiner Straße von Subura? An die Insulae? Die Schatten? Die Säulen der Basilika?«

»Mich erinnert er nur daran, dass wir so schnell wie möglich hier rausmüssen, bevor diese Kreaturen wiederkommen«, erklärte Kisa mit Nachdruck.

Steif und mit Schmerzen am ganzen Leib liefen sie weiter, während die mächtigen, unheimlichen Baumstämme allmählich schmaleren und geraden Ebereschen wichen, die wie Säulen eines Portikus angeordnet waren. Große

Lichtinseln auf dem Waldboden waren wie Balsam für ihre Gemüter.

Als sie sich schließlich in spärlicher bewachsenem Gelände wiederfanden, wo ganze Lichtungen in Sonnenlicht getaucht waren, machten sie Halt und ließen sich einmal mehr keuchend und schwitzend nieder. In der Ferne erscholl ein Horn, das alle Köpfe in die Höhe fahren ließ. Kisa wimmerte. Der Hund ließ sich von ihm die Wunde neu verbinden, aus der wieder Blut sickerte.

»Mach dir keine Sorgen, kleiner Jude«, sagte Ugo bestimmt. »Das hat nichts mit Cernunnos oder diesen Todeskriegern zu tun. Das war ein gutes römisches Horn.«

Es war ein Cornicen, der Befehle blies. Antyllus marschierte gen Süden auf das Lager von Biriciana zu, wo er erwartete, auf dem einen oder anderen Weg Einlass zu finden, erklärte Drust den anderen. »Sobald er auf Widerstand stößt«, fügte er hinzu, »weiß er, dass er erledigt ist. Dann wird er sofort Nachricht zu seiner kleinen Festung hier schicken.«

Er brauchte nicht weiter auszuführen, worin diese Nachricht bestehen würde. Alle nickten und packten ihre Waffen, dann streckte der Hund eine Hand mit abgespreizten Fingern vor, die Handfläche nach unten, und einer nach dem anderen tat es ihm gleich, bis sie einen Kreis bildeten.

»Brüder des Sandes«, sagte Drust. »Zu einem Ring geschmiedet.«

»Da sind Männer in der Nähe«, sagte eine Stimme, und sofort wurde der Ring gelöst. Manius kam zurück und zeigte nach Süden. »Sechs oder sieben. Sehr zügig unterwegs.«

Eine letzte Patrouille aus Antyllus' Festung, die vor Einbruch der Dunkelheit über die verwüsteten Felder heimkehrte. Niemand, der nicht besoffen, übergeschnappt oder wir ist, würde freiwillig die Nacht im Dunkel verbringen, wie Kag trocken anmerkte.

Diesen dahineilenden Schatten aber konnten sie folgen, und das taten sie auch, bis sie in die Nähe der zerstörten Mauern kamen. Viel zu nahe, wie Sau bissig befand.

»Haben die überhaupt keine Wachen?«

»Hoffentlich nicht«, gab Kag zurück.

Sie hockten in Buschwerk und Gestrüpp auf einstigem Ackerland, lauschten den Vögeln der Nacht und hofften, dass es sich tatsächlich um Vögel handelte. Ringsum bedrückende Finsternis, in die das Dunkel der Bäume sich hineinzulehnen schien. Wieder kam Manius angeschlichen und flüsterte Drust etwas ins Ohr, das die anderen nicht verstehen konnten – aber alle sahen, dass Drust hin und wieder zuckte wie ein Fisch am Haken. Als Manius geendet hatte, hockte er sich einfach regungslos hin und verschmolz wieder mit den Schatten.

Drust berichtete den anderen, was Manius herausgefunden hatte. »Es sind noch viele hier, um die Festung zu verteidigen – Antyllus hat eine starke Truppe mitgenommen, um vor den Toren von Castra Biriciana zu winken, aber auch genug Leute hiergelassen, um seine Festung zu sichern. Die für die Verpflegung Zuständigen wollen sich keine Sekunde länger als nötig außerhalb der Mauern aufhalten, deshalb haben sie auf dieser Seite eine Öffnung geschaffen. Nicht mehr als ein Spalt in der eingestürzten Hauptmauer, sagt Manius, zugestopft mit einer Barriere aus Flechtwerk, die die Jagdtrupps jedes Mal herausnehmen und wieder einsetzen.«

»Reiter«, sagte Sau angewidert. »Die haben echt keine Ahnung, wie man ein Marschlager anlegt.«

»Fortuna schenkt uns ihr Lächeln«, meinte Kag, und der Hund nickte zustimmend.

Drust holte tief Luft und stieß sie langsam wieder aus, als bereite es ihm Schmerzen. Als er sprach, war seine Stimme leise und heiser.

»Wir müssen schnell zu ihr durchkommen und sie da rausholen. Schnell und lautlos, denn sobald hier jemand Alarm schlägt, wird das Lager kochen. Sie fürchten das Dunkel und sind eh schon gereizt und panisch. Wir würden nicht lange durchhalten.«

Manius war sich sicher, der schmale Durchgang müsse in einen der Unterstände im Hof führen, wo Feuerholz gelagert wurde. Anfangs würde es also ausreichend Schatten und Sichtschutz geben, danach jedoch mussten sie über den Hof zu dem hohen Turm vordringen, dessen Eingang zweifellos bewacht wurde. Drust sah Manius an und sagte nur »Pfeil«. Manius zeigte ein irres Grinsen, seine Zähne leuchteten im dämmrigen Licht.

»Ich werde in der Nähe sein«, sagte er, was nervöses Gekicher auslöste.

»Und dann?«, wollte Kisa wissen. Die Antwort der anderen kam fast im Chor.

»Nichts wie weg.«

Uns bleibt nur wenig Zeit, dachte Drust, während er gegen aufkeimende Panik ankämpfte. Schon bald würde Antyllus vor den Mauern des Lagers aufmarschieren und auf Rufe der Zustimmung warten, sowie er sich in seinem neuen purpurnen Umhang zeigte. Sollten ihm stattdessen Schmähungen entgegenschlagen, würde er erwarten, dass ihm Drust und seine Leute von innen die Tore öffneten, und wenn das nicht geschah, würde er fluchen und einen Läufer zurück zum Turm schicken, um seine Drohung wahrzumachen und Praeclarum zu töten. Sie mussten Praeclarum aus ihrem Gefängnis befreien und dann schleunigst das Weite suchen – auch wenn Drust es nicht ausgesprochen hatte, wussten alle, dass sie das Dunkel ein weiteres Mal durchqueren mussten.

Also setzten sie sich rasch in Bewegung, angetrieben von dem, was sie zu tun hatten und für wen. Kaum zogen sie los, setzte neuer Regen ein, in trägen, fetten Tropfen, warm wie Blut. Dann frischte Wind auf und rauschte in den Wipfeln. Als der erste ferne Donner ertönte, richtete sich Ugo stolz auf, breitete die erhobenen Arme aus und hob das Gesicht gen Himmel.

»Wôðanaz«, rief er, und sofort schlug ihm der Hund wütend auf die Schulter.

»Wenn du das noch mal rufst, du germanischer Riese, stopf ich dir einen Vermessungsstab in den Hintern.«

»Welchen Teil von ›leise‹ hast du nicht kapiert, *Stupidus*?«, schob Kag zornig hinterher. Beschämt ließ Ugo die Arme sinken und bildete kleinlaut die Nachhut.

Der Regen fiel wie ein dichtes Tuch herab. Unbemerkt und unbehelligt krochen sie in den Windschatten der alten Mauer. Der Donner war inzwischen näher gekommen, immer wieder zuckten Blitze, und es prasselte auf die Plane des Unterstands. Die Brüder hockten da und kniffen bei jedem Blitz, der die Umgebung wie ein Leucht-feuer erhellte, mit Herzklopfen die Augen zu.

Das Innere der Festung erwies sich als keineswegs er-mutigender als ihr Anblick von draußen. Alles schien vom Schatten der hohen Mauern und Tore verschluckt. Das Tageslicht würde die Wahrheit über den bröckelnden Verfall preisgeben, immerhin hatte die Garnison einige Schäden mit schweren Holzbalken ausgebessert, und die Festung machte einen durchaus stabilen, wenn auch düs-teren Eindruck. Im nächsten grellen Blitzlicht sah Drust etwas vom Turm hängen, und alle versuchten, Genaue-res zu erkennen. Niemandem gelang es, aber der Anblick hatte etwas Unheimliches. Drust wollte nicht näher da-rüber nachdenken, worum es sich handeln könnte, auch wenn er sich wirklich zusammenreißen musste, um nicht loszurennen und es herauszufinden.

Nirgends war eine Menschenseele zu sehen, weder Wa-chen noch sonst wer.

»Bei dem Wetter verlassen sie ihre Unterkünfte sicher nur, wenn das Dach einstürzt«, beruhigte Kag die ande-ren. »Eine günstige Gelegenheit, den Turm zu stürmen. Siehst du da eine Wache, Manius?«

»Ich habe ihn. Ich bin weit weg.«

»Dann geh verflucht noch mal näher ran, du Vogel-scheuche.«

Der nächste Blitz zuckte auf, greller als jedes Tageslicht, und kurz war Manius mit seinem bis zum Anschlag ge-spannten Bogen zu sehen. Dann ein dumpfes Surren, ge-folgt von Ausatmen.

»Hast du ihn erwischt?«

»Hörst du ihn schreien?«, gab Manius milde zurück.

»Bewegung«, befahl Drust, weil er keine andere Wahl hatte und dieses schreckenerregende Ding immer noch da oben am Turm hing.

Sie waren auf halbem Weg über den Hof und rannten gebückt wie ein Wolfsrudel, als am Torhaus zu ihrer Linken eine Flamme aufleuchtete. Augenblicklich kauerten sie sich hin. Mit grellem Flackern wurde eine noch größere Feuerschale entzündet, dann flammten wie an einer Kette entlang der Mauern weitere auf.

»Habt ihr wirklich gedacht, dass es so einfach wird, ihr lausigen Flöhe?«

Die Stimme dröhnte von den Zinnen des Torhauses, wo sich ein schwarzer Schatten vor den roten Flammen abhob. Kag fluchte matt, Manius fuhr herum und schoss, aber keiner konnte sagen, ob er auch nur ansatzweise getroffen hatte.

»Los jetzt«, brüllte Drust und rannte wild stampfend auf den Turm zu. Sofort ertönten Schreie, Pfeile schwirrten und fielen klappernd auf die Steinplatten; einer davon riss an seinem zerschlissenen Umhang, als er dicht hinter dem Hund im Durchgang zum Turm verschwand. Wieder wurde der Himmel von Licht zerrissen und gab einen eingefrorenen Augenblick lang den Blick nicht nur auf einen Mann auf dem Torhaus frei, sondern auch auf weitere Bewaffnete, die bereits in den Hof strömten.

Der Hund schlug um sich und brüllte wie ein kastrierter Bulle. Zwei Soldaten schnellten von ihm weg, der eine hielt sich den Arm – Drust setzte dazwischen, streckte ihn mit einem Hieb nieder und rannte weiter; die anderen drängten sich durch die Tür. Sau machte einen Satz wie eine Juno-Priesterin über ihre Gänse hinweg, als ihm ein Pfeil zwischen seine Füße zischte.

Quintus rammte seinen Stahl in einen am Boden liegenden Leib, und Drust erkannte, dass sich der Eingang des Turms nicht verbarrikadieren ließ. »Nach oben«, befahl er und lief die Wendeltreppe hinauf. Dann musste er sich an die Wand drücken, als eine kreischende Gestalt wie ein Felsbrocken an ihm vorbeigerollt kam und dabei Blutschlieren auf den Stufen hinterließ. Er stieg weiter und fand den keuchenden Hund vor sich, der den über ihnen liegenden Treppenverlauf beobachtete. Von oben drangen weitere Bewaffnete auf sie ein. Die Treppe war viel zu schmal für einen solchen Kampf.

»Stahl von vorne«, bellte der Hund. Aber Drust hörte von unten Schreie und Waffenklirren – noch mehr Männer kamen hinter ihnen her.

»Klingen von hinten«, sagte er – da schrie der Hund eine Warnung, die ihn den Kopf einziehen ließ. Ein dumpfes Scheppern, und die Welt wurde rot und wankte heftig. Drust wurde schlecht; er setzte sich auf die ausgetretenen Stufen und hörte den Hund fluchen.

Als leerte sich ein trüber Tümpel plötzlich von selbst, wurde sein Blick wieder klar. Er sah Hund seinen Schild hochreißen, gerade als der nächste Speer von oben heransauste und vom Holz abprallte. Ein anderer Speerschaft hatte ihm seinen Helm weggeschlagen und war die Stufen hinuntergeschlittert. Irgendwo im Gemenge dieser fauchenden Männer am Kopf der Treppe sah er eine Gestalt, in weißes Licht gehüllt.

»Praeclarum«, sagte er und gab sich ihrem Anblick hin. Sie war wie ein glühender Nebel, die ganze Welt zu einem zähen Leuchten erstarrt, und er schien alle Zeit der Welt zu haben, die Stufen zu erklimmen, den wilden Kampfrausch zu spüren, dessen Flutwelle ihn wie eine geschleuderte Speerspitze nach oben trug.

Sie waren so langsam, so träge. Drust stieß zu und duckte sich, ging in die Hocke, schmiegte sich gegen die Stufen und wich mühelos jedem lethargischen Gegenangriff aus. Er mähte sie nieder, und jeder, der fiel, erfüllte ihn mit neuem Verlangen, noch mehr von ihnen hinzustrecken. Und wieder. Und wieder ... den ganzen Weg die gewundenen Stufen hinauf.

Kein Entrinnen, brüllte er einen an, während er ihm die Kehle aufschlitzte. Kein Ausweg, außer zurück nach oben, aber ich komme mit hoch, und der lachende Tod ist mein Begleiter ...

Es war nicht ihre Sprache, in der er sie anbrüllte, aber sie verstanden ihn dennoch, und er spürte sie hinter sich wie Geröll einen Abhang hinunterstürzen. Es war großartig. Oben angekommen drehte er sich um, schaute in neue Gesichter, die er vage wiedererkannte. »Gut«, sagte er zu ihnen, »gut, dass ihr zum Sterben zu mir gekommen seid.«

Dann fiel ihm die Welt auf den Kopf, und das weiße Licht erlosch wie eine ausgedrückte Kerze. Aber er fühlte sich wie ein König, ehe er zu Boden ging.

*

Drust war übel, und er zitterte am ganzen Leib. Dafür lebte er noch und wusste wieder, wo er war – oben auf einem Turm, auf dem, den sie erstürmt und dessen Verteidiger sie überrascht hatten, auf dem, wo er ... was getan hatte?

»Alle abgeschlachtet.«

Quintus schob seine grinsende Visage in Drusts Sichtfeld und kniff die Augen zusammen, packte Drust am Kinn und drehte seinen Kopf in alle Richtungen. Ein Ball aus blutigem Schmerz schien dabei in seinem Schädel von einer Seite zur anderen zu rollen. Noch nie war ihm so übel gewesen.

»Lass das, ich muss kotzen.«

»Du wirst es überleben«, sagte Kisa grimmig über Quintus' Schulter hinweg, grinste dann aber selbst. »Acht Mann hast du abgemurkst, und es war ein ganz schöner Schlag nötig, um dich davon abzuhalten, auch noch über uns herzufallen. Du trägst wirklich eine göttliche Gabe in dir, aber leider weiß sie nicht, wann sie dich wieder loszulassen hat.«

»Hab ich einem von euch was getan?«

»Hast du nicht, Mars Ultor sei gesegnet – aber ich musste dir noch eins überziehen, um wirklich sicher zu sein.« Er schaute zerknirscht und etwas ängstlich drein. »Tut mir leid.«

Drust ignorierte ihn und versuchte aufzustehen. Sofort fühlte er sich von mehreren Händen gepackt und hörte eine Stimme. »Haltet ihn gut fest.«

»Praeclarum.«

»Ist unten«, sagte Kag, dessen Gesicht dicht vor Drust auftauchte und irgendwie zu schweben schien, als wären sie unter Wasser. »Ich helf dir. Der Medicus der Festung ist auch hier – es ist uns gelungen, ihn vor dir zu retten.«

»Guter Trick übrigens, einfach in den Turm zu rennen«, fügte der Hund hinzu. »Das hat ihren Hinterhalt völlig aus der Spur gebracht.«

»Woher wussten die, dass wir kommen?«, fragte Ugo, und Drust hätte ihm das sofort beantworten können, hätte sein Mund funktioniert, wie er sollte. Keine Spione, einfach die Schläue eines Anführers wie Antyllus, der den meisten Kontrahenten stets zwei Spielzüge voraus ist – und trotzdem wie ein Betrunkener zockt.

Der Raum ein Stockwerk tiefer stank nach schwärendem Fieber. Quintus war draußen und bewachte die Stufen nach unten, der Medicus kauerte wie ein ausgepeitschter Hund in einer Ecke und starrte voller Angst ins Leere. Sein Gesicht war schweißgebadet und wirkte im Fackelschein wie mit Blut getüncht.

Drust aber hatte nur Augen für Praeclarum, eine in Laken gehüllte Gestalt auf einem Haufen Stroh von fragwürdiger Sauberkeit. Als er zu ihr kam, regte sie sich. Ihre Lider flatterten wie Bienen auf einer Blüte.

»Ich habe unser Kind verloren.«

»Pscht«, brachte Drust heraus, aber es klang hohl. Er hatte auf der obersten Stufe vor ihrer Tür gestanden und herausfordernd geschrien, vom Blut fremder Männer in Rot getaucht. Die Vorstellung, was er angerichtet hätte, wäre er nicht rechtzeitig gestoppt worden, drehte ihm den Magen um. Sie verlagerte ein wenig ihr Gewicht und zuckte vor Schmerz zusammen. Er sah zum Medicus.

»Womit hast du sie behandelt?«

Der Kopf des Mannes fuhr hoch, und er antwortete knapp, als erstatte er einen militärischen Bericht.

»Anis, Eisenhut – den ungiftigen –, Tausendgüldenkraut, Klee und Verbene. Alles gut für Wunden und Blutergüsse, aber in größerer Menge nicht für eine schwangere Frau.«

Er stockte, holte tief Luft und wagte sich tiefer in den Sumpf. »Nachdem sie das Kind verloren hat, Silberweide gegen die Schmerzen und etwas Kerbelkraut, damit sie zur Ruhe kommt. Sie hat das Kindbettfieber und außerdem sehr viel Blut verloren.«

»Wie lange ist es her, dass sie das Kind verloren hat?«, fragte Drust und sah, wie Praeclarum die Augen zufielen, wie sie sich abmühte, sie offen zu halten.

»Sechs Tage«, sagte der Medicus und schüttelte verbittert den Kopf. »Ich habe gesagt, dass sie nach Biriciana gebracht werden muss, aber Antyllus wollte, dass sie hierbleibt.«

Damit wir sie rausholen müssen, falls wir nicht zu unserem Wort stehen, dachte Drust. Er hat genau das erwartet – nur nicht, dass wir derart tollwütig in seine Falle vorstoßen.

Er legte eine Hand auf ihr verschwitztes, stacheliges Haar. Sie glich einer Talglampe in feuchtem Wind. Jeder röchelnde Atemzug ließ ihn erneut zusammenzucken, jedes Ausatmen klang nach entweichendem Blut.

»Falls ihr hofft, hier lebendig zu entkommen – sie wird eine Flucht nicht überleben«, fügte der Medicus leise hinzu.

»Wie heißt du?«, fragte Quintus von der Tür her.

»Frontinus«, gab der Medicus zurück. »Gaius Fabius Frontinus.«

»Also gut, Frontinus, wenn wir hier verschwinden, kommst du mit uns und wirst dafür sorgen, dass sie überlebt.«

»Ich habe keine Medizin mehr«, antwortete der Mann niedergeschlagen. »Dafür hat Antyllus gesorgt. Solltet ihr das Wunder der Fortuna vollbringen und sie von hier wegbringen, wollte er, dass sie stirbt. Falls ihr daran zweifelt, dann schaut euch an, wer von der Turmspitze baumelt.«

»Wer?«, fragte Quintus säuerlich.

»Mus, den du mit der Kelle geschlagen hast. Er hat Antyllus enttäuscht, hat ihn schlecht aussehen lassen, und dafür hat man ihm die Kehle durchgeschnitten. Anschließend wurde er als Warnung an den Turm gehängt.«

»Das ist keine gängige Strafmaßnahme der Armee«, brachte Drust heraus, um sich irgendwie von Praeclarums Atemzügen abzulenken. »Ich bedaure, dass ihm das widerfahren ist, und bin überzeugt, das sehen auch andere hier so.«

Der Medicus blickte ihn scharf an. »Ein paar. Nicht genug. Wir alle hier haben die Vergangenheit hinter uns gelassen. Der einzige Weg zurück wäre, von einem Kaiser begünstigt zu werden. Er ist in Purpur gehüllt ausgeritten, um dafür Sorge zu tragen.«

»Ich dachte, ihr hättet eure Pferde alle aufgegessen«, bemerkte Quintus und lachte.

»Wir haben sie Mars Ultor geopfert«, stellte Frontinus klar. »Bis auf das des Generals. Kein römischer General geht heutzutage noch zu Fuß – von einem Kaiser ganz zu schweigen.«

Kag kam durchnässt vom Turmdach herab. »Wer hängt denn da oben?«, fragte er, und Drust riss seinen Blick von Praeclarum los, um es ihm zu sagen. Kag stöhnte.

»Wenn wir einen Weg finden, ihn wieder hochzuziehen, ohne von Pfeilen durchlöchert zu werden, könnten wir seinen Strick vielleicht benutzen, um uns auf der anderen Seite des Turms abzuseilen.«

Da unten war es gefährlich, gab der Hund lapidar zu bedenken. Zu Praeclarum sagte er nichts. Das Obergeschoss des Turms war der einzig sichere Ort in der näheren Umgebung, höher als die umliegenden Mauern, weshalb sie hier auch vor Pfeilen relativ geschützt waren. Quintus bewachte die Tür und die Treppe, die anderen hockten auf der Turmspitze im Windschatten der umlaufenden Brüstung. Unten im Hof stotterten die Fackeln im Regen, zwischen ihnen huschten immer wieder Schatten umher.

»Wir sitzen in der Falle«, sagte Drust und spuckte aus dem Fenster.

»Niemand hat damit gerechnet, dass wir durchkommen«, knurrte Kag und klopfte Drust auf die Schulter. »Sie dachten, sie hätten genug Leute, es zu verhindern – die konnten ja nicht ahnen, dass wir Spartakus dabeihaben. Hätte ich gewusst, dass du so gut bist, hätte ich mir größere Sorgen gemacht, als wir zusammen in die Arena sind.« Er griff sich eine Fackel und schaffte es, sie mit einem feuchten Schlagfeuerzeug anzuzünden. Er hielt sie über Praeclarum und musterte sie besorgt.

Schließlich ließ er das Licht sinken, richtete sich wieder auf und schaute von Frontinus zu Drust. »Sieht nicht so aus, als sollte sie bei solchem Wetter da draußen sein.«

Drust sagte nichts, verströmte aber Kummer wie eine säuerliche Hitze. Kag musterte ihn im Fackelschein. »Du wirkst nicht besonders schwer verletzt – dieser Medicus wird mir das wohl bestätigen?«

Der Medicus nickte, als wollte ihm der Kopf abfallen.

»Allerdings«, fuhr Kag fort, »war es wirklich gut, dass wir dich gestoppt haben, bevor du uns alle zu Hackfleisch verarbeitet hast. Du hast sogar den alten Macedonicus in den Schatten gestellt.«

Beide grinsten bei der Erinnerung an den Bestiarius, der es vollbracht hatte, dem legendären Carpophorus nachzueifern, indem er von jeder Tiergattung auf der Erde eines erlegte. Eines blutigen Nachmittags hatte er sage und schreibe hundert Tiere getötet, darunter etliche mit genug Zähnen und Klauen, um sich zu wehren.

Ein heiseres Flüstern riss sie aus ihren Gedanken. »Hört mal, Jungs, ich finde es nicht in Ordnung, dass ihr meinem Mann die ganze Zeit auf den Kopf haut.«

Sie rissen erstaunt die Augen auf. Kag lächelte und sagte sanft: »Willkommen zurück, die Dame.«

»Dem macht das nichts«, meinte Quintus und grinste breit im Fackelschein. »Bringt ihn nur wieder zu Verstand.«

Drust fühlte sich zu matt, um verärgert zu sein, außerdem war Praeclarum wach und sprach klar und deutlich.

»Hätte nie gedacht, dass wir so enden«, sagte sie.

»Noch sind wir nicht am Ende«, gab Drust zurück.

»Du bist jetzt auch noch Medicus, nicht nur Gladiator?«

»Händler«, berichtigte er sie. »Und du stehst unter Drogen, also was weißt du schon?«

»Das Kind ist weg. Ich fühle Blut in mir schwappen. Und hab mich bepisst. Aber nicht nur das. Keineswegs.«

»Sag mir, was ich tun soll, und ich tu es. Und was ich nicht kann, macht der Medicus.«

»Bloß weil du Erfahrung mit deinem Gladius hast, bist du nicht gleich Chirurg«, sagte sie. »Und Frontinus ist ein guter Mann, also lass ihn bitte am Leben.«

Drust erwiderte nichts, und sie seufzte leise und glitt wieder in tiefen Schlaf – oder in den Tod.

»Du bist wegen mir hergekommen«, raunte sie noch, bevor sie das Bewusstsein verlor. »Idiot.«

Aber sie schlief nur. Wackelig kam Drust auf die Beine und fühlte sich hundemüde.

»Ich werde über sie wachen«, sagte Frontinus, was er eindeutig schon seit einer ganzen Weile getan hatte. Auch ihm schien nicht zu behagen, was sein General getan hatte. Drust hörte den Hund von oben seinen Namen rufen und ließ Praeclarum widerstrebend zurück, um in die regnerische Nacht hinaufzusteigen.

»Schau mal«, sagte der Hund und spähte vorsichtig zwischen den Zinnen hervor. Drust tat wie geheißen und sah eine Gestalt, die winkte und etwas rief. Sie trug einen roten Umhang und einen Helm mit dem quer angebrachten Helmbusch eines Centurio. Marcellus. Um ihn herum standen weitere Männer, die sich offenbar stritten und auf und ab stapften wie plumpe Tanzbären. Ihre Stimmen drangen rau und wütend herauf.

»Er hat's verkackt«, sagte der Hund, lehnte sich mit dem Rücken an die Brüstung und hielt das Gesicht in den Regen. Seine Totenmaske schimmerte, und Rinnsale glitten wie Würmer darüber. Die kurzen grauen Stoppeln seines Barts machten den Anblick nur noch entsetzlicher. Er lachte mit bitterer Genugtuung. »Der dachte wohl, er könnte uns einfach zertreten wie Maden. Wenn Antyllus zurückkommt, wird er ihn hier oben neben Mus aufknüpfen.«

»Falls er zurückkommt«, sagte Drust. »Und was Mus angeht – schneid ihn runter.«

Fortunas Lächeln würde breit wie ein Scheunentor sein müssen, um Antyllus als strahlenden Sieger zurückkehren zu lassen, dachte er. Dem Aussehen seiner Männer nach zu urteilen, die an ihm gehangen hatten wie Flöhe an einem Jagdhund, lag hier eine Revolte in der Luft.

»So einem wie Marcellus werden sie nicht folgen«, meinte Sau, als hätte er Drusts Gedanken gelesen. »Antyllus rechnet damit, dass die Centurionen von Biriciana rebellieren und sich ihm anschließen, aber das wird nicht passieren. Und wenn er es erzwingen will, kommt es zu einem Kampf, den er verlieren wird. Vielleicht kommt er dabei sogar um.«

»Falls Antyllus Erfolg hat«, hielt Drust dagegen, »wird er Männer zurückschicken, um seine Leute hier wissen zu lassen, dass sie einen neuen Kaiser haben. Falls er scheitert und fliehen kann, wird er zu seiner letzten Zuflucht hier zurückmarschieren. So oder so werden wir hier sterben.«

Der Hund wischte sich Regentropfen aus dem Gesicht und schnipste sie fort. »Na gut, Meister – wie sieht dein Plan aus?«

»Auf sie mit Gebrüll, sag ich immer«, rief Ugo, und alle lachten – bis auf Kisa, der zitterte. Drust schickte ihn hinunter ins Trockene mit der Anweisung, ein Auge auf Praeclarum zu haben.

»Der einfachste Plan ist immer der beste«, stimmte der Hund zu. »Wenigstens tauchen wir dann alle gemeinsam im Elysium auf.«

»Optimist«, knurrte Sau. »Dis Pater hat sein Auge auf dich gerichtet. Über mich wird Mithras, der Herr des Lichts, seine schützende Hand halten.«

Der Hund lachte. »Wir werden sehen. Schon bald.«

Drust fragte sich, wie lange Marcellus brauchen würde, um seine Leute davon zu überzeugen, über die Treppe anzugreifen. Er ließ Kag Quintus ablösen und wollte auch Manius und den Hund nach unten ins Trockene schicken, aber Manius schüttelte nur den Kopf. Sein Bogen war griffbereit, aber nicht gespannt; die Sehne steckte unter seinem Helm, damit sie trocken blieb, und Drust wusste, der Mann würde keine Sekunde brauchen, um seine Waffe einsatzbereit zu machen.

»Als ich meinem Vater noch kaum bis zum Knie gereicht habe«, sagte Manius, und seine Augen waren das Einzige, was man in der Dunkelheit von ihm sah, »konnte ich schon die Wildenten im Schilf der Oase jagen. Ich wollte auch den Löwen jagen, aber mein Vater hat gelacht und gesagt, mein kleiner Bogen würde den König der Wüste nicht aus der Fassung bringen.«

Drust wartete auf mehr, aber Manius schwieg, also ließ er ihn einfach sitzen und ging zur anderen Turmseite, um hinunterzuspähen.

Da hörte er Kag brüllen, dass Männer die Treppe heraufkämen.

»Bleibt hier«, sagte er zu den anderen. »Haltet nach Wurfhaken und Leitern Ausschau.«

Flink stieg er die klapprige Leiter hinab, als er schon Waffenklirren und Geschrei vor der Tür hörte. Der Medicus hockte mit finsterer Miene auf dem Boden, und Drust richtete die Spitze des Gladius auf ihn.

»Einen Mucks von dir«, warnte er ihn, kam aber nicht weiter. Eine dunkle Gestalt sprang in den Raum, keuchte und verspritzte Regentropfen, die im Fackelschein wie flüssiges Eisen glühten. Er hielt eine Spatha in der Hand, das Langschwert, das die Legionäre dieser Tage bevorzugten, und falls er einen Schild getragen hatte, hatte er ihn verloren.

Drust preschte vor, ehe der Mann ausholen konnte, packte ihn am glitschigen Handgelenk und zog den Gladius hoch, musste aber festzustellen, dass sein eigenes Handgelenk ebenfalls gepackt worden war. Sie rangen miteinander, und Drust rammte ihn mit dem Rücken gegen die nächste Wand, aber alles, was er hörte, war ein kehliges Knurren wie von einem in die Enge getriebenen Löwen in der Arena.

Das kam von mir, begriff Drust, als der Mann ihm die Stirn ins Gesicht rammen wollte und er gerade noch rechtzeitig den Kopf nach hinten reißen konnte, um den Stoß mit der Wange abzufangen. Der drang wie ein eisiger Speer in sein Hirn, entfachte aufs Neue seinen Kampfrausch, dafür konnte er anscheinend nichts mehr hören, als er mit den Zähnen über seinen Gegner herfiel.

Er riss ihm die Wange bis zum Kieferknochen auf, hatte allerdings eigentlich auf den Hals gezielt. Er wollte ihm die Hauptschlagader zerbeißen, lechzte so sehr danach, dass er den blutigen Geschmack von Eisen und Kupfer schon schmecken konnte, bevor sich seine Zähne in die Wange bohrten und über den Unterkiefer schabten.

Der Mann warf sich wild herum, als wäre er ein Fisch, der plötzlich am Haken zappelt, und jetzt hörte Drust ihn schreien, ganz leise, wie vom anderen Ende eines langen Gangs hinter einer geschlossenen Tür. Der Mann bäumte sich auf und trat zu, sodass Drust wirbelnd gegen die Wand geschleudert wurde. Er nahm nur noch den Gestank des Mannes wahr, Schweiß und Furcht und Scheiße und dahinter, ganz leise, eine Ahnung seiner wimmernden Schreie.

Der Gegner versuchte, den Schwertarm freizubekommen, aber Drust drehte sich in seine Bewegung hinein. Sie schrammten an der Wand entlang bis zu deren Ende, flogen durch die Tür und krachten die Stufen hinunter. Der Schwertgriff traf Drust am Schädel, doch dann sah er die Spatha in die Dunkelheit davonfliegen. Im gleichen Augenblick ließen sie beide das Handgelenk des anderen los. Sie polterten die Treppe hinab und kamen krabbelnd wieder auf die Beine, Drust zwei Stufen tiefer und zwischen dem Mann und seinen Kameraden.

»Mithras«, schrie der Soldat. »Herr des Lichts!«

Drust hörte ihn wie durch Watte, wusste aber, dass ein Mann nur dann die Götter anrief, wenn er einer Niederlage entgegenblickte. Also riss er den Gladius auf Hüfthöhe und griff von unten an wie eine Schlange, die unter einem Stein hervorschnellt. Gladiator eben.

Der Mann kreischte wie ein Kind und wich mit einer halben Umdrehung aus, suchte nach seinem Schwert oder einem Fluchtweg, aber Drust rammte ihm die Waffe tief in die Seite seines schutzlosen Rückens. Sie fuhr ohne Widerstand hinein und traf so plötzlich auf die Rückenmuskeln des Mannes, dass Drust beinahe den Schwertgriff losgelassen hätte.

Wieder schrie der Soldat auf und riss sich los. Der Gladius rutschte mit einem obszönen Schmatzen heraus. Beide hörten es; er hielt inne und drehte sich um, versuchte die Wunde zu sehen und presste auch schon eine Hand darauf. Er spürte das Blut und brabbelte panisch vor sich hin.

Wieder rammte Drust ihm den Gladius in den Leib, parallel zu den Rippen mitten ins Herz, ein perfekter Stich. Er fühlte die Klinge den Herzbeutel des Mannes zerreißen und weiter nach oben rutschen, bis sie knirschend gegen ein Schulterblatt stieß und sich bog. Als Drust das Schwert herauszog, sprang die Klinge so heftig zurück, dass es ihm die Waffe fast aus der Hand riss.

Der Soldat war am Ende und sank mit Drusts Gewicht zu Boden. Drust hörte ihn noch nach Luft ringen, erhob sich und sah eine Hand hochschnellen. Er dachte schon, der Mann versuche einen letzten verzweifelten Angriff, aber sein Blick war traumverloren und weit fort.

Sau kam keuchend zu ihm gestolpert und stemmte die Hände auf die Knie. Überrascht drehte Drust sich zu ihm um und sah ihn schwach mit einer Hand wedeln.

»Tut mir leid. Der Bastard ist an mir vorbeigeschlüpft. Hat mich in die Rippen getroffen und ist einfach vorbei.«

Drust sah ihn zucken und den Griff des Dolches sowie einen Fingerbreit Klinge hervorschauen. Sau kippte vornüber, gerade als der Hund zu ihnen kam. Er beugte sich zu ihm, ertastete die Halsschlagader und stieß ein Knurren aus, das alles bedeuten konnte.

»Er ist hinüber. Bist du verletzt?«

Drust war speiübel, er fühlte sich schwach und zittrig, Wunden hatte er jedoch keine davongetragen. Er wuchtete sich von dem Toten hoch, warf einen Blick auf Sau und folgte dem Hund zurück nach oben in die Kammer. Quintus kam herunter, um sie auf der Treppe abzulösen, und grinste sie mit seinen großen Zähnen an.

»Sie haben nicht mal versucht, den Turm einzunehmen«, sagte er ein wenig enttäuscht.

»Am Fuß der Treppe liegen vier von ihnen, tot«, sagte der Hund. »Das werden sie also nicht noch mal versuchen.«

Dann rieb er sich seine verschwitzte Totenmaske.

»Wir haben Sau verloren.«

Niemand reagierte groß. Quintus und der Hund ließen Sau und den toten Soldaten die Stufen herunterkullern, um den anderen Toten unten Gesellschaft zu leisten, und der Hund blieb kurz stehen, bevor er den Raum betrat.

»Ich hoffe, er hatte recht mit seinem Mithras.«

Drust wollte ihm sagen, dass der Mann, den er getötet hatte, ebenfalls ein Anhänger gewesen war, doch damit hätte der Hund nicht viel anfangen können – die halbe Armee verehrte Mithras, er war der neue Gott der Soldaten.

Drust hatte weder das Gesicht des Mannes gesehen noch seinen Namen gekannt, aber dessen flatternde Finger auf der Wange gespürt, sanft wie die Liebkosung eines Geliebten, wie der Abschiedsgruß einer Mutter.

Noch lange Zeit später spürte er sie in der Dunkelheit.

9

Laut Ugo war es ein sanfter Morgen, da er Erinnerungen an seine Mama weckte. Die anderen sahen bloß den zähen Bodennebel, der zwischen den Hügeln festsaß und sich wie ein Gebirgsbach ins Dunkel der Bäume ergoss. Alles tropfte, aber auch die Sonne leuchtete wie eine verheißungsvolle Goldmünze.

»Bist du noch da?«, fragte sie mit einer Stimme wie raschelndes Stroh.

»Nein, meine Herrin. Bloß ein Traum, das kommt von der Medizin«, erwiderte Drust.

»Was hast du mir gegeben? Frontinus meinte doch, er hat nichts mehr.«

»Ein wenig bekanntes römisches Heilmittel. Ein wirkmächtiges Zeug namens verdünnter Wein. Je weniger Wasser, desto besser die Wirkung.«

»Werd bitte nie Arzt. Deine Behandlungsmethoden sind haarsträubend.«

»Immerhin bin ich hier.«

»Wenn man bedenkt, dass ich mal gedacht habe, du hättest Angst davor, dich zu binden.«

»Da hast du mich mit einer Vestalin verwechselt«, gab er zurück und biss sich sofort auf die Lippen. Sehr unpassend, jetzt die Vestalin zu erwähnen, die am Tag ihrer Hochzeit zur Strafe ins Grab gesperrt worden war.

»Das ist die Vergeltung für diese Tat«, sagte sie. Er nahm ihre Hand.

»Nein. Sie hat damit den Preis für ihren Hochmut und ihre Gier bezahlt. Auf dir lastet kein Fluch, Herrin meines Herzens.«

Sie rückte sich ein wenig zurecht. »Ich würde ja lächeln, aber er hat mir die Zähne weggenommen.«

»Ich hole sie dir zurück.«

»Keine Zeit«, murmelte sie und röchelte eine Zeit lang, bis ihre Atmung sich wieder normalisierte. Dann schlief sie ein.

Drust stieg müde die Leiter zum Dach hinauf, wo Quintus und Manius vorsichtig über die Brüstung spähten; unten herrschte ein Gewimmel wie in einem aufgeschreckten Ameisenhaufen.

»Irgendwas ist passiert«, meinte Quintus und kniff die Augen zusammen. »Jede Menge Geschrei, aber ich kann nichts verstehen.«

Manius nickte. »Ich glaube, ein Bote ist eingetroffen. Mit schlechten Neuigkeiten.«

Das können wir nur hoffen, dachte Drust, ohne zu wissen, was dies für die Brüder bedeuten könnte. Kurz darauf richtete Quintus sich so weit auf, dass Drust Angst um ihn bekam. Dann kauerte er sich wieder hin und grinste.

»Sie ziehen ab. Schau doch.«

Und tatsächlich. Die Soldaten strömten aus der Festung und aus dem verfallenen Dorf zu deren Füßen; sie schienen in großer Eile zu sein und nur das Nötigste mitzunehmen. Quintus strahlte, und der Hund steckte den Kopf zur Falltür heraus.

»Die verschwinden alle Hals über Kopf«, sagte er.

»Was immer da auf sie zukommt, der siegreiche Antyllus ist es nicht«, gab Drust zurück. »Bleibt wachsam.«

»Es ist nicht mal römisch«, bemerkte Manius, zog sich den Lederhelm vom Kopf und entrollte die Bogensehne. Drust riskierte einen Blick über die Brüstung und sah den Waldrand hüpfende Gestalten ausspucken. Einige trugen Hörner.

»Junos Titten«, fluchte er. Das Dunkel brach über sie herein.

*

Ugos sanfter Morgen zog sich dahin. Die Luft schien nur noch aus silbriger Milch und feuchter Hitze zu bestehen. Kag kam aufs Dach hinaus und schloss sich der wachsamen Gesellschaft an. Er sah die Krieger mit ihren Tiermasken rings um den Turm durchs Dorf hüpfen und die fliehenden Römer verfolgen. Noch mehr von ihnen durchstreiften sorgfältig das Dorf und durchsuchten die Hütten.

»Sie haben Bogen«, sagte der Hund. Manius grunzte.

»Die haben Stöcke mit Schnüren«, stellte er verächtlich klar. »Meiner ist der einzige echte Bogen in diesem Land.«

Drust stieg ins wabernde Zwielicht des Turms hinunter, wo Kisa dicht bei der Tür ein Feuer entfacht hatte, damit der Rauch nach draußen abziehen konnte. Es hatte nicht ganz funktioniert, aber der Duft der heißen Suppe machte den blauen Qualm mehr als wett. Ugo hockte draußen vor der Tür auf den Stufen und hielt Wache. Als Drust den Kopf herausstreckte, schaute er auf.

»Bis jetzt noch nichts. Aber durch den Rauch werden sie wissen, dass hier jemand ist.«

Drust ging zu Praeclarum, die in einer Wolke aus ungesunden Gerüchen dalag. Kisa schaute von seinem Kochtopf auf.

»Sie wird immer wieder kurz wach und dämmert dann erneut weg. Ich dachte, ich versuche, sie etwas essen zu lassen, ihr ein bisschen Wärme und Kraft einzuflößen.«

»Ich komme immer wieder«, meldete sie sich. Die beiden Männer drehten sich zu ihr um; ihre Stimme war kaum mehr als ein schwacher Hauch.

»Gute Angewohnheit. Schön weiter so.«

»Ist es Tag oder Nacht?«

»Die Sonne ist gerade aufgegangen.«

Sie regte sich, keuchte vor Schmerz und versuchte schwach, unter die Laken zu greifen und sich abzutasten. Drust hielt ihre Hand fest und schüttelte den Kopf.

»Nicht nötig. Ich hab dich gewaschen.«

»Wie oft?«

Zu oft, lautete die ehrliche Antwort, aber er zuckte nur mit den Schultern. Sie lächelte matt, ohne die fehlenden Zähne zu zeigen, und er freute sich darüber.

»Ihr solltet abhauen, solange ihr noch könnt«, sagte sie.

»Und dich alleine hierlassen? Ich bin dein neuester Geliebter, nicht dein letzter.«

»Das war die Ehefrau des Lanista. Sie hat mich geliebt – hat sie jedenfalls behauptet. Hat mal eine Vase auf mich geworfen – so groß wie mein Kopf.«

»So klein? Klingt mir nicht nach einer echten Romanze.«

»Es waren immerhin Blumen drin. Ich hab ihr nicht so gute Dienste geleistet, wie sie erwartete. Hatte vielleicht was mit der Sache zu tun, als ich sie aus dem Fenster auf die Straße hab fallen lassen.«

»Du hast sie aber nicht umgebracht, das hat sie ganz allein geschafft.«

»So nobel von dir. Wie die Vestalin. Jetzt bist du wohl auch noch Priester, nicht nur Medicus? Wie fühlst du dich damit?«

»Könnte mir vorstellen, das Gewerbe zu wechseln – naiven Hausfrauen einreden, dass ihr Leben doch nicht wertlos ist und ihre Männer immer treu sind. Rein zu Übungszwecken will ich dir mitteilen, dass du eine sehr attraktive Frau bist.«

»Ist das ein Antrag? Ach nee, warte. Ich bin ja schon mit dir verheiratet. Noch eine dieser naiven Hausfrauen.«

»Ich hatte durchaus überlegt, dir einen Kuss zu gewähren, obwohl du so ruppig bist. Aber das liegt wohl nur an deiner Krankheit – ach, Juno sei mir gnädig, ich will es trotzdem tun.«

Ihre Lippen waren aufgeplatzt und heiß, aber hinterher lächelte sie. »Du solltest gehen. Gib mir ein Schwert und lass mich liegen, ich schaff es hier nicht mehr weg.«

»Schluss mit dem Gerede«, befahl Drust, als Kisa mit einer Schale anrückte.

»Hier, trink das.«

»Schierling?«

»Eine Suppe mit Lauch und Zwiebeln. Die hab ich in einer Ecke gefunden, und sie waren noch nicht alle verrottet.«

Ihr seliger Blick ließ die beiden Männer lächeln. Sie sank zurück und leckte sich die Lippen, dann schaute sie zu ihnen auf, und ihr Blick wirkte wie verwandelt.

»Danke euch«, flüsterte sie. »Für die Suppe. Und für den Kuss. Und dafür, dass ihr bei mir bleibt. Aber sie werden euch bald angreifen, das wisst ihr doch?«

»Weiß ich. Aber ich komme aus der Arena. Ich sprühe Funken wie ein abgefackeltes Dorf.«

»Ich kann den Qualm riechen«, sagte sie. Dann schlief sie wieder ein.

*

Fette graue Wolken hingen am farblosen Himmel und spuckten neuen Regen aus, der auf den Grashalmen tanzte. Ein einsames Amselweibchen jagte aus seiner Deckung hervor und verschwand in der Ferne.

Kein Männchen zu sehen«, sagte Ugo verdrießlich. Ein schlechtes Omen.

Hier gibt es keine guten Omen, dachte Drust. Das Dorf brannte noch immer und qualmte scheußlich, weil alles nass war. Es schwelte und rauchte, und der Wind trieb den beißenden Gestank in Schwaden davon.

»Um Sau tut es mir leid«, meinte Ugo betrübt, ohne den Blick von der Wendeltreppe zu nehmen. »Ein guter Mann mit einem starken Herzen.«

»Bis ein Dolch es zerfetzt hat«, sagte Kisa finster, seine Stirn wie von Seenebel umwölkt. »Culleo wird sich schämen – falls er das überhaupt kann.«

»Heda – oben im Turm!«

Ein Ruf auf Lateinisch. Drust sah Ugo an, stieß sich neben Praeclarum vom Boden ab und rieb sich die Hände. Er kletterte die klapprige Leiter zum Dach hoch, wo er in erwartungsvolle Gesichter blickte.

»Jetzt geht's los«, sagte er und trat an die Brüstung.

»Selber heda!«

Es war Erco, der kleine Häuptling des Dorfs namens Lupinus, unförmig in Leder und Metall gehüllt und umstanden von Männern mit gespannten Bogen und aufgelegten Pfeilen.

»Du scheinst ja hier und dort und überall zu sein«, rief Drust und hielt den Kopf knapp über der Brüstung. »Aber es wundert mich gar nicht, dass du die Gesellschaft dieser Tiermenschen bevorzugst, nachdem du uns zu ihnen geschickt hast, damit sie uns töten.«

»Leider sind nicht genug von euch gestorben«, sagte Erco. »Ihr solltet jetzt runterkommen. Es ist nass, und ihr könnt nirgendwo hin.«

»Als ob du das geplant hättest«, antwortete Drust. »Aber das konntest du nicht kommen sehen. Manches kann selbst ein verräterischer Druide nicht vorhersehen, und wenn er noch so strotzt vor abartiger Magie.«

Erco verzog das Gesicht. »Druide? Dahinter steckt kein Druide. Hier gibt es allein den Herrn des Waldes.«

Drust hörte die Krieger tief und kehlig brummen – ein Dröhnen, das einem die Haare zu Berge stehen ließ, und alle schauten nach, ob nicht gerade Männer über den Rand des Turms geklettert kamen. Drust sah die hochgewachsene gehörnte Gestalt vortreten, die Arme heben und einen Sprechgesang anstimmen. Sie trug einen Hirschschädel mit komplettem Geweih, nicht irgendwie mit Zweigen und Ästen zurechtgemachtes verfilztes Haar. Obwohl sie wussten, dass es sich lediglich um einen Tierschädel auf menschlichen Schultern handelte, lief es ihnen eiskalt über den Rücken.

»Wir haben schon einige von diesen Möchtegernen erledigt«, rief Drust nach unten.

»Aber nicht diesen. Dies ist der Herr des Waldes. Kommt runter, sonst kommt er hoch und räuchert euch aus.«

»Träum weiter«, gab Drust zurück. »Mir gefällt es hier ganz gut.«

»Legt die Waffen nieder«, sagte Erco unbeirrt.

Der Hund richtete sich zu voller Größe auf und bot den Bogenschützen so ein erstklassiges Ziel. »Komm und hol sie dir, wenn du glaubst, ihr wärt stark genug.«

Kag zerrte ihn wieder nach unten und sah ihn stirnrunzelnd an. »Guter Spruch.«

»Stammt von irgendeinem alten Griechen«, gab der Hund zu. »Ich hab mal ein Theaterstück darüber gesehen, bei den Spielen in Korinth.«

»Ein Spartiat«, berichtigte ihn Kag. »König Leonidas zum Perserkönig Xerxes an den Thermopylen. Sie sind bis auf den letzten Mann vernichtet worden.«

»Letzte Chance«, brüllte Erco. »Kommt runter, oder wir holen euch.«

Drust lachte. »Sag deinem verzottelten gehörnten Möchtegern, dass ich tretend und kreischend und mit fremdem Blut besudelt auf diese Welt gekommen bin. Genau so werde ich sie auch wieder verlassen. Ich hoffe, du führst diese Leute an, du mieser Verräter, weil du als Erster sterben sollst.«

Es folgten ein Knurren von Ugo und schallendes Gelächter von Quintus. Der Hund nickte und breitete die Arme aus. »Das gewinnt auf jeden Fall den Palmzweig. Hat das auch ein Spartiat gesagt, Kag?«

»Das hat ein Gladiator gesagt«, antwortete Kisa, bevor Kag den Mund aufmachen konnte, und erntete verblüfftes Schweigen. »Ich persönlich glaube lieber an die Worte meines Gottes, der Gutes aus den Stürmen hervorbringt, die das Leben verwüsten.«

»Das liegt daran, dass du alt bist«, grunzte Ugo. »Wie der Hund hier, der mitten in der Nacht pissen muss.«

»Stimmt«, erwiderte der Hund feierlich. »Aber du genauso. Das weiß ich, weil ich jedes Mal deine Knie knacken höre, wenn du aufstehst.«

Drust zog wegen eines plötzlichen scharfen Windstoßes den Umhang enger um sich und schickte die beiden lächelnd nach unten. Es war gut, von alten Freunden umgeben zu sein.

In einem Hagel aus Steinen und Pfeilen rückten sie vor. Sie trugen behelfsmäßige Leitern aus langen Baumstämmen mit verschnürten Querstreben. Es waren, wie Drust zugeben musste, doch deutlich mehr Mann, als er erwartet hatte, und er erinnerte sich gut daran, wie schwer sie zu töten waren.

Ugo war auf der Treppe und brüllte immer wieder irgendetwas von »Donar« und »Mars Ultor«. Drust versuchte abzuschätzen, wo die erste Leiter landen würde, als eine Pfeilsalve gegen die Zinnen prasselte. Kag jaulte und duckte sich.

Die Tiermenschen aus dem Dunkel umringten die Turmmauern und legten ihre Leitern an; einige kletterten direkt am Mauerwerk nach oben, das grob genug dafür war – an einer Seite gab es sogar eine Girlande aus Efeu, die ihnen half –, und Drust trat an die Stelle, wo gerade eine Hand auf die Mauer zwischen zwei Zinnen klatschte und ein eitriges Wolfsgesicht zum Vorschein kam.

Der Mann schaute nach unten, um den nächsten Trittstein zu finden, und zog die Maske leicht zur Seite, um besser sehen zu können; da bemerkte er die Person über sich und schaute hinauf. Der Mund im bärtigen Gesicht stand offen, die Maske war verrutscht, und der Schweiß ließ die wettergegerbte Stirn schimmern.

Drust rammte den Gladius nach unten; der Mann kreischte und stieß sich nach hinten ab, bevor ihn die Klinge traf. Drust hieb Splitter aus dem Mauerwerk, und der Fallende schrie und ruderte wild mit den Armen. Ein Pfeil klapperte dicht neben Drusts Kopf gegen die Zinne.

Er schritt die Brüstung ab und ignorierte die vereinzelten Schüsse, die blind und hoch gezielt waren, um von oben auf das Turmdach zu regnen. Er stolzierte keineswegs herrisch daher, die Pfeile waren ihm wirklich egal. Brennender Hass war in ihm erwacht, wegen all des Verrats und der Bosheit, der Launen von Fortuna und des Fluchs von Fama, falls diese denn überhaupt eine Göttin war.

Er blieb stehen und trat gegen eine Leiter. Sie kippte nach hinten, dann zur Seite, und er hörte die Schreie der Fallenden.

Männer kreischten und brüllten; ein vorbeizischender Speer zwitscherte wie ein Vogel. Einer zog sich über den Rand der Brüstung, und Drust spazierte fast gemächlich auf ihn zu und versetzte ihm den letzten eisernen Schlag eines

Gladiators, direkt zwischen Hals und Schulter bis ins Herz. Ein lautes Knacken und der Mann schrie auf, zuckte und fiel zurück über die Mauer.

Ein Weiterer zog sich nach oben, landete auf seinen Beinen und schleuderte einen kurzen Speer, dem Drust gerade noch auswich. Der Hund war mit Ugo nach unten gegangen, aber Kag hackte einen anderen Krieger beidhändig mit einer langen Spatha nieder und fand noch die Zeit für einen schnellen Ausfallschritt, um dem letzten Kletterer beim Aufkommen auf dem Turmdach ein Bein zu stellen. Drust ließ dem Mann keine Chance, stürmte auf ihn zu und prügelte auf ihn ein wie eine Frau mit einer Bratpfanne, wenn kein Argument mehr zieht. Links, rechts und noch mal links; die scharfe Schneide brachte den Mann, der immer weiter zurückwich, mit jedem Schlag ins Taumeln. Das grobe Leinenhemd, der Wolfsfellmantel und die Wampe färbten sich rot, und er krachte mit dem Rücken gegen die Zinnen, wobei er verzweifelt nach Luft rang, die nicht eingesaugt werden wollte. Drust versetzte ihm einen Stoß und roch den beißenden Gestank von Mäusepisse; der Mann fiel hintüber, riss die Arme in die Höhe und verschwand ohne einen Laut in der Tiefe.

Auf der anderen Turmseite wirbelte Quintus auf dem Absatz herum und hieb einem Mann in den Rücken. Blut spritzte auf. Kag, Gesicht und Bart blutverschmiert, rammte einem weiteren die Schulter in den Leib und setzte nach, und wiederholte dies so lange, bis der Kerl ebenfalls über die Brüstung ging.

Aber es waren zu viele. Drust begriff zwar, dass sie wie schon die Männer zuvor unter dem Einfluss irgendeines

Gebräus standen und daran gewöhnt waren, einzelne Wölfe zu jagen, nicht jedoch ein ganzes Rudel und ganz bestimmt nicht ausgebildete Arenakämpfer. Sie trugen keine Rüstungen außer ihren Pelzen und keine Waffen bis auf Äxte, kurze Speere und Bogen.

Aber sie waren in der Überzahl. Und das würde reichen.

Der nächste Krieger kam nicht allein über den Mauerrand und war auch nicht wie die anderen. Sein Gesicht war von verfilzten Haaren bedeckt, die offenbar seine Maske bildeten. Er trug keinen Helm, nur diese Haare, wild wie grobes Buschwerk, und war groß genug, um wie ein Fels über Drust aufzuragen. Kag wollte sich ihm in den Weg stellen, doch der Krieger schlug ihn mit dem Stiel seiner langen Axt, und Kag taumelte nach hinten und fiel auf den Hintern. Sofort war er wieder auf den Beinen, sah sich jetzt aber eigenen Gegnern gegenüber.

Drust dachte an sie, wie sie unter ihm ermattet in der Dunkelheit lag, das Gekreische und Gebrüll hörte und darauf wartete, dass sich ein Tiermensch auf sie warf. Mit einem Schrei stürzte er sich auf den Axtriesen. Der Mann wich zurück, holte einmal aus, zweimal, ließ Drust seinerseits zurückweichen und ging dann selbst zum Angriff über. Drust fing den Schlag mit dem Schwert ab – und war wieder auf dem Übungsplatz des Ludus Magnus, wo man ihm beigebracht hatte, wie man einen Gegner mit einer Axt bezwingt.

»Solchen werdet ihr von Zeit zu Zeit gegenüberstehen«, sagte der Lanista und marschierte auf und ab, während ihm Marius gegenüberstand und mit großem Einsatz den irren Gallier mimte, mit viel Geknurre und Schaum vor dem Mund. »Das Publikum liebt verrückte Germanen mit dicken Äxten – also

hört gut zu. Regel Nummer eins: Niemals einen Axthieb mit
dem Schwert abblocken. Niemals.«

Der irre Germane ließ sein Handgelenk rotieren, woraufhin Drust die Klinge aus der Hand sprang, ganz beiläufig, als hätte ein Kleinkind sein Spielzeug verloren. Zwar trug der Germane keine Maske, aber seine Augen funkelten wölfisch in dem wilden Haar. Ein rascher Blick über die Schulter sagte beiden Männern, dass bald noch mehr von ihnen heraufkamen, aber der Riese wollte Drust eindeutig ohne Hilfe töten. Er gehörte ihm allein.

»Passt auf, ihr macht Folgendes«, sagte der Lanista und machte einen Schritt zur Seite, als Marius die Axt gegen ihn schwang. Es war eine kleine, lässige Bewegung, wie ein Tänzer, der einem Bullen ausweicht. Dann schlug er mit dem hölzernen Übungsstab zu und Marius jaulte auf, ließ die Axt fallen und leckte seine Finger.

Der Axtriese setzte blitzschnell und behände nach. Drust spürte den Windzug der Axt auf der Wange, hörte sie zischen und versuchte, ebenfalls leicht wie ein Tänzer zur Seite auszuweichen, stieß aber mit jemandem zusammen, fiel wie ein Tiro auf den Arsch und sah den Tod über sich aufragen. Der Riese riss die Axt empor wie den Hammer des Dis und stieß ein langes Triumphgeheul aus.

Ein Geräusch wie ein vorbeiziehender Flügelschlag, und der Mann jaulte auf und schwankte. Manius machte sich nicht die Mühe, einen zweiten Pfeil aufzulegen, sondern trat vor – leicht wie ein Tänzer, wie Drust benommen wahrnahm – und rammte ihn dem Riesen in eins der fassungslos aufgerissenen Augen. Er taumelte zurück, wirkte aber eher wütend als schmerzgepeinigt. Er griff nach dem Pfeil in seinem Hals und dann nach dem in seiner zerfetzten Augenhöhle. Kag, der seinen Gegner soeben niedergestreckt hatte, sah es und traf den Riesen mit einem brutalen Tritt in den Bauch; er machte ein Geräusch wie ein sterbendes Schaf und verschwand über die Brüstung.

»Meine Fresse«, sagte Kag erschöpft und zog Drust auf die Beine. »Versuch einfach, dich nicht noch mal auf den Arsch zu setzen, Bruder.«

Drust riss sich von ihm los und tastete nach seinem Schwert. Quintus kauerte abwechselnd kotzend und röchelnd in einer Ecke. Von unten ertönte ein Hornsignal, oben schnaubte sich Kag Rotz aus einem Nasenloch.

»Noch mehr von denen«, grunzte er. Quintus stemmte sich hoch und wankte ein wenig, zeigte aber immer noch sein breites, irres Grinsen.

»Kämpfen bis zum Finger.«

Drust betrachtete die Toten auf dem Dach des Turms und bückte sich, um den Ersten zum Rand zu ziehen. Er roch den metallischen Gestank des Blutes und erneut den Mief von Mäusepisse. Sie bluten also doch, dachte er. Kag half ihm, die Leiche über die Brüstung zu rollen.

Sie warfen noch drei weitere nach unten, als Ugos blutiges Gesicht aus der Falltür auftauchte.

»Hörner«, sagte er vergnügt.

»Haben wir gehört«, gab Quintus zurück. »Du bist hier aber der Einzige, der sich über noch mehr Feinde freut.«

»Keine Feinde«, sagte Ugo. »Hört mal genau hin.«

Die Hörner ertönten erneut, in gleichmäßigen Intervallen, die Erinnerungen weckten. Kag schlug sich auf den Schenkel und lachte.

»Die Armee ist gekommen«, sagte er. »Das sind Formationssignale.«

Sie sahen sie zwischen den Bäumen auftauchen und sich mit ihren Feldzeichen und Cornicen und Centurionen wie ein ausgeklügeltes mechanisches Spielzeug an ihre jeweiligen Plätze schieben. Die Armee war gekommen, um die Überreste von Antyllus' gescheiterter Revolte auszumerzen und sicherzustellen, dass nichts davon übrig blieb, um das Imperium weiter zu beflecken.

»Die Dritte«, rief Quintus und duckte sich, denn augenblicklich zischte ein Pfeil an seinem Kopf vorbei.

»Diese Waldläuse wollen anscheinend wirklich die Stellung halten und sich mit ihnen anlegen«, sagte Kag. »Was für Idioten.«

Drust besah sich die Schlachtformation der Armee. Sie bestand aus Vexillationen von einem Dutzend unterschiedlicher Einheiten, vor allem aber von der Dritten Italischen Legion. *Antoniniana* wurde sie heutzutage genannt, eine Ehre, die Caracalla ihr verliehen hatte, nachdem sie für ihn gegen die Alemannen gekämpft hatte. Auch für Elagabal hatte sie gekämpft, gegen die Daker, Helvetier und Sueben sowie alle anderen Baumumarmer, auf die man sie ansetzte.

Sie waren gut, wenn auch nicht mehr so mächtig wie einst. Selbst aus dieser Entfernung konnte Drust Männer in moderneren Kettenhemden erkennen neben jenen, die noch an den alten Brustpanzern aus Eisenschienen festhielten. Er sah ihre eiförmigen Schilde und Speere – und zu wenig Bogenschützen. Und zu wenig Kavallerie. Und überhaupt keine Artillerie.

Der Rauch der schwärenden Feuer im Dorf, die einfach nicht richtig aufflammen wollten, trieb dahin wie Trauerfedern und nahm ihm die Sicht. Diesseits der Mauern hob der Mann mit dem Hirschkopf die Arme und fuchtelte mit einer Keule oder einem Stab.

»Sie werden tatsächlich kämpfen«, wiederholte Kag mürrisch und zuckte zusammen, als direkt neben ihm ein Pfeil an der Zinnenmauer zerschellte. »Diese Bogenschützen könnten schon ein bisschen Schaden anrichten.«

»Das sind keine Bogenschützen.« Manius schaute sie der Reihe nach an. »Ich bin ein Bogenschütze. Ich habe die Farben dieses Ortes aufgenommen. Ich bin hier, und ich bin weit fort.«

Dann richtete er sich zu voller Größe auf, trat an den Rand der Brüstung und legte einen Pfeil auf.

»Runter mit dir, du verrückter Bastard«, rief Quintus, aber Manius balancierte wie ein Stierspringer, spannte den Bogen und schoss scheinbar ohne zu zielen.

Sie schauten dem Pfeil hinterher; seine Flugbahn entsprach etwa der Rückseite des Circus Maximus, ein langer und stark gekrümmter Schuss, der den Mann mit dem Hirschkopf direkt unterhalb der langen Nase in den Hals traf. Wie von einem Seil gezogen fiel er nach hinten, zuckte einmal kurz und rührte sich nicht mehr.

Die folgende Stille war so durchdringend, dass sie einem Schrei glich. In dieser Pause sahen sie Manius mit einem gelassenen Lächeln von der Brüstung steigen. Draußen jenseits ihres Blickfelds erschollen Rufe. »*Roma invicta!*«

Niemand sagte etwas, alle starrten nur Manius an, der sich in einer Ecke zusammenkauerte und in den Himmel schaute. Drust warf Kag einen Blick zu, der den Kopf schüttelte. Dann stieg er zu Praeclarum hinunter.

Frontinus hatte ein wenig mehr Licht gemacht, sodass Drust sein Gesicht erkennen konnte. Starr, grimmig und unglücklich schüttelte er den Kopf als Antwort auf Drusts fragenden Blick.

Er wankte in die Ecke, in der Praeclarum lag, begleitet von der Gewissheit, dass Dis Pater sie zu sich geholt hatte. Blutig und stinkend und mit gezücktem Gladius trat er vor sie, aber sie sah ihn an, als wäre er ein leibhaftiger Bote der Götter.

»Ich dachte, du wärst weg«, sagte sie mit einer Stimme wie ein kleines Tier. Er kniete sich hin, legte ihr eine Hand in den Nacken, und sie wimmerte wie etwas, das in einer Falle feststeckte.

»Ich hab Angst.«

»Ich weiß, meine Herrin.«

Er zog sie an sich und hielt sie ganz fest. Ein seltsames Gefühl, hier im Dunkeln mit einer Ahnung des hellen Tages draußen, des letzten Tages, den sie je erleben würde, ohne Sonne, ohne Wolken, ohne Zukunft. Die Lippen, die er berührte, waren trocken und rissig, aber sie erwiderten seine Liebkosung. Ihre Hand strich sachte über seinen Arm.

»Du solltest aufhören, dich für das zu hassen, was du bist. Und alle anderen, weil sie anders sind. Du hast einen ehrbaren Beruf.«

»Ein Scheiß sind wir«, gab er leise zurück. »Wir sind der Abschaum der Gesellschaft, nicht mehr wert als alte Baumstümpfe. Der erbärmlichste Haufen, der je aus Plutos Rektum geplumpst ist. Weißt du auch, warum? Weil wir zugelassen haben, dass ein System wie Rom uns einpfercht, uns unsere Würde und unsere Zukunft raubt.«

»Du bist nicht irgendein Barbar von jenseits der Reichsgrenze. Du bist Römer. Du kennst es nicht anders.«

»Das ist eine richtig beschissene Situation, Frau, die kein Gott und nicht aller Suff der Welt auflösen könnte. Der einzige Glaube, der uns bleibt, ist der an uns selbst, und das wissen wir nun schon seit zwanzig Jahren.«

»Ich bin bald nicht mehr da. Tut mir leid, dass ich dich nicht weiter begleiten kann. Aber lass mich noch nicht allein. Noch nicht …«

Noch nicht. Sie war eine starke Frau und würde lange brauchen zum Sterben.

»Du brauchst dich vor nichts zu fürchten, Frau. Ich bin hier.«

Sie seufzte ein wenig. Er wartete, bis die Armee die Festung stürmte – etwa eine Stunde später. Noch immer sog sie einen rasselnden Atemzug nach dem anderen ein, aber es waren nur noch Reflexe, mehr nicht. Sie wollte loslassen, doch die Gewohnheit des Lebens war zu tief verwurzelt, und sie war Gladiatorin bis zuletzt. Als das Ende kam, streichelte er ihr die verfilzten Haare; sie regte sich ein bisschen und lächelte, wie sie es getan haben musste, als sie noch ein kleines Mädchen gewesen war und die Mutter ihr die Haare gekämmt hatte.

Dann wich das Leben aus ihrem Leib.

10

Rom, Wochen später

Sie kamen die Flaminia entlang und betraten die Stadt durch das Tor im Schatten des Kapitols. Ihr Geleitschutz trieb die Getreidekarren und Steinkarren und all die anderen vierrädrigen Transportfahrzeuge aus dem Weg, die unbedingt das Tor passieren wollten, ehe es hell wurde.

Ein paar Eigner von zweirädrigen Karren voller Obst und Gemüse brauchten sich keine Sorgen wegen des Gesetzes zu machen, das große vierrädrige Wagen tagsüber von den überfüllten Straßen der Stadt verbannte, aber auch sie wurden aus dem Weg gedrängt und taten ihren Unmut kund, bis die Militäreskorte laut wurde.

Diejenigen, die den Wettlauf aufgegeben und ihre Wagen am Straßenrand zwischen Wein- und Würstchenverkäufern abgestellt hatten, schauten ebenso verdrossen wie ihre abgeschirrten Ochsen dabei zu, wie Drust und die anderen an ihnen vorbeimarschierten. Deren Wagen bestanden aus schweren Holzplanken und hatten zu beiden Seiten Schiebetüren, die offen standen und den Blick auf Eisengitter freigaben, hinter denen Männer hockten. Männer in Tierkäfigen.

»Macht sie zu«, befahl Rutilus. »Sie erregen zu viel Aufmerksamkeit.«

»Es ist zu heiß da drin«, gab Kag zurück. »Wenn ihr sie zumacht, brauchen die nur umso schneller Wasser, und sie haben sowieso schon seit Stunden nichts getrunken, da ihr ja unbedingt vor Tagesanbruch das Tor erreichen wolltet.«

»Wenn ihr sie schließt, müssen wir demnächst anhalten und ihnen zu trinken geben«, stimmte Ugo zu. »Sonst sterben sie.«

Der Kommandant der Militäreskorte schaute vom einen zum anderen. Er hieß Rutilus, auch wenn Rot kaum die Farbe war, die einem beim Anblick der ausgewaschenen sandfarbenen Haare und des Barts in den Sinn kam. Sein Gesicht war braungebrannt und wettergegerbt, er hatte auffallend blassblaue Augen und trug den Centurionenhelm mit dem quersitzenden Helmbusch wie einen verdrehten Hahnenkamm.

»Ihr versteht mich nicht«, knurrte er zurück. »Die interessieren mich einen Scheißdreck. Macht die Dinger zu.«

»Lasst sie offen.«

Drusts Stimme klang seltsam, selbst für ihn. Er hatte sie auf der langen Reise aus dem Norden über die Berge und dann die Ostküste entlang über Ariminum bis hierher nur selten genutzt. Die Urne mit den Überresten seiner

Ehefrau umklammert und mit ihr all seine Erinnerungen, hatte er außen auf dem Kutschbock des mittleren Wagens gesessen. Rutilus und der Rest der Eskorte hielten ihn bestenfalls für verrückt, und die Überraschung, ihn nun plötzlich klar sprechen zu hören, war so groß, dass Rutilus den eigenen Mund zuklappte.

»Sie dürfen nicht sterben, bis die Arena es befiehlt«, fuhr Drust kalt fort.

Rutilus wollte widersprechen, aber da sah er den Kerl, den sie den Hund nannten, neben dem großen Wagenrad auftauchen. Er schlug Kapuze und Schleier zurück und zeigte sein Totenkopfgrinsen. Rutilus wusste, dass es sich nur um entsetzliche Tätowierungen handelte, trotzdem erschreckte ihn der Anblick jedes Mal bis ins Mark.

Er gab auf, stampfte davon und brüllte seinen Männern ein paar besonders laute Befehle zu, die Straße zu räumen. Der Hund grinste Drust an und drehte sich um, als aus dem stinkenden Zwielicht des Wagens eine schwache Stimme nach Wasser verlangte.

»Bist du das, Culleo? Hoffentlich bist du das. Hoffentlich hast du Durst, du Kotfresser.«

Sie stapften weiter und passierten das spärlich beleuchtete Forum der schlafenden Stadt. Die Stille wurde nur gebrochen von vereinzeltem Hundegebell und ein paar Schreien, die Panik oder Lust verheißen mochten. Es waren kaum andere Leute unterwegs, selbst nicht, als sie ihr Ziel erreichten – das gewaltige flavische Amphitheater und das Tor des Ludus Magnus.

Rutilus herrschte den schläfrigen Torwächter an und zwang ihn, den Befehlshaber der Stadtkohorte zu holen.

»Weiß nicht, ob er schon wach ist, Herr.«

»Besser wär's. Bring Aurelius Scaurus her – er weiß, dass wir kommen.«

»Und schau, ob du Cascus Minicius Audens auftreiben kannst«, rief Drust ihm nach. »Tritt den alten Mistkerl wach und sag ihm, Drust und die Brüder des Sandes sind wieder da.«

»Der kommt sicher im Galopp angerannt«, fügte Kag grinsend hinzu. »Allein schon, um seine Wagen zurückzukriegen.«

Er kam tatsächlich schneller als der Kommandant der Stadtkohorte, schneller als irgendwer einem Mann seines Alters zugetraut hätte. Er hatte sich eine Tunika übergestreift und einen Umhang gegen die nächtliche Kälte, aber seine Haare standen in weißen Büscheln ab, und sein Gesicht glühte feurig im Fackelschein. Er trat zu ihnen, rieb sich die Hände und strahlte. Dann hielt er inne und starrte sie an.

Quintus kam um den Kopf des behäbigen Ochsen herum, sah den Blick und brach in Gelächter aus. Audens schüttelte seine Verblüffung ab.

»Ich habe euch losgeschickt, um einen weißen Bären zu bringen«, sagte er und strahlte noch breiter. »Das da sieht aber viel interessanter aus – wer sind die?«

»Verräter an Rom«, sagte Rutilus, bevor jemand anders antworten konnte. »Deserteure aus der Armee, entrechtet und verurteilt.«

»Verräter und Deserteure«, wiederholte Audens und rieb sich abermals die Hände. »Das wird ja immer besser. Nichts mag das Publikum lieber, als zu sehen, wie Römer, die sie verraten haben, ihre gerechte Strafe bekommen. Und dann auch noch ehemalige Soldaten, die nicht durch die Arena stolpern, ohne zu wissen, wie man ein Schwert hält – anders als der Rest von euch Noxii.«

»Schön, dass du dich so freust«, knurrte Drust. »Wir haben dir auch deine Wagen und Ochsen zurückgebracht, also alles gut – jetzt zahl uns, was du uns schuldig bist.«

»Moment mal«, sagte Audens. »Ich gehe davon aus, dass nicht ihr diese Käfige gefüllt habt. Die kommen von der Armee, geschickt vom Gesetz und kosten gar nichts.«

»Lies das mal«, sagte Drust. »Falls du es kannst.«

Audens schnaubte verächtlich. »Ich konnte schon lesen, bevor du festen Stuhl abgesondert hast.«

»Ich meine bei diesen Lichtverhältnissen, alter Mann.«

Audens war halbwegs besänftigt, nahm das Pergament entgegen und wog das Siegel in der Hand. Er kniff die Augen zusammen, um die Prägung zu erkennen – dann verwandelte sich seine Miene. Als er zu Ende gelesen hatte, nickte er und schaute mit ernstem Stirnrunzeln zu Drust auf.

»Den vollen Betrag zahlen, steht hier – und ich soll im Collegium einen Platz für eine Urne finden. Was soll das heißen? Ist einer von euch im Norden umgekommen?«

Drust drehte die Urne, sodass Audens den eingravierten Namen sehen konnte. »Meine Frau.«

Audens war fassungslos. Er weiß, wie kurz wir erst verheiratet waren, dachte Drust dumpf. Und fragt sich, wie ich es angestellt habe, an einen Platz in den überfüllten Begräbnisnischen des Collegium Armariorum zu kommen, des Vereins der Gladiatoren. Aber er hat das Siegel gesehen und weiß, wer die Sache autorisiert hat.

Julius Yahya war kein Name, den man in Zweifel zog.

*

Er saß in der Principia, als wäre er ein Legat, aber selbst das wäre für ihn einem sozialen Abstieg gleichgekommen. Als Drust ihn kennenlernte, war Julius Yahya noch ein Sklave gewesen, wenn auch einer, der prächtige Häuser besaß und viele Reiche und Mächtige unter seiner Fuchtel hatte. Er war der Lieblingssklave des alten Kaisers Septimius Severus gewesen, und nach ihm der seines Sohns Caracalla. Später hatte Elagabal ihn freigelassen, und nun war er der Berater von Alexanders Mutter, der wahren Herrscherin von Rom. Die Severer hatten es gut mit ihm gemeint.

Er hatte noch das gleiche ledrige Gesicht, braun eher aufgrund seiner ethnischen Zugehörigkeit als durch Einfluss der Elemente – derlei gewöhnlichen Dingen setzten sich Leute wie Julius Yahya nur selten aus. Er war durchschnittlich groß und hatte noch immer Muskeln, die das Alter nicht zu Bindfäden hatte schrumpfen lassen, und noch immer das Gesicht eines einfachen Krämers – sein Blick jedoch barg eine beherrschte Gewalttätigkeit.

Viele Legenden hatten ihm die Reißzähne und das Brüllen eines Löwen angedichtet, die Klauen eines Tigers, die Kräfte eines antiken Herkules. Jetzt, als Freigelassener mit zweifelsohne vollen Bürgerrechten versehen, war er mächtiger als je zuvor. Mächtig wie ein Kaiser.

Er saß da mit Altersflecken auf den Händen und fleischigem Nacken, roch nach salzigem Schweiß und teuren Duftölen. Neben ihm auf dem breiten Tisch lag eine große geöffnete Hand aus vergoldetem Eisen mit einer verschnörkelten Inschrift, die Drust aus seinem Blickwinkel nicht entziffern konnte.

»Ihr mögt euch fragen, ob ich den weiten Weg hier hinaus in die Wildnis auf mich genommen habe, nur um herauszufinden, ob ihr den Auftrag erfüllen konntet, den ich euch gegeben hatte«, sagte Julius Yahya mit leiser, wässriger Stimme. »Aber tatsächlich bin ich hier, um dieses Geschenk des Kaisers zu überbringen.«

Sie versammelten sich im Halbkreis um den Tisch, schwiegen wohlweislich und starrten auf die geöffnete Hand, die an einer Stange befestigt war.

»Die Inschrift, die ihr zu entziffern versucht, lautet ›Severiana‹ – ein Titel, den die *Consors imperii* in ihrer Güte der Dritten Italischen Legion verliehen hat. Aus diesem Anlass wird es eine offizielle Parade geben, um dies Geschenk zu überreichen und die Eide aller Vexillationen zu erneuern.«

Wieder sagte niemand etwas. *Consors imperii* – Teilhaber der Herrschaft – war nur einer von vielen Titel der Julia Mamaea, doch die vergoldete Hand hatte eigentlich nichts zu bedeuten. Es ging um die Eide, der Rest war ein Geldgeschenk als Gegenleistung. Nach dieser Rebellion eines Senators und einiger Einheiten der flavischen Kavallerie war dieses Vorgehen so selbstverständlich wie die Kreuzigungen entlang der Straße nach Biriciana – viele Dutzend hingen dort, allesamt Römer.

»Wir haben einige Gefangene ins Amphitheater abgeurteilt«, sagte Julius Yahya und schob Drust eine Schriftrolle hin. »Damit Rom sieht, wie die Mutter des Imperiums mit Rebellen verfährt. Ex-Soldaten und Ex-Bürger, nunmehr Verräter, per Los bestimmt aus denen, die noch auf ihre Kreuzigung warten. Sollte euch dieser Gedanke erfreuen, dann wisst, dass ein gewisser Culleo und ein niederer Centurio namens Marcellus ebenfalls Teil dieser Gruppe fürs Amphitheater sind. Eure Wagen werden sie zum Ludus Magnus transportieren, zum Kommandanten der dortigen Stadtkohorte. Um eure gescheiterte Bärenjagd braucht ihr euch keine Sorgen zu machen – eure Wagen gehören jetzt der Armee. Ich werde euch eine volle Centurie als Geleitschutz mitgeben.«

Wie die Mutter mit Rebellen verfährt, dachte Drust. Nicht etwa der Knabenkaiser ...

»Für Männer wird Audens uns nicht bezahlen«, sagte Kag ausdruckslos. »Er wollte einen weißen Bären.«

»Zeigt ihm dieses Siegel, und er wird euch nicht nur bezahlen, sondern euch sogar danken.«

Niemand widersprach. Julius Yahya klopfte auf den Tisch, und ein Sklave glitt ins Zimmer. Drust fragte sich, was mit Verus passiert war, dem bleichen Mörder mit den kalten Augen, der bei ihrem letzten Treffen in Yahyas Rücken gestanden hatte. Aber das liegt einen Haufen Jahre zurück, dachte Drust. Vielleicht ist er längst tot.

Der Sklave brachte weitere Schriftstücke, die Julius Yahya im Schein einer kräftigen Lampe entrollte. Von jenseits des Halbdunkels im Raum hörten sie den Gleichschritt von Marschierenden.

»Es tut mir leid um eure Verluste«, sagte Julius Yahya plötzlich. »Die gesamte Einheit – und deine Frau dazu. Ich würde sagen, eure Zeit als Numeri der *Cohors nonae Batavorum* ist vorüber, was meint ihr?«

Er wedelte mit der Schriftrolle. »Ehrenhafte Entlassungen. Sie werden auch noch in Kupfer geschlagen, was für so eine Nebeneinheit der Armee ziemlich hochtrabend ist, aber ich will euch für eure Mühe belohnen.«

Immer noch herrschte Schweigen – begleitet von Erleichterung, dachte Drust. Keiner von ihnen war gern Teil der Armee gewesen, wie unbedeutend auch immer, und nun, da sie raus waren, fragte sich Drust, weshalb Julius Yahya ihnen derart wohlgesonnen war. Womöglich aus Verantwortungsgefühl wegen der Art und Weise, in der die letzten Unternehmungen ausgegangen waren? Er starrte auf die Plakette an der Wand hinter Yahyas Kopf: *Der Legat weiß, wie es zu tun ist, weil er weiß, wer es tun kann.*

»Was mich zu eurer nächsten Aufgabe bringt«, fuhr Julius Yahya fort. »Antyllus.«

»Der war unsere letzte Aufgabe«, sagte Kag. »Ist nicht so gut gelaufen.«

Julius Yahya verlagerte sein Gewicht etwas und lächelte, auch wenn dieses Lächeln nicht über seine dünnen Lippen hinausging.

»Es ist so gelaufen, wie ich es geplant hatte. Ich hatte euch hinzugezogen, weil ich *Apokalypsis* erreichen wollte – ihr kennt diesen Begriff?«

Fragend blickte er Kag an, und Drust fragte sich, ob er nun entweder Yahyas überragendes Gedächtnis nach all den Jahren bewundern sollte, oder ob der Mann Unterlagen über sie alle besaß, in denen – unter anderem – verzeichnet war, dass Kag sich mit philosophischen Feinheiten auskannte.

»Veränderung«, antwortete Kag, und Julius Yahya legte den Kopf ein wenig schief.

»Nicht ganz. Eine Offenbarung, eine Enthüllung der Wahrheit, wenn man so will.«

»Wie gesagt«, knurrte Kag. »Veränderung. Mittels Gewalt.«

»Wie auch immer, es hat funktioniert. Die Wahrheit wurde enthüllt. Antyllus wurde gezwungen, einen Schritt zu unternehmen, bevor er bereit dazu war, und sich in Purpur zu hüllen, um, wie er glaubte, dadurch weitere Anschläge auf sein Leben durch Gladiatoren und dergleichen abzuwenden. Er hat seinen Zweck erfüllt.«

Drust dachte kurz darüber nach, was dieser Zweck gewesen sein mochte, an die müde Stimme, die von den Würfeln im Becher erzählte, sprach es aber nicht aus. Stattdessen fragte er das Naheliegende: »Wo ist Antyllus?«

Julius Yahya zeigte sein dünnes Lächeln. »Auf einem prächtigen Pferd entkommen. Nach Rom, denke ich.«

»Rom – warum dahin? Wird er nicht als Verräter gesucht?«, wollte Kisa wissen.

»Ja. Deshalb ist Rom der sicherste Ort für ihn. Dort hat er noch mächtige Freunde, auch wenn deren Loyalität jetzt auf die Probe gestellt wird, wo er ein gescheiterter Rebell ist. Er hat allerdings Informationen, die ich brauche, also will ich ihn lebendig haben. Ich habe ihm Verus hinterhergeschickt – ihr erinnert euch an ihn?«

»Blass. Dürr. Sah aus wie ein hinterhältiger Typ in einer dunklen Gasse«, sagte der Hund. Julius maß ihn mit kühlem Blick.

»In der Tat. In bestimmten Ecken Roms kennt er sich sehr gut aus – auf den Hügeln und in den vornehmeren Gegenden. In anderen Vierteln ist er im Nachteil – nämlich in denen, die ihr wiederum gut kennt. In den dunkleren Ecken.«

»Subura?«, fragte Drust wegwerfend. »Warum sollte sich jemand wie Antyllus ausgerechnet da herumtreiben? Er würde auffallen wie eine Hure auf einer Hochzeitsfeier.«

»Mag sein. Aber Marcus Antonius Antyllus ist ein Nachfahre von Julius Antonius, dem zweiten Sohn des großen Antonius, der vom göttlichen Augustus besiegt und vernichtet wurde. Er ist nach seinem Namenspatron benannt, dem Sohn des Julius Antonius, den besagter Augustus im Alter von siebzehn Jahren hinrichten ließ.«

»Umso mehr Grund für ihn, nicht in Rom zu sein. Man hört, der Osten sei sehr populär bei allen, die versuchen, dem Zorn des Staates zu entrinnen«, erwiderte Kag trocken.

»Oder der Norden, jenseits des Limes«, fügte Julius Yahya hinzu und schenkte ihnen ein frostiges Lächeln voller Erinnerung an ihr erstes Aufeinandertreffen und dessen Grund. Es war nur ein kurzes Aufflackern, das in der frostigen Erinnerung an diese üble Zeit sofort erstarb.

»Der Schlüssel ist die Verbindung zu den Juliern«, sagte Yahya. »Der unglückliche General Marcus Antonius war die treue rechte Hand von Gaius Julius Caesar, selbst nach dessen Ermordung im Senat, selbst nach der ganzen Geschichte mit Kleopatra. Die *gens* Julii und *gens* Antonii sind immer noch eng verbunden.«

»Und die Julier haben immer noch ihr Haus in Subura«, sagte Drust.

»Die olle Bude?«, warf Quintus ein. »Subura ist um sie herum gewachsen – die Julier sind da schon ausgezogen, als der große Caesar mächtiger und reicher wurde. Da wohnt doch schon ewig keiner mehr.«

»Genau das sollt ihr herausfinden«, sagte Julius Yahya. »Ihr bekommt Spesen und Dokumente, die euch freies Reisen ermöglichen, aber euer wichtigster Aktivposten ist eure Fähigkeit, euch in dieser Umgebung zu bewegen. Das und eure Kontakte dort.«

Er beugte sich vor. »Stöbert ihn in dieser Dunkelheit auf. Bringt ihn in Rom zu mir. Ich will *Apokalypsis*.«

*

Ich brauche die Zähne, dachte Drust, als er die Urne sachte in die dunkle, staubige Nische stellte. Er hatte ihr ein Versprechen gegeben und würde es halten; sie war nicht vollständig, solange sie ihr Lächeln nicht zurückhatte. Er trat aus den dämmrigen Tiefen des Beinhauses im Collegium ins Tageslicht des trüben Morgens, wo die anderen geduldig auf ihn warteten. Kag saß auf dem Stein, der das Pomerium markierte, die Grenze zwischen den Lebenden und den Toten Roms. Der Legende nach war es einst die Linie gewesen, die Romulus gepflügt hatte, um die Stadtgrenze zu markieren, die im Lauf der

Jahrhunderte allerdings viele Male verschoben worden war. Die nächste Erweiterung, dachte Drust, würde auch das Collegium Armariorum schlucken, das man dann wohl abreißen würde.

Die anderen hatten kleine Gaben mitgebracht – hauptsächlich Brot und Früchte, da sie wussten, dass solche Geschenke nicht den Toten, sondern den vielen Lebenden dienten, die zwischen den Gräbern hausten. Es waren die Ärmsten der Armen, in erster Linie entlaufene Sklaven, die es nicht riskieren konnten, die Getreidespenden der Stadt in Anspruch zu nehmen, sondern auf die Gaben für Dis Pater angewiesen waren.

»Was jetzt?«, knurrte Ugo und raffte seine Toga hoch. Er war mit solcher Kleidung nicht vertraut, und sie passte auch nicht zu ihm, wie Kag bemerkt hatte – er sehe darin aus wie ein Schwein im Seidenkleidchen. Ehrlich gesagt galt das für sie alle. Sie hatten sie in einem Laden am Anfang der Straße erstanden, zusammen mit neuen Tuniken und ordentlichen Schuhen, aber ihre Haare und Bärte waren immer noch wild.

»Wir suchen uns eine Bleibe, einen Stützpunkt – Quintus, hattest du nicht mal ein Haus irgendwo in Subura?« Quintus reagierte auf Drusts Frage mit dem üblichen breiten Grinsen und einem Achselzucken.

»Hatte ich. Kurz bevor wir nach Germania aufgebrochen sind, bin ich nach Hause, um meine Sachen zu packen. Irgendwer hatte meine sämtlichen Besitztümer geplündert und den Großteil des Hausrats auf die Straße geworfen. Die Vigiles waren gerade dabei, das Zeug beiseitezuräumen. Diese kleinen Bastarde mit ihren Schaufeln hatten vorsorglich die ganze Insula abgerissen, um das Ausbreiten von Feuer zu verhindern.«

Das überraschte niemanden. Die Mietshäuser in Subura wurden meist von Spekulanten hochgezogen und hielten nur wenige Jahre, bevor die billigen Baumaterialien schimmelten und selbst die Ratten unter Protest auszogen. Irgendwann stürzten sie ein, und die Vigiles kamen angerannt, um sicherzustellen, dass keine Feuer ausbrachen – Brände waren in der Subura so allgegenwärtig wie die Ratten, nur weitaus gefürchteter. Einst war Brandbekämpfung die Hauptaufgabe der Vigiles gewesen, heutzutage agierten sie jedoch auch als Polizeitruppe – zumindest in den besseren Stadtvierteln. In Subura wurden Recht und Gesetz dagegen von Verbrecherbanden bestimmt.

Zu denen wir auch mal gehört haben, dachte Drust und erinnerte sich an ihre Tage im Dienst von Servilius Structus. Doch dessen Macht war inzwischen dahin, und das kleine Reich, das er sich in Subura aufgebaut hatte, unter vielen kleineren Haien aufgeteilt worden.

»Dann erst mal ab zu Milo«, sagte er, und die anderen nickten oder knurrten zustimmend. Milo besaß einen Weinladen in der Gegend, in der sie aktiv gewesen waren, als Servilius Structus noch am Leben gewesen war, nur einen strammen Fußmarsch von dem Komplex mit seinem Domus und seiner Hochburg entfernt, der bei allen nur »Der Bau« geheißen hatte. Die bloße Erwähnung dieses Namens brachte Erinnerungen an all jene mit sich, die damals Teil der Truppe gewesen waren. Sie verstummten und überlegten, wie es dort mittlerweile wohl aussah, obwohl sie es eigentlich gar nicht wissen wollten.

Drust streckte die Hand aus und zeigte die tätowierten Buchstaben auf seinen Fingerknöcheln – E-S-S-S, das Zeugnis der Zeit, in der er Sklave von Servilius gewesen war. Die anderen taten es ihm gleich, selbst Kisa, der nie ein Sklave gewesen war und keine derartigen Markierungen trug; sie bildeten mit den Händen einen Ring und sprachen die altbekannten Worte: »Brüder des Sandes. Zu einem Ring geschmiedet.«

Sie gingen zurück in die Stadt und bemühten sich, nicht so befremdlich zu wirken wie zuvor, ein schwieriges Unterfangen für Männer in Togen mit den zotteligen Haaren und Bärten von Barbaren. Es half auch nichts, dass Ugo seine Dolabrae in ein Tuch eingeschlagen hatte, um sie unauffälliger zu machen, da er es lediglich geschafft hatte, sie wie stoffbedeckte Äxte aussehen zu lassen.

»Ich könnte mir einen Spaten schnappen«, schlug er beflissen vor, »dann sähe ich aus wie einer der Vigiles.«

Kag schüttelte verächtlich den Kopf. »Du würdest aussehen wie das, was du bist – ein irrer germanischer Scheißkerl in einer Toga. Irgendwann wirst du dich von deinen verdammten Spitzhacken trennen müssen, sonst dürfen wir bald wieder die Lecks in den Gefängnisleitungen anstarren.«

Alle, die sie überhaupt beachteten, wechselten die Straßenseite, als die Brüder sich zum Quirinal begaben und dann die Hauptstraße verließen, um einen alten Freund zu besuchen, Theogenes den Faustkämpfer. Sie standen eine Weile vor seinem Denkmal, um über seine Bronzefinger zu streifen, die von unzähligen anderen Berührungen schon glänzten. Theogenes war der größte Held der

Arena, obwohl er nie in ihr gekämpft hatte, denn er war ein Grieche aus den alten Zeiten, noch vor Sokrates und Plato. Er war in den Kampfkünsten Pankration und Pygmachia angetreten und Schützling eines grausamen Edelmanns gewesen, eines Prinzen, der große Freude an blutigen Spektakeln gehabt hatte. Theogenes hatte zwei Siege bei den Olympischen Spielen errungen, drei bei den Pythischen, einen bei den Isthmischen und über tausend bei allen möglichen kleineren *Munera*.

Er saß am Ende der Hauptstraße auf dem Quirinal, einer Straße, die schon altehrwürdig gewesen war, als die Zwillinge Romulus und Remus noch mit Wölfen kuschelten und von Spechten gefüttert wurden. Die Bronzeskulptur stammte von Apollonius – oder von Lysippos, das wusste niemand so genau. Neben ihm stand ein stolzer und hochmütiger Herrscher – meist ignoriert von allen, die den wahren Helden, den Boxer sehen wollten. Dies war sein letzter großer Sieg, fanden jedenfalls die Brüder.

Der Faustkämpfer saß auf einem Stein; er war ein Mann im mittleren Alter mit dichtem Bart und einem vollen Schopf lockiger Haare. Er hatte eine gebrochene Nase, platte knorpelige Ohren und schiefe, schlaffe Augenbrauen, die von zu vielen eingesteckten Schlägen erzählten. Auch seine Stirn war eher von Narben zerfurcht als vom Alter.

All das war liebevoll in Bronze gegossen, bis auf das Blut, das aus Kupfer bestand. Er hatte die Unterarme auf die Oberschenkel gestützt, den Kopf nach rechts gedreht und sah über die Schulter – als hätte ihm gerade jemand etwas zugeflüstert.

Hier waren wir auch am Tag unserer Hochzeit, erinnerte sich Drust, um seine mit *Caesti* bewehrten Finger zu polieren, denn wir sind er, und er ist wir. Praeclarums Verlust durchfuhr ihn schneidend wie eine kalte Klinge. Die anderen sahen es und blieben schweigend am Rand seiner Trauer stehen.

Der Rückweg vom Quirinal war lang, unterbrochen nur durch einen Zwischenstopp an einer Garküche, wo sie Brot und Kichererbsen und etwas Lora erstanden, den Wein der Sklaven, für den übrig gebliebener Traubenbrei mit Wasser vermengt und ein zweites oder drittes Mal gepresst wurde. Trotzdem war das Getränk wie ein alter Freund, und schließlich fühlten sie sich ausreichend gestärkt, um nach Subura abzutauchen.

Der Tag war schon weit fortgeschritten, als sie Milos Weinladen erreichten, besser bekannt als *Dioscuri*, benannt nach dem Schrein für Castor und Pollux, der auf der gegenüberliegenden Seite der Kreuzung stand. Nachts war dies das Reich der Halsabschneider und Diebe, jede Gasse und jede dunkle Nische ein mögliches Versteck. In unseren Tagen waren wir diejenigen, die hier für Ordnung gesorgt haben und vor denen sich die gemeinen Strolche gefürchtet haben, dachte Drust.

Tagsüber wimmelte es hier von Händlern und Kunden, Krämern, Huren und Trinkern aller Art; es stank nach Bratenfett und schlechtem Öl, und das *Dioscuri* war nur einer von vielen Weinläden in der Gegend, eingeklemmt zwischen einem Tuchhändler und einem Stadtmüller, der einem für ein kleines Entgelt mit seiner Handmühle die Getreideration mahlte.

Milo war seinerzeit ein ziemlich guter Quadrigafahrer gewesen – er hatte auch Sib eine Menge beigebracht, der dann aber beschlossen hatte, für die Roten anzutreten, und Milo war durch und durch ein Grüner gewesen. Er hatte Sib diesen Verrat nie ganz verziehen. Der Innenraum seiner Taverne war grün gekachelt und über und über bedeckt mit Graffiti über Fahrer der Grünen und sogar deren Pferde. An einer Wand prangte eine beißende Verwünschung, etwas verblasst zwar, aber immer noch lesbar, wenn man die Augen zusammenkniff: »Ich rufe dich an, o Daimon, wer immer du sein magst, um dich zu bitten, von dieser Stunde, von diesem Tag, von diesem Augenblick an die Pferde der Roten und Weißen Mannschaft zu quälen und zu töten und ihre Fahrer Calrice, Felix, Primulus und Romanus zu töten und zu zermalmen und auch nicht einen Atemhauch in ihren Körpern zu lassen.«

Die Namen waren alt und ihre Träger längst begraben, außerdem wurden hier nur die staatlich geförderten Mannschaften genannt – die Roten und die Weißen –, obwohl der Verfasser auch die Blauen hätte mit einschließen können. Milo war klein, immer noch spindeldürr und nicht mehr so muskulös wie damals, als er mit den Zügeln an einen Vierspänner gefesselt gewesen war, ausgerüstet nur mit einer Peitsche und seinem Können, die Tiere um die Kurven zu steuern, und einem Messer, um sich freischneiden zu können, falls es zu einem Auffahrunfall kam – einem »Schiffbruch«, wie die Fahrer es nannten.

Er hatte ordentlich Geld verdient und sich nicht nur die Freiheit erkauft, sondern danach auch eine ganze

Insula – drei Stockwerke mit zwölf Wohneinheiten, die Straßenfront reserviert für seine Taverne.

Sie sah aus wie jedes andere Etablissement dieser Art – auf zwei Seiten stand ein blockförmiger Tresen mit Löchern für die Amphoren, und im Hinterzimmer gab es eine Feuerstelle mit Ofen, um Fladenbrot und Würstchen zuzubereiten, denn mehr Nahrung brauchten die Trinker nicht, wenn sie ihre Bäuche in den Tresen drückten und *Albanum* bestellten – trocken oder süß – oder *Massilitanum* – des Geschmacks wegen »Rauch« genannt –, der zwar billiger und angeblich gesund war, dafür aber gewöhnungsbedürftig schmeckte.

Der größte Unterschied zu anderen Tavernen bestand darin, dass sein Laden einen Keller aufwies, den er zu einem netten Sitzbereich mit Tischen und Bänken umgerüstet hatte, wo man auch anständiges Essen bekam, so man es sich leisten konnte. Unten gab es drei Kamine, die bei Betrieb Licht und Wärme spendeten, und sowohl die Vigiles als auch die Wagenlenker liebten diesen Keller; beide Berufsgruppen hatten genug Geld, um sich seine Vorzüge zu leisten. Die Brüder stolzierten prahlerisch die Treppe hinunter, was dem Sklavenmädchen ein Lächeln abnötigte.

Milo war unten und bediente ein Trio Vigiles in einer Ecke. Er sah sie, hielt inne, grinste, breitete die Arme aus und gab Laute wie zur Begrüßung eines alten Freundes von sich, auch wenn sie einander lange nicht gesehen hatten. Sie hatten die Ecke, in der Servilius Structus vor seinem Tod den größten Einfluss gehabt hatte, eine ganze Weile gemieden – ihr altes Hauptquartier, *der Bau*, lag in

Rufweite die Straße hinunter. Als alle unten angelangt waren, hatte Milo sein Lächeln verloren, und eine tiefe Furche trat zwischen seine Brauen. Mit beiden Händen ergriff er Drusts Hand.

»Mein aufrichtiges Beileid.«

Neuigkeiten verbreiten sich schnell, dachte Drust, nickte aber nur und erwiderte nichts.

»Er war ein guter Fahrer früher und hätte es echt zu etwas bringen können, wenn ihm das lockere Leben nicht so gefallen hätte. Hat mir das Herz gebrochen, als er sich den verhurten Roten angeschlossen hat. Was ist passiert?«

Drust und die anderen begriffen, dass Milo von Sib sprach; er wusste nichts von Drusts Ehefrau oder ihrem Tod. Manius zog scharrend einen Stuhl über die abgenutzten Fliesen und setzte sich.

»Abgewichen, als er hätte geradeaus steuern sollen«, sagte er tonlos. »Schiffbruch.«

Milo breitete die Arme aus. »Was soll man machen?« Dann strahlte er wieder und fragte, was sie denn trinken wollten.

»*Falernum*«, sagte Drust, der die unausweichliche Antwort darauf bereits kannte.

»In deinen Träumen vielleicht«, gab Milo zurück. »Ich hab aber noch etwas *Calenum* da – vier Asse, dann kriegt ihr auch noch Brot und Wurst dazu.«

»Pff – ich will was zu trinken, nicht das ganze Weingut kaufen«, gab Kag zurück, und Milo lachte.

»*Conditum*«, sagte Drust, und alle nickten. Milo strich sich über das stoppelige Kinn.

»Ich hatte gehört, dass ihr im Osten wart – da seid ihr ja offenbar auf den Geschmack gekommen.«

Conditum war Wein, gemischt mit Pfeffer, Honig und Meerwasser – in erster Linie ein griechisches Getränk, obwohl Milo recht hatte, dass es auch bei den Wüstenbewohnern sehr beliebt war. Das Sklavenmädchen brachte den Wein und Quintus fand heraus, dass sie ihrer roten Haare wegen Calida hieß. Oder, wie Kag später flüsternd vorschlug, weil sie einen Ausschlag hatte.

»So, Jungs«, verkündete Milo wie ein leutseliger Großvater. »Ihr werdet sicher etwas essen wollen. Ich habe herrliche Suppli, die ihr pur oder mit Garum haben könnt.«

Sie aßen also Reisbällchen und tranken und redeten, tauschten ein paar Anekdoten mit den Vigiles vom Nachbartisch aus, deren Spaten und Äxte griffbereit an der Wand aufgereiht standen, und genossen die Kühle des Kellers. Von oben drang lebhaftes Schwatzen nach unten, begleitet vom Klappern der irdenen Teller und Becher.

»Hast du Zimmer frei?«, fragte Drust irgendwann. Milo runzelte die Stirn.

»Hier im Haus? Nein. Alles belegt, kann ich zu meiner Zufriedenheit verkünden. Und nicht mal mit Touristen, die nur wegen der Spiele hier sind – sondern Langzeitmieter mit anständigen Berufen.«

»Schon verstanden«, sagte Kag trocken, aber Milo entschuldigte sich sofort.

»Euch hab ich nicht gemeint, Jungs, obwohl ihr ja die Angewohnheit habt, urplötzlich zu verschwinden. War schöner damals, als ihr noch beim alten Servilius Structus wart.«

»Wo du das erwähnst – wer kontrolliert jetzt eigentlich die Gegend?«, fragte Quintus, und Milo wedelte kraftlos mit den Händen.

»Viele. Alles aufgeteilt. Marcus Flaminius hat diese Kreuzung und die Straßen dahinter etwa für die nächste Meile. Und den Bau.«

»Flaminius? War der nicht Kutscher?«, fragte der Hund. »Servilius Structus hat ihn und seine Wagen hin und wieder eingesetzt.«

Der Name ließ Drust zusammenfahren. Marcus' Vater Clodius Flaminius hatte Servilius Structus dermaßen erbost, dass er Drust auf ihn angesetzt hatte. Es war das erste Mal, dass ich außerhalb der Arena für ihn getötet habe, erinnerte er sich. Und er erinnerte sich auch daran, wie er die Sache vermasselt hatte – statt ihm glatt die Kehle durchzuschneiden, war der Mann auf die Straße gefallen und hatte die Zügel der großen Arbeitspferde losgelassen, die den Wagen ruckartig weiterzogen. Niemand konnte sie aufhalten, und die eisernen Wagenräder hatten Clodius' schlaff herabhängenden Kopf zermalmt. Das Knirschen und Splittern und die Blutfontänen hatten sogar einen Sklaven dazu gebracht, sich zu übergeben.

»Der Alte ist gestorben«, sagte Milo und führte es nicht weiter aus – was bedeutet, dass meine Mitwirkung ein allgemeines Gerücht ist, dachte Drust.

»Also hat sich der Sohn ein Stück vom zerstörten Kuchen des Servilius Structus unter den Nagel gerissen, wie?«, mutmaßte Kag und sah Milo an. »Ist er gerecht? Ein Hirte, der eher schert statt zu häuten?«

»Letzteres«, knurrte Milo missmutig. »Und der Kerl, den er hier vorbeischickt, ist ein richtiger Hurensohn. Verlangt immer was extra, das er sich bestimmt in die eigene Tasche steckt. Und eine Gratisnummer mit Calida. Außerdem pisst er hin, wo er will, statt den Holzbottich vor der Tür zu benutzen.«

Das war weder neu noch überraschend. So lief es in Subura, und Milo würde weiterzahlen, oder seine komplette Insula würde abbrennen und die Vigiles den Rest einreißen, um einen Großbrand zu verhindern.

»Dann müssen wir woanders einen Schlafplatz finden«, sagte Drust. »Wir machen uns besser auf die Suche.«

»Für ein paar Nächte könnt ihr auch hierbleiben«, meinte Milo mit einer Handbewegung auf den Kellerraum. »Wenn wir schließen, könnt ihr die Tische zur Seite rücken, und ich bring euch ein paar Strohmatten. Es ist nicht viel.«

»Aber sehr willkommen«, sagte Drust, und sie umfassten ihre Handgelenke. Drust beugte sich etwas vor, damit die Vigiles ihn nicht verstehen konnten. »Jetzt sag mir, was du über Caesars Haus weißt.«

»Die alte Villa?«

»Genau die? Ist die noch bewohnt?«

»Nicht mehr, seit ihr Besitzer im Senat ein Dutzend Löcher in die Leber bekommen hat. Steht seit Jahrzehnten leer.«

»Da wohnt wirklich keiner?«, hakte Kisa nach. Milo runzelte achselzuckend die Stirn.

»Keine Ahnung – ich war seit Jahren nicht mehr da, obwohl es in der Gegend einen guten Bäcker gibt, bei dem ich früher oft eingekauft habe, aber der Weg lohnt sich nicht. Ich hab zu viel zu tun. Fragt die Vigiles, die haben das Recht, jedes beliebige Gebäude zu betreten, um sich zu überzeugen, dass die Brandschutzbestimmungen eingehalten werden. Und sie können Bußgelder verhängen, also legt sich niemand mit ihnen an.«

Drust wollte die Vigiles nicht einweihen, was Milo aber nicht wusste, der sich bereits umdrehte und Drusts Frage wiederholte. Die drei Männer waren unrasiert und sahen rabiat aus – die Vigiles in ihrer Gesamtheit waren kaum besser als gemeine Schläger. Der älteste von ihnen, der angeblich Ahala – »Achselhöhle« – hieß, nickte weise.

»War da mal mit ein paar von den Jungs, äh, ist mindestens 'n Jahr her. Da war 'n alter Torwächter …, warte, der Name fällt mir gleich wieder ein. Und 'ne Frau, die gekocht hat. Könnt seine Frau gewesen sein. Sonst hab ich niemanden gesehen – waren nur lang genug da, um das Gesindel daran zu hindern, über die Mauer zu klettern und im Garten zu kampieren.«

»Also wohnen da tatsächlich noch Leute?«

»Sklaven, wie gesagt«, bestätigte Ahala. »Carbo, genau, so hieß der Torwächter.«

Was »Holzkohle« bedeutete. Manius schaute auf.

»Ein Mavro?«, fragte er und grinste breit. »Wie ich?«

»Noch dunkler. Nubier, würd' ich sagen. Groß, kahl und alt, sah aber aus, als ob er noch mit der Keule umgehen kann, die er bei sich hatte. Ansonsten hätten sich da auch längst Leute aus den umliegenden Insulae eingenistet, denen die Geister egal sind.«

»Geister?«, fragte Ugo, und Milo nickte.

»Der Geist des göttlichen Julius geht im Atrium um, sagt man.«

Sie hörten Geschepper, dann das Bersten von Geschirr und laute Stimmen von oben. Milo eilte davon, um nach dem Rechten zu sehen. Kag schickte Kisa los, um für die hilfsbereiten Vigiles noch eine Runde Wein zu ordern – eine Geste, die auf viel Zustimmung stieß.

»Gut, wenn wir jetzt also einen Schlafplatz sicher haben«, flüsterte Kag Drust ins Ohr, »besteht unsere nächste Aufgabe wohl darin, mit Caesars Gespenst zu sprechen.«

»Sag so was nicht mal im Spaß«, knurrte Ugo, der nah genug saß, um es zu hören.

»Unsere ersten Aufgaben«, sagte Drust mit Nachdruck, »sind ein Bad und ein Barbier. Wir müssen diese Bärte stutzen oder loswerden, von den Zotteln ganz zu schweigen. Wir müssen wieder wie römische Freigelassene und Bürger aussehen – also unauffällig.«

Calida kam mit Bechern für die Vigiles herunter und lächelte über ihre Kommentare; sie war gerade wieder nach oben verschwunden, als Milo zurückkam, merklich durcheinander und nervös. Er ging zur Rückseite des Kellerraums und kam mit einem prallen Beutel zurück, den er mit einer Hand immer wieder emporwarf und dabei lakonisch lächelte.

»Zahltag«, sagte Kag, als er vorbeiging. »Machen die Ärger?«

»Das Übliche«, erwiderte Milo über die Schulter. Calida kam heruntergerannt und warf sich auf Quintus' Schoß, zitternd wie ein aufgescheuchtes Kaninchen.

Eine Minute später trat ein mächtiger Schatten auf der Treppe in das von oben herunterdringende Licht, und ein Muskelpaket mit blankem Schwert kam langsam herab. Er warf den Vigiles einen Blick zu, die vorgaben, ihn nicht zu bemerken, und sah dann Calida an, die eindeutig nicht gesehen werden wollte.

»Komm her, du. Mach nich so'n Theater.«

»Ich werd nicht mit dir ficken«, fauchte sie zurück.

Er streckte die Hand aus, um sie zu packen, aber Quintus schlug ihm auf die Finger. Der Muskelberg lächelte.

»Ich bin Cossus. Und du hältst dich da besser raus – ihr alle.«

Die Vigiles waren schon dabei, steckten ihre Nasen in die Weinbecher und taten so, als würden sie über die Chancen der Grünen beim kommenden Wettkampf diskutieren. Cossus starrte die Brüder böse an. Der meint zu wissen, mit wem er es zu tun hat, dachte Drust, und wer könnte es ihm verübeln? Ein Haufen unrasierter, ergrauter Typen in schlechten Klamotten, ausgeleierter als abgetragene Schuhe, fadenscheinig gewordenes Pack, das langsam auseinanderfiel.

Cossus schien die Lage neu zu überdenken, als Ugo eine seiner Dolabrae unverhüllt auf die Tischplatte knallen ließ. Es war ein brutales Werkzeug, dessen Schaft und langer Kopf aus einem Stück um die Astlöcher des Stiels herumgegossen war, um die Haltbarkeit des Holzes zu erhöhen. Sie war grob und barbarisch und sah auch so aus.

Cossus hielt sie augenscheinlich für heruntergekommene Ex-Soldaten – oder weitere Vigiles. Wie auch immer, es beeindruckte ihn immer noch nicht genug, als dass er sich verzogen hätte. Stattdessen grinste er spöttisch. »Hast du damit schon ein paar Löchlein gegraben?«

»Ich werd dir gleich ein neues Arschloch graben«, entgegnete Ugo, was Cossus kurz stocken ließ, ehe das Grinsen zurückkehrte. Breitbeinig stand er da, mit einer Hand am Gürtel, wo das grausame Lächeln einer Sica baumelte, schwarz vor alten Sünden, der abgegriffene Holzgriff glänzend.

»Seid ihr hier, um Löcher zu buddeln?«, fragte er barsch.

»Wir werden nicht fürs Buddeln bezahlt«, sagte Drust.

Eine Pause, neuerliches Grinsen. »Wofür dann?«

»Für Ordnung zu sorgen.«

»Is das hier nötig?«

»Sag du es mir«, antwortete Drust, zog seinen Gladius und legte ihn mit einem dumpfen Knall auf den Tisch. Nun legten auch die anderen ihre Klingen dazu. Was Cossus gar nicht gefiel, ebenso wenig wie seinen Freunden, die noch auf der Treppe standen und über seine Schultern spähten.

»Auf diese Entfernung kann ich dir den Bauch bis zum Rückgrat aufschlitzen«, sagte Drust. Cossus blinzelte und biss sich auf die Lippe, aber noch wollte er nicht aufgeben.

»Wenn du so einen Schlag hinkriegst«, sagte der Riese, aber Drust zuckte mit den Schultern.

»Oh, das schaff ich. Wir alle hier kommen aus der Arena, und sobald du tot bist, wird einer von uns seine Klinge zücken und den Kerl da mit dem roten Schal abschlachten. Anschließend den da hinter dir mit dem breiten Gürtel. Dann würfeln wir, wer die übrigen töten darf. Aber da sind wir nicht so wählerisch.«

Er beugte sich ein wenig vor und sah, dass die Männer die er erwähnt hatte, einen Schritt zurückwichen.

»Wer auch immer am Ende noch steht«, sagte er und sah Cossus an, »du ganz sicher nicht.«

»Beim Töten niemals zögern«, hörte er den Lanista sagen, als stünde er direkt hinter ihm. *»Und nicht so aussehen, als wärst du dazu gezwungen, sondern guck so, als könntest du es gar nicht erwarten und nur die Götter könnten dich davon abhalten. Oder als wären selbst diese Götter völlig belanglos. Sieh aus, als wärst du ein Sohn des Dis.«*

Ein lautes Knarren entstand, als die Vigiles ihre Stühle samt Tisch ein Stück weiter wegrückten. Cossus bekam es zwar mit, trug aber immer noch sein wie angeklebtes Grinsen und hob die Hände. Gladiatoren waren etwas, womit er nicht gerechnet hatte und wovor er sich klugerweise hütete.

»Ach, Mensch – was ist denn los? Hier macht doch keiner Ärger. Oder, Jungs?«

»Bei Jupiters haarigem Pimmel«, sagte Drust nachdenklich. »Ich dachte, genau das hättest du vor. Ach, Mensch ...«

»Es gibt zwei Möglichkeiten, Menschen eurem Willen zu unterwerfen«, hörte er den Lanista sagen. *»Liebe und Furcht. In der kurzen Zeit, die euch in der Arena bleibt, werdet ihr es kaum schaffen, dass man euch liebt ...«*

Eine Zungenspitze zuckte über Cossus' Zähne und das Grinsen wankte ein wenig. »Ich bin nicht hergekommen, damit man mit blankem Stahl auf mich zeigt. Ich glaube, den Laden ein Stück die Straße runter find ich netter.«

»Kann ich mir vorstellen«, sagte Drust und sah zu, wie Cossus zur Treppe zurückwich und sich seinen Männern anschloss. Sie machten mächtig Lärm beim Verlassen des Lokals, waren aber deutlich weniger überschwänglich als beim Reinkommen. Einen Moment lang hing Stille im Raum, als wäre gerade eine Aufführung zu Ende gegangen. Jetzt bitte applaudieren, dachte Drust.

»Ist doch gut gelaufen«, meinte Kag. Die anderen lachten. Die Vigiles ließen wieder ihre Stühlen scharren, standen auf und gaben vor, irgendwo bedeutsame Brände löschen zu müssen.

Milo kam die Treppe herunter, wischte sich nervös die Hände an der Schürze ab und lächelte zuckend wie ein Hase. Unwirsch starrte er den verschwindenden Vigiles hinterher. »Das hat sich in einer Stunde in der gesamten Nachbarschaft rumgesprochen. Cossus wird nicht gefallen, wie ihr ihn habt dastehen lassen.«

»Nein, wird es nicht.«

»Wahrscheinlich wird er euch nochmal besuchen.«

»Wird er.«

Milo schaute vom einen zum anderen.

»Was wollt ihr tun, wenn er kommt?«

»Ihn töten.«

»Ihr wisst nicht, wie er ist«, sagte Milo. Kag lachte schallend.

»Nein – aber ich weiß, wie wir sind.«

11

In den Thermen des Agrippa wurde Drust von Müdigkeit übermannt, und er schlief ein, nachdem er von einem Sklaven mit erfahrenen Fingern, der ihm Rücken und Beine ordentlich durchknetete, eine Massage bekommen hatte. Vage erinnerte er sich an dessen Fragen zu seinen Wunden und ob er gedient habe, dann war da nur noch graue, wogende See.

Dies war das wahre Gefühl von Verlust, begriff er. Allein in einem grauen, wogenden Ozean zuzusehen, wie die Wellen höher und höher stiegen, bis sie über einem zusammenbrachen, einen in die Tiefe zogen und herumwirbelten, bis man nach Luft schnappen musste und wusste, dass man bald sterben würde, nur um plötzlich wieder hinauf in Luft und Sonnenlicht geschleudert zu werden. Dann trieb man dahin, wartete auf die nächste Welle und konnte fast ahnen, was sie hervorzerren würde – einen Liedfetzen, einen Geruch, eine Bemerkung.

Als er aufwachte und sich zu den anderen gesellte, war der Tag schon weit fortgeschritten, und die Thermen hatten sich gefüllt – es waren die ältesten öffentlichen Bäder in Rom, alles aus glänzend weißem, stets frisch poliertem Marmor. Sie lagen ganz in der Nähe des Campus Martius. Dieses heilige Feld war nun mit vielen Tempeln überbaut, darunter das Pantheon, das ebenfalls Agrippa beauftragt hatte, aber stets lag hier ein Hauch von feuchtem Rauch in der Luft, der die Menschen daran erinnerte, dass Pompeii und Herculaneum nicht die einzigen Orte waren, die von den Feuern der Unterwelt bedroht wurden.

Alle waren frisch rasiert und geschoren und selig vom heißen Wasser und dem Gefühl, endlich wieder sauber zu sein. Sie sahen den nackten Athleten zu, die mit lautem Grunzen Bleigewichte stemmten oder ein Ballspiel spielten, das jede Menge lebhafter Diskussionen erforderte. Eine Handvoll Knaben in Lendenschurzen sahen ebenfalls zu, auch wenn sie sich alle Mühe gaben, desinteressiert zu wirken, aber bisweilen steckten sie die Köpfe zusammen und kicherten.

Nur Manius war nicht da. Er hatte eine Rasur, einen Haarschnitt und ein kurzes Bad über sich ergehen lassen, dann war er verschwunden, um sich in Caesars Anwesen zu schleichen.

»Glaubt ihr, er findet was?«, fragte Kisa.

»Nur, was wir ohnehin schon wissen«, sagte Drust. »Ich glaube nicht, dass Antyllus da ist.«

»Was machen wir dann?«, wollte Ugo wissen und betastete vorsichtig seinen Kopf. Er mochte seine neue Kurzhaarfrisur überhaupt nicht, denn Haare waren wichtige Symbole eines Kriegers, ein Sinnbild von Respekt. Er war zu lange Römer, um sich davon über Gebühr aus der Ruhe bringen zu lassen, vermisste aber seine Läuse.

Alle dachten schweigend nach, in Wahrheit gab es jedoch wenig, was sie tun konnten, außer zu verbreiten, dass sie nach Marcus Antonius Antyllus suchten.

»Wenn wir Glück haben, hört er davon und flieht nach Tarsus«, sagte Quintus. »Oder in die Stadt des spitznasigen Fischs oder noch weiter nach Osten oder Süden, wo Roms Fänge nicht mehr so einfach hinreichen.«

»Und das heißt für uns?«, erkundigte sich Kisa. Die Frage hing in der Luft wie ein Furz bei einem Festmahl. Tja, was?, dachte Drust. Würde sich Julius Yahya damit zufriedengeben zu erfahren, dass ihm seine Beute entwischt war? Würde er sich anderen Dingen zuwenden – und die Brüder ziehen lassen?

Irgendetwas an der ganzen Geschichte mit Antyllus ließ ihm keine Ruhe. Der Mann hatte nicht wie jemand gewirkt, der sich unbedingt das Purpur überstreifen und den Knabenkaiser und seine Mutter entthronen wollte. Ehrlich gesagt hatte er eher wie jemand gewirkt, der in die Ecke getrieben und ziemlich verzweifelt war.

»Lentulus«, sagte Kisa plötzlich, was sie die Köpfe heben ließ. Der kleine Jude spürte ihre Blicke und sah einen nach dem anderen an. »Ist der nicht auch entkommen?«

»Allerdings, du kluges Kerlchen«, sagte Kag und grinste. »Den haben wir völlig vergessen, weil er bloß Barbier ist.«

»Deshalb bin ich drauf gekommen. Während der Rasur. Ich dachte, er bietet vielleicht hier in Rom seine Dienste an.«

»Pah«, machte Kag herablassend. »Lentulus wäre doch der Erste, der sich in den Osten oder Süden absetzt. Der schleimt sich sicher gerade bei der feinen Gesellschaft in Palmyra ein – oder in Alexandria. Die Ptolemäer lieben es doch, sich herauszuputzen.«

»Er war Antyllus vollkommen ergeben«, gab Kisa zu bedenken und lächelte listig. »Wie ein Bettsklave es wäre.«

»Das stimmt natürlich«, sagte Quintus und befingerte sein glattes Kinn. »Vielleicht sollten wir nach dem auch suchen – falls wir ihn hier aufstöbern, führt er uns zweifellos zu Antyllus.«

»Sobald Manius zurückkommt, wissen wir mehr«, meinte Kisa und gähnte herzhaft. »Obwohl er sich ganz schön Zeit lässt.«

»Der sucht sicher nach diesen Blättern, die er immer kaut«, knurrte der Hund.

»Er ist weit fort«, sagte Kag, und alles lachte.

Die Geräuschkulisse wurde langsam störend. Barbiere, Masseure, Haarzupfer und Hautschaber warben lauthals um Kundschaft. Dazu die Krämer mit ihren Häppchen aus Wurst und Käse, mit Brot und Wein, alles brüllte fragwürdige Anpreisungen, bis jede normale Unterhaltung unmöglich wurde. In der Mitte des Schwimmbeckens hätte man sich vielleicht noch ungestört unterhalten können, aber das Wasser hatte längst eine Regenbogenschicht aus altem Körperöl und unten schwamm etwas, das verräterisch nach einer Kackwurst aussah.

Sie spazierten hinaus, rafften ihre Togen zusammen und beschwerten sich leise über die umständlichen Kleidungsstücke. Am Ende zogen sie sie aus und erwarben bei einem Händler Kapuzenmäntel – jene gallischen Umhänge, die Caracalla seinen Namen beschert hatten. Darunter trugen sie ihre Tuniken und hielten die Togen um den Arm gewickelt oder wie ein Wäschebündel, um ihre Klingen zu verbergen. Der Hund setzte als Einziger die Kapuze auf, um sein schreckliches Gesicht halbwegs zu verbergen.

»In diesen Dingern kann man aber nicht anständig kämpfen«, murrte Ugo angewidert und wedelte mit dem von seiner Toga umwickelten Arm.

»Wir wollen doch auch nicht kämpfen, oder?«, sagte Kag, als sie an einer Reihe angeketteter Sklaven vorbeigingen, die zu günstigen Preisen verhökert wurden. Sie blieben stehen und betrachteten die Ware – teils, weil sie selbst einmal in dieser Lage gewesen waren und einige von ihnen sich auch noch daran erinnern konnten, teils aus reiner Neugier. Sie hatten damals für den längst verflossenen Servilius Structus selbst gelegentlich Sklaven ge- und verkauft.

Es war Kag, der ihn entdeckte, sich zu Drust umdrehte und grinsend flüsterte: »Der da. Mit der Narbe am rechten Arm. Das ist Stolo.«

Er hatte recht. Sie starrten ihn an, bis der Händler ein potenzielles Geschäft witterte, zu ihnen herüberkam und sie lächelnd von Kopf bis Fuß musterte, um ihren Reichtum und seine Aussichten abzuschätzen. Dann erblühte sein Grinsen wie das Feuer eines Leuchtturms.

»Drusus, nicht wahr?«, sagte er und schlug sich auf die Brust. »Marcus Octavius Balba – wir haben damals hin und wieder Geschäfte gemacht, als dem alten Servilius Structus noch der Ludus Ferrata gehörte.«

Jetzt erinnerte sich Drust an ihn, was das Lächeln des Manns noch verbreiterte. Er war klein und untersetzt und hatte dichte ergraute Locken. Er deutete die Reihe seiner Sklaven entlang.

»Die sind auf dem Weg ins Graecostadium, aber ich kann sie noch für ein Weilchen *sub hasta* verkaufen, solltet ihr Interesse haben.«

Sub hasta oder »unter dem Speer« bedeutete eine Auktion am jeweiligen Standort des Händlers, im Gegensatz zu einer offiziellen Auktion im Graecostadium.

Kag ging zu Stolo hinüber, der ihn mit leerem Blick anstarrte. Kag trat ganz an ihn heran und sah ihn unverwandt an, bis im Gesicht des anderen Erkennen dämmerte – und als der Hund seine Kapuze zurückschlug und in Stolos Blickfeld trat, wimmerte der Mann und zuckte zurück.

»He, Vorsicht«, sagte Balba, den der Anblick ebenfalls unvorbereitet getroffen hatte. »Das ist wertvolle Ware. Ich will nicht, dass er hier tot umfällt, weil er glaubt, Dis Pater wäre gekommen, um ihn zu holen.« Er sah in die Runde, um einen Lacher einzuheimsen, aber niemand tat ihm den Gefallen.

Kisa hob das Schild an, das Stolo um den Hals hing, und las laut vor: »Alter – 26. Geschlecht – männlich. Körperliche Merkmale – stark und leistungsfähig, ehemaliger Soldat. Gesundheitszustand – gesund. Erscheinungsbild – ansehnlich. Fähigkeiten – ehemaliger Soldat. Intelligenz und Bildungsgrad – überdurchschnittlich. Kann lesen und schreiben.«

»Du lügst wie gedruckt«, fauchte Kag. »Beim Alter kannst du locker zehn Jahre draufpacken. Und vergiss nicht, seine stärksten Körperteile hervorzuheben, nämlich seine Beine, die ihn aus dem Kampf davongetragen haben.«

»Hey – ich bin ein ehrbarer Geschäftsmann.«

»Halt die Fresse, du *Mango*-Bastard«, knurrte Quintus. »Der Typ ist zur Arena verurteilt – hätte man ihn geschnappt, wäre er zusammen mit den anderen abgeliefert worden, die wir in Ketten und Handschellen für die Armee aus dem Norden mitgebracht haben und die bestimmt sind für die Hinrichtungen der Noxii zu Beginn des Ludus Magnus.«

Seine laute Stimme ließ Passanten aufmerksam werden und stehen bleiben. Das war bessere Unterhaltung als irgendein sibyllinischer Möchtegern-Prophet oder ein Schlangenbeschwörer mit seiner Flöte. »*Mango*« war kein ungebührlicher Name für einen Sklavenhändler, konnte so vorgebracht aber eigentlich nur eine Schlägerei vom Zaun brechen.

Was auch Balba so sah, denn er wandte sich ab und winkte seine Schläger zu sich. Drust packte ihn auf Brusthöhe an der Tunika, und Ugo näherte sich wie ein rollender Felsbrocken, der die nahenden Handlanger unschlüssig innehalten ließ.

»Willst du, dass ich die Stadtkohorte rufe?«, zischte Drust. »Und ihnen erzähle, dass du einen entlaufenen Deserteur versteckst, der *in absentio* zur Arena verurteilt wurde?«

Balba blinzelte mehrmals, dann versuchte er, sich loszureißen. Als das fehlschlug, gab er auf und ließ den Kopf hängen.

»Mach ihn los, übergib ihn uns, und wir werden ihn dahin bringen, wo er hingehört.«

»Ihr wollt mir doch nur einen Sklaven stehlen«, plusterte Balba sich auf. »Er ist mindestens tausend Sesterzen wert ...«

Drust schüttelte ihn, bis er einlenkte. Stolo wurde losgebunden, und Quintus packte ihn am Kragen der verdreckten Tunika. »Wenn du versuchst wegzulaufen, mach ich Hackfleisch aus dir.«

Sie entfernten sich rasch, einer auf jeder Seite mit einer Hand unter Stolos Achseln. Sie gingen so schnell, dass er traben musste, und weil er geschlagen worden und sehr geschwächt war, verlor er immer wieder den Tritt und wurde ein Stück mitgeschleift, bis er sich wieder gefangen hatte. Drust trieb sie zur Eile; er wollte nicht abwarten, ob Balba doch irgendwann genug Mumm sammelte, um die Gesetzeshüter zu rufen. Wahrscheinlich nicht, beschloss er, weil er mit Sicherheit noch ein paar weitere Sklaven im Angebot hatte, die einer genaueren Überprüfung nicht standhielten.

Als sie Milos Taverne erreichten, waren Stolos Zehen völlig zerschunden, und er wimmerte in einem fort, also blieben sie am Springbrunnen vor dem Tempel für Castor und Pollux stehen, spritzten ihm Wasser ins Gesicht und auf die Füße und ließen ihn etwas trinken.

»Was habt ihr mit mir vor?«, brachte er schließlich keuchend heraus.

»Stell dir einfach das Schlimmste vor«, knurrte der Hund und kam ihm mit seinem Gesicht ganz nah. »Und davon das Doppelte.«

Stolo stöhnte auf und schüttelte den Kopf. »Wenn die Götter beschließen, einen zu ficken, ist man wirklich am

Ende. Ich meine – im ganzen weiten Imperium müssen wir ausgerechnet auf derselben Straße in Rom landen.«

Sie hoben ihn hoch und trugen ihn in die Kneipe, wobei sie laut lachten und so taten, als wäre er einer der ihren, der zu viel gesoffen hat, um ihn ohne Aufsehen zu erregen an den Gästen am Tresen vorbei die Treppe hinunterzuschaffen. Unten saßen ein paar Leute an einem Tisch, die aber schnell beschlossen, woanders besser aufgehoben zu sein, nachdem der Hund sie anstarrte und ihnen sagte, sie sollten sich verpissen.

»Ihr treibt mich noch in den Ruin«, verkündete Milo verbittert, war aber trotzdem interessiert, wen sie da mitgebracht hatten.

»Bring ihm etwas Wein«, sagte Drust. »*Mulsum.* Das sollte ihn zu neuem Leben erwecken.«

»Damit wir es ihm später wieder nehmen können«, fügte der Hund hinzu. Stolo stürzte den süßen Wein in drei Zügen herunter, lehnte sich zurück und blies die Backen auf.

»Ich hab euch nichts getan«, sagte er trübselig, und Quintus lachte entgeistert auf.

»Du hast uns auf der falschen Seite des Flusses zurückgelassen, du und dieser Wichser Tubulus. Ihr seid zur Brücke zurückgerannt und habt geschrien, alle anderen wären tot, damit die Ingenieure sie abreißen.«

»Natürlich sind wir losgerannt«, gab Stolo erschöpft zu. »Wie ein Vierspänner beim Senken des Bands an der Startlinie – aber als wir den Centurio erreicht hatten, war der schon mit einer ganzen Flut von Flüchtlingen aus diesem Dorf zugange. Ich hab versucht, ihm zu erklären, dass der Häuptling dort ein verräterischer Mistkerl ist, aber er war zu beschäftigt.«

»Wer hat dann veranlasst, dass die Brücke eingerissen wird?«, fragte Ugo ungläubig.

»Irgendein Tribun ist mit einer Einheit und einem komisch aussehenden Kerl in einem langen Kapuzenumhang aufgetaucht. Der gehörte zwar nicht zur Armee, aber der Tribun hat ihm praktisch den Schwanz gelutscht. Sie haben erst mit dem Centurio gesprochen und dann mit Tubulus. Ich dachte, gleich wollen sie auch mit mir reden, und das war mir nicht geheuer, also hab ich mich hinter ein paar Ochsen versteckt. Dann hat Tubulus rumgeschrien, dass alle anderen tot sind, und der Centurio hat befohlen, die Brücke abzureißen, und das war's dann.«

Kag kniff die Augen zusammen. »Ein Tribun? Ein komischer Typ im Kapuzenmantel? Glaubst du wirklich, dass wir diesen Haufen Pferdescheiße glauben? Eure gesamte Einheit ist draufgegangen, und nur der Segen der Götter hat verhindert, dass wir auch umkommen.«

»Eine von uns ist umgekommen«, sagte Drust leise, und alle schauten beschämt zu Boden, sie vergessen zu haben. »Wie hat der Typ im Kapuzenumhang ausgesehen?«

»Wie eine schon vor Wochen verreckte Leiche«, gab Stolo missmutig zurück und schielte den Hund an. »Nicht so entsetzlich wie er hier, aber scheußlich genug. Bleich. Ich meine, als ob man alle Farbe aus ihm rausgesaugt hätte. Sogar aus den Augenbrauen und den Haaren. der Anblick allein hat mich dazu gebracht, dass ich nicht mit ihm rede wie Tubulus, dieser schmächtige Arsch. Also bin ich verduftet und untergetaucht. Keine Ahnung, was mit Tubulus passiert ist – hab nie wieder was von ihm gehört.«

Kag sah Drust an. Niemand sagte etwas. Dann packte Drust Stolo am Kinn.

»Wir kennen diesen Mann. Er heißt Verus und ist gefährlicher als die Pest. Ich geb dir noch eine Chance. Ich habe eine Toga, die ich dir vermachen kann. Und genug Geld für eine anständige Tunika und Schuhe – deine Füße sind zu sehr im Arsch, um barfuß weit zu kommen.«

Stolo schaute verdattert vom einen zum anderen, dann leckte er sich über die Lippen. Drust sah es und lächelte. Stolo gefiel dieses Lächeln nicht, wie sein ängstlicher Blick verriet.

»Ich weiß, ich weiß – du fragst dich, wie weit du kommst. Na, du kannst es versuchen. Ich geb dir die Toga, um diese bescheuerten Tätowierungen zu verstecken – *SPQR* ist die klassische Jugendsünde. Immerhin hast du es dir auf die Brust stechen lassen, denn überall, wo man es sehen kann, wäre es ein Verstoß gegen die Vorschriften.«

Drust berührte mit einem Finger die verblassten Buchstaben auf Stolos Unterarm. »Das *Roma Invicta* hier ist dagegen nur ein Stinkefinger in Richtung der Vorschriften.«

»Dafür haben sie mich auch fertiggemacht«, gab Stolo zu. »Ich wurde bei der rechtmäßigen Beförderung übergangen, hab mich volllaufen lassen und mir das stechen lassen, und daraufhin bin ich dafür auch noch degradiert worden.« Er schüttelte den Kopf. »Ich war wirklich ein *Stupidus* damals. Und da haben die Götter beschlossen, dass sie genug von mir hatten. Was Schlimmeres konnte ich nicht tun.«

»Ha«, machte Kag. »Sagt der Typ, der abgehauen ist und seine Kameraden im Stich gelassen hat.«

Stolo ließ den Kopf hängen und starrte zu Boden. Er wusste, was die Strafe dafür war, und alle sahen ihn in Vorahnung zittern. Drust packte ihn abermals am stoppeligen Kinn und zwang ihn, ihm in die Augen zu schauen.

»Ich will dir sagen, warum uns die Götter der Höhe und der Tiefe in der größten Stadt der Welt auf dieselbe Straße gelotst haben. Du kriegst von mir diese eine Chance. Du kannst weglaufen, bis du irgendwas Blödes anstellst, was dich als Deserteur entlarvt. Oder du kannst langsam und leise hier rausgehen, den Kopf unten halten und dir sicher sein, dass du an diesem Ort eine Zuflucht und Freunde hast.«

»Freunde?«, wiederholte Stolo. »Eine Zuflucht? Wie kann ich euch trauen?«

Der Hund fauchte ihn an. »Du hast seine Frau in den Tod geschickt. Wenn Drust dir diesen Rettungsanker hinwirft, statt ihn dir um deinen verräterischen Hals zu wickeln und dich damit zu erdrosseln, solltest du ihn besser annehmen.«

»Und wenn du unser Vertrauen noch einmal enttäuschst«, sagte Quintus mit einem Grinsen, das seine Augen nicht erreichte, »werden wir Schlange stehen, um Stückchen aus dir herauszuschneiden.«

Stolo leckte sich über die Lippen und schaute den Weinbecher an, als könnte er ihn mit Geisteskraft dazu bewegen, sich noch mal zu füllen. »Was muss ich tun?«

»Eine Spur von diesem Verus finden. Er ist hier in Rom. Sei vorsichtig – nicht nur sein Aussehen ist schrecklich.«

Stolo sah sie der Reihe nach an und nickte dann. »Ich hab mich wirklich schlecht gefühlt, als sie die Brücke abgerissen haben.«

»Aber nicht so schlecht, um nicht abzuhauen«, sagte Kag. Darauf hatte Stolo keine Erwiderung. Er trank noch einen Becher *Mulsum*, aß eine Wurst und verschwand dann mit Kisa, um Schuhe und eine neue Tunika zu erwerben. Beide trugen Toga wie Ehrenmänner.

Eine Stunde später kam Kisa zurück und gesellte sich zu der stillen Gruppe am Tisch. Sie aßen Kichererbseneintopf mit Brot, tranken verdünnten Wein und redeten.

»Er hat jetzt Schuhe und Tunika«, sagte Kisa. »Wir haben also das letzte Mal was von ihm gesehen.«

»Mag sein«, antwortete Drust. »Aber wenn er Verus doch ausfindig machen sollte, hat sich der Einsatz gelohnt.«

»Glaubst du, Verus ist extra zu der Brücke gekommen, um sicherzustellen, dass wir auf der falschen Seite bleiben?«, fragte Kag.

»Kennst du noch wen, der so aussieht?«, gab Quintus zurück. »Er hat dafür gesorgt, dass Julius Yahya kriegt, was er will.«

»Stolo könnte ihn auch vorher schon mal getroffen und uns angelogen haben«, sagte der Hund, war aber selbst nicht besonders überzeugt davon.

Verus war da an der Brücke und hat sie einreißen lassen, um sicherzustellen, dass wir uns nicht einfach in Sicherheit bringen können, dachte Drust finster. Er hatte die Anweisung, uns dort zurückzulassen, damit wir den Plan seines Meisters ausführen müssen.

Apokalypsis.

*

Er schlief, doch die Wellen schlugen so hoch, dass er sich nicht wunderte, als sich wenig später auch die Geister dazugesellten. Fast freute er sich darüber, sie zu sehen, das redete er sich jedenfalls ein – dass sie alte Freunde wären, die gekommen waren, um ihn stumm ins Herz des Traums zu eskortieren. Davon war er überzeugt. Er schritt nun durch eine ausgedörrte Wüste einem unbekannten Ziel entgegen, schon jetzt fühlte er sich hundemüde und nicht in der Lage, sich irgendwie zur Wehr zu setzen, also mochte er durchaus im Begriff sein, Jupiter oder Mars Ultor oder dem gesamten Pantheon gegenüberzustehen.

Gut für dich, der du ein Leben gelebt hast.

Lupus Gallus ging mit düsterer Miene neben ihm her, in der Tunika, die er auch am Tag seines Todes getragen hatte. In der Stadt Tibur war das gewesen, wie Drust sich erinnerte, und sehr lange her. Lupus Gallus und eine große Anzahl anderer Gladiatoren hatten als die Legionen des Caesar gegen die Stämme Britanniens gekämpft – sechzehn leichte Streitwagen mit je einem Speerwerfer und einem Fahrer.

Sie hatten gesiegt, das wusste er noch, und waren mit Ruhm überschüttet worden, alle bis auf Lupus Gallus – ein wirklich saublöder Name, wie ihn sich nur ein Tiro *geben konnte. Der Wolf von Gallien. Eher ein närrischer Welpe.*

Zum letzten Mal hab ich mit ihm gesprochen, kurz bevor wir aus den Katakomben des flavischen Amphitheaters entkommen sind. Ich habe ihm gesagt, seine Beinarbeit wäre immer noch furchtbar und würde ihn eines Tages umbringen und wenig später hat ihm einer der Sensenwagen, dem er nicht ausweichen konnte, beide Beine abgetrennt.

Aber ich habe um ihn geweint, erinnerte sich Drust – das letzte Mal, dass ich um jemanden geweint habe, bis zu Praeclarum. Ich könnte dir nicht erklären, warum – er war kaum mein bester Freund.

Ich habe dir noch Geld geschuldet – außerdem waren deine Tränen hauptsächlich schiere Erleichterung, dass du selbst noch beide Beine hattest.

Drust hatte keine Antwort darauf und fragte sich, warum Lupus Gallus überhaupt gekommen war, um ihn heimzusuchen. Wie er sah, hatte der Mann als Geist immerhin seine Beine wieder, aber er war noch lange nicht sein bester Freund …

Nein, das war deine Frau, wie es sich gehört.

Der musikalische Akzent ließ ihn herumfahren, sein Kopf so schwer wie der eines für die Schlachtung betäubten Ochsen, sodass er ihn auf seinem Hals wackeln fühlte, als er zusah, wie seine Mutter vortrat. Mit beiden Händen hielt sie die Palla *fest, die sie – wie er später herausfinden sollte – von Servilius Structus bekommen hatte. Schwarz und mit Fransen besetzt, verziert mit gewundenen roten Blumen und Feuervögeln darauf – aus reiner Seide aus Parthien, hatte sie beharrlich behauptet. So exotisch und ausgefallen, dass sie sich als Sklavin nie getraut hatte, sie außerhalb der Mauern von Servilius Structus' Anwesen zu tragen.*

Ich habe nie etwas Schöneres besessen, bis auf dich, mein Sohn – und meine Erinnerungen an zu Hause. Du kannst deinen Kopf aber mit besseren Sachen füllen als mit Geistern, Drusus.

Deine Heimat in Britannien hast du sehr geliebt, erinnerte sich Drust. Obwohl sie weit weg war und für mich längst verloren. Die Wenigsten dort hätten sich noch an dich erinnert, wärst du zurückgekommen – und niemand an mich.

Pah – so ist das eben mit Familie, Drusus. Man denkt, man kennt sie, aber das tut man nicht.

Das kann ich dir so zurückgeben, Mama, spottete er – du glaubst, du kennst mich, aber das tust du nicht.

Sie legte ihm eine Hand auf die Schulter und starrte ihm von jenseits des Grabes in die Augen, mit diesem alten, so vertrauten Blick, der ihm fast das Herz herausriss.

Jeder kleine Junge denkt, dass seine Mama ihn nicht versteht. Dummer Drusus ...

Dann traf ihn die Welle mit voller Wucht.

Als ich sie da liegen sah, nachdem sie ihren letzten Atemzug ausgehaucht hatte, so bleich und krank, habe ich laut aufgeschrien und konnte eine Zeit lang nichts anderes mehr sehen – so schön und so gebrochen. Ich hätte mir ja die Augen ausgekratzt, aber sie wäre immer noch da gewesen, ihr Anblick mit Blut in die leeren Augenhöhlen gemalt. Ich kann sie immer noch sehen, ganz weiß und ihre Augen leer und tot wie die eines Fischs, ein kaltes Starren, gefroren wie alte Sterne, und ich wie die geborstene Keule des Herkules neben ihr ...

*

Er erwachte durch Schreie und hämmernde Schläge an die Fensterläden der Taverne. Milo, der im ersten Stock wohnte, hatte den Kopf aus dem Fenster gesteckt und ließ derbe Verwünschungen auf den Kopf von wem auch immer niederprasseln, der dachte, während *Conticinium* etwas zu trinken zu bekommen, zu einer Zeit, in der selbst Tiere den Anstand hatten, die Klappe zu halten.

»Hier ist Ahala«, hörte Drust undeutlich. »Ich muss mit Drust reden.«

Milo schrie nach Salvius, dem Küchensklaven. Drust ging davon aus, dass er es tat, weil Calida schon bei ihm im Zimmer war und nicht in der Lage, die Tür aufzumachen. Bis die Fensterläden geöffnet und ein paar Lampen entzündet waren, hatten Drust und die anderen einen Tisch zurechtgerückt und auch unten etwas Licht gemacht, das es ihnen erlaubte, Ahala zu sehen, der gefolgt von Milo und Salvius die Treppe herunterkam.

»Hol Wein für alle. *Conditum*, das gute Zeug«, sagte Milo barsch, und Salvius hastete folgsam davon, während er sich den Schlaf aus den Augen rieb.

Sie betrachteten Ahalas Gesicht, während er sie einen nach dem anderen ansah. Dann ließ er sich schwer auf einen Stuhl fallen, und Drusts Herz klopfte wie wild.

»Ich komme gerade von Caesars Haus«, sagte Ahala. »Hatte gehört, dass es da eine Ruhestörung gab. Lärm und so. Der Bäcker hat einen Laden da und fürchtete, es könnte jemand eingebrochen sein, also hat er einen Sklaven zu den Vigiles geschickt.«

Er schwieg kurz und schüttelte den Kopf. »Hauptmann Scarpio hat meine Abteilung genommen, und sie sind hin, haben an die Tür gehämmert und als Vigiles im Dienst Zutritt verlangt. Keine Antwort. Der Hauptmann sagte, dass wir die Tür eintreten sollten, also haben wir das getan.«

Der Wein wurde gebracht, und Ahala schnappte sich sofort einen Becher und leerte ihn in einem Zug. Alle warteten ungeduldig, sagten aber nichts.

»Der Torwächter war tot. Stattlicher Bursche – bin über ihn gefallen, weil ich ihn in der Dunkelheit nicht gesehen hab. Schwarz wie der Hades lag er da, mit aufgeschlitzter Kehle. Genauso eine Sklavin im Atrium.«

Er stockte abermals, schaute in die Runde und schüttelte wieder den Kopf.

»Und da war noch einer. Scarpio hat mich losgeschickt, weil ich gesagt habe, ich kenne ihn und weiß, wer er war, wer seine Freunde sind. Jetzt soll ich euch sofort zu ihm bringen, weil er so was in seinem ganzen Leben noch nicht gesehen hat.«

»Manius«, sagte Kag tonlos.

*

Im Marschtempo eilten sie die Via Argiletum entlang, wie schon so oft, wenn die Zeit knapp war – vor Schließung der Tore etwa oder einer Ausgangssperre. Mitten hinein in den Tartarus, den finstersten Teil von Subura.

»Er mag als *Nobile* geboren worden sein«, murmelte Kag, als Ugo eine Fackel schwenkte und finster in die Schatten spähte, »aber der göttliche Julius hat doch lange Zeit als Teil des Populus Romanus gelebt.«

»Hier ist es ja wie im Dunkel, nur ohne Bäume«, knurrte Ugo.

Die ehemalige Villa stand an einer Ecke der Argiletum, nur einen Steinwurf vom Tempel des Friedens und dem Forum Nervae entfernt. Es war kaum zu glauben, dass dies bei Tageslicht ein Ort voller Marktstände und Bummler war. Und kaum zu glauben, dass sie keuchend und schwitzend vor diesem Haus standen, prüfend in die Schatten starrten und auf die Schreie und Pfiffe lauschten, die nächtlichen Geräusche von Subura. Dies war das Revier eines anderen heimlichen Herrschers, dessen Handlanger sich gerade sicher ebenfalls fragten, was hier eigentlich los war.

Das Haus war im klassischen Stil erbaut worden – es öffnete sich auf den Innenhof, und die Mauern, obgleich abgeblättert und mit Graffiti und anderen Zeichen beschmiert, waren solide abweisende Bollwerke gegen das römische Volk in den umliegenden Straßen. Es hatte schon hier gestanden, ehe die ersten Insulae errichtet worden waren, und nur, damit niemand auf dumme Gedanken kam, hatten die Julier irgendwann auf der Oberseite der Umfriedungsmauer lange Eisenstacheln anbringen und mit Zement befestigen lassen.

Die Flügel der großen Eingangstür waren aufgerissen, und auf der Schwelle standen zwei Vigiles mit strengen Mienen, die Speere in der Hand, die Spaten, Eimer und Äxte sorgsam hinter sich verstaut. Zu beiden Seiten des Eingangs waren die Fensterläden der in die Mauer eingelassenen Ladenlokale ebenfalls geöffnet – ein Tuchhändler und, wie Drust vermutete, der Bäcker, den Milo so schätzte. Alles war von Fackelschein erhellt.

Ahala führte sie durch das Atrium, das einmal prächtig gewesen sein musste, als der göttliche Julius noch hier gelebt hatte. Er hatte diesen Wohnsitz aufgegeben, nachdem er zum Flamen Dialis gewählt worden war, dem Hohepriester des Jupiter, und sich mit der Tochter des Cornelius Cinna vermählt hatte. Der Baum im Springbrunnen in der Mitte des Atriums war damals noch ein unsichtbarer Keimling gewesen, der sich unter den Fliesen emporkämpfte.

Dennoch war das Anwesen von Dieben und Plünderern verschont geblieben, sodass die Säulen noch immer in Marmor und allmählich abblätterndes Blattgold gekleidet waren; es gab sogar ein Mosaik, in dem nur wenige Steinchen fehlten. Es zeigte einen Elefanten, der glorreich von einem einzigen Jäger erlegt wurde. Drust erinnerte sich daran, dass der Beiname Caesar von einer alten Legende herrührte, derzufolge ein ferner Vorfahre einmal im fernen Afrika so ein Tier eigenhändig getötet hatte – *caesai* in der Sprache der untergegangenen Karthager. Jedenfalls erzählte man sich das.

Auf diesem Mosaik lag eine Frau, deren gerinnender Lebenssaft die Steinchen schleichend mit einem Schatten überzog. Ihr langes weißes Haar war strähnig vor Blut; Insekten flatterten umher und verirrten sich unrettbar in die klebrige Flüssigkeit.

»Die Küchensklavin«, sagte Ahala. Kisa kniete sich hin und untersuchte die Leiche.

»He, Finger weg!«, ertönte eine scharfe Stimme. »Die Stadtkohorte ist gleich da und bringt einen amtlichen Medicus mit, der die Leichen untersuchen wird. Deren Wut werd ich ganz sicher nicht auf mich ziehen, indem ich zulasse, dass irgendein dahergelaufener Amateur an ihnen rumfingert. Abgesehen davon – der, den ihr sehen wollt, liegt da drüben.«

»Du musst Scarpio sein«, sagte Drust. Der Mann nickte knapp.

»Und du Drust.«

Er war hochgewachsen, breitschultrig und wirkte noch martialischer durch seinen polierten Lederharnisch und den Helm mit rotem Haarbusch. Er wollte eindeutig seine Effizienz unter Beweis stellen, um sie der Stadtkohorte unter die Nase zu reiben, wenn sie ihm bei ihrem Eintreffen erklärten, er solle sich verpissen, weil er nur ein kleiner Eimerträger sei. Die Stadtkohorte war als offizielle Wacheinheit neben den Vigiles die einzige Gruppierung, die in Rom Waffen tragen durfte, die Stadtwachen betrachteten sich aber als Legionären ebenbürtig und verachteten die Vigiles.

Die Leiche, zu der Scarpio sie führte, befand sich an einer der rechteckigen Säulen des Portikus. Diese bestanden aus einem Steinkern mit Holzverkleidung, deren roter und schwarzer Anstrich abgeblättert war und sie aussehen ließ wie eine Gruppe akkurat aufgereihter bettelnder Leprakranker.

An einer dieser Säulen hing die Leiche. Sie brauchten eine Weile, um es zu begreifen, denn sie war durch die Augen in die Holzverkleidung genagelt worden. Dagegen erkannten sie sofort, dass die Zunge herausgeschnitten worden war – der verschrumpelte Körperteil lag wie ein toter Fisch in einer großen Lache von Manius' Blut.

»Ich dachte, ihr solltet das sehen, bevor die Stadtkohorte anrückt und alles absperrt«, sagte Scarpio. »Denn das ist ja eindeutig eine Botschaft an euch. War euer Mann hier, um das Anwesen auszukundschaften? So etwas hab ich noch nie gesehen, nur davon gehört, in meiner Zeit bei der Fünfzehnten, als wir die Hauptstadt der Parther niedergebrannt haben. Unsere Leute hatten Kundschafter ausgeschickt und mussten sie wieder einsammeln; zwei von ihnen haben sie vorgefunden wie ihn da. Die Botschaft war uns absolut klar, und das ist sie euch wahrscheinlich auch – keine Augen zum Sehen, keine Zunge zum Sprechen. Schickt weitere, und sie werden genauso enden.«

»Die Fünfzehnte Apollinaris«, murmelte Kag, sah Scarpio aber nicht an. »Gute Truppe.«

»Dachten wir auch alle«, sagte Scarpio und wedelte mit seiner Fackel, um die nächtlichen Insekten zu verscheuchen, die sich brummend um die Leiche einfanden wie Priester zum rituellen Gebet.

»Darf ich ihn untersuchen?«, fragte Kisa eindringlich. »Ich verstehe durchaus etwas davon.«

Scarpio nickte, wandte sich ab, zog einen Weinschlauch aus seinem Eimer, nahm einen Schluck, spülte sich damit den Mund aus und spuckte ihn in den überwucherten Garten. Er bot den Schlauch Drust an, der ihn dankend entgegennahm.

»Was für eine widerwärtige Nacht«, meinte Scarpio und nickte in Richtung weiterer Fackeln, deren Flammen wie seltsame Blumen blühten. »Da drüben liegt der Torwächter. Nicht gerade ein zarter Jüngling, sondern ein verflucht großer Nubier mit einer verflucht großen Keule. Getötet mit einem scharfen Gegenstand ins Ohr. Einfach so. Sieht nicht aus, als hätte er viel davon gemerkt.«

Drust spuckte den dünnen Wein aus und nickte, dann reichte er den Trinkschlauch weiter, was Scarpio mit einem ungehaltenen Blick quittierte.

»Falls ihr irgendeine Ahnung habt, wer dafür verantwortlich sein könnte«, fing Scarpio an, aber Drust schüttelte den Kopf und log, obwohl er diesem Mann gegenüber durchaus Gewissensbisse hatte.

»Nein.«

Das konnte »nein, weiß ich nicht« oder »nein, frag nicht« oder »nein, sag ich nicht« heißen. Was immer es war, Scarpio hakte nicht weiter nach.

»Sobald die Stadtkohorte hier fertig ist, könnt ihr seine Leiche einfordern. Sie werden sie ins Tullianum bringen, denke ich – oder vielleicht an uns übergeben, weil sie keine Lust haben, ihn zu schleppen. Wartet einen Tag und fragt dann bei mir nach. Wenn ihr länger wartet, lasse ich ihn verbrennen, sonst stinkt er mir das Hauptquartier voll.«

Drust nickte. Er war wie betäubt und bestürzt, fühlte sich gehetzt – und war auch gehetzt, da Scarpio noch einmal davor warnte, dass die Stadtkohorte gleich aufkreuzen würde und Drust und seine Leute dann besser nicht mehr vor Ort sein sollten. Er wollte nicht zugeben müssen, dass er die Fremden selbst gerufen hatte.

Leise und zögernd trotteten sie zur Taverne zurück. Milo und die anderen waren immer noch auf den Beinen, im Ofen duftete das Brot, und der Küchensklave briet

Würstchen in einer großen Pfanne. Er lächelte sie fröhlich an.

Sie saßen da, aßen Brot und schmeckten bloß Asche. Manius war tot. Ein weiterer Ast vom verwelkenden Baum ihrer Bruderschaft – Drust fragte sich, ob es einen Mavro in der Stadt gab, der ihm sein Lied singen konnte.

Einmal vor vielen Jahren waren sie so weit in den Süden Afrikas vorgedrungen, wie kein Römer je zuvor gekommen war, um sich dort zu verstecken und seltsame Tiere zu jagen. Da hatte Manius ihnen von seinem Volk erzählt. Am Lagerfeuer hatte er ihnen erklärt, dass das Geburtsdatum eines männlichen Kindes festgelegt wird, und zwar nicht auf den Zeitpunkt seiner Ankunft in dieser Welt, auch nicht auf den seiner Zeugung, sondern noch viel früher: auf den Tag, an dem die Mutter das erste Mal an ihr künftiges Kind denkt.

Wenn eine Frau ein Kind haben will, setzt sie sich hin und lauscht, bis sie den Gesang des Kindes vernimmt, das geboren werden möchte. Dann singt sie für es, es möge ein Junge zu werden, denn Mädchen gelten als das unbedeutendere Geschlecht. Anschließend geht sie zu dem Mann, der der Vater des Kindes sein wird, und bringt ihm das Lied bei. Wenn sie es zeugen, singen sie dabei dieses Lied, um es in die Welt einzuladen.

Ist die Mutter schwanger, bringt sie das Lied ihres Kindes den anderen Frauen in ihrem Dorf bei, denn alle müssen es kennen und singen, um den Jungen willkommen zu heißen.

Falls der Junge sich verletzt, krank wird, traurig ist, findet er immer jemanden, der ihn tröstet und ihm sein Lied singt.

Leise erzählte Drust ihnen davon, während sie unten im Dunkeln saßen. Er hörte Calida leise weinen, und Kisa räusperte sich mehrfach.

»Ich kenne das Lied nicht, mit dem er gemacht oder geboren wurde, ich kenne nur das Lied, das er in meinem Herzen gesungen hat. Es war düster und hat mir Angst gemacht – aber jetzt, wo es verklingt, vermisse ich es.«

12

Missmutig warteten sie einen Tag lang und besprachen, was sie gesehen hatten und was es bedeuten könnte.

»Er hat einen harten Schlag auf den Hinterkopf bekommen und kaum etwas mitbekommen. Er ist erst wieder zu Bewusstsein gekommen, als man ihn lebendig durch die Augen angenagelt hat«, erklärte Kisa. »Am Ende ist er verblutet. So ein Vorgehen erfordert spezielle Kenntnisse und Werkzeuge – auf der Zunge waren noch die Zangenabdrücke zu sehen, um sie so weit wie möglich rauszuziehen, bevor sie sie abgeschnitten haben. Und wer trägt schon Kreuzigungsnägel mit sich spazieren, als gehörten die in jede Geldbörse?«

»Kein normaler Mensch«, knurrte Kag. »Einer wie Verus dagegen schon. Folterwerkzeuge also – schon das erste Mal, als ich ihn gesehen hab, hab ich ihn für einen üblen Typen gehalten. Weißt du noch, Drust?«

Es war kein Anblick, den man so einfach vergessen konnte, dieser dunkle Schatten im Rücken von Julius Yahya, unheimlich wie ein Geist, bleich wie frische Knochen und mit den Augen eines Leoparden.

»Hat denn keiner was gehört?«, fragte Ugo. »Man kann auch ohne Zunge schreien.«

Kisa senkte den Kopf und spuckte aus, eine geradezu obszöne Geste für diesen pingeligen kleinen Mann.

»Sie haben ihm die Kehle gerade so weit durchgeschnitten, dass seine Stimme zerstört war. Und er nicht mehr atmen konnte.«

Alle schwiegen und dachten an diese Untat und was für eine Sorte Mann eine solche beging. Über Verus hatte jeder eine andere Geschichte gehört – er sei aus dem Ei eines Mantikors geschlüpft, er sei eigentlich Parther aus irgendeiner Sekte professioneller Mörder oder dass er einfach nicht ganz richtig im Kopf sei. Worauf sie sich alle einigen konnten, war, dass er Manius nicht getötet hatte, um an Informationen zu gelangen, sondern um ihn zum Schweigen zu bringen. Trotzdem musste Drust davon ausgehen, dass Verus jetzt alles wusste, was Manius herausgefunden hatte. Sein Tod war also zweifellos eine Botschaft, aber da war noch mehr – ein abstoßendes Vergnügen.

»Warum bringt ein Mann wie Verus Manius um? Sind wir nicht auf der gleichen Seite?«, fragte Kisa genervt.

»Es ist eine eindeutige Aufforderung, dass wir aufhören sollen zu suchen«, sagte Quintus. »Kommt die von Julius Yahya, der Antyllus jetzt doch nicht mehr finden will? Hätte er uns dann nicht einfach ein Schreiben senden können?«

»Sie kommt von Julius Yahya«, erwiderte Drust. »Manius hat irgendwas gesehen oder gehört, war schon fast auf dem Rückweg zu uns und wurde ermordet. Verus muss gewusst haben, dass es etwas ist, von dem Julius Yahya nicht will, dass es bekannt wird. Also gibt es da etwas, das ihm schaden kann.«

Er machte eine Pause, wischte sich über den Mund und dachte daran, welche Fähigkeiten man aufbieten musste, um jemanden wie Manius zu überrumpeln. Er hatte die Farben endgültig verloren und war nun wirklich sehr weit fort ...

Drust holte tief Luft. »Aber vieles von dem, was er da getan hat, ist vor allem passiert, weil es ihm Spaß gemacht hat.«

»Die Sache stinkt wie eine Wochen alte Leiche«, knurrte Ugo, merkte aber sofort, was er da gesagt hatte, und schwieg verlegen.

»Das bedeutet, dass wir Julius Yahya nicht trauen können«, sagte der Hund. »Irgendwas hat sich verändert. Wir müssen davon ausgehen, dass er seinen bleichen Bluthund auch auf uns angesetzt hat.«

»Ich hasse diesen parthischen Hurensohn«, fauchte Ugo und schüttelte ohnmächtig den Kopf, die Hände zu Fäusten geballt. »Wenn ich seinen dürren Hals in die Finger kriege ...«

Quintus legte dem großen Mann sanft eine Hand auf die Schulter. »Zuerst sollten wir uns um Manius kümmern.«

Also zogen sie los, um Scarpio aufzusuchen, der ihnen Manius' eingewickelten Leichnam aushändigte.

»Der Medicus der Stadtkohorte hat einen Scheißdreck herausgefunden, was die Angreifer angeht«, sagte er. »Sie haben es als ›ungelösten Mord‹ deklariert, und weil es in Subura passiert ist, wird das auch so bleiben.«

Er reichte Drust eine Wachsmaske. »Die hab ich für sein Begräbnis machen lassen, nachdem man die Nägel rausgezogen hat. Hab sie um die Augen etwas geglättet, damit es nicht zu schlimm aussieht.«

Drust brachte das helle Stück Wachs, die in Tuch geschlagene Leiche und einige Münzen hinauf zum Hain der Libitina auf dem Esquilin, fand einen Bestatter und händigte ihm den Leichnam und die Münzen aus – viel Geld blieb ihnen danach nicht mehr.

Es reichte immerhin für eine schlichte nächtliche Verbrennung sowie den dafür erforderlichen Scheiterhaufen und eine Urne für die Asche, an der die Totenmaske befestigt wurde. Kein Trauerzug mit Hörnern und Becken, keine professionellen Klageweiber, kein Herold, um den Namen des Verstorbenen zu verkünden.

»Es wäre ja sowieso nicht sein Lied«, bemerkte Ugo beim Gedanken an Drusts Geschichte. Der Bestatter gab sein Bestes, ihnen noch mehr aufzuschwatzen – es waren nur noch zwei Tage bis zum offiziellen Beginn der Ludi Romani. Die Stadt war bereits voller Musik- und Theateraufführungen, Akteure aller Art waren also im Überfluss vorhanden und billig zu bekommen.

Doch der mit duftenden Ölen benetzte Scheiterhaufen war teuer genug gewesen, und als er am zweiten Tag endlich niedergebrannt war, kamen sie zurück und holten die Urne ab. Drust musste daran denken, dass, wäre das Ganze draußen in der Wüste passiert – wie bei Sib –, sie Manius vermutlich bloß in ein Loch gerollt und einen Stein daraufgelegt hätten, in den sein Name und ein kurzes Epigramm geritzt waren, um anzuzeigen, dass hier ein Römer lag.

Stattdessen mussten sie die Urne zu der von Praeclarum zwängen, denn sie hatten nur diese eine Nische im überfüllten Collegium Armariorum.

»Wird keinen von beiden stören«, meinte Drust. »Schließlich haben wir auch im Leben den gleichen Flecken Erde geteilt. Der Tod ist für die Brüder nicht anders.«

Aber es *war* anders. So kurz nach Praeclarum kam ihnen Manius' Tod so vor, als habe Fortuna die Brüder des Sandes endgültig verlassen, und so war es eine trübsinnige Gruppe, die im Morgengrauen erschöpft zur Taverne schritt.

Obwohl die Sonne noch nicht über den Horizont gestiegen war, stand dort eine große Menschenmenge versammelt. Drust und die anderen blieben wie angewurzelt stehen. Dann sahen sie Cossus, und langsam fügte sich das Mosaik zusammen.

Sie hatten die Anwohner aus ihren Insulae gezerrt – in erster Linie Frauen und Kinder, denn die meisten Männer arbeiteten anderswo, so sie kein Geschäft in Subura hatten. Alle maulten missmutig, aber sie waren von Schlägern mit Keulen und Messern umringt – ungefähr zwanzig, schätzte Drust –, und Cossus selbst hielt ein großes Fleischerbeil in der Hand, das er an den Hals des wütenden Milo gelegt hatte.

»Cossus«, sagte Drust müde. »Wir hatten doch darüber geredet. Das wird übel ausgehen für dich – was soll Flaminius sagen?«

»Frag ihn«, gab Cossus spöttisch zurück, und die Menge teilte sich, um den großen Meister durchzulassen. Er war gebaut wie ein Ziegeltempel – mächtige Säulen als Beine,

eine Basilika als Rumpf und eine kleine Votivgabe als Kopf. Er trug ein goldenes Medaillon an einer Kette, das die Zwillinge Castor und Pollux zeigte. Er war genau das, wozu er großgezogen worden war – ein Transportunternehmer, der Pferde ein- und ausspannte und Vierspänner be- und entlud.

»Wartet auf mich«, rief Ugo plötzlich und trudelte auf den Eingang der Taverne zu. Alles schaute ihm verdutzt hinterher. Ein Mann trat dazwischen, um ihn aufzuhalten, aber Ugo brummte wie ein Bär, rammte ihn mit der Schulter beiseite und verschwand im dunklen Rachen des Eingangs. Cossus lachte.

»Schön, einer weniger von dieser mickrigen Bande.«

»Lass mich los, du Jauchefass.«

Milos wütendes Wehren wurde durch ein dumpfes Krachen beendet, indem Cossus ihm mit der flachen Seite des Fleischerbeils auf den Kopf haute. Flaminius trat vor und hob die Hände.

»Ihr alle hier«, fing er an und drehte sich dabei langsam im Kreis, um die gesamte Menge anzusprechen. »Ihr alle habt gehört, wie sich mir diese Männer widersetzen, die anscheinend glauben, Helden zu sein. Retter, die mich daran hindern können, die Abgaben einzusammeln, die mir zustehen, mich daran hindern können, gerechte Strafen anzuordnen. Seht alle her.«

Er machte eine dramatische Pause und wollte weitersprechen, wurde aber von lautem Krachen aus der Taverne unterbrochen, gefolgt von einem spitzen Schrei und einem Körper, der durch die Tür hinausflog, sich überschlug und dabei mehrere Leute wie Kegel zu Boden gehen ließ.

»Ich bin hier, um euch zu zeigen, was passiert, wenn man sich gegen mich stellt«, setzte Flaminius erneut an, aber Drust hatte genug. Die Bestattung, Praeclarum, die schlaflose Nacht – jetzt reichte es ihm.

»Hör mir mal gut zu, Marcus Flaminius. Du bist ein Wagenlenker, sonst gar nichts. Du hattest Glück, als der alte Servilius Structus gestorben ist und du dir einen winzigen Teil seines Besitzes geschnappt hast, und jetzt hältst du dich offenbar für den Kaiser. Ich kenne viele deiner Jungs, Silanus hier zum Beispiel. Wir haben zusammen Getreidekarren runter nach Ostia gezogen. Marcus. Gaius. Bubulca – ist dieser Ausschlag damals eigentlich besser geworden? Vatia – ich hab dich deiner Frau vorgestellt.«

»Ja – schönen Dank auch«, rief der Mann mürrisch zurück. Alles lachte.

»Scaeva«, rief Quintus laut. »Wir haben einmal eine Nacht lang mit diesen Matrosen aus dem Amphitheater gewürfelt und genug gewonnen, dass du deine Schulden bezahlen konntest.«

»Ich hab neue gemacht«, rief der Mann zurück, und wieder lachte die Menge. Flaminius drehte sich in alle Richtungen und schien zu spüren, dass die Stimmung kippte. Wieder hob er die Hände und öffnete den Mund, aber Drust brüllte ihn nieder.

»Ihr wisst, wer wir sind. Ihr wisst, was wir sind.«

»Du hast meinen Vater getötet«, fauchte Flaminius, und das ließ Drust verstummen, denn es war die Wahrheit.

»Hörensagen«, keifte Kag zurück. »Gerüchte.«

Der Hund hatte seine Toga in einem Haufen zu Boden gleiten lassen und enthüllte die Klinge seines Gladius. Mit seinem Gesicht wie Dis Pater lächelte er Flaminius an und zwinkerte ihm zu.

»Ich hab gehört, es sei eins seiner eigenen Wagenräder gewesen. Hat seinen Kopf wie ein Rührei zerquetscht.«

Flaminius klappte wie ein Fisch am Haken den Mund auf und zu. Er war rot angelaufen und schien sich schreiend auf den Hund stürzen zu wollen, als jemand kreischend aus der Tür der Taverne schoss. Der Mann, der Augenblicke zuvor nach draußen befördert worden war, kam gerade noch auf die Beine, als sich Calida schon auf ihn warf, ihre riesige Kupferpfanne schwang und sie mit dem Geräusch einer Tempelglocke in sein Gesicht krachen ließ.

Die Frauen in der Menge johlten, denn sie wussten instinktiv, was drinnen passiert sein musste und warum Ugo den Mann auf die Straße geworfen hatte. Die meisten Männer wichen unsicher vor Calida zurück, aber einer trat mit erhobener Keule vor. Dann kam Ugo zur Tür herausgerannt, eine Dolabra in jeder Hand. Der erste Schlag traf den Keulenträger in den Rücken, der wie ein Brecheisen an einer verschlossenen Tür knackte. Der zweite Schlag mit der Hackenseite spaltete ihm den Schädel von der Stirn bis in den Nacken.

»Ihr könnt jetzt loslegen, Jungs«, schrie er und schwang seine Werkzeuge.

Die Menge stob auseinander wie ein aufgescheuchtes Wespennest. Cossus schob Milo auf Armeslänge von sich und hob das Fleischerbeil, allerdings nur, um nach hinten zu taumeln, als der Hund ihn ansprang; er ließ Milo los und wedelte verzweifelt mit dem Beil, um den Hund abzuhalten.

Vergebens. Der Hund neigte sich ein wenig zur Seite und schlug nach ihm, neigte sich zur anderen Seite und stieß zu. Cossus fragte sich gelähmt, warum eins seiner Beine nachgab, und hatte gerade noch Zeit, seine Innereien in einem blau-weißen Knäuel hervorquellen zu sehen, während er fiel. Er rollte auf die Seite, winselte und versuchte erfolglos, sich die fleischigen Taue in den Leib zurückzustopfen.

Drust ging auf Flaminius los, wich dem Schlag eines Handlangers aus und sah Kag sein Schwert in dessen Kehle versenken. Quintus kam von hinten heran wie ein langer, schmaler Geist und schwang seine aufgeschlagene Toga wie ein Netz. Sie schlug einem Mann ins Gesicht, der zurückwich, aber noch bevor er sich fangen konnte, hatte Quintus ihm mehrere Stiche verpasst und seine Tunika mit roten Sprenkeln übersät.

Ein weiterer Kerl baute sich mit verzerrter Miene vor Drust auf, so nah, dass er die Pockennarben auf seiner Nase sehen und erkennen konnte, dass es niemand war, den er von früher kannte. Er sah auch die Keule mit dem großen Nagel kampfbereit erhoben, und schaffte es gerade noch, die Schulter nach unten zu ziehen. Es reichte nicht. Der Nagel riss Tunika und Haut auf und zog eine Spur wie eine brennende Fackel.

Drust heulte auf, fiel auf die Knie, packte den Mann am Fußgelenk und zerrte daran. Der Kerl fiel rücklings in den Staub, jaulte und versuchte, durch den Wald aus Beinen davonzukriechen, aber Drust setzte ihm wie eine Riesenspinne nach. Er hatte das Schwert verloren, aber seine Hände fanden den Hals des Mannes, er zog ihn an sich und drückte ihm mit seinem Knie die Luft ab. Er presste sich mit seinem ganzen Gewicht gegen das zarte Flattern, das er in der Kehle seines Gegners fühlte.

Der Mann trat keuchend um sich und schaffte es, Drust von sich zu rollen und abermals davonzukriechen. Drust robbte in die entgegengesetzte Richtung, bekam einen harten Tritt in die Rippen und streckte eine Hand aus, um sich abzustützen; er landete damit auf etwas Hartem, schloss die Finger darum und zog sein Gladius aus dem Dreck.

Der Mann sah es, kreischte und wollte aufspringen, aber Drust rammte ein anderes kämpfendes Pärchen zur Seite, warf sich auf ihn und spürte den Ruck, mit dem ihm seine wütend aus dem Ellbogen heraus geschwungene Klinge immer wieder in den Leib fuhr.

Als sich der Kerl nicht mehr regte, kletterte Drust über ihn hinweg, kam schwankend auf die Beine und stand unverhofft Flaminius gegenüber. Die Welt schien sich zu verlangsamen. Drust rückte ihm näher wie ein gnadenloses Unwetter, in seinem Kopf heulte ein Schneesturm. Genug. Er hatte genug …

Flaminius hatte zwar ein Schwert und blockte den ersten Angriff ab, aber er hatte kein Talent. Er mordete lieber aus dem Hinterhalt und ließ seine Schläger für sich arbeiten. Als Drust ihm das Handgelenk durchtrennte und ihm eine blutige Furche quer über den Brustkorb zog, schrie er gellend, allerdings weniger vor Schmerz als wegen des Anblicks, seine Hand nur noch an einem blutigen Hautfetzen am blutigen Gelenk hängen zu sehen.

Da stieß jemand mit Drust zusammen, und er fuhr herum, wollte zuschlagen, aber jemand riss ihn am Kragen nach hinten, sodass er unsanft auf den Hintern fiel.

Durch die Staubschwaden erkannte er Kisa und begriff, dass er wohl gerade versucht hatte, jemanden aus der Menge aufzuschlitzen. Er ließ sich erschöpft auf die Beine ziehen, fast in einer Umarmung.

»Ganz ruhig «, keuchte Kisa. »Und Kopf einschalten, bevor du jemanden verletzt, den du kennst.«

»Flaminius ...«

»Um den würd ich mir keine Sorgen machen.«

Flaminius war fort, wankte durch die Menge, die sich teilte, um ihn durchzulassen. Er kam bis zu Castor und Pollux, sank neben dem Brunnen auf die Knie und sah zu, wie sein Herzblut aus dem Stumpf zu einem Rinnsal verebbte. Drust verlor ihn aus dem Blick, als sich die Menge wieder schloss.

Der Lärm ringsum war schrill und wüst – Männer rannten umher, Frauen schrien Verwünschungen. Ugo war in einem Ring aus reglosen Körpern zum Stehen gekommen; seine Dolabrae baumelten von Blut und Eingeweiden besudelt an seinen Seiten, auch die Arme waren bis zu den Ellbogen rot verschmiert.

Der Hund tauchte auf, schnaubte kurz und verächtlich und grinste. »Die sind fertig. Das war einfach – die Menge verfolgt jetzt die paar, die übrig sind.«

Flaminius war noch am Leben, wurde mit Tritten traktiert und verprügelt von denen, die er terrorisiert hatte. Eine weißhaarige Frau, die ein Stück weiter die Straße hinunter Kohl verkaufte, drosch mit einem Stein auf seinen Kopf ein, ergriff aber die Flucht, als Drust näher kam. Flaminius hatte gerade noch genug Sinne beisammen, um zu bemerken, dass ein Schatten die Sonne versperrte. Vielleicht hielt er ihn für den Tod.

»Ich hatte gesagt, es wird übel enden für dich.«

Flaminius spuckte kleine Blutstropfen zwischen den eingeschlagenen Zähnen und geschwollenen Lippen hervor. Was auch immer er antwortete, ergab keinen Sinn. Drust ging auf ein Knie und gab ihm Eisen, ein einziger sauberer Hieb, wie er ihn vor vielen Jahren von dem Sarden in den Katakomben des flavischen Amphitheaters gelernt hatte. Das Herz in der Kehle – als er den Gladius hervorzog, sprudelte das Blut nur sehr schwach und kurz.

Quintus tröstete Calida, die jetzt zitterte und weinte. Milo, bebend und mit Schweiß und Staub verkrustet, hob die Pfanne auf und drehte sie in der Hand, um die Delle zu begutachten.

»Ich werd eine neue kaufen müssen«, meinte er niedergeschlagen.

»Du hast jetzt mehr Geld für eine neue«, sagte Kisa. »Und schätz dich glücklich, dass nicht du die Delle hast – ein neuer Kopf kauft sich nicht so einfach.«

Milo wollte nicht das gebrochene, auslaufende Wrack ansehen, das einmal der Mann gewesen war, der Calidas Zorn geweckt hatte. Ihm war nicht klar gewesen, dass seine Gespielin zu so etwas fähig war, und Drust sah ihm an, dass er bereits Pläne machte, sie so schnell wie möglich zu verkaufen.

Die Menge hatte sich zerstreut und schleunigst in die Sicherheit ihrer Wohnungen zurückgezogen, denn alle wussten, dass die Vigiles im Schweinsgalopp angerannt kommen würden, sobald sie das Wort »Aufstand« vernahmen. Denn ein solcher verhieß Brandgefahr, und da sie dafür zuständig waren, beides zu verhindern, würde es nicht lange dauern. Und die Stadtkohorte würde ihnen auf den Fersen folgen.

Davon abgesehen mussten die braven Leute des Viertels erst einmal den Schock und die Scham überwinden, die das Hochgefühl ablösen würde, diesen blutigen Schlag gegen die Gauner geführt zu haben, die sie so lange terrorisiert hatten. Drust und die Brüder kannten diese Krankheit wie einen alten Freund, ließen sich inzwischen aber nur noch selten von ihr umtreiben – doch sie sahen Calidas Hysterie und hörten, wie andere sich beim Weggehen erbrachen.

Über sie selbst hatte sich eine seltsame Ruhe gebreitet. Drust spürte sie, aber wie immer war es Kag, der die richtigen Worte fand.

»Wir haben Manius doch noch einen Bestattungskampf bieten können«, sagte er, und die anderen pflichteten ihm bei, während alle am Tresen lehnten und *Conditum* schlürften.

Die Vigiles tauchten auf, angeführt von Scarpio, und beurteilten die Lage schließlich als sicher, da der Aufstand vorüber und kein Feuer ausgebrochen war. Sie besahen sich die Leichen und stellten Fragen, aber Ahala war bei ihnen und hatte die meisten davon bereits beantwortet. Scarpio nickte und ignorierte die frischen Wundverbände an Ugos Arm und am Oberschenkel des Hundes sowie die Schrammen und Kratzer bei allen anderen. Falls sie den blutigen Riss in Drusts Tunika und die darunterliegenden Bandagen bemerkten, gaben sie vor, auch diesen nicht zu bemerken.

»Tja, wir haben hier acht Tote, alles Männer, darunter Flaminius und Cossus. Sie werden sich also wohl in die Haare gekriegt haben. Wir räumen die Leichen weg und bereiten einen Bericht vor. Falls die Stadtkohorte auftaucht, was ich bezweifle, dann gebt ihnen ein paar kostenlose Würstchen und Wein und teilt ihnen mit, dass dieses Viertel in guten Händen ist.«

Drust lächelte und nickte ihm zu. Er wusste, was Scarpio meinte, wollte dem Mann, der so hilfsbereit war, jetzt aber nicht erklären, dass er keineswegs vorhatte, das Viertel zu übernehmen. Dieser Entschluss wankte, als später, nachdem die Sonne untergegangen war, die Leichen verschwunden waren und sich eine neue Staubschicht auf das Blut gelegt hatte, eine Handvoll Männer auftauchte.

Silanus war dabei, der etliche Blutergüsse und eine Schnittwunde aufwies; Scaeva dagegen war unversehrt und sehr zufrieden damit. Die anderen kannten sie alle ebenfalls. Sie standen da und traten unruhig von einem Bein aufs andere.

»Die Sache is die«, begann Silanus verlegen. »Jetzt is da ein Loch, wo vorher Flaminius war, und das kann keiner hier richtig ausfüllen, nicht ohne noch 'nen Kampf, aber das wollen wir nich. Wenn das so bleibt, drängt sich wahrscheinlich jemand von außen hier rein, und die ganze Scheiße geht von vorne los. Nich gut.«

»Nicht gut für euch«, knurrte der Hund. Silanus wedelte mit der Hand.

»Weiß ich ja. Aber die Sache is – ihr habt ihn besiegt. Ihn und Cossus abgemurkst. Ihr seid vom alten Schlag und wisst, wie das läuft. Man beerbt, wen man umlegt. Ungeschriebenes Gesetz, oder nich?«

»Und falls wir es tun?«, fragte Kag barsch. »Dann sollen wir euch alle behalten? Euch vertrauen, nachdem ihr vorhin noch versucht habt, uns umzubringen?«

»Geschäft«, antwortete Scaeva tonlos. »Lebensunterhalt für die Frau, die du Vatia besorgt hast, und die Kinder, die sie sich zugelegt haben. Und natürlich für unsere anderen schlechten Angewohnheiten.«

Das brachte ihm Gelächter und eifriges Nicken ein.

»Auf jeden Fall«, fuhr Silanus fort, »is das der Grund, warum wir hier sind. Ihr wisst, wie das läuft. Wir sind jetzt eure Leute, und alles wird besser – du hast ja gesagt, Flaminius war ein Kutscher und sonst nichts. Er wusste halt nicht, wie's läuft. Hatte keine Frau, keinen Sohn, überhaupt keine Familie, bloß eine Hure, die er mochte, die aber weggelaufen ist. Der Bau steht leer, bis auf uns. Außerdem ...« Er brach ab und druckste herum, verrenkte die nervös verschränkten Hände hierhin und dorthin. »Angeblich bist du der Sohn vom alten Servilius Structus.«

Das entsprach nicht der Wahrheit, und Drust dankte den Göttern jeden Tag für diesen Umstand – aber anscheinend war hier eine Legende entstanden.

*

Sie folgten Silanus und den anderen zum Bau und blieben vor dem Tor stehen. Drust holte so tief Luft, als wollte er tauchen gehen.

Der Bau war schmerzlich vertraut, die hohen, nackten Mauern und das Haupttor mit den doppelten Torflügeln, um die Vierspänner in den Hof zu lassen. Drinnen gab es hohe Lagerhäuser, vier an der Zahl, dazu Stallungen für bis zu dreißig muskulöse Arbeitspferde und Quartiere für Sklaven und Freigelassene. Auch ein Domus gab es, mit Atrium und Peristyl und allem Drum und Dran. Und einen Schuppen für die Sänfte des Servilius Structus – sein Anblick ließ sie alle aufstöhnen und daran zurückdenken, was für eine Wendung ihr Leben genommen hatte seit jener Nacht in Subura, als sie ihn vom jährlichen Festmahl im Ludus Magnus zurück nach Hause eskortiert hatten.

Sie kannten alles so gut, dass sie die Erinnerung fast in die Knie zwang. Hier hatten sie gestanden, um ihre Befehle von Servilius Structus entgegenzunehmen, dort hatten sie geschlafen und gegessen. Hier hatte der Kontrolleur gearbeitet und das kleine Imperium mitten in Subura verwaltet. Von hier aus hatte der fette Alte dieses Viertel regiert.

»Leck mich am Arsch«, sagte Kag. Staunend sah er sich um. Niemand antwortete, niemand sprach es aus – aber es war, als wären sie endlich nach Hause gekommen, auch wenn der Geist von Servilius Structus noch durch die Gemäuer spukte. Die erste Nacht verbrachten sie mit dem Versuch, sich nicht allzu sehr wie Diebe vorzukommen, um im Morgengrauen schließlich zu begreifen, wo sie da hineingeraten waren. Da spätestens hatten sie sich dem rätselhaften Walten der Götter gebeugt, die ganz offensichtlich alles so eingefädelt hatten, dass sie im Zentrum des Spinnennetzes ihres alten Anführers hocken sollten.

Im Licht der schräg hereinfallenden Morgensonne saßen sie um einen altbekannten verschrammten Tisch und sahen einander an.

»Was jetzt?«, fragte Kag, und Kisa sah von den Schriftrollen auf, in die er vertieft gewesen war. Neben ihm stand eine massive quadratische Holzkiste mit Eisenbändern und mindestens drei Schlössern; bei ihrem Anblick war ihnen allen mulmig geworden, und niemand hatte sie berühren, geschweige denn öffnen wollen. Sie kannten sie gut.

Kisa, der keine solchen Skrupel kannte, suchte die Schlüssel zusammen und schloss die Kiste auf. Darin lagen säuberlich gestapelte Schriftrollen, schwere Lederbörsen voller Münzen und noch mehr Geld – Goldmünzen – zu säuberlich aufgestapelten Stangen eingerollt.

»Nicht zu fassen, dass sich das keiner von denen unter den Nagel gerissen hat«, murmelte Kisa.

»Ihnen geht es genau wie uns«, erwiderte Drust. »Es ist ihr Zuhause, das einzige, das sie kennen.«

»Also«, sagte Kisa nach einer Weile, »Flaminius hat Verträge – *wir* haben Verträge –, um Getreide und Sand an die Arena zu liefern. Außerdem Fleisch und Tierfutter. Ich gehe davon aus, dass die alle noch aus der Zeit stammen, als euer alter Anführer das arrangiert hat, und wahrscheinlich werden diejenigen, die auf das Zeug angewiesen sind, auch kein großes Theater machen, wenn wir die Belieferung ab sofort übernehmen. Außerdem ist hier noch eine Liste, was er den Leuten im Viertel abgepresst hat.«

»Machen wir damit weiter?«, fragte Kag.

»Die Verträge sind allesamt von Servilius Structus – Flaminius hat sich da nur reingedrängt, als der fette Alte gestorben ist. Kisa kann die Schriftrollen durchgehen und abklären, was zu tun ist«, sagte Drust, der plötzlich alles deutlich vor sich sah. »Wir können das schaffen. Besser wir als noch mehr Fremde, noch mehr miese Ärsche auf Servilius Structus' altem Thron.«

»Bis auf das Schutzgeld«, sagte Quintus. »Damit sollten wir aufhören – ihr habt gesehen, was passiert ist.«

»Halbieren«, knurrte der Hund. »Schafe müssen geschoren werden – da hatte Flaminius schon recht. Wenn wir es halbieren, jubeln die Leute uns zu, und außerdem wissen die alle, dass sich jeder, der hier ist, seinen Anteil nehmen muss. Im Moment mögen sie uns. Wenn wir das Schutzgeld ganz abschaffen, handeln wir uns bloß Ärger mit den Beherrschern der anderen Viertel ein.«

Sie verbrachten den ganzen Vormittag damit, die Sache auszuarbeiten, bis ein Kerl aus der alten Truppe namens Papa mit Brot und Kichererbsen, geschmorten Pilzen und Wein auftauchte.

»Von Milo«, sagte er und strahlte, und sie tauschten bedeutungsvolle Blicke; so lief das jetzt also offenbar. Das Viertel hatte es akzeptiert und plötzlich, ohne Ankündigung, waren sie wichtige Leute und quasi das Gesetz hier.

»Da ist übrigens ein Mann am Tor«, sagte Papa, während er die Sachen verteilte. »Er ist erst zu Milo gekommen, und der hat ihn hergeschickt. Er heißt Stolo und sagt, er hätte den Typen gefunden, nach dem du suchst, Meister.«

13

Stolo staunte nicht schlecht. Langsam und sichtlich fassungslos drehte sich er sich in alle Richtungen und wiederholte seine Verwunderung dabei so oft, dass sie ihm irgendwann sagten, er solle die Klappe halten und endlich erzählen, was er herausgefunden hatte.

»Aber schaut euch doch mal um«, sagte er schon wieder und breitete die Arme aus. »Als ich gegangen bin, habt ihr euch noch alle einen Raum in dieser Taverne geteilt. Und jetzt ... einfach unglaublich.«

»Lange nicht so unglaublich wie die Tatsache, dass du zurückgekommen bist«, bemerkte Kisa missmutig. »Jetzt schulde ich einem germanischen Riesen eine Faustvoll Münzen.«

Stolo zuckte mit den Schultern, schälte seinen Oberkörper aus der neuen Toga und bediente sich an Trank, Oliven und Brot. »Ich hab dran gedacht«, gab er zu, »aber wo hätte ich hingehen sollen? Was hätte ich tun sollen? In Rom gibt es nicht viel Verwendung für die Kunst, dreißig Meilen im Gleichschritt zu marschieren und danach noch einen geraden Speerwurf hinzukriegen. Meine

Armeefähigkeiten werden hier nicht gebraucht – außer von euch.«

»Und was für Fähigkeiten sollen das sein?«, fragte Quintus spitz. »Die ganzen animalischen Attribute eines echten Kriegers – ein Hasenherz und Beine wie ein junges Fohlen.«

»Ha. Ich hab achtzehn Jahre gedient, du schmächtiger Wichser. Hab mich betrunken, mir ein paar idiotische Tätowierungen zugelegt, ein paar Mal den Stock gespürt, gründlich beim Würfeln gewonnen und noch viel gründlicher verloren. Ich habe oft Seite an Seite gekämpft und bin niemals weggelaufen, bis zu diesem Tag.«

Er wischte sich mit dem Handrücken über den Mund. »Und wäre es auch an diesem Tag nicht, wenn Tubulus es nicht befohlen hätte«, murmelte er beschämt. »Er stand im Rang über mir, schon vergessen?«

»Und an Befehle hältst du dich ja immer.«

»Es reicht«, sagte Drust. »Was hast du rausgefunden?«

»Darf ich mich bei euch einquartieren?«

»Kommt drauf an, was du rausgefunden hast«, gab Drust zurück. Stolo kaute sein Brot fertig und spülte es mit Wein herunter.

»Also, ich bin zurück zu Caesars Haus und hab angefangen, nach einem bleichen Mann mit weißen Haaren zu fragen. Musste auf Türschwellen übernachten und einmal in einem Tempel – ich dachte, ich ende irgendwann mit durchgeschnittener Kehle.«

Drust sah ihn mit einem Anflug von unwillkürlichem Respekt an. »Was hast du herausgefunden?«

»Da herrschte die ganze Woche über ein ständiges Kommen und Gehen – nicht nur der nubische Torwächter und diese hagere alte Köchin. Der Bäcker hat einen blassen Typen gesehen und einen schwarz wie die Nacht, sagt er zumindest – das war wohl euer Manius. Aber niemand weiß, wo der bleiche Kerl hin ist. Oder auch nur, wer er überhaupt ist. Also dachte ich, ich versuch's mal bei den Thermen – ein Mann wie der muss sich irgendwann auch mal waschen, allein schon, um das ganze Blut loszuwerden. Ich war aber nicht gerade scharf darauf nach dem, was mit eurem Kumpel passiert ist.«

»Was hast du rausgefunden?«, wiederholte Kag barsch, und Stolo warf ihm einen Seitenblick zu.

»Kriege ich ein Quartier bei euch? Ein geregeltes Einkommen? Essen und so weiter?«

»Was hast du rausgekriegt, verflucht noch mal!«, fauchte der Hund drohend. Stolo hörte auf zu kauen und schluckte.

»Um es kurz zu machen – und glaubt mir, es war eine Menge Arbeit –, ich habe rausgefunden, dass euer bleicher Mörder jemanden namens Lentulus sucht. Also hab ich diesen Lentulus aufgespürt, damit ihr ihn beschatten und euch den bleichen Kerl schnappen könnt, wenn er bei ihm aufkreuzt.«

»Nicht übel«, sagte Ugo bewundernd und lachte. Stolo grinste.

»Und wo ist Lentulus? In welchen Thermen?«

»Thermen? Keine Thermen. Er ist als Sparsor für die Grünen untergetaucht.«

»Ein Wagenlenker? Der?«, brach es ungläubig aus Quintus heraus. »Der ist ein Barbier.«

Kein Wagenlenker, sondern ein *Sparsor*, dachte Drust. Es bedeutete »Sprenkler« und beinhaltete unter anderem die Aufgabe, sich um die Pferde zu kümmern. Der schlimmste Teil dieser Arbeit war, sich während eines Rennens so zu positionieren, dass man den Pferden des eigenen Lagers Wasser ins Gesicht spritzen konnte, wenn sie um eine Kurve jagten – zur Abkühlung und zur Beseitigung des die Nüstern verstopfenden Staubs, damit sie besser atmen konnten. So holte man ein paar Schritte mehr aus den Tieren heraus, und das allein war es den Fahrern wert.

»Reden wir hier wirklich vom selben Lentulus?«, wollte der Hund wissen. »Einem Herausputzer von Haaren und Bärten?«

»Großer Verehrer der Grünen«, sagte Stolo. »Und bei denen versteckt er sich.«

»Nicht besonders erfolgreich, wenn du ihn gefunden hast«, murmelte Kisa. Stolo brauste sofort auf.

»Ich hab mich tagelang an seine Fersen geheftet, kaum geschlafen und nur Mist gefressen. Ich hätte einfach verduften können, aber ich dachte, Drust würde sein Versprechen vielleicht tatsächlich einlösen. Dass ich tatsächlich Freunde hier hätte«, schloss er verbittert.

Drust nickte, rief Scaeva herbei und erzählte ihm, wer Stolo war und was er getan hatte. »Weis ihm ein Bett zu und behandle ihn als einen von euch. Wenn er Scheiße baut, lass es mich wissen.«

Scaeva nickte grimmig. Stolo stand auf und warf einen letzten säuerlichen Blick in Richtung Kisa, der vornübergebeugt dasaß und seinen Namen auf einer Liste vermerkte.

»Was jetzt?«, fragte Quintus, während der Hund seinen Umhang holte und ihn überwarf, obwohl es ein schwüler Tag war.

»Wir besuchen den Circus, Jungs.«

*

Die Stadt brodelte wie ein angestochener Ameisenhaufen – es war der erste Tag der Ludi Romani, und man hatte den Eindruck, als ströme die gesamte Stadt in Pulks mit kaum verhaltener Streitlust zur gewaltigen Arena und den Gladiatoren.

Fast eine Woche lang hatte es überall in der Stadt auf zahllosen Bühnen Theaterstücke und Konzerte gegeben, während die Athleten ihre Wettkämpfe im Laufen und Weitsprung im Circus Agonalis abgehalten hatten, einem Stadion, das vor fast zweihundert Jahren vom göttlichen Domitian erbaut worden war.

Auch hier im Circus Maximus waren gerade Athleten zugange, die Langstreckenläufer, die wie Leoparden gebaut waren und nie zu ermüden schienen. Halb nackt stolzierten sie herum, die Umhänge nur über eine Schulter drapiert, um ihre Muskelstränge und langen Beine zur Schau zu stellen. Selbst im Circus Agonalis wollten sie ihre Rennen nicht austragen – der Maximus war der einzig angemessene Ort für ihre Ausdauerläufe, mit denen sie angeblich irgendeinen toten Griechen ehrten.

Allerdings nicht heute. Die Wagenrennen begannen zwar erst zehn Tage nach Auftakt der Ludi Romani, aber die Menge fieberte ihnen schon entgegen, und alle

Mannschaften bekamen die Gelegenheit zu üben, ihre Pferde an das Treiben zu gewöhnen und noch ein wenig an ihren Wagen zu schrauben. Heute waren die Grünen vor Ort, und der Circus wurde überrannt von ihren Verehrern, von Krämern mit allen möglichen Andenken und von Buchmachern. Bei ihrer Ankunft kam es Drust und seinen Leuten so vor, als wäre ein Fleckchen der smaragdfarbenen Elysischen Felder auf Rom gefallen.

Sie kamen auch nur hinein, weil sie Leute kannten – und es war offensichtlich, dass sich die Neuigkeit, die Brüder des Sandes hätten den *Dioscuri*-Distrikt von Flaminius übernommen, bereits verbreitet hatte. Anscheinend hatte niemand diesen Transportunternehmer und Halsabschneider leiden können.

»Fangen so nicht alle an?«, knurrte der Hund an Kag gerichtet.

Sie kamen an der Längsseite herein, am Startbereich auf der Rennbahn, wo gerade mehrere Pferde aufgezäumt oder abgeschirrt und Rennwagen umgedreht wurden, um weiter an ihnen herumzuwerkeln. Mitten im Gewühl entdeckten sie ein bekanntes Gesicht – Caepio, den *Conditor*.

Er hatte ein Gesicht wie ein alter verbrannter Stiefel und nicht mehr als drei Zähne im mit silbrigen Stoppeln übersäten Unterkiefer. Die Augen starrten zwischen den tiefen Furchen der Äcker seiner Wangen hervor. Seit eh und je war er Sklave der Grünen gewesen; aber Sklave oder nicht, er war ein hochgeschätzter Conditor, ein Konstrukteur und Reparateur von Rennwagen. Gerade schmierte er stinkendes Fett auf eine der Achsen, schaute dann aber auf und grinste, als hätte er die Brüder tags zuvor gesehen.

»Drust, Kag. Wie läuft es?«

»Ganz gut, alter Mann«, sagte Drust, kniete sich hin und bot ihm den Schlauch mit anständigem Wein an, den sie auf dem Weg hierher erstanden hatten, zusammen mit Brot und Oliven. Caepio trank, gab ihn zurück, und Drust trank ebenfalls – ohne vorher das Mundstück abzuwischen. Er wusste, die Geste würde Caepio nicht verborgen bleiben.

»Wir suchen nach einem Burschen namens Lentulus«, sagte Drust leichthin. »Eigentlich Barbier, arbeitet jetzt aber offenbar als Sparsor.«

»Den kenn ich«, sagte Caepio. »Beliebter Kerl – ihr seid nicht die Ersten, die nach ihm fragen.«

»Wer sonst noch – ein hochgewachsener Typ? Komische Haare, komische Haut, komische Augen?«

»Nee – ein kleiner Mann, der versucht hat, seine Toga so zu tragen, wie er früher Rüstung getragen hat. Hatte einen verschlagenen Blick.«

»Stolo«, murmelte Kag aus dem Mundwinkel. Der alte Caepio packte sich die nächste Ladung übel riechenden braunschwarzen Schmierfetts und fing an, die Radnabe einzureiben.

»Da war noch einer – Brasus, der Daker.«

»Wer bei Jupiters haarigem Schwanz ist Brasus, der Daker?«

»Ein Retiarius«, antwortete Caepio und verteilte geistesabwesend schwarze Striemen über seine dreckige Tunika. »Ein Zögling aus dem Ludus Ulpius Ralla. Hat ein paar seiner Gladiatorenkämpfe gewonnen und wird hoch bewertet, wie man hört.«

»Ludus Ulpius Ralla?«, fragte Kag und blinzelte verdattert. »Von dieser Gladiatorenschule hab ich noch nie gehört.«

»Es gab mal einen Senator Gaius Ulpius Ralla«, sagte Drust. »Hat es geschafft, sich vom alten Kaiser Severus hinrichten zu lassen. Und sein Sohn hat sich von Caracalla unter die Erde bringen lassen, wenn ich das noch richtig im Kopf habe.«

»Glückloser Haufen«, knurrte Quintus. »Der beste Beweis dafür, dass man den Hass großer Männer nur überlebt, wenn man so unbedeutend ist, dass man sich leicht verstecken kann. Wie wir.«

»Senator Marcus Ulpius Ralla«, sagte Caepio und rollte das Wagenrad an seiner Achse endlich zur Seite. Er richtete sich auf und massierte sich eine Stelle am Rücken. »Der Letzte in dieser bedauernswerten Sippe, der dem derzeitigen Kaiser ganz tief in den Arsch kriecht – und der Kaiserin noch ganz woanders hin, falls die Gerüchte stimmen –, indem er einen kompletten Tag der diesjährigen Wagenrennen finanziert und sämtliche Gladiatorenkämpfe, die in den Pausen stattfinden.«

»Was zum Kuckuck hat das mit Lentulus zu tun?«, fragte der Hund und verzog frustriert das Gesicht.

»Fragt ihn selbst«, sagte Caepio und grinste sie zahnlos an. »Er steht da hinten an der Rennstrecke und schmachtet Murena an. Er hat sich freiwillig gemeldet, Murenas Sparsor zu sein – ich geb ihm noch maximal einen Monat, bis er dabei draufgeht.«

Murena – der Aal – war einer der aufstrebenden Helden der Grünen, ein breitschultriger Jüngling mit Wespentaille, gebürtig aus Zypern, wo er der Legende nach als Knabe seinen Lebensunterhalt als Stierspringer verdient hatte, bis reiche Griechen ihn in einen Rennwagen setzten.

Caepio führte sie hinunter durch das Gewühl aus finster dreinblickenden Wachen, Gladiatoren und Ringern, die allesamt dafür sorgen sollten, dass sich niemand an den Pferden, den Wagenlenkern oder gar an deren Wagen zu schaffen machte; außerdem hielten sie die aufdringlichen Buchmacher auf Abstand. Wen sie jedoch offensichtlich nicht zurückhielten, waren die schwärmerischen Mädchen – und Jungen – in Grün, die um die Aufmerksamkeit ihrer Idole buhlten.

»Das da ist Murena«, sagte Caepio und zeigte auf einen Jüngling mit olivfarbener Haut und kurzen schwarzblauen Locken. Er ignorierte die schmachtenden, drängelnden Mädchen, die sich bemühten, seine Aufmerksamkeit zu erlangen oder über die letzte Absperrung zu klettern. Wer das versuchte, fand sich dann doch in der Umarmung eines bärenhaften Wächters wieder und wurde wild zappelnd entfernt.

Murena schaute nicht einmal auf. Er trug seine lederne Rennmontur, inspizierte eins der Wagenräder und bestieg offenkundig damit zufrieden sein Gefährt, wo er sich die Zügel um die Hüfte wickelte und in einer komplizierten Schlaufe festzurrte. Als die Helfer die Pferde in Richtung der Startpositionen führten, ließ Murena sich endlich dazu herab, den bewundernden Zuschauern zu winken. Sein Name hätte sowohl zu einer Frau als auch einem Mann gehören können, und das war auch der Grund, warum sowohl Knaben als auch Mädchen da waren.

»Da ist Lentulus«, sagte Kag plötzlich, und sie erblickten alle den Mann, der Murenas Gruppe zu den Startboxen führte. Ganz in der Nähe wurden drei weitere Wagen auf die Bahn geführt. Die Tiere glänzten und waren sichtlich ungeduldig, verhielten sich aber inmitten der schuftenden Männer, all des Gemurmels und Gebrülls und des vereinzelten Gekreischs trotzdem erstaunlich ruhig.

»Zwei zu eins auf Murena«, sagte Quintus lächelnd. Caepio kratzte sich das stoppelige Kinn.

»Würd ich mich drauf einlassen, falls du es ernst meinst«, sagte er, »denn heute wird der Aal nicht vorbeischlüpfen. Er hat seine Quadriga auf römische Art angeschirrt – normalerweise spannt man die stärksten Pferde zusammen ans mittlere Joch, flankiert von den ruhigen und verlässlichen im Einzelgeschirr auf den Außenseiten. Aber er hat eins der stärksten Zugpferde auf die Innenbahn gesetzt und dazu ein spezielles Rad auf der rechten Seite gewählt – seht ihr?«

Sie sahen es, ein Rad mit breiterem Rahmen und kleinerem Radius, wodurch der Wagen leicht in Schräglage stand.

»Es ist kleiner und dicker und hat einen Eisenrahmen, um dem Druck in der Kurve um das Kopfende der *Spina* besser standzuhalten«, erklärte Caepio. »Aber dadurch ist der Wagen auch langsamer – Murena will das Zugpferd auf der Innenseite ausprobieren, um zu sehen, ob das den Geschwindigkeitsverlust ausgleicht.«

»Und du glaubst, das tut es nicht?«

Caepio zuckte mit den Schultern. »Ich hab alle denkbaren Kombinationen gesehen. Am Ende ist der Fahrer entscheidend, und das heißt, Murena muss alles geben, damit es funktioniert. Hochriskant. Wenn er so weitermacht, wird der Bursche nicht besonders alt.«

Er nickte einem anderen Streitwagen mit einem weiteren erschreckend jungen Fahrer zu, der sich gerade die Zügel um die glänzende schwarze Hüfte wickelte. »Das ist Scipio der Blemmyer. Manche nennen ihn zum Spaß Scipio Africanus, denn eine Begegnung mit ihm ist alles andere als spaßig. Absolut skrupellos, wie kaum ein anderer – auch der erreicht niemals seinen zwanzigsten Geburtstag, aber bei ihm wird es eher ein Messer in einer dunklen Gasse sein, das ihn zu Dis Pater befördert.«

Er zeigte erneut auf ein Detail. »Seht ihr das? Er hat seinen Wagen auf griechische Art angeschirrt – die starken Pferde auf den Außenseiten, die verlässlichen im Innenjoch. Das Pferd auf der Außenbahn heißt Hieron und ist so viel wert wie der ganze Rest des Rennstalls zusammen.«

Es war eine normale Übungseinheit, aber wie Caepo sagte, gab es sichtlich Konkurrenz zwischen den Fahrern der Grünen – und denen aller anderen Rennställe –, um jenen, die sich auf die Zuschauerränge gemogelt hatten, ein anständiges Spektakel zu bieten.

»Keine Schiffbrüche heute«, sagte Caepio, »aber trotzdem sind die Rennen wild.«

Draußen auf der Bahn waren Sklaven dabei, den Sand zu harken – fein und weiß und zu unglaublichen Preisen importiert. Hornsignale ertönten, und der Aal machte viel Getue darum, sich eine Peitsche auszusuchen; kann sich kaum einen Flaum stehen lassen, hat aber schon hundertzweiundzwanzig Rennen gewonnen, dachte Drust.

Die Mädchen kreischten. Eines hatte *»Vincas, non vincas, te amamus Murena«* auf eine Kreidetafel geschrieben und schwenkte sie wie eine Fahne – »Ob du gewinnst oder nicht, wir lieben dich, Murena«.

Vier Streitwagen schossen aus den Boxen hervor und stürmten auf das Seil zu, das in Hufhöhe von der *Spina* zu den Zuschauerrängen quer über die Rennbahn gespannt war und die Startlinie darstellte. Gab es einen Fehlstart oder gar einen Schiffbruch direkt an den Boxen, würde der Schiedsrichter das Seil nicht senken und das Rennen somit offiziell gar nicht erst begonnen haben.

Das Problem war, dass man sich entweder dafür entschied, volle Kanne auf das Seil zuzuhalten, oder aber sich etwas zurückfallen ließ und dadurch riskierte, beschuldigt zu werden, mit einem bestochenen Schiedsrichter im Bunde zu sein, der das Seil zu spät loslassen und so die führenden Pferde ins Straucheln bringen wollte.

Doch das galt nur für offizielle Rennen. An Übungstagen wurde das Seil früh gesenkt, und die Streitwagen verschwanden wie Geschosse aus einer überdimensionalen Balliste in Staub und fernen Schreien. An Renntagen konnte man sich nicht einmal mehr atmen hören, so ohrenbetäubend war der Lärm.

»Habt ihr das gesehen?«, fragte Caepio triumphierend. »Der Aal hat sich nicht die Innenbahn sichern können, trotz seiner Spezialkonstruktion. Der Blemmyer ist durch.«

Drust suchte nach Lentulus und sah den Mann in einer Staubwolke an die rechte Seite der Rennbahn traben, einen offenen Ledereimer in der Hand. Er rangelte mit anderen Männern in gleicher Funktion; an Wettkampftagen würden sie zu rivalisierenden Rennställen gehören, den Roten und Weißen und Blauen, und alle würden versuchen, sich gegenseitig vom besten Platz zu verdrängen – auch direkt in den Weg der heranrasenden Wagen.

Diese umrundeten nun die hintere Kurve, die Pferde in voller Länge mit ausgestreckten Hälsen, ihre gestutzten Mähnen mit eingeflochtenen grünen Bändern. Dahinter kam der Wagen, der weniger rollte als durch den Staub hüpfte. Es musste sich anfühlen, wie einen springenden Delfin zu reiten, auf dessen Rücken man stand Sib hatte es auch so gemacht.

»Genau wie Sib«, brachte Drust heraus. Caepio drehte sich um und nickte traurig.

»War ein guter Fahrer. Nicht in der Klasse von denen hier, seien wir ehrlich, aber trotzdem ein guter Fahrer. Hat mich betrübt, zu hören, dass er tot ist – auf der Rennstrecke gestorben, oder?«

»Ein Schiffbruch mit Pferden«, gab Drust angespannt zurück, und der alte Sklave war klug genug, nicht weiter nachzubohren. Stattdessen deutete er auf Lentulus, der mit seinem Eimer vorsprang und Murenas galoppierenden Pferden Wasser ins Gesicht spritzte. Die Bewegungen waren unglaublich schnell, und einen Schreckmoment lang dachte Drust, Lentulus wäre unter die Räder gekommen.

Dann teilte sich die Staubwolke, die im Kielwasser der Quadrigae seltsame Schlieren und Spiralen bildete, und gab den Blick auf ihn frei, die Arme hochgestreckt und mit dem umgestülpten Eimer in der Hand, um zu zeigen, dass er Erfolg gehabt hatte. Er grinste.

»Jupiter«, raunte Kag. »Unser Barbier hat dickere Eier, als ich ihm zugetraut hätte.«

»Schauen wir mal, was er zu sagen hat – Ugo, sieh zu, ob du ihm den Weg abschneiden kannst.«

Sie bahnten sich einen Weg durchs Gedränge. Überall warteten Sklaven, um den Sand glatt zu harken und den Müll aufzusammeln, der von den Tribünen geflogen kam – Brotbrocken und Früchte, die wutschnaubend auf die Strecke geschleudert wurden. Selbst bei Übungsrunden versuchten die Zuschauer, die Wagen der Konkurrenten ihrer Lieblinge zu bewerfen; an Wettkampftagen wurde dann verbissen versucht, die gegnerischen Rennställe aus der Spur zu bringen. Die Stadtkohorte war dafür zuständig sicherzustellen, dass nichts Schwereres geworfen wurde als ein Apfelgehäuse.

Die Wasserspritzer füllten ihre Eimer nach und diskutierten aufgeregt darüber, wie nahe sie den Wagen gekommen waren, während die Pferdebetreuer schon die vier Quadrigen umsorgten, die als Nächstes ins Rennen gingen. Drust und seine Leute näherten sich Lentulus.

Sie wurden von Liktoren abgefangen, großen Männern mit Rutenbündel und Beil, die dafür sorgten, dass ihr Meister nicht gestört wurde. Dieser entpuppte sich als Patrizier, der zwar noch recht jung war, aber mit Riesenschritten der Korpulenz entgegenstrebte. Er bewegte sich wie ein Wal, flankiert von einem Schwarm Lotsenfische, in seinem Fall Equites. Er war eindeutig reich und wahrscheinlich ein *Aedilis Curulis* – ein Amt, das zunehmend verschwand –, denn denen standen zwei Liktoren zu. Der Aedilis Curulis blieb vor dem alten Sklaven Caepio stehen und lächelte auf eine Weise, die Drust sehr gut kannte.

Hier stand ein Mann, der dafür verantwortlich war, neben anderen überholten Aufgaben auch die Rahmenbedingungen öffentlicher Veranstaltungen zu regeln. Vermutlich hatte er diese unliebsame Aufgabe aber nur seiner unsterblichen Passion für Pferde und Rennwagen wegen übernommen, der treibenden Kraft seines Lebens und für ihn so viel wichtiger, als Thermen und Bordelle zu regulieren oder Huren zu registrieren.

»Nun, Caepio – wie bewertest du die Lage?«

Man hatte nicht den Eindruck, als spreche er mit einem Sklaven; tatsächlich war sein Tonfall fast respektvoll, denn hier war Caepio der Meister.

»Murena macht sich gut, er wird aber alles auf eine Karte setzen müssen, um seine Sonderausstattung auszuspielen«, erklärte Caepio. »Scipio Africanus fliegt ihm davon.«

Lentulus hatte Drust entdeckt und klappte den Mund auf. Er war leichenblass geworden. Drust fluchte und setzte sich in Bewegung, wurde aber von einem der Liktoren aufgehalten.

»Zu dem da will ich«, sagte Drust in das wie versteinerte Gesicht.

»Mir egal. Außenrum.«

Die Liktoren wurden gut bezahlt und waren im Dienst so standhaft wie Säulen. Drust fluchte erneut, wich zur Seite aus und sah aus dem Augenwinkel, dass sich Ugo auf der anderen Seite in Position gebracht hatte und ebenfalls näher kam.

In diesem Augenblick kamen die Rennfahrer um die Kurve, und gewaltiges Gebrüll erhob sich wie eine Welle, die Drust fast zu Boden gehen ließ. Irgendwie hatte Murena eine Nasenlänge Vorsprung herausgeholt und schleuderte wie ein plötzlicher Wüstensturm in einer Wolke aus Staub und Sand um die *Spina*.

Einen Moment lang lag alles unter einem erstickenden goldenen Schleier, alles würgte und hustete, ringsum waren nur Schemen zu erkennen. Dann zogen die wirbelnden Strudel, die die Wagen hinterließen, den Schleier fort. Drust stand da und schaute in das begeisterte Gesicht eines Stallburschen, dessen Augen von Sand und Staub rosa gerändert leuchteten.

Lentulus war nirgendwo zu sehen.

»Wo kann er hin sein?«, fragte Kag, aber es gab keine andere vernünftige Antwort als die Stallungen und Werkstätten unter dem Circus, die von ihrem Standort aus über mehrere Rampen zu erreichen waren. Dort hinab würde sie jedoch selbst Caepio nicht führen können.

Missmutig liefen sie unter den grimmigen Blicken der Liktoren umher, aber weder an ihnen noch an den Mitgliedern der Stadtkohorte am Eingang zur Kellergalerie des Circus würden sie vorbeikommen.

»Wir haben ihn verloren«, gab Quintus irgendwann zu, was der Hund mit einem mürrischen Knurren quittierte.

»Was jetzt?«, fragte Ugo, und Drust versuchte nachzudenken, aber es war Kisa, der antwortete, so leise, dass nur sie es hören konnten.

»Brasus, der Daker«, sagte er, als die Wagen zum zweiten Mal die entfernte Kurve umrundeten. »Prasina, Prasina«, wurde skandiert – »Grüne, Grüne« –, und sogar noch lauter der Name Scipio gebrüllt, dem es gelungen war, Murena zu schneiden.

Dies war kein offizielles Rennen, und keiner der beiden hatte vor, ihre Rivalität weiter zu vertiefen. Also begannen sie das Tempo zu drosseln; die letzte Runde würden sie im Trab absolvieren, um die Pferde auslaufen zu lassen. Die beiden Fahrer nickten und riefen sich Kommentare zu, grinsten und winkten in die Ränge, um das Johlen und Kreischen zu quittieren.

»Ich würde zu gern sehen, was die Mann gegen Mann mit einem Gladius anstellen vor den Augen einer Menge, die wirklich Blut sehen will«, knurrte Kag verdrossen.

»Lasst uns mehr über Brasus und diesen Ludus Ulpius Ralla herausfinden«, sagte Drust, dessen Gehirn schon wieder fieberhaft arbeitete, angetrieben von Furcht vor dem, was Verus als Nächstes tun mochte. Er fühlte sich auf den Straßen Roms nicht mehr sicher, und das behagte ihm überhaupt nicht.

»Quintus – du bleibst hier bei Caepio. Schau, ob du mit Murena reden kannst, und find raus, wo Lentulus stecken könnte. Schlimmstenfalls kannst du Lentulus wenigstens eine Nachricht zukommen lassen, dass wir ihm nicht ans Leder wollen.«

Kag sah ihn scharf von der Seite an. »Stimmt das?«

»Ich will verdammt noch mal wissen, was hier überhaupt los ist und wie wir da lebend rauskommen«, gab Drust ebenso scharf zurück. Kag nickte nur.

»Gut«, sagte Drust und rieb sich das Kinn. »Wir anderen gehen in die Thermen und warten – wir haben den ersten Tag der Spiele, da werden nach Einbruch der Dunkelheit alle für ein Bad, eine Rasur und eine Runde Klatsch einfallen. In diesem Gewühl hier an irgendwen ranzukommen, den wir kennen, ist sowieso aussichtslos.«

Es war ein guter Vorschlag. Die Titusthermen waren nicht weit vom flavischen Amphitheater entfernt, am Fuß des Esquilin und im Schatten der ungleich weitläufigeren Badeanlage, die Trajan später hatte erbauen lassen. Daher waren sie ein bisschen heruntergekommen und weniger gut besucht – perfekt für verdreckte Gladiatoren und Tierpfleger und den übrigen Abschaum der Arena.

Angeschoben von der Druckwelle aus Geschrei und Gekreische der Grünen verließen sie den Circus. Kag sah sich noch einmal um, dann zu Drust und brauchte kein Wort darüber zu verlieren, dass Quintus hier nicht allein zurückbleiben sollte. Drust tippte dem Hund auf die Schulter und machte eine ruckartige Kopfbewegung. Der schlug die Kapuze zurück, grinste sie mit seinem Totenschädel an und trottete davon, um Quintus zu finden.

Das ist der Stand der Dinge, dachte Drust. Wir trauen uns nicht mehr, allein durch die Stadt zu laufen, in der wir einst wie Könige herumstolziert sind, aus Angst vor der Bestie aus dem Dunkeln.

14

Die meisten Thermen öffneten normalerweise um die Mittagszeit und konnten bis zur Abenddämmerung genutzt werden. Als an diesem Tag die Schatten länger wurden, waren die Titusthermen mit einer Unmenge von Öllampen erhellt, denn die Betreiber wussten, wann die Kunden aus der Arena einfallen würden. Anständiges Volk trieb sich hier dann nicht mehr herum, da sie sich die Anlage sonst mit Gladiatoren und anderem Gesocks hätten teilen müssen.

Nachdem Kisa heiß gebadet und sich hatte abspritzen lassen, wollte er zurück in den Bau, also schickte Drust Ugo mit ihm. So blieb er mit Kag zurück und wartete, während sich die Insekten in zischender Ekstase in den Tod stürzten.

Allmählich tauchte die Kundschaft in Grüppchen auf. Die Gladiatoren stolzierten breitbeinig herein – sie hatten den ersten Tag der Spiele überlebt und waren davon noch ganz aufgekratzt, redeten laut und machten mächtig Wellen, als sie ins Becken tauchten, auch wenn keiner von ihnen Zeit damit verschwendete, die Wettkämpfe zu analysieren. Sie waren gekommen, um das genaue Gegenteil zu tun, ehe sie sich wieder zurück in ihre einsamen Zellen trollten, um auf den nächsten Tag zu warten.

Drust und Kag saßen da und hörten zu, dann stiegen sie ins Becken und richteten ein paar Fragen an Leute, die sie kannten, wie flüchtig auch immer. Sie kauften Wein und süße Küchlein und fühlten sich geschmeichelt, wenn sich jemand an ihre Namen erinnerte – aber Informationen über Brasus bekamen sie nicht. Noch war niemand von seiner Schule hier, doch sie wurden jeden Moment erwartet.

Als es zum Durchbruch kam, geschah alles sehr schnell. Kag und Drust saßen gerade da und zuckten beim lärmenden Einmarsch der *Venatores* zusammen, die sich darüber ausließen, wer von ihnen die brütende Wüste der Laconica ertragen könne, des griechischen Heißluftbads. Wie immer machten die Gladiatoren bissige Bemerkungen über diese Tierbändiger und Jäger, die mit Grunzen antworteten, einer sehr alten Beleidigung. Sie rührte daher, dass Gladiatoren während ihrer Ausbildung hauptsächlich zähen Haferschleim aßen – das gleiche Zeug, das den *Venatores* zufolge Bauern ihren Schweinen zu fressen gaben.

Das Ganze war dennoch gutmütig und würde kaum ausarten. Beide Seiten hatten für einen Tag genug Blut gesehen, und selbst die Diskussionen der verschiedenen Lager beim Wagenrennen verliefen gemäßigt.

Dann schaute Drust plötzlich auf und sah in ein Gesicht aus der Vergangenheit. Es ähnelte einem gepflügten Feld, voll alter Furchen und mit Brauen, die fast in die wässrigen Augen hineinwuchsen. Der alte Lanista stand da in einer schlichten Tunika mit seiner krummen Hüfte, die knorrigen Beine von gewundenen Adern durchzogen.

»Ich hörte, jemand sucht nach einem meiner Jungs«, knurrte er.

Drust hatte sich so weit erholt, dass er seine Stimme wiederfand. »Ich dachte, du wärst längst tot.«

»Viel schlimmer«, gab Curtius zurück und ließ sich umständlich auf dem nächsten Sitz nieder. »Ich musste feststellen, dass ihr noch am Leben seid.«

»Einer deiner Jungs?«, fragte Kag. Der Lanista legte den Kopf schief und sah ihn an.

»Ihr seid älter und geworden und habt euch offenbar in Bestechlichkeit weitergebildet. Wie ich höre, habt ihr den Bau von diesem Arsch übernommen, der da drin saß. Das war eine gute Tat. Ich vermisse Servilius Structus und den alten Ludus Ferrata.«

»Du hast da auch nicht in den Zellen gehockt«, entgegnete Kag, lächelte dann aber. »Schön zu sehen, dass es dich noch gibt.«

»*Uri, vinciri, verberari, ferroque necari*«, gab Curtius lakonisch zurück.

Ich werde ertragen, gebrannt, gefesselt, ausgepeitscht und durch das Schwert getötet zu werden. Es war der Eid, den jeder Gladiator schwor – und den die Brüder hinter sich gelassen hatten, als sie befreit wurden, entschlossen, ihn nie wieder in den Mund zu nehmen. Sie hatten jetzt ihren eigenen Eid.

»Als ich euch Jungs das letzte Mal gesehen habe«, sagte Curtius langsam und schaute dabei vom einen zum anderen, »wart ihr unterwegs in die Arena, um wie Christen zu sterben. Dann habe ich gehört, ihr wärt entkommen, wärt verfolgt und aufgespießt worden. Und ich habe gehört, ihr hättet einen künftigen Kaiser in den Tiber geworfen.«

Macrinus. Drust erinnerte sich daran, wie der Mann, damals noch Offizier der Praetorianer, im hohen Bogen vom Aquädukt gesegelt war. Hätte ihn über Land runterstoßen sollen, nicht über Wasser, dachte er.

»Was man nicht alles hört«, meinte Kag und lächelte. »Und du bist jetzt Lanista für diese Ludus-Ulpius-Nummer.«

»*Summa rudis*«, korrigierte ihn Curtius. »Man muss schließlich essen, selbst wenn man kaum noch Zähne hat. Kürzlich habe ich zum Beispiel gehört, dass Cascus Minicius Audens euch in den Norden geschickt hatte, um einen weißen Bären zu beschaffen.«

Drust empfand eine unerklärliche Freude darüber, dass der alte Curtius zum *Summa rudis* gemacht worden war, einem befreiten Schiedsrichter der Spiele. Er war schon aktiv gewesen, als die Brüder noch versklavte Gladiatoren gewesen waren – auch wenn er über den Entschluss des Servilius Structus, sie freizulassen, die Nase gerümpft hatte. Er hat nie daran geglaubt, dass wir es uns verdient haben, dachte Drust. Vielleicht hatte er recht.

»So sagte er «, bestätigte Drust. »Wir haben zwar keinen weißen Bären gefunden, aber genug andere Tiere, um uns blutig zu schlagen. Und nicht alle von denen waren baumfickende Barbaren.«

»Was wollt ihr mit Brasus, dem Daker?«, fragte Curtius.

»Er sucht nach jemandem, den wir auch suchen«, gab Drust zurück. Curtius kratzte sich mit den schwieligen

Fingern übers stoppelige Kinn und legte fragend den Kopf schief. Drust erzählte es ihm.

»Der Auftrag, den er bekommen hat, hat mir von Anfang an nicht gefallen«, knurrte Curtius dann. »Hat zum Himmel gestunken wie ein verstopftes Scheißhaus.«

»Was für ein Auftrag?«, fragte Drust, und der alte Lanista zögerte kurz, ehe er Brasus rufen ließ.

Der war feist, gemästet mit Brei aus Getreide und Lauch, aber mit Schultern wie ein Tierkadaver-Träger und komplett abrasierten Haaren, bis auf einen kleinen dunkelroten Tupfer mitten auf dem Kopf. Er hatte erschreckend blaue Augen und den Gesichtsausdruck eines Kindes; er konnte nicht älter sein als zwanzig.

»Sag diesen Herren, warum du nach Lentulus suchst.«

Brasus' Brauen bildeten ein V, und er starrte Curtius an. »Alles?«

»Das sind Drust und Kag«, sagte Curtius entspannt. »Die beiden, die aus der Arena geflohen sind.«

Brasus riss die Augen auf, grinste und streckte eine Hand aus, um ihnen nacheinander das Handgelenk zu umfassen. Drust kam sich komisch vor und errötete; er hatte keine Ahnung gehabt, dass sie hier zu einer Art Legende geworden waren.

»Fama«, murmelte Kag mürrisch.

»Keine Göttin«, gab Drust zurück.

»Ein literarisches Konstrukt«, schloss Kag, und beide lachten. Brasus schaute sie verwirrt an.

»Lentulus?«, hakte Kag nach.

»Curtius hat gesagt, ich soll diesen Lentulus zum alten Caesar-Haus bringen«, sagte Brasus. »Er hat außerdem gesagt, dass ich nicht mit reingehen, sondern draußen beim Pförtnerhäuschen warten und ihn danach begleiten soll, wo immer er dann hinwill.«

»Und wer hat dir das aufgetragen?«, wollte Drust von Curtius wissen, der ihn mit zusammengekniffenen Augen musterte.

»Marcus Ulpius Ralla«, sagte dieser leise.

»Persönlich?«

Curtius nickte. »Er ist mitten in der Nacht zum Ludus gekommen, nur begleitet von einem Fackelträger und einem einzigen Liktor. Hat mir aufgetragen, einen Kämpfer abzustellen, der den Fackelträger begleiten sollte, diesen Lentulus. Ich sollte keine Fragen stellen und Lentulus' Anweisungen aufs Wort befolgen.«

Ein Senator, der in der Dunkelheit und nahezu allein in eine der Schulen im Schatten des flavischen Amphitheaters kam. Das allein ließ seine Absichten zum Himmel stinken, wie Curtius ganz richtig angemerkt hatte.

»Was ist dann passiert?«, fragte Kag den massigen Daker, der mit den Schultern zuckte.

»Ich hab ihn zu Caesars Haus gebracht und draußen gewartet. Er war nur ein paar Minuten drin ...«

»Und hatte keine Probleme, da reinzukommen?«, erkundigte sich Kag nachdenklich.

»Nee. Der Torwächter hat aufgemacht, sobald er seinen Namen genannt hat.«

»Was dann?«

»Ich musste ihn runter zum Circus bringen. Er hat mit den Wachen geredet und wurde durchs Tor gelassen. Dann bin ich hierher zurück und hab Curtius alles erzählt.«

»Zum Circus? Nachts?«

Brasus zuckte wieder mit den Schultern. »Ich dachte, er wohnt vielleicht da. Er hat nicht wie ein Sklave geredet und auch nicht wie ein Fahrer ausgesehen. Ich dachte, er ist vielleicht ein Stallmeister oder Pferdehändler.«

»Die ganze Sache beißt sich doch in den Schwanz«, knurrte Kag finster.

»Sag ihnen alles«, forderte Curtius ihn scharf auf, und Brasus sah sich schuldbewusst um, bevor er flüsternd weitersprach.

»Als dieser Lentulus zurück zu Caesars Haus gekommen ist, war jemand bei ihm. Ein großer Mann, der Lentulus auf die Wange geklopft hat, als wäre er ein kluger Hund oder sein Lieblingssohn, und hat zu ihm gesagt, er soll sich beeilen, weil da Leute ums Haus rumschleichen.«

»Hast du welche gesehen?«, fragte Kag, aber Brasus schüttelte den Kopf.

»Wie hat dieser Mann ausgesehen?«, fragte Drust. Brasus sah einmal mehr kurz zu Curtius, ehe er weitersprach.

»Ich weiß, wer es war, ihr Herren. Ein General und Senator namens Antyllus. Ich hab ihn früher schon mal gesehen, als er zu einem Abendessen gekommen ist, das Ulpius Ralla ausgerichtet hat. Da hatte ich mit Serpicus gekämpft – weißt du noch, Curtius. Hab mich wacker geschlagen.«

»Allerdings«, bestätigte Curtius mit einem schnellen Blick auf die anderen Gladiatoren. »Ich danke dir, Junge. Jetzt geh und amüsier dich – aber kein Wort über unser Gespräch. Zu niemandem.«

Der Daker trottete davon, und Curtius schaute ihm nach. Dann seufzte er.

»*Hoplomachus*«, stellte Kag fest, und Curtius nickte. Von allen Gladiatorengattungen war der Hoplomachus die langsamste und am stärksten gepanzerte.

»Hab ihn in jeder anderen Gattung ausprobiert«, fuhr Curtius verdrossen fort. »Er hat zwar ein paar Kämpfe gewonnen, aber seine Beinarbeit ist zu lahm.«

»Und warum soll er jetzt nach Lentulus suchen?«, fragte Drust. Curtius rümpfte die Nase.

»Weil derselbe Mann, der ihm befohlen hat, Lentulus zu eskortieren, jetzt will, dass er ihn wiederfindet. Offenbar sind noch in derselben Nacht alle, die in Caesars Haus waren, umgekommen.« Er sah sie mit seinen wässrigen Augen an. »Wart ihr das?«

Drust schüttelte den Kopf. »Einer von uns ist selbst da reingeraten. Manius – erinnerst du dich an ihn?«

Curtius nickte. »Mein Beileid. Ich habe auch von deiner Frau gehört – du hast eine schmerzhafte Zeit hinter dir.«

»Aber da war kein Antyllus in Caesars Haus«, sagte Kag leise.

»Wollt ihr, dass ich herumfrage?«

Drust schüttelte den Kopf. »Das erregt nur die Aufmerksamkeit des Mannes, der alle in Caesars Haus abgeschlachtet hat. Ein bleicher Kerl mit weißen Haaren, längst nicht so alt, wie er aussieht, und tödlicher als Kleopatras Natter. Wenn du was hörst, halt dich von ihm fern und sag uns Bescheid.«

Curtius nickte ernst und kniff die Augen zusammen.

»Ich kann trotzdem eine Nachricht an Lentulus übermitteln. Durch die Fahrer. Ich kann ihn wissen lassen, dass ihr ihm nichts antun wollt.«

Drust nickte ebenso ernst. »Das stimmt.«

Kag sagte nichts, aber sein Schweigen schrie wie eine leere Bibliothek. Curtius bemerkte es entweder nicht oder ignorierte es, stattdessen hob er seinen Becher und ließ sich nachschenken. Dann strahlte er.

Drust prostete ihm zu. »Möge Fortuna deinen Männern bei diesen Spielen zulächeln.«

Curtius runzelte die Stirn. »Unwahrscheinlich. In zwei Tagen fangen die Rennen im Maximus an, und der Kaiser ist fest entschlossen, die Massen im flavischen Amphitheater zu halten. Er hat befohlen, dass ganze zwanzig Paare antreten sollen, bis nur noch eines übrig ist – eine *Perfidiae Harenam.*«

»Ein ›Zirkel des Verrats‹«, sagte Kag leise. »Keine Regeln, keine Schiedsrichter.«

Curtius zuckte mit den knochigen Schultern.

»Was will man machen?«

*

Sie kehrten in den Bau zurück, und Drust stellte erfreut fest, dass die Tore und das Grundstück mit aufmerksamen Wachen besetzt waren. Weniger erfreut war er darüber, wie unruhig er selbst war, weil in jedem Schatten die Bestie namens Verus lauern konnte.

Die anderen, die vor ihnen aus dem Circus zurückgekehrt waren, stimmten ihm zu.

»Ich komme mir hier komplett nackt vor«, gestand Quintus.

»Wir haben Lentulus nicht gefunden«, sagte der Hund griesgrämig und schenkte sich Wein ein. »Ihr?«

»Ein vager Hinweis«, antwortete Kag, »der sich bei genauerem Hinsehen aber als Luftnummer entpuppt hat.«

Ugo schüttelte fassungslos den Kopf. »Also – warten wir darauf, dass Lentulus ans Tor klopft und uns an unsere Versicherung erinnert, ihm nicht die Kehle durchzuschneiden für das, was er uns angetan hat? Ist das der Plan?«

Vom Haupttor ertönte ein donnernder Schlag, dann noch einer. Und noch einer. Vatia kam mit großen Augen angerannt.

»Da sind Leute am Tor.«

»Ach, echt?«, fauchte Kag.

»Namen?«, fragte der Hund ungehalten. Vatia klappte ein paar Mal den Mund auf und zu und brachte dann »Fisch« heraus.

»Gaius Tullus«, unterbrach Silanus und scheuchte ihn grob zum Tor zurück. »Hat ein paar seiner Jungs dabei – er kontrolliert das Viertel rund um die Basilika Aemilia, für etwa eine Meile.«

»Fisch?«, hakte Kag nach. Silanus zuckte mit den Schultern.

»Er ist Fischhändler. Hat einen Laden in der Basilika.«

Gaius Tullus war ein stämmiger Mann mit einem dünnen Haarkranz um den kahlen Kopf. Er hatte mehrere Kinne, eine wabbelnde Nase und – was Drust am eigentümlichsten fand – die matten Augen eines gerade an Land gebrachten Fischs. Vielleicht sieht man nach einer

Weile in dem Gewerbe einfach wie seine Ware aus, sinnierte er abwesend.

Er war in Begleitung von vier weiteren Männern, eine vernünftige Vorsichtsmaßnahme nachts in Subura. Allesamt bucklige, bierbäuchige Gauner, denen man die Waffen am Tor abgenommen hatte. Es schien sie nicht sonderlich zu stören, was Drust ein wenig beruhigte. Gaius Tullus kam direkt zur Sache und warf eine pralle, laut klimpernde Lederbörse auf den Tisch.

»Es ist Zeit, Schulden zu begleichen«, sagte er.

»Wofür?«

Gaius Tullus zuckte die Achseln. »Für Wagen zum Fischtransport von Ostia hierher. Für die Erlaubnis, mit ihnen durch dieses Viertel bis zur Basilika zu fahren. Fürs Einhalten der Abmachung.«

Die Abmachung stellte sich als schlichte Schutzgelderpressung des verblichenen Flaminius heraus, der dafür davon abgesehen hatte, sich den Fisch unter den Nagel zu reißen oder die Lastenfahrer zusammenschlagen zu lassen. Kisa ging die Schriftrollen und Listen durch und fand die betreffenden Summen, die horrend waren. Drust ließ sich nichts anmerken, sondern nickte nur und erhob sich. Gaius Tullus und seine Begleiter beäugten ihn wachsam.

»Flaminius ist tot und damit auch die Verbindlichkeiten. Für die Wagen werde ich einen angemessenen Mietpreis nehmen. Für das Weiterbestehen der Vereinbarung – nur dies.«

Er streckte den Arm aus, und zögerlich umschloss Gaius das Handgelenk. Drust rief nach Wein, sie sprachen über allerlei, und irgendwann stand Gaius Tullus auf, wickelte sich den Umhang um den Arm und gab einem seiner Männer das Zeichen, eine Fackel für den Nachhauseweg zu entfachen.

»Ich hatte gehört, dass du ein gerechter Mann bist«, sagte er, »und jetzt habe ich mich davon überzeugen können. Als Geste der Freundschaft will ich dir Folgendes sagen: Männer sind zu mir gekommen und haben deinen Namen genannt. Sie waren in schlichtes Leinen gekleidet und haben versucht, so nichtssagend zu wirken wie alter Hausstaub, aber hätte irgendwer ›Achtung!‹ gebrüllt, hätten sie sofort Haltung angenommen und die Hacken zusammengeschlagen.«

»Vigiles?«, fragte Kag zögernd. Gaius schnaubte.

»Weder dieses Gesindel noch welches von der Stadtkohorte. Das waren Praetorianer, oder ich kann *Garum* nicht von *Allec* unterscheiden.« Er lächelte. »Falls ihr mal was von einer meiner Fischsoßen haben wollt, lasst es mich wissen.«

Sie sahen zu, wie sich die Doppeltore hinter ihm schlossen.

»Wir sollten die Torwächter verdoppeln«, knurrte der Hund. »Und mehr Männer im Innenbereich patrouillieren lassen.«

»Unwahrscheinlich, dass wir die brauchen«, sagte Kag. »Du hast ihn doch gehört – so unauffällig wie Staub und mit leisen Stimmen. Die wollten mehr rausfinden. Wenn sie uns verschleppen wollten, kämen sie mit einer Ramme ans Haupttor.«

Kag hatte recht – aber die Ramme konnte längst unterwegs sein, also hatte auch der Hund nicht unrecht.

Was Drust auch äußerte und anschließend erklärte, er sei müde und wolle schlafen gehen, was nur halb gelogen war.

Er lag in Servilius Structus' altem Bett, was ihm reichlich skurril vorkam. Hier hatte seine Mutter gelegen, und vielleicht war sie auch genau hier gestorben, als sie eine Totgeburt erlitten hatte – Servilius Structus' Sohn. Mein Halbbruder ...

Wie Praeclarum, dachte er plötzlich, falls man das, was ihr widerfahren war, als Geburt bezeichnen konnte. Die ganze Nacht über spürte er sie wie eine kalte Leere an der Seite seines Körpers, an die sie sich gern geschmiegt hatte.

Das und alles andere, was seitdem passiert war, brachte ihn vollständig um den Schlaf. Den Bau zu übernehmen, mit anderen Bandenführern zu verhandeln, unerwartet selbst zu einer mächtigen Instanz zu werden, was sich aber, wie er zugeben musste, mit jedem Tag weniger unangenehm anfühlte. Er saß auf dem Stuhl des Mannes, der ihn einst als Sklaven gehalten hatte. Er schlief in seinem Bett, zählte sein Geld, verhandelte seine alten Verträge neu. Wo immer er hinschaute, spürte er die Präsenz des fetten Alten.

Der Morgen brachte Linderung – und Lentulus.

*

Er tauchte allein am Haupttor auf und wurde von Stolo eingelassen, der ihn in den Hauptsaal brachte, wo alle herumsaßen, gähnten, sich gegenseitig anschnauzten und mit Olivenkernen warfen. Bei seinem Eintreten wurde es sofort still.

»Lentulus«, verkündete Stolo mit höhnischem Grinsen, obwohl er von den Anwesenden wohl am wenigsten Berechtigung hatte, so eine Grimasse zu schneiden, dachte Drust.

»Man sagte mir, ich sei hier in Sicherheit.«

Seine Stimme zitterte ebenso wie sein ganzer Körper, obwohl er sich erkennbar allergrößte Mühe gab, sich nicht zu krümmen wie ein ausgeschimpfter Hund. Immer wieder schaute er über die Schulter, bis Drust begriff, dass diese Bewegung durch ständige Wiederholung zu einem zermürbenden Automatismus geworden sein musste. Hier stand ein Gejagter, bebend wie ein von Flöhen gebissenes Pferd.

»Sicherer jedenfalls als da draußen«, erwiderte Drust, was mit einem nervös zuckenden Nicken bestätigt wurde.

»Ich weiß wohl.«

»Du hättest uns das alles ersparen können, wenn du im Circus gleich mit uns gekommen wärst«, fügte Kag hinzu, und wieder kam dieses schnelle, vogelartige Nicken.

»Ich weiß wohl.« Er hob die Hände und ließ sie wieder sinken. Sie zitterten – jetzt würde ich mich von diesem Mann nicht mehr rasieren lassen, dachte Drust.

»Na, du weißt ja, wen wir suchen«, knurrte der Hund, hielt dem Neuankömmling aber eine Schale Wein hin; Lentulus nahm sie entgegen, leerte sie in einem Zug und schob sie zum Nachfüllen zurück.

»Ich kann euch zu Antyllus bringen«, sagte er. »Er ist in einer Villa an der Straße nach Ostia – habt ihr Pferde?«

»Etwa ein Dutzend«, schaltete Kisa sich ein. »Allerdings Kutschpferde ohne Sattel- und Zaumzeug.«

»Wir sind schon schlechter geritten«, bemerkte Quintus.

»Macht sie alle bereit«, befahl Drust. Ich werde mit so vielen Leuten wie möglich losziehen, dachte er. Nicht solange Verus, die Praetorianer und die Götter wissen, wer sonst noch alles Schlange steht, um uns abzustechen ...

»Warum will Verus dich zur Strecke bringen?«, fragte Kag.

»Er jagt Antyllus und alle, die auch nur eine Ahnung davon haben, was der General weiß. Wie euer Freund ...«

Er stockte, schüttelte den Kopf und wischte sich mit den Fingern durchs Gesicht, als versuche er, sich von einem Schleier oder einer Vision zu befreien.

»Sie haben in Caesars Haus gekämpft. Euer Mavro hat uns alle ausspioniert, ist aber selbst in den Hinterhalt geraten. Carbo, der Pförtner, und Antyllus selbst sind hineingestürmt, um den Mann zu überwältigen, der es getan hatte, weil sie mehr wissen wollten – aber Carbo wurde ebenfalls getötet und Antyllus hat eine Schnittwunde abbekommen. Ich habe ihn da rausgeholt.«

Er stockte und starrte einen Moment lang ins Leere. »Diese Kreatur ...«

»Warum tut Verus das?«, fragte Drust.

»Es wurde ihm aufgetragen, von seinem Meister, was sonst?«

»Warum?«

Lentulus schüttelte den Kopf. »Das soll euch Antyllus selbst erzählen. Wenn er euch alles enthüllen will, soll es so sein. Falls nicht, werde ich kein Wort darüber verlieren.«

»Du kleiner Pisser«, schnauzte Kag ihn an. »Wenn du uns nicht alles erzählst, was du weißt, häng ich dich an den Fersen auf und häute dich mit einem stumpfen Messer ...«

Drust legte ihm beschwichtigend eine Hand auf die Schulter. Kag verstummte und rang nach Luft, aber er hatte seine Ansicht deutlich gemacht. Lentulus schwankte, Drust musste jedoch bewundernd anerkennen, dass er sich schnell wieder fing.

»Antyllus hat um dieses Treffen gebeten«, sagte er. »Er liegt im Sterben, glaube ich, also sollten wir keine Zeit verlieren.«

Am Ende hatten sie zehn Pferde beisammen, und Drust bestimmte, wer die Brüder begleiten sollte – alle bis auf Kisa, der den Bau beaufsichtigen sollte. Die anderen ritten los und rammten vergeblich die Fersen in die Flanken der schweren Kutschpferde, kamen aber kaum über einen unwilligen Trab hinaus.

Am Ostia-Tor rechnete Drust halb damit, von den Stadtwachen angehalten und ausgefragt zu werden, aber sie waren zu sehr mit dem Gewühl aus Zweiachsern, Tieren, Fahrzeuglenkern, Transporteuren und Händlern beschäftigt, die allesamt auf die Dunkelheit warteten, um in die Stadt zu kommen. Es half auch, dass einige der schweren Wagen jetzt Drust gehörten, nebst den dazugehörigen Männern.

Sie brauchten fast den ganzen restlichen Tag für die Strecke, da sich der Tiber auf ihrer Seite raumgreifend wand. Nur einmal hielten sie an, um sich und ihren Pferden Wasser und Nahrung zu gönnen. Auf dem Weg war Lentulus weniger schmallippig als angekündigt, aber fast alles, was er preisgab, drehte sich um Antyllus.

Drust erfuhr, dass er den Wahnsinn, die Schlechtigkeit und die Unverfrorenheit seines legendären Vorfahren und dessen Vaters geerbt hatte. Glücksspiel hatte die Familie ruiniert, sei es bei den Wettrennen, bei den Spielen oder einfach beim Würfeln – all das hatten sie vom Meister des schlechten Spielzugs geerbt, vom großen Marcus Antonius persönlich. Dank ihm und seinen Nachkommen waren die ausgedehnten Ländereien der Familie allesamt verloren, und diese Villa, die sie jetzt ansteuerten, nun wenig mehr als das Haus des Aufsehers für die letzte Einkommensquelle der gefallenen *gens*, die Salinen außerhalb von Ostia.

Der blaue Himmel dunkelte bereits, als sie die Villa endlich erreichten, die genau am Beginn der Straße lag, welche durch die erhöhten Salinen zur Stadtgrenze von Ostia führte. Ein Wind war aufgezogen, der leise und klagend durch die gedrungenen Büsche fuhr, die in dieser Landschaft aus aufgeschütteten Erdwällen und stinkenden Tümpeln voll salzigem Matsch wuchsen.

Die Villa selbst war dunkel. Es gab hier weder Sklaven noch irgendwelche anderen Bediensteten, wie Lentulus ihnen erklärte, da Antyllus aus Sicherheitsgründen auf absolute Geheimhaltung setzte. Kag war wie immer nicht überzeugt und drehte sich mehrfach um. Wer Spuren hinterlässt, wird auch verfolgt …

Lentulus stimmte mit ihm überein, nicht nur durch seinen mittlerweile vertrauten nervösen Schulterblick, sondern auch mit knappen Worten. »Julius Yahya hat die Mutter davon überzeugt, mir Praetorianer auf den Hals zu hetzen. Sie werden uns beobachtet haben.«

Das Tor der Villa war vor langer Zeit zu Brennholz verarbeitet worden, sodass sie die schweren, müden Pferde einfach in den Hof führen konnten. Drust gab Silanus das Kommando über die vier anderen Männer, die sie mitgenommen hatten, während sich die Brüder mit Lentulus ins Atrium des Hauptgebäudes aufmachten.

Blätter wirbelten im seufzenden Wind durch die Dunkelheit. Sie hatten Fackeln dabei, wollten sie aber nicht entzünden, solange sie nicht wussten, ob ihnen jemand auflauerte. Mit gezogenen Waffen schlichen sie voran und folgten Lentulus in einen Raum, bis sie alle einen Geruch bemerkten, den sie nur zu gut kannten – süßlich und verfault.

»Fackel an«, befahl Drust, und Kag setzte seinen Feuerstahl ein, dessen große Funkenräder sie blendeten. Die Fackel loderte auf, die dünne Flamme züngelte im Wind und warf ihre verzerrten Schatten an die Wände.

Irgendetwas klickte, beunruhigend wie diese Vögel im Dunkel des Nordens, sodass Ugo knurrend erstarrte.

»Schilf und die Überreste eines Gartens«, sagte eine Stimme. Alle blieben wie angewurzelt stehen, die Waffen kampfbereit erhoben. Doch die Stimme war nur noch ein Hauch dessen, was sie einmal gewesen war, dachte Drust. es war die Stimme eines Mannes, den Dis Pater bereits fest am Knöchel gepackt hatte …

»Hier gedeiht nichts sonderlich gut«, fuhr die Stimme müde fort. »Das Salz tötet alles. Man kann es sogar im Wind schmecken …«

Alles, was Drust schmecken konnte, war der Gestank der Fäulnis. Er ging voran und bedeutete Kag, die Fackel mitzubringen. Als ihr flackerndes Licht auf das Bett und die Gestalt darauf fiel, sagte lange Zeit niemand ein Wort.

Das Gesicht war das eines übel zugerichteten Raubvogels, die Haut viel zu straff über die Knochen gespannt, sodass es schmerzhaft aussah, als könne sie jeden Moment reißen. Die Augen steckten tief in ihren Höhlen und würden bei Tageslicht die Farbe alter Sahne gehabt haben. Im Fackelschein wirkte das Gesicht wie eine Theatermaske, die zu lange im Regen gelegen hatte.

Kag schlug das stinkende Laken zurück und alle erbleichten bei dem Geruch und dem Anblick der Bauchwunde, rot und wulstig wie eine Hure mit Pocken. Hiervon gibt es kein Zurück, dachte Drust, und offenbar stand es ihm ins Gesicht geschrieben, denn die Gestalt auf dem Bett gab ein Ächzen von sich, das sich als Lachen entpuppte.

»Ihr seid zu spät«, sagte er. »Eure Rache wurde für euch erledigt.«

»Ein gerechtes Ende«, sagte Drust tonlos. »Aber das ist nur der halbe Grund, aus dem ich den ganzen Weg hergekommen bin.«

Antyllus versuchte eine Hand zu heben, aber er war zu schwach. Drust erkannte, dass ihm nicht mehr viel Zeit blieb.

»Anständige Menschen sind meinetwegen gestorben – Mus zum Beispiel. Und deine Frau. Es tut mir um sie alle leid.«

»Erzähl das den Göttern, denen du bald gegenübertreten musst«, fauchte Kag.

»Es war meine Idee, sie als Geisel zu nehmen«, sagte Antyllus, als hätte er Kag nicht gehört. »Andernfalls wärt ihr jetzt alle tot, was die bevorzugte Option meines Stabs war.«

Bei diesen Worten trat Lentulus unbehaglich von einem Bein aufs andere.

»Natürlich hatte ich erfahren, dass eine Gesandtschaft auf dem Weg zu mir war, um herauszufinden, was ich eigentlich veranstalte. Dann habe ich gehört, was Häuptling Erco veranlasst hat und wie ihr euch aus seiner Falle freigekämpft habt. Da war mir endlich klar, was Julius Yahya mir angetan hatte.«

»Julius Yahya?«

»Natürlich. Er hat all das arrangiert.«

»Was arrangiert?«

Antyllus ächzte sein bitteres Lachen. »Ihr spielt das Spiel nicht, wie?«

»Was für ein Scheißspiel denn? Hör auf, in Rätseln zu sprechen, du ...«

Quintus brachte den Hund mit einer leichten Berührung zum Schweigen, aber Antyllus schien außer Drust und sich selbst niemanden wahrzunehmen.

»Ich bin Senator«, sagte er mit unerwartet kräftiger Stimme. »Weißt du, woraus Senatoren gemacht werden?«

»Galle, Gier und Bösartigkeit«, gab Drust zurück.

»Das und Geld – über eine Million Sesterzen. Männer, die Hilfe brauchen, diese Anforderung zu erfüllen, erhalten Beihilfen. Sollten sie ihre Mittel schlecht verwalten, erwartet man von ihnen, dass sie zurücktreten.«

Er verstummte, und seine schmalen, schartigen Lippen verzogen sich vor Schmerz. Einen schrecklichen Moment lang dachte Drust, er wäre gestorben. Doch dann schnappte er keuchend nach Luft.

»Keiner hat seine Mittel so spektakulär schlecht verwaltet wie ich«, fuhr er fort und hustete ein weiteres Lachen heraus. »Bis auf meinen Vater vielleicht.«

»Also hat Julius Yahya deine Schulden gekauft«, sagte der Hund grimmig. »Eine Schuldknechtschaft, damit kennen wir uns sehr gut aus. Was hat er von dir verlangt?«

»Spiel das Spiel.«

»Ein Spiel? Mehr ist das alles nicht für dich?«

»Natürlich nicht. Das Spielbrett besteht aus Meeren und Königreichen, ihre Bewohner sind die Spielsteine, die je nach Können der Spieler platziert und geschlagen werden.«

»Glücksspiel«, sagte Quintus langsam. »Das hat dich in dieses Fiasko getrieben.«

»Glücksspiel der höchsten Kategorie. Julius Yahya wollte mich als Mitspieler an seinem Brett haben, so dachte ich jedenfalls, und daher bin ich es geworden. Es gab einen Moment, da dachte ich, ich könnte derjenige sein, der seinen Willen ausführt, aber ich war mir nie sicher, mit wem ich gespielt habe – oder gegen wen.«

»Mit Leuten wie Julius Yahya spielt man nicht«, knurrte der Hund, während Antyllus etwas Wein aus dem Schlauch trank, den Ugo ihm an die Lippen setzte. Als er mit Nippen fertig war, ließ der germanische Riese den Schlauch aufs Bett fallen, dicht neben Antyllus' kraftlose Hand.

»Am Ende habe ich begriffen, dass ich überhaupt kein Spieler war, sondern bloß ein weiterer Spielstein. Ich sollte eine Truppe ausbilden, einen loyalen Kern um mich scharen – mir wurde gesagt, die Mutter des Imperiums suche nach einem neuen Kandidaten für den Purpur.«

»Und das hast du geglaubt?«, fragte Kag mit Abscheu.

Antyllus hustete in weiteres bitteres Lachen.

»Natürlich. Warum denn nicht? Wenn Julius Yahya selbst es einem sagt, und bedenke dazu das Wesen der Mutter – sie hat den letzten Severer, der diesen Titel beanspruchte, in Ketten zu Tode geschleift, und er war mit ihr verwandt. Das Gleiche hat sie mit seiner Mutter getan – ebenfalls eine Verwandte.«

Er rang nach Atem und gab den anderen damit Zeit, die Wahrheit seiner Worte zu erkennen.

»Trotzdem. Ich hätte mein Leben nicht darauf verwettet – und ich bin nur ein beschissener Gladiator, der lange keine andere Wahl hatte«, sagte Quintus.

Antyllus nickte schwach. »Dann sind wir uns gleich. Am Ende hatte ich keine Wahl. Plötzlich habe ich Briefe von Senatoren bekommen, die ich weder gut kannte noch denen ich je geschrieben hatte. Sie alle waren höflich und haben mir ihre Hilfe angeboten – später habe ich erfahren, dass man ihnen gesagt hatte, es hätte damit zu tun, dass mich eine mögliche Rüge seitens des Senats erwarte, weil ich mit einem Truppenkontingent in den Norden verschwunden sei. Alle waren überzeugte Unterstützer des Kaisers. Und ich habe noch mehr herausgefunden. Ich habe heimlich selbst Briefe an all jene geschrieben, denen ich vertrauen konnte, und ein paar von ihnen haben geantwortet. Manche berichteten von Bestechungsversuchen, damit sie Kollegen anschwärzten, manche haben sogar Julius Yahya erwähnt. Und da wusste ich, dass ich in einem Intrigenspiel gefangen war. Am Ende hat Julius Yahya davon Wind bekommen und ist argwöhnisch geworden. Dann hat er euch geschickt und mich damit zum Handeln gezwungen.«

»*Apokalypsis*«, sagte Drust, und Antyllus stöhnte zustimmend.

»Ich habe den Purpur angenommen, obwohl ich wusste, dass auch das ein reines Glücksspiel wird. Als es missglückte, bin ich zu Freunden geflohen, die ich für vertrauenswürdig hielt, in der Hoffnung, Zeit zu finden, mein Wissen zu nutzen. Am Ende hat mich selbst jemand wie Ulpius Ralla verraten, als er begriff, was ich habe.«

Drust spürte ein erregtes Prickeln. »Und das wäre?«

»Dokumente. Briefe, Rückantworten, Eingeständnisse von Bestechungen, erfolgten Zahlungen und Nötigung – in Summe beweisen sie, dass Julius Yahya mit Unterstützung der Mutter ein Komplott gestrickt hat, um die Unterstützer des Kaisers in den Dreck zu ziehen.«

Hierauf folgte fassungslose Stille, bis der Hund verächtlich schnaubte. »Julius Yahya ist selbst ein Mann des Kaisers – warum sollte er gegen ihn intrigieren?«

»In ein oder zwei Tagen«, antwortete Antyllus mit träumerischer Stimme, »beginnen im Circus die Wettrennen. Den Vorsitz bei der Eröffnungszeremonie wird Julia Mamaea innehaben, die Mutter des Kaisers.«

»Und? Daran ist nichts Finsteres – das macht sie jedes Jahr«, wandte Kag ein.

»Aber nicht allein. Immer zusammen mit ihrem Sohn, dem Kaiser. Das ist eine Aussage. Ein Spielzug. In diesem Jahr ist sie allein, und Alexander wird im flavischen Amphitheater sein. Er hat für denselben Tag eine *Perfidiae Harenam* organisiert. Zwanzig Pärchen, bis nur noch eines übrig ist.«

Drust hatte nie einen »Zirkel des Verrats« gesehen, bei dem die Krieger ohne Schiedsrichter paarweise gegen andere Paare kämpften bis zum Tode, und dabei immer wieder kurze Allianzen zum gegenseitigen Vorteil eingingen, nur um sie wieder zu brechen. Es war ein sagenhaft teures Unterfangen – aber es würde sämtliche Schaulustigen bis auf die hartgesottensten Bewunderer der Rennställe aus dem Circus Maximus abziehen, sodass Julia Mamaea eine stark ausgedünnte Menge vor sich haben und im Vergleich zu ihrem Sohn wie eine weit abgeschlagene Zweitplatzierte wirken würde.

Antyllus sah, dass Drust es begriffen hatte, und gab ein weiteres schmerzvolles Keuchen von sich.

»Du verstehst? Julius Yahya arbeitet nicht für den Kaiser, sondern für seine Mutter. Sie sieht sich in ihrer Macht herausgefordert von dem Jungen, der langsam zum Mann wird und immer weniger gewillt ist, ihren Wünschen nachzugeben. So wird das Spiel in Rom gespielt.«

Also hatte sie im Gegenzug eine kleine Rebellion organisiert. Ein kleiner Staatsstreich in einem fernen germanischen Wald, leicht zu handhaben und gefolgt von einer Reihe Ächtungen, die neben den tatsächlichen gierigen Schuldigen auch die unschuldigen Unterstützer des Kaisers treffen würden. Auch dies eine Aussage – eine Botschaft so subtil, wie jemanden durch die Augen an die Wand zu nageln und ihm die Zunge herauszuschneiden, und dies von einer Dame, die die Gattin ihres eigenen Sohns so einfach töten konnte, wie eine Schabe zu zertreten.

Klein oder nicht, es war ein gefährlicher und leichtsinniger Zug. Solche unscheinbaren Anfänge konnten leicht außer Kontrolle geraten, wie ein Feuer in Subura ...

Draußen waren aufgeregte Geräusche zu hören. Drinnen ein weiterer röchelnder Atemzug.

»Ich hatte diese Dokumente gerade mit Lentulus an einen sicheren Ort geschickt, als dieser Verus aufgetaucht ist. Ich wusste nicht, dass auch euer Manius da ist – ich dachte nur, ich würde angegriffen, und Carbo, der Pförtner, war bereits tot.«

Er stockte wieder, kämpfte gegen Schmerz und Besinnungslosigkeit an. »Er war schnell, dieser Verus ...«

»Er hat dir gegeben, was du verdienst. Jetzt weißt du, wie meine Frau ihre letzten Stunden verbracht hat«, sagte Drust gnadenlos.

Ein leises Schnaufen vom Bett, die Stimme kaum mehr als das Seufzen des Windes. »An meinem Hals. Ich habe sie behalten ...«

Silanus kam durch die Tür gestürzt, die Augen schreckgeweitet. »Reiter – ein gutes Dutzend.«

»Ha! Jetzt machen wir sie platt«, rief Kag entschlossen.

Drust dachte fieberhaft nach und wirbelte dann zu Lentulus herum. »Sag uns, wo diese Dokumente sind.«

»Bringt mich in Sicherheit, und ich zeigs euch.«

Er war eine Ratte in der Gosse, und Drust hätte ihn am liebsten an Ort und Stelle erledigt. Der kleine Barbier sah es, erbleichte und machte einen Schritt zurück. Drust kämpfte den Drang nieder, dem Mann seinen Gladius in den Hals zu rammen, eine Anstrengung, die ihn beben ließ. Dann drehte er sich zum Hund um.

»Sorg dafür, dass er am Leben bleibt«, befahl er und rannte dorthin, von wo Schreie und Waffenklirren zu hören waren. Er meinte, ein letztes verbittert gurgelndes Lachen vom Bett zu hören.

Sowohl im Peristyl als auch im Atrium kämpften Männer, stolperten über die umgestürzten Statuen und knorrigen Wurzeln dieses ruinierten Palastes, die Fliesen uneben, der Boden voller Löcher. Stahl krachte, und Schatten taumelten durchs stotternde Fackellicht.

Achte auf Verus, achte auf Verus, halte Ausschau nach dem Verräter …

Ein Mann hielt auf Drust zu und stach mit seinem Gladius zu. Drust machte einen Schritt zur Seite, rammte dem Kerl die Fackel ins Gesicht, hörte ihn schreien und sah seinen Bart in Flammen aufgehen. Länger wartete er nicht, zückte einfach den eigenen Gladius und ließ ihn wie den Kopf einer Natter in seinen Hals hinein- und wieder herausfahren.

Sofort hatte der Nächste die Lücke gefüllt, hieb nach links und rechts und wieder nach links und schlug Funken aus der Fackel, die Drust einsetzte, um die Schläge abzuwehren. Der Typ denkt, eine Spatha in der Hand zu haben, dachte Drust. Er ist eindeutig an dieser längeren Schwertgattung ausgebildet worden. Er hat einen Bart wie der andere, ist groß und stark, und obwohl seine Tunika die Farbe von Haferschleim hat, ist er kein gedungener Schläger, Gladiator oder derlei.

Er ist nicht nur Soldat, sondern fast sicher Praetorianer. Diese Erkenntnis durchzuckte Drust so eiskalt, dass er beinahe innehielt. Sein Gegner sah es, knurrte befriedigt angesichts eines Gegenübers, das sich augenscheinlich fast bepisste, und setzte nach.

Eine Gestalt mit Fackel sauste vorbei und zog einen Schweif aus Funken hinter sich her, tauchte kurz ab, machte eine schnelle Bewegung und rannte weiter auf die Tür zu. Drust hatte einen kurzen Moment der Erleuchtung – Stolo. Hasenherz und Beine wie ein junges Fohlen.

Dennoch hatte er dem Praetorianer virtuos die Oberschenkelmuskeln durchtrennt; der stellte fest, dass seine Beine nicht mehr reagierten, und klappte mit verdutztem Gesichtsausdruck zu einem Häuflein zusammen. Drust ließ ihm keine Zeit zur Trauer, gab ihm den Eisenkuss in den Nacken, während ihm das Herz bis zum Hals schlug.

Als er die Klinge herauszog, nahm er aus dem Augenwinkel ein Flackern wahr – gerade lange genug, um zu begreifen, dass sich ein bleicher Schatten an allen Kämpfern vorbei auf das Krankenzimmer zubewegte.

»Hund!«

Der Hund hatte ihn ebenfalls gesehen und sprang herbei. Zwei Schwerter bewegten sich wie silberne Lichtbalken; dann schrie er auf und wich zurück, ließ eins seiner Schwerter fallen, um sich mit der freien Hand ins Gesicht zu greifen. Drust wollte ihm zu Hilfe eilen, aber der nächste Praetorianer war schon bei ihm und zwang ihn in eine Parade mit Gegenangriff; ihre Klingen klirrten hoch und dünn.

Mit einem knappen Seitenblick sah er, dass Ugo mit einem Gegner rang und ihn von sich warf. Der Mann kreischte verzweifelt, flog wie ein Rad durch die Luft, und der bleiche Verus hatte gerade noch Zeit, eine schlaffe Hand hochzureißen, bevor er getroffen wurde und alle beide in die Dunkelheit stürzten.

Lautes Wiehern und Hufschläge, die in der Ferne verhallten. Irgendwer brüllte einen Befehl, ein anderer wiederholte ihn, und plötzlich machte Drusts Gegner erst einen Schritt zurück, dann noch einen. In einer wortlosen Geste richtete er die Klinge auf ihn, dann war er verschwunden.

Drust ließ ihn ziehen. Er sah, dass die Kämpfe überall aufgehört hatten, und eilte so schnell er konnte zum Hund, der tobte und fluchte, sein Gesicht blutüberströmt. Quintus war bereits bei ihm und versuchte, die verkrallte Hand zu entfernen, um etwas unternehmen zu können.

»Lentulus?«

Der Hund spuckte Blut und einen gurgelnden Fluch aus und deutete auf den Boden zu seinen Füßen - er saß auf dem kleinen Barbier, dessen Gesicht im Fackelschein purpurn angelaufen wirkte. Drust zwang die Hand des Hundes zur Seite und erkannte das Ausmaß seiner Verletzung – ein tiefer Schnitt von der linken Seite des Unterkiefers die Wange hinauf bis zum Haaransatz. Sein Totenschädelgesicht war in Rot getaucht.

»Das muss genäht werden, sobald ich was sehen kann«, sagte Quintus.

Er tat, was er konnte, während der Hund ihn für diese zusätzlichen Schmerzen mit Verwünschungen überschüttete. Ugo stapfte herbei und knurrte, Verus sei nirgendwo zu finden. »Ich hab diesen Ficker mit einer gemästeten

Palastratte genau getroffen – aber da ist nicht mal ein Blutspritzer.«

Kag kam herein, und zu Drusts Überraschung war Stolo bei ihm, ohne Fackel und mit zusammengebissenen Zähnen, um sie am Klappern zu hindern.

»Allesamt Praetorianer«, verkündete Kag angeekelt. »Zum Glück haben diese Kackhaufen aus dem Palast selten was mit richtigen Kämpfen zu schaffen, es sei denn, es geht um Münzen oder Mösen.«

»Wie kann Verus einfach so ein Dutzend von denen befehligen?«, grollte Ugo und ließ eine Schulter kreisen. »Ich glaube, ich hab mir was verzogen, als ich ihn geworfen hab.«

»Du armes Ding«, brachte der Hund zwischen schmerzerfüllten Grunzern heraus.

»Er hat eindeutig eine dieser versiegelten Schriftrollen, die Julius Yahya an seine Leute ausgibt, und die Mutter des Kaisers im Hintergrund«, murmelte Quintus, der sich immer noch bemühte, den Blutfluss im Gesicht des Hundes zu stillen. »Bei allen Göttern in der Höhe und der Tiefe – das ist echt tief. Ich kann deine Backenzähne sehen.«

»Ich hab dich vor Schlimmerem bewahrt«, stellte Ugo fest, und der Hund quittierte es mit einer müden Handbewegung. Dann zuckte er zusammen und entzog sich Quintus' Bemühungen.

»Bei Jupiters Schwanz, du grobmotoriger Wichser – willst du mir das Gesicht abziehen?«

»Ist nicht ganz einfach zu erkennen, wo dein Gesicht überhaupt steckt«, fauchte Quintus zurück. »Halt still oder verblute.«

»Vierzehn Praetorianer, alles erfahrene Leute«, sagte Kag. »Ein bisschen schwabbelig hier und da, aber trotzdem Praetorianer. Wir sollten feiern, denn sechs von ihnen sind tot – na gut, drei waren es gleich und drei schwer verletzt, aber die sind jetzt auch hinüber. Die anderen sind fort, weggerannt.«

Er stockte und schlug Stolo auf die Schulter, der einen Schritt nach vorn wankte. »Dafür könnt ihr euch bei ihm hier bedanken – er hat ihre Pferde losgeschnitten und mit seiner Fackel vor ihnen rumgefuchtelt, bis sie geflohen sind. Ihre Besitzer sind panisch geworden, weil sie dachten, da kämen noch mehr Gladiatoren auf sie zu.«

Drust nickte und verspürte eine große Erleichterung. Ihre eigenen Pferde waren zwar langsam, aber allemal schneller, als zu Fuß zu gehen; sie könnten versuchen, sich noch diese Nacht zur Stadt durchzuschlagen.

»Wir haben Quadratus verloren«, sagte Silanus grimmig. »Und Sura hat eine Wunde am Arm abbekommen.«

Falls Sura reiten konnte, würde er durchkommen. Quadratus hatte einen Schnitt quer durch die Kehle, und Drust war sicher, Verus' Handschrift darin zu erkennen. Sie brachten ihn ins Atrium, und Drust musste sich beschämt eingestehen, den Mann nicht zu erkennen. Er beschloss, ab jetzt mehr auf die Gesichter derer zu achten, die für ihn arbeiteten; nur ein weiterer Punkt auf einer schier endlosen Liste. Die Bürde der neuen Familie wuchs anscheinend mit jedem Tag.

Sie legten den toten Quadratus neben den brabbelnden Antyllus.

»Was machen wir mit ihm?«, fragte Kag.

»Lasst ihn sterben«, schmatzte der Hund durch die Lappen in seinem Gesicht, die das Blut aufsaugen sollten. »Ich werde diesen Ficker Lentulus hierherzerren und ihn zu Füßen seines Meisters ablegen.«

Ugo rümpfte die Nase. »Das würde man einer kranken Ratte nicht antun.«

Der Hund, der wusste, dass er dem germanischen Riesen sein Leben verdankte, blieb mürrisch und stumm, während Drust den blutverschmierten Gladius in seiner Hand betrachtete, als hätte er ihn gerade erst bemerkt. Er sah seine Hand zittern und fragte sich, ob sie das getan hatte, seit es ihm das erste Mal aufgefallen war, oder ob sie zwischendurch aufgehört und erst jetzt wieder angefangen hatte. Nicht dass es einen Unterschied machte.

Er sah Antyllus an, diesen käuflichen, rücksichtslosen Spieler, der im Zuge dieses »Spiels« seine Frau und sein ungeborenes Kind getötet hatte.

Der Wind heulte, riss Blätter in die Höhe und wirbelte sie in wilden Spiralen über die Toten, verscheuchte die gierigen Insekten und brachte den Kloakengeruch von Schlamm und Salz mit sich.

Ein sterbender Mann in einem toten Land, dachte Drust. Passte ja. Dann kamen ihm plötzlich Antyllus' letzte Worte in den Sinn. »An meinem Hals. Ich habe sie behalten.«

Er bückte sich, ertastete den Lederriemen, schnitt ihn durch und zog den Beutel mit Praeclarums Perlenzähnen hervor. Ihr Anblick verschleierte seinen Blick, doch er kannte den erlösenden Weg durch den Hals ins Herz, auch ohne ihn zu sehen.

Lautlos glitt das blutige Schwert in der mondlosen Nacht hinein und heraus. Sie setzten das Bett in Brand und ritten davon, schlugen auf die fetten Kutschpferde ein, bis sie fast so etwas wie Galopp erreichten.

15

Sie banden Lentulus auf einen Pferderücken, auch wenn er dagegen protestierte. »Ich führe euch zu dem, was ihr braucht, solange ihr mir meine Sicherheit garantiert. Habe ich das nicht längst bewiesen?«

Als wolle er seine guten Absichten weiter bekräftigen, sprudelte die ganze Lebensgeschichte des Antyllus aus ihm heraus – ein giftiges Gemisch aus Gier und Ehrgeiz. Antyllus hatte die Schulden seiner Sippe immer weiter vergrößert, bis er feststellte, dass sie urplötzlich getilgt worden waren und ihm ein mysteriöser Wohltäter Unterstützung anbot. Als er begriff, dass es sich um Julius Yahya handelte, war es bereits zu spät – außerdem war er geblendet von der scheinbaren Wertschätzung eines derart mächtigen Mannes.

»Er hat den General ermuntert«, erzählte Lentulus. »Und ihn dazu gebracht, die Unzufriedenen aus der Armee in die Wildnis zu führen, und Julius Yahyas Einfluss hat dafür gesorgt, dass er keine Probleme deswegen bekommt. Eine Weile hat der General wirklich geglaubt, in den höchsten gesellschaftlichen Kreisen geschätzt zu werden – bis die ersten Briefe kamen. Von Senatoren und Quaestoren, alles angeblich Freunde von ihm, Freunde der Familie. Man bot ihm Hilfe an, ohne je von ihm darum gebeten worden zu sein.

Der General war beunruhigt. Er erkannte, dass das nicht nur Schmeichler waren, die sich mit ihm gut stellen wollten, vielmehr musste irgendwer sie dazu veranlasst, vielleicht sogar gezwungen haben, auch wenn alle Briefe diesbezüglich absolut nichtssagend waren. Keiner erwähnte die Rebellion, und die wenigen Hilfsangebote bezogen sich darauf, ihm dabei zu helfen, sich in vornehmen Kreisen zu rehabilitieren wegen der Dinge, die er bereits getan hatte. Dann fiel ihm auf, dass diese alle von Leuten stammten, die den jungen Kaiser unterstützten, nicht seine Mutter. Oder von solchen, die sich Julius Yahya widersetzt hatten oder ihm mit Geringschätzung begegneten.«

»Also hat Antyllus rebelliert?«, fragte Drust ungläubig.

»Er hat seinerseits einige Briefe geschrieben und herausgefunden, was Julius Yahya wirklich im Schilde führt.«

»Also hat er rebelliert?«, wiederholte Drust ebenso ungläubig. »Einen besseren Plan hatte er nicht?«

»Er stand kurz davor, ins Lager zurückzukehren, als er von einem Komplott erfuhr, ihn umbringen zu lassen«, sagte Lentulus verbittert. »Dann hat Erco eingegriffen, und als der versagte, hatte er keine andere Wahl mehr. Den Rest kennt ihr – bis auf die Tatsache, dass er da bereits wusste, dass Julius Yahya es auf ihn abgesehen hat, und seine einzige Chance – in seinen Augen zumindest – in einem letzten riskanten Spielzug bestand.«

»Idiot«, murmelte Kag, und niemand widersprach, obwohl Lentulus hinzufügte: »Er dachte, er hätte einen gezinkten Würfel in der Hinterhand.«

»Die Briefe«, sagte Drust. Lentulus nickte.

»Ein ganzer Köcher voller Briefe und anderer Notizen. Solange sie gut versteckt waren, hat er geglaubt, ein Druckmittel gegen Julius Yahya zu haben – er hat ihn mir in der Nacht übergeben, als diese ... Kreatur ... Verus in Caesars Haus über uns hergefallen ist.«

»Warum dir?«, fragte Drust. Lentulus richtete sich ein wenig auf.

»Er hatte seine Gründe.«

Drust ließ nicht locker. Als sie den Bau endlich erreicht hatten, saßen sie um den Tisch und knabberten Hartkäse, Oliven und Armeezwieback. Lentulus wirkte so elend wie zwanzig Meilen schlechte Straße und saß da wie ein Verurteilter. Noch immer weigerte er sich, ihnen zu sagen, wo sich der Lederköcher mit den Schriftrollen befand – er würde sie hinführen. Zudem weigerte er sich zu sagen, warum gerade er damit betraut worden war. Schließlich ließ Drust ihn in Ruhe, auch wenn sich nach wie vor niemand erklären konnte, warum jemand wie Antyllus einem einfachen Armeebarbier derart uneingeschränktes Vertrauen entgegengebracht hatte.

Aber solange er sie zu diesem Schatz führte ...

»Was dann?«, fragte Kag irgendwann, und alle schauten einander an, bis Drust die Backen aufblies und formulierte, was sie alle längst gedacht hatten.

»Wir händigen sie dem Kaiser aus.«

»Natürlich«, sagte Quintus und strahlte, »warum bin ich da nicht selber draufgekommen?«

Drust warf ihm einen vernichtenden Blick zu. »Ich sage das, weil es das ist, was passieren muss. Niemandem sonst – in die Hände des Kaisers persönlich. Selbst dann gibt es keine Garantie für unsere Sicherheit.«

Niemand sprach das Offensichtliche aus, obwohl es im Raum hing wie ein übler Gestank – wie sollten sie an den Kaiser herankommen, ohne vorher sämtliche Instanzen von Hofbeamten, Praetorianern und dergleichen zu durchlaufen? Es war unmöglich.

»Zuerst«, sagte Drust mit einem Blick auf Lentulus, »sollten wir die Schriftrollen besser erst mal sichern.«

»Ich habe doch gesagt, dass ich euch hinführe. Das habe ich einem Sterbenden versprochen.«

»Den du alleine und im Dunkeln zum Sterben zurückgelassen hast«, sagte Drust. Lentulus leckte sich über die Lippen.

»Er war rasiert«, fügte Drust hinzu. »Als ich ihn das letzte Mal gesehen habe, hatte er einen ordentlichen Bart. Aber du warst in der Villa und hast ihn rasiert. Dann hast du ihn allein gelassen.«

Lentulus wedelte müde mit einer Hand. »Was hätte ich denn sonst tun sollen? Ich bin kein Medicus. Ich kann einen Zahn ziehen, eine einfache Wunde verbinden – oder eben Bart stutzen und rasieren. Das hab ich gelernt, um mich um die Uniform zu drücken. Ich habe eine ordentliche Handschrift, und das hat mich davor bewahrt, Straßen oder Marschlager zu bauen. Aber nichts, was ich mir angeeignet habe, hätte mich den General retten lassen. Also habe ich ihn rasiert, das kann ich am besten, und ihn dann zurückgelassen, mit verdünntem Wein in Griffweite, sicher in der Dunkelheit.«

Er stockte und holte Luft. »Und ich habe ihm die Riten gespendet.«

»Riten? Was für Riten?«

»Ist es weit weg, das Loch, das du gebuddelt hast?«, fragte der Hund dazwischen. Lentulus zögerte kurz und ließ dann die Schultern hängen.

»Im Maximus.«

Sie starrten ihn fassungslos an. »Du hast im Circus ein Loch gegraben?«, fragte Kag barsch. Lentulus machte eine wegwerfende Geste.

»Nein, nein – ich werde mich nicht weiter dazu äußern. Ich bringe euch hin.«

*

Drust hatte verklebte Augen und fühlte sich dreck- und schweißverkrustet, was auch seine frische Tunika nicht ändern konnte. Dass der Tag schwül und verhangen war, tat ein Übriges. Die Massen in den Straßen schauten immer wieder in den Himmel, und je näher sie dem Circus kamen, desto mehr häufte sich das Gemurmel über Regen.

Es gab keine Übungseinheiten mehr, nur noch das geschäftige Ameisengewusel der zahllosen Menschen, die den Circus auf die großen Rennen in zwei Tagen vorbereiteten. Sklaven polierten die Delfinstatuen entlang der

Spina, frischer weißer Sand wurde ausgebracht und sorgfältig geharkt, und die Schaulustigen durften nur noch die Läden unterhalb der Tribünen betreten. Auch Drust und seine Leute waren ganz kribbelig, was Kags Geraune, sie würden überall Spuren hinterlassen und verfolgt werden, nicht gerade besser machte. Zweimal schwor er, dieselben Gestalten hinter ihnen auf der Straße entdeckt zu haben. Was auch nicht unwahrscheinlich ist, dachte Drust, die Praetorianer beobachten uns und hoffen, zu dem geführt zu werden, was sie ebenfalls suchen. Und genau den Gefallen tun wir ihnen.

Lentulus führte sie nach rechts, wo das Zwielicht in den Katakomben unter den Tribünen von grellen Fackeln durchbrochen wurde, damit auch niemand die feilgebotenen Waren übersah. Wie Drust wusste, gab es hier mindestens sechzig Läden, die alles von Würstchen bis zu Souvenirs verkauften – und das waren nur die angesehenen. In kleinen Nischen und dunklen Ecken konnte man die inoffiziellen Händler finden, die Sex und Drogen anboten. Es schien der perfekte Ort zu sein, um Verfolger abzuschütteln.

Sie kamen an einem Schuhhändler vorbei, der seine Waren auf Holzbänken feilbot, vor bunten Vorhängen, die zwischen den Säulen gespannt waren. Nebenan verkaufte ein Sklave Brot für seinen Bäckermeister, und daneben hing eine schwankende Laterne an einem hohen Stock und erhellte einen Tisch, der über und über mit Gemüse beladen war; irgendwo in der Nähe brutzelte Fleisch.

Sie gaben alle Gesprächsversuche auf, der Lärm war allgegenwärtig und hallte von den Gewölbedecken wider.

Lentulus schob sich an mehreren Käfigen mit Hühnern und Hasen vorbei. Auf der Theke daneben standen zwei Schüsseln Obst – Datteln, wie Drust erkannte – und ein Fass voll mit Milch gemästeter und gekochter Weinbergschnecken als Appetithäppchen für die Kunden, während sie mit der fetten Frau und ihrer Kaskade an Kinnen über den Preis für die Tiere feilschten.

Kag lachte laut auf beim Anblick zweier angeketteter Äffchen an einem Stand, der gekochte Kichererbsen, Eier und Zwiebeln verkaufte; ihre Possen sollten die Leute zu diesem Wettkampf-Imbiss locken. Der Inhaber präsentierte die Eier und Zwiebeln in wassergefüllten Glasbehältern, damit sie größer aussahen, als sie eigentlich waren. Und er besaß eine Waage jenes Typs, der im spitzfindigen römischen Volksmund als »Wiegelagerer« bekannt war, da sie ebenso dreist wie hinterhältig log.

Lentulus blieb so unvermittelt stehen, dass alle tänzelnd ausweichen mussten, um einander nicht in die Hacken zu treten. Eine Matrone stieß einen gesalzenen Fluch aus, den der Hund damit beantwortete, gerade so kurz seine Kapuze fallen zu lassen, dass sie quietschend Reißaus nahm. Sein Totenschädelgesicht bot mit der langen, grob genähten Narbe jetzt eine ganz neue Attraktion.

»Hier«, sagte Lentulus, und alle starrten und rümpften die Nasen angesichts eines Gestanks, den sie fast schmecken konnten und sofort wiedererkannten – der Farbstoff der Murex, jener kleinen Meeresschnecken, der ein kaiserliches Vermögen kostete. Der dazugehörige Laden verkaufte Stoffe für die Oberschicht; aus Murex wurde der Purpur gewonnen, der als breiter Streifen die Togen der Senatoren zierte und als schmalerer die der Equites. Der Mann hinter der Theke hingegen trug eine gestreifte Wüstenrobe und ein ruhiges Lächeln. Er war ein Mavro aus Karthago.

»Lentulus«, sagte der Mann und verneigte sich.

»Philosir«, erwiderte Lentulus. »Diese Männer hier sind Freunde. Sie gehören zu mir.«

»Sind sie Eingeweihte?«

»Alle Männer streben nach dem Licht«, gab Lentulus zurück, aber Philosir schüttelte stirnrunzelnd den Kopf.

»Die Regeln sind eindeutig ...«

»Bin ich *Pater* oder nicht?«

Philosir zögerte, ehe er zustimmend den Kopf neigte. Lentulus schob sich an ihm vorbei in den hinteren Bereich des Ladens und verschwand durch einen bunten Vorhang. Drust und die anderen folgten ihm, und Kag schnipste verächtlich mit den Fingern.

»Er ist der *Pater*, du Phoenizier«, sagte er, obwohl er keinen Schimmer hatte, was das bedeutete.

Hinter dem Vorhang befand sich eine massive Tür, die sich jedoch durch leichtes Drücken öffnete. Sie folgten Lentulus hindurch und eine schwach beleuchtete Treppe hinab. Dann hielten sie an und schauten sich staunend um.

Sie standen in einem großen tiefen Gewölbe, erleuchtet von flackernden Fackeln und bis auf das Echo ihrer Schritte dem Anschein nach vollkommen leer. Einen Moment lang fühlte Drust sich ins Dunkel zurückversetzt, denn die Säulen zu beiden Seiten ragten empor wie die dicken Stämme eines dieser heiligen Haine.

Dann erblickte er die Bildtafel auf einer großen Steinplatte an der Rückwand, die von beiden Seiten von

Laternen angestrahlt wurde. Sie zeigte eine Gestalt mit phrygischer Mütze, die auf einem erschöpften Stier kniete, ihn mit der linken Hand an den Nüstern hielt und mit der rechten auf ihn einstach. Dabei schaute sie über die Schulter eine Statue des Sol an, während sich ein Hund und eine Schlange nach dem Blut reckten und ein Skorpion in die Hoden des Stiers kniff.

»Mithras«, hauchte Kag.

»Die unbesiegte Sonne«, sagte der Hund, und Drust dachte an das strahlenförmige Amulett, das sein Freund trug. Der Hund war von Anfang an ein Sonnenanbeter gewesen und hatte, auch wenn er es jetzt niemals zugeben würde, einst auch Elagabal verehrt, den Jungen, den sie aus dem hohen Norden gerettet hatten und der ein ebenso berüchtigter Kaiser wurde wie Nero.

Lentulus trat vor, blieb stehen und verbeugte sich murmelnd vor der Tafel. Dann verschwand er hinter der massiven Steinplatte und kam mit einem ledernen Schriftrollenköcher zurück.

Alle starrten ihn an. Das Ding hatte einfach dahinter gestanden, praktisch für jeden zugänglich. Drust konnte sich nicht verkneifen, dies zu rügen, und beim Dröhnen seiner Stimme in dieser höhlenartigen Glocke von einem Tempel zusammenzufahren.

»Für ihre Sicherheit war gesorgt«, sagte Lentulus und deutete auf die kleinen Mosaike am Boden, von denen jedes ein anderes Symbol zeigte. Kag begriff als Erster und gab ein leises Grunzen der Erkenntnis von sich.

»Du bist *Pater* – der Vater«, sagte er, und Lentulus nickte feierlich. Sie alle wussten, was das bedeutete – sie hatten die Mithras-Anhänger im Osten erlebt, fast alles Legionäre der Armee, von denen die gläubigsten die Ränge vom niederen Raben bis zu dem des Soldaten durchliefen und weiter hinauf bis hin zum Vater.

Drust sah Lentulus plötzlich mit ganz anderen Augen – vor ihm stand einer, der im Mithras-Kult als Hohepriester galt, und nun war ihm auch klar, warum Antyllus ihn so begünstigt hatte.

»Welchen Rang hatte der General?«, fragte er, und Lentulus, der ihm gerade den Lederköcher überreichen wollte, hielt inne.

»Er hatte die Mysterien des Löwen empfangen. Eines Tages wäre er selbst Vater geworden.«

»Und du warst sein Ratgeber und Lehrer«, schloss Kag. Von der Tür her drang ein gedämpfter Schrei, der sie alle herumfahren ließ. Lentulus ließ den Kopf hängen.

»Ich bin nicht mehr hier gewesen, seit ich den Köcher dagelassen habe«, sagte er. »Die mich verfolgen, hätten ruhig kommen können und nur meinen Gott gefunden – aber heute sind sie uns von Anfang an gefolgt.«

»Dann sollten wir uns besser verkrümeln«, knurrte Quintus.

»Meine Arbeit hier ist getan«, sagte Lentulus.

»Tretet hinter die Platte, dort findet ihr eine Falltür im Boden. Sie ist sehr schwer, aber sobald ihr sie geöffnet habt, kommt ihr in die alten Tunnel, die den Maximus mit dem flavischen Amphitheater verbinden. Ich werde die Falltür natürlich sofort hinter euch schließen – aber lange wird sie entschlossene Verfolger nicht aufhalten, denkt daran.«

Ein splitterndes Krachen. »Und du?«, fragte Drust. Lentulus lächelte. Der nervöse Schulterblick war ebenso verschwunden wie das Zittern. Er zeigte keine Furcht mehr. Die Veränderung war so erstaunlich, dass alle ihn anstarrten.

Lentulus kniete sich hin. »Ich habe meine Pflicht erfüllt. Ich bin hier, wo Mithras aus dem Fels geboren wird, mit dem Wunder des Wassers, der Jagd und dem Ritt auf dem Bullen, wo er Sol trifft, der vor ihm niederkniet, und wo er in einem Streitwagen in den Himmel aufsteigt.«

Er sah Drust an und lächelte erneut. »Sollten diese Soldaten ungehobelt genug sein, einen *Pater* in einem Tempel des Mithras zu verletzen, das Allerheiligste zu beflecken und den Zorn Gottes auf sich zu laden, dann bin ich hier am besten Platz, um einen Sitzplatz im Streitwagen meines Herrn zu erbitten.«

»Möge Fortunas Lächeln dich begleiten«, murmelte Kag, dann rannten sie los, verfolgt vom Splittern der schweren Eingangstür.

»Ob er weiß, dass das wahrscheinlich alles diese germanischen Palastköter sind, die sich einen Scheißdreck um Mithras scheren?«, zischte Ugo, als sie mit vereinten Kräften am Ring der Falltür zogen. Überraschend leicht schwang sie auf und gab den Blick auf gähnende Schwärze ohne einen erkennbaren Weg nach unten frei, selbst als Drust seine Fackel über das Loch hielt.

»Vermutlich nicht«, murrte Kag und hielt ihm eine noch nicht entfachte Hornlaterne hin. »Und jetzt ab mit dir ins Loch.«

Ugo verzog das Gesicht, setzte sich auf den Rand des Schachts, nahm die Laterne und ließ sich in die

Dunkelheit fallen. Einer nach dem anderen folgte, und als Drust als Letzter hineingeschlüpft war, hörte er über sich Stein knirschen, das dumpfe Dröhnen der zufallenden Klappe und eine schwache Stimme: »Der Herr des Lichts sei mit euch.«

Sie standen da und drehten sich langsam in einem Kreis aus Fackelschein. Ein schwacher Luftzug ließ Schatten über die Wände und den Rundbogen eines Tunnels mit Tonnengewölbe tanzen. Er erstreckte sich in beide Richtungen, und die flackernden Lichter ließen die dunklen Öffnungen nur noch unheilvoller wirken – vier oder fünf Schritte weiter war die Decke bereits kaum noch zu erkennen.

»Wo lang?«, fragte Ugo. Drust sah sich um.

»Weg von hier – wenn ich es richtig im Kopf habe, geht es da lang zur Arena.«

Niemand widersprach, weil keiner es besser wusste, also setzten sie sich im Lichtkreis einer einzigen Fackel mit gleichmäßigem Tempo in Bewegung. Falls einer von ihnen an die Zeit dachte, als sie das letzte Mal durch die Gänge eines ähnlich finsteren Tempels gekrochen waren, wollte er diese Erinnerung keinesfalls laut heraufbeschwören.

Ugo bemerkte gerade, wie sehr er sich ans Dunkel erinnert fühlte, als sie auf einen Bereich stießen, in den von weit oben Licht hereinfiel, das offenbar durch Gitter zu beiden Seiten drang. Darunter war an der Wand ein schwerer Bleitank befestigt. Das Licht im Verbund mit den wie riesige Stämme aufragenden Halbsäulen, den Schatten und den Pflanzen, die hier unten offenbar gediehen, bereitete ihnen allen Unbehagen, und sie nickten zustimmend.

»Echt ein Stück Arbeit«, murmelte der Hund, der versuchte, seine Sätze kurz und knapp zu halten, um den Unterkiefer möglichst wenig zu bewegen.

Der Tank hing über einer Steinrinne, die den Regen von der Straße in die Kanalisation und von dort weiter zu Vater Tiber leitete. Die Konstruktion war sehr alt, vor Urzeiten hatten all die Arbeiter sie hier unten in den Fels gehauen und einen Tunnel über diesen Ablauf gebaut, der groß genug war, um schwere Zweiachser mit Käfigen und dem dazugehörigen Ochsengespann aufzunehmen.

All das war kurz nach der Fertigstellung des flavischen Amphitheaters entstanden – wovon eine verblichene Inschrift zeugte –, als der Maximus noch für Kämpfe und andere Veranstaltungen genutzt worden war. Zwanzig Jahre später war die Arena das Zentrum des Geschehens, und im Maximus konzentrierte man sich auf Wettrennen, für die er besser geeignet und eigens errichtet worden war.

»Und das hier haben sie vermodern lassen«, meinte Kag, nachdem sie all das erörtert hatten. »Das ist seit hundert Jahren nicht mehr genutzt worden. Oder noch länger.«

Sie pirschten durch die Schatten und betrachteten die seltsam spinnenartig gewachsenen Pflanzen – sie mussten Samen des oben transportierten Getreides entstammen sowie dem Futter und dem Dung all der exotischen Tiere, die man hier heruntergebracht hatte, überlegte Drust laut. Quintus bestätigte dies, indem er auf Sträucher zeigte, die sie in den Wüsten Afrikas gesehen hatten.

Sie entdeckten ein halbes Rad, zersplittert und voller Spinnweben, das neben einem verrosteten Käfig vermoderte. Ugo beäugte ihn misstrauisch.

»Vielleicht gibt's hier unten noch Viecher.«

Der Gedanke war ihnen allen gekommen, obwohl niemand ihn hatte aussprechen wollen. Drust hielt es für unwahrscheinlich, dass hier unten etwas überlebt und sich über Generationen fortgepflanzt haben sollte. Weder Tiger noch Bären, sagte er. Oder Flussechsen.

»Dann sind das wohl nicht die Augen eines Raubtiers«, gab Ugo zurück und zeigte in den Tunnel, aus dem sie gekommen waren. Alle erstarrten, als sie die roten Augen sahen, die Ugo entdeckt hatte. Drust stieß einen Fluch aus.

»Wir waren zu sehr mit unserer Besichtigung beschäftigt«, grollte er, »und haben vergessen, was uns verfolgt. Das sind Fackeln in den Händen unserer Feinde.«

Der Hund zog seine beiden Schwerter und spuckte Blut auf die staubige Erde. »Kämpfen oder abhauen?.«

»Abhauen, *Stupidus*«, fauchte Kag und rannte los. Mit kurzer Verzögerung folgten ihm auch die anderen, bis Kag plötzlich jaulte und anhielt. Er deutete auf etwas vor ihnen.

Alle erstarrten. Eine Ratte groß wie ein Hund schlich an der Wand entlang und blieb gerade lange genug stehen, um sich umzudrehen und sie mit ihren roten Augen und den gelben Nagezähnen anzufauchen. Ihr folgte noch eine und dann noch eine.

»Bei allen Göttern in der Höhe und in der Tiefe«, ächzte Quintus und wischte sich mit dem Handrücken über den Mund. »Die zweibeinigen Exemplare sind ja schlimm genug, aber das ... habt ihr gesehen, wie groß die sind?«

»Schwer zu übersehen«, gab Kag trocken zurück. »Aber sie rennen genau wie wir davon.«

»Vielleicht können sie Praetorianer auch nicht leiden. Kluge Tierchen ...«

Drust sah sich um und entdeckte das Wrack eines großen Holzkarrens, zusammengefallen und mit gebrochenen Rädern. Es sah aus wie das Gerippe eines riesigen Tiers – und verengte den Gang.

»Hier«, sagte er, und seine Leute verstanden, wandten sich um und wappneten sich. In der Arena niemals rennen, dachte Drust. Man kommt nur wieder da raus, wo man losgelaufen ist, zu müde zum Kämpfen.

Wie Glühwürmchen tanzten die Fackeln näher. Einen Moment lang wurde Drust von leichtem Schwindel übermannt, denn er schien einen See hinter diesen Fackeln zu sehen, der Blasen schlug. Er schüttelte den Kopf, um die Vision zu vertreiben, und die Schatten verwandelten sich in Gestalten, die langsam vorrückten und sich keilförmig im Gang verteilten.

Sie trugen Tuniken, Kapuzenmäntel und die üblichen Waffen, die man gut verbergen konnte, um auf den Straßen Roms kein Aufsehen zu erregen. Messer und Gladius also, dachte Drust. Nicht besser bewaffnet als wir, und wir sind Meister unseres Fachs.

Es war mindestens ein Dutzend von ihnen, und sie wirkten selbstsicher – immerhin waren sie Praetorianer, die Besten der Besten der Armee. Ihr Angriff war hart und schnell, die linken Arme mit den zu Bündeln gerafften

Enden ihrer Umhänge als Schild erhoben, die rechten mit den Waffen zum Stoß zurückgezogen. Allesamt Veteranen, die noch am Gladius ausgebildet worden waren, auch wenn dieser inzwischen aus der Mode gekommen war.

Drust stach zu, sah den Gegenanstoß und den linken Arm hochschnellen, und da wusste er, was ihre Schwäche war – sie kämpften, als hätten sie ihre großen Schilde. Er zog die Schulter ein, sodass die Spitze der gegnerischen Klinge an seinem Ohr vorbeizischte, und rammte die eigene Schwertspitze durch den dicken Umhang, der den Unterarm schützen sollte. Der Feind riss vor Schock und Schmerz Mund und Augen auf, Drust rammte ihm die flache Hand gegen die Brust und schleuderte ihn gegen seinen Hintermann.

Der Hund duckte sich und ließ seine beiden Schwertspitzen wie in einem eleganten Webmuster vorschnellen. Ein Mann schrie auf und taumelte zurück. Kag versetzte einem anderen einen Faustschlag ins Gesicht, brachte sich aber nicht rechtzeitig vor einem zweiten Angreifer in Sicherheit, und Drust sah, wie dessen Gladius in den fleischigen Muskel von Kags linkem Arm fuhr und auf der Rückseite wieder hervorbrach.

Ugo sah es ebenfalls und stürmte wie ein Stier zu ihm, rammte mit seiner mächtigen Schulter den Gegner einfach aus dem Weg. Der Mann flog mit einem tiefen, überraschten Schnaufer zur Seite und ließ seine Waffe los. Der Gladius wackelte herrenlos in Kags Arm.

Quintus streckte den Kerl mit einem Schnitt quer über die Augen nieder und rammte ihm seine Fackel in die Tunika. Die umstehenden Kameraden sprangen herbei und schlugen die Flammen aus, und plötzlich standen alle keuchend da, nur ein paar Schritte auseinander. Drei Praetorianer waren bezwungen, ein vierter hielt sich auf den Knien stöhnend das Gesicht. Er roch verkohlt.

»Gebt auf«, rief einer von ihnen heiser, ihr Anführer offenbar, dachte Drust. Gerade wollte er dem Mann mitteilen, er solle sich ins Knie ficken, als er bemerkte, dass Quintus stirnrunzelnd in die Dunkelheit starrte. Er folgte seinem Blick und kniff die Augen zusammen.

Das brodelnde Wasser war näher gekommen, schlug unzählige kleine Blasen. Er begriff nicht, was er da sah, aber der Hund, aus dessen Gesicht Blut tropfte, trat plötzlich gegen etwas, wich dann mehrere Schritte zurück und ruderte wild mit dem Arm. Eine Spinne fiel zu Boden und schien sofort wieder in die Höhe zu schnellen, fast auf Hüfthöhe. Und noch einmal.

»Rennt«, sagte Kag gequält mit zusammengebissenen Zähnen. »Rennt, als ob Dis Pater euch in den Arsch beißen will.«

Sie rannten. Die Praetorianer schauten ihnen hinterher – und stimmten ein lautes Triumphgeheul an, bis ihr Anführer befahl, die Verfolgung aufzunehmen. Es war zu spät.

Drust hörte ihre Rufe zu Schreien maßlosen Entsetzens werden und dachte an die riesigen Ratten, die panisch durch den Gang gehuscht waren. Er schaute nicht zurück, konzentrierte sich nur noch auf seine Arme und Beine und das Rennen, ignorierte Trümmerhaufen, ignorierte die Dunkelheit, nur fort von dem, was hinter ihnen war.

Er folgte Quintus' Fackel, bis sie anhielt und sich die Gruppe im Lichtkreis versammelte, die Hände auf den Oberschenkeln, würgte und rang gleichzeitig nach Atem.

»Was zum Hades?«, fragte der Hund irgendwann, und Kag, der zusammenzuckte, als ihm Ugo vorsichtig den Gladius aus dem Arm zog, klärte sie auf.

»Ein weiteres Andenken dieses ehemaligen Tiertunnels«, knurrte er. »Ihr erinnert euch vielleicht noch aus der Wüste an sie – die Springspinnen?«

Drust erinnerte sich sehr gut. Körper so groß wie ein Denarius, lange Beine und dazu die Fähigkeit, in die Luft zu hüpfen, wenn sie sich gestört fühlten. Sie hatten jeden von ihnen mindestens einmal gründlich erschreckt – aber Drust hatte nie mehr als ein oder zwei auf einmal gesehen.

»Toll, hier sind sie so groß wie mein Handteller«, murmelte der Hund und nestelte mit den Fingern vorsichtig an seiner Gesichtsnarbe herum. »Und es sind auch mehr als ein paar ...«

»Hier unten gibt es nichts, was sie fressen würde, nicht mal diese Hunderatten«, sagte Ugo und schaute hinter sich.

»Sie müssen Licht hassen, das scheucht sie auf«, sagte Kag, der seine Zähne und die unversehrte Hand einsetzte, um sich die Wunde am Arm zu verbinden. Er bewegte ein paar Mal den Ellbogen und rümpfte die Nase. »Unsere eine Fackel hat sie nicht sonderlich gestört, aber die Praetorianer haben sie aufgeschreckt. Ich wette, da oben gibt's so einige Läden und Insulae, die sich über riesige Scheißspinnen beschweren ... Dieser Arm wird in der nächsten Stunde noch richtig steif.«

»Das ist kein guter Ort hier«, raunte Ugo und spähte unruhig in die Finsternis.

»Sag bloß«, gab der Hund giftig zurück.

»Weiter geht's«, befahl Drust. »Wir sollten bald beim Eingang zur Arena sein.«

»Falls es hier unten noch einen Eingang gibt«, sagte Quintus zweifelnd. »Sie haben ihn wahrscheinlich längst zugemauert.«

»Noch mehr Fröhlichkeit, so was können wir jetzt richtig gut gebrauchen – wir sollten dich als *Fossor* verkaufen«, murmelte der Hund. Quintus schlug seine Hand zur Seite, die immer noch an der Wunde herumfummelte.

»Finger weg – und quatsch nicht so viel, oder die Narbe wird so breit wie dein Gesicht. Und wir werden wirklich einen *Fossor* brauchen, um hier rauszukommen.«

Ein ziemlich makabrer Witz – Fossor war in Komödien zwar der Possenreißer, es bedeutete jedoch auch »Totengräber«. Trotzdem lachten alle, immerhin ein kleiner Lichtblick in der Dunkelheit.

Wir sind wie ein Stock, an dem ein Kind herumschnitzt, dachte Drust, während sie weitereilten. Schnitt für Schnitt werden wir ohne tieferen Sinn immer weniger.

Sie kamen an eine Stelle, an der die alte Straße eine große Freifläche zu überqueren schien. Die Schatten hinderten sie daran, deren Ausdehnung zu erkennen, aber allen kam es vor, als stünden sie in einer uralten Basilika. Sie schmeckten die modrige Luft und den seltsamen Staub in der Luft.

»Das gefällt mir gar nicht hier«, flüsterte Ugo. »Hattet ihr eine Ahnung, dass sich das Dunkel bis nach Rom hinein erstreckt?«

»Sind diese Spinnen eigentlich giftig?«, fragte der Hund. »Eine hat mich gebissen. Brennt wie Feuer.«

»Nein«, gab Kag zurück. »Aber wenn du das nicht säuberst und behandelst, eitert es. Kannst du dir hundert solche Bisse ausmalen?«

»Die Praetorianer können es bestimmt«, murmelte Quintus.

»Dann lasst uns zusehen, dass wir hier rauskommen«, sagte der Hund. »In der Arena gibt es einen anständigen Medicus, vielleicht kann ich den gleich auf Dauer anstellen.«

Es mochte dort einen geben, doch als die Straße an einer glatten Ziegelmauer endete, begriff Drust, dass sie das flavische Amphitheater auf diesem Weg nicht erreichen würden. Der Bogen des Tunnelgewölbes war in der Mauer noch zu erkennen – er ging wohl jenseits der Wand weiter –, aber es gab keinen Durchgang.

»Zugemauert. Sag ich doch«, meinte Quintus.

»Was jetzt?«, fragte Kag erschöpft, und Drust dachte zurück an die weite Freifläche. Irgendwo musste es noch einen anderen Weg nach oben geben.

Ugo verlagerte sein Gewicht etwas und ächzte. »Anscheinend haben diese Hüpfspinnen die Praetorianer doch nicht aufgehalten. Einige von ihnen können jedenfalls noch aufrecht stehen und sind hinter uns her – ich kann ein paar Lichter sehen.«

»Wir sitzen in der Falle«, erklärte Kag. Quintus warf ihm einen bösen Seitenblick zu.

»Ha. Solange wir wissen, dass wir in der Falle sitzen, haben wir noch die Möglichkeit, wieder rauszukommen.«

Schnell liefen sie zu der Stelle zurück, an der sich der Tunnel öffnete. Die entgegenkommenden Lichter wurden größer, und Drust beäugte sie kritisch.

Kag verließ die Straße, hielt eine frisch entzündete Fackel hoch und prüfte die Festigkeit des Untergrunds. Dann drehte er sich zu ihnen um.

»Das ist ein alter Steinbruch«, verkündete er. »Aus der Zeit, als Romulus noch ein Knäblein war.«

»Steinbruch?« Der Hund runzelte die Stirn. Doch Kag führte weiter aus, dass er von Sklaven betrieben worden sei, die im Halbdunkel Tuffblöcke geschlagen hatten, jenes Gestein, aus dem die Stadt ursprünglich erbaut worden war. Dann gingen sie weiter durch unwegsames Gelände, das sich wie Wüstendünen hob und senkte.

Quintus beugte sich vor und hob eine Handvoll Erde auf, die rot im Fackelschein leuchtete. Er grinste seine Kameraden an.

»Und auf das hier waren sie später aus, als ihnen der Tuffstein nicht mehr gut genug war«, sagte er.

Er ließ die Erde durch seine Finger rieseln. »Rote *Pozzolana*.«

»Schön, dass ich das jetzt weiß, hilft mir aber auch nicht weiter«, murmelte Ugo. »Ich weiß nur, dass wir besser weiterkommen oder wieder kämpfen müssen.«

»Das ist der Hauptbestandteil von Flüssigstein«, erklärte Quintus. »Das Zeug, aus dem der Hafen von Ostia und viele andere mächtige Bauwerke errichtet wurde. Das Fundament des Imperiums – und wir sollten kämpfen.«

»Wie wir es in den Dünen östlich von Dura gemacht haben«, fügte Drust grimmig hinzu, und in Erinnerung daran schauten sie sich um.

Es war ein schlichter Plan. Es würde eine einzige Lichtquelle geben, die die Feinde anlocken sollte wie Insekten. Gehalten würde sie von einem Mann – in diesem Fall von Kag –, der auf einem Bein kniete und sichtlich am Ende seiner Kräfte war, von seinen Kameraden im Stich gelassen.

Die Gegner würden sich mit verächtlichen Sprüchen nähern und ihm weiter zusetzen wollen – genug, um ihn zu quälen, aber ihn nicht zu töten. Genug, um sich zu entschädigen für die Spinnen, die Ratten und einen Kampf, der härter ausgefallen war, als sie erwartet hatten.

Dann würden sie Kag zu Verus schleifen und damit eine gute Ausrede haben, aus dieser entsetzlichen Unterwelt herauszukommen.

Es lief fast genauso ab, wie Drust es sich vorgestellt hatte, denn diesen Trick hatten sie schon oft angewandt, von der Wildnis der ewigen Moore nördlich des Walls bis in die seufzenden Sandwüsten der Länder östlich der Reichsgrenze.

Männer verhalten sich überall gleich. Sie kamen näher, geduckt und wachsam wie Raubkatzen, drehten sich hierhin und dorthin, bis sie die mühsamen Atemzüge des Knienden hören konnten und sahen, dass sein Kopf herabhing wie der eines ausgepeitschten Sklaven.

»Wo ist der Rest?«, fragte ihr Anführer.

»Weg«, flüsterte Kag matt.

»Du sagst uns besser die Wahrheit. Der Wintermann ist dicht hinter uns, und das wird ihm als Antwort nicht reichen.«

Der Wintermann. Drust brauchte seinen Verstand nicht allzu sehr anzustrengen, um zu erraten, wer damit gemeint war, und setzte seinen Plan sofort in die Tat um. Er erhob sich brüllend, stürmte über den roten Grat und stolperte den Abhang hinunter.

Die Männer reagierten, wie er es erwartet hatte – sie fuhren herum, wichen ein paar Schritte zurück und rissen die Waffen hoch. Der Anführer bellte einen Befehl, der in einem winselnden Schrei unterging, da Kag aufgesprungen war und ihm seinen scharfen Stahl knapp oberhalb des Schwanzansatzes in den Bauch gerammt hatte.

Anschließend vollführte Kag eine vollständige Vorwärtsrolle, die Art von blitzartiger Bewegung, für die man von einem guten Lanista sofort einen Stockhieb ernten würde. *Während du dich Arsch über Kopf im Sand drehst, kann dein Gegner von oben ein Netz auf dich werfen oder dich mit seinem beschissen riesigen Dreizack aufgabeln – immer auf den Beinen bleiben,* Stupidus …

Drust setzte aus vollem Lauf auf den Mann zu, der seine Gelegenheit erkannte und Kag gerade in die Seite stechen wollte. Drust stieß im letzten Moment einen Schrei aus, der den Mann herumwirbeln und gegen ihn ausholen ließ, in einer makellosen Legionärsbewegung, weit von oben wie über den Rand eines Schildes hinweg, den er nicht hatte.

Drust hüpfte zur Seite, ließ die scharfe Klinge an sich vorbeisausen und rammte den Mann mit seinem vollen Körpergewicht, während er gleichzeitig den Gladius nach oben zog. Sein Schwert drang unter dem Kinn ein und brach aus der Nase hervor. Der Aufschrei des Mannes war eine große Blase aus Blut und Entsetzen. Sein Sturz gab den Gladius frei, und Drust drehte sich sofort wieder auf der Suche nach dem nächsten Gegner.

Jetzt kam Quintus heran, lachend und wild um sich schlitzend , dicht gefolgt vom Hund mit seinem Totengesicht – am Ende aber war es etwas anderes, das die Praetorianer brach. Es war Ugo, der über einem Hang aus Tuff und roter Erde aufragte und gerade lange genug dort stehen blieb, um den Kopf in den Nacken zu legen und ein großes Geheul an seine germanischen Götter anzustimmen, die Arme mit den Dolabrae gut sichtbar ausgebreitet.

Sie wandten sich zur Flucht und wurden wie reifer Weizen niedergemäht. Zwei von ihnen brachte Ugo mit zwei brutalen Hieben in die brechenden Rücken zur Strecke. Quintus beging einen kleinen Fehler, eine jener Entscheidungen zwischen rechts und links, die Fortuna einem manchmal aufbürdet, mit aller Launenhaftigkeit dieser göttlichen Schlampe. Es trug ihm einen Schnitt quer über den Oberschenkel ein, der sein Bein sofort in Rot badete und ihm einen Fluch entlockte – nicht vor Schmerz, der kam erst später, sondern weil er sofort wusste, was er falsch gemacht hatte.

Alle acht Praetorianer starben, und die Brüder standen schließlich im stotternden Licht der weggeworfenen Fackel da, keuchend und fassungslos, dass sie schon wieder überlebt hatten. Die Blutlachen stanken bestialisch, und während sie sich noch umschauten, wand sich etwas aus dem Boden.

»Bei allen Göttern«, schnaubte Kag und wich zurück. Voller Entsetzen sahen sie zu, wie sich noch mehr von den

Dingern aus dem Boden wanden, weiß glänzend, dick wie ein Finger und lang wie ein Unterarm. Sie wichen noch weiter zurück, bis sie festen Tuff unter den Füßen hatten. Von dort aus starrten sie die blinden, bleichen Würmer an, die sich in den Blutlachen wanden.

»Ich würde da jetzt nicht runter, wenn ich du wäre«, riet der Hund Quintus, als er sich vorbeugte, um dessen Oberschenkelverletzung zu untersuchen. Quintus überschüttete ihn mit Verwünschungen für das, was er ihm antat, aber der Hund grinste nur und tippte sich auf die eigene Narbe, um Quintus daran zu erinnern, welche Schmerzen dieser ihm zugefügt hatte.

»Dieser Ort ist noch schlimmer als das Dunkel«, stöhnte Ugo, eine blutige Spitzhacke auf jeder Schulter. Drust, der sich noch immer Sorgen über die Erwähnung des Wintermanns und seiner unmittelbar bevorstehenden Ankunft machte, bemerkte plötzlich die Waffen.

»Wo hast du die denn her?«, fragte er. Ugo runzelte die Stirn, dann lächelte er und hielt sie hoch. Eigentlich wollte er mit dem roten Sand die Blutklumpen daran abwischen, hatte jedoch nicht vor, sich auch nur in die Nähe dieser sich windenden Haufen weißer Würmer zu begeben, die sich unten am Blut labten.

»Ich bin über diesen kleinen Hügel, um mich zu verstecken, und da hab ich sie zusammen mit einer Menge anderem Kram aus dem Steinbruch gefunden – was meinst du, diese Würmer, sind die giftig?«

»Ich würde nicht unbedingt einen probieren, um es rauszufinden«, meinte Kag trocken.

»Ich meine – können die beißen, und dann stirbt man?«

»Unwahrscheinlich. Die sehen aus wie ganz normale Würmer, die gleichen, die sich um alles Tote kümmern, nur sind die hier unten in der Dunkelheit besonders bleich und groß geworden. Ich glaube kaum, dass die Praetorianer schon lange genug tot sind. Sie werden sich erst mal mit dem Blut begnügen und die Leichen noch reifen lassen.«

»Dann sind die Praetorianer ja wenigstens noch für irgendwas gut«, meinte der Hund bissig. »Schlimmes Zeichen. Sind die echt das Beste, was Rom an waffenfähigen Männern zu bieten hat? Ich mach jeden von denen mit einem Fleischermesser platt.«

Drust wollte sich einfach nur hinlegen und in der stillen Dunkelheit die Augen schließen. Seinem Herzen zuhören, wie es immer noch schlug – immer noch kämpfte. Sich sagen, dass er es einmal mehr geschafft hatte und es vielleicht gar noch ein weiteres Mal schaffen würde.

Stattdessen erinnerte er seine Leute an den Wintermann und dass es sich bei diesem nur um Verus handeln konnte. Der Gedanke an diesen weiteren weißen Wurm, der da irgendwo im Schatten lauerte, ließ sie alle schlagartig wieder wachsam werden.

»Zeig mir diesen Haufen mit Zeug vom Steinbruch«, sagte er zu Ugo. Alle folgten den beiden, wichen den wimmelnden Würmern aus, bis sie die Stelle erreichten, eine einzige Müllhalde aus zweirädrigen Karren, Schaufeln, Spitzhacken, Flechtkörben – alles, was man brauchen würde, um aus diesem alten Steinbruch wieder Pozzolane zu fördern, dachte Drust.

Und das Zeug war neu.

»Hm, sieht ganz so aus, als gäbe es akuten Bedarf an Flüssigstein«, meinte Quintus und verzog das Gesicht, denn die Schmerzen wurden schlimmer und bald würde sein Bein so steif sein, dass er es nur noch hinter sich herziehen konnte. Er musste sich unbedingt hinlegen und Umschläge bekommen, um eine Blutvergiftung zu vermeiden.

»Der Kaiser baut einen neuen Aquädukt, der seinen Namen tragen wird«, sagte Kag. »Er soll die neuen Thermen versorgen, die ebenfalls nach ihm benannt werden. Das wird eine Menge Flüssigstein erfordern.«

»Aber wo sind dann die Sklaven, die in diesem Steinbruch arbeiten?«, fragte der Hund. »Und die Aufseher und Wachen?«

Sie schauten sich an und antworteten wie aus einem Mund: »Bei den Ludi Romani.«

Der Beginn der großen Spiele, ausgerichtet vom Kaiser persönlich, stand unmittelbar bevor, und alle Römer, die ihm dienten, würden dafür zwei Wochen frei bekommen. Alle bis auf die Sklaven, aber ohne Aufseher und Wachen konnten auch die nicht arbeiten – dennoch musste es einen Weg geben, um sie hier hinein- und herauszubekommen.

»Findet ihn«, sagte Drust.

16

Es war ein Schacht mit Stufen, direkt aus dem Tuffgestein gehauen und mit den nötigen Vertiefungen versehen, um die Masten der Hebekräne zu verankern. Der Schacht endete an einer zweiflügeligen Falltür, die gut geölt war und leise und leicht aufschwang. Darüber befand sich einer der ungenutzten Räume des Tempels des heiligen Claudius, eines legendären und gewaltigen alten Bauwerks. Der Raum musste einer von mehreren sein, in denen einst die klügeren der kaiserlichen Sklaven unterrichtet worden waren, den verfallenen Tischen und Sitzbänken nach zu urteilen. Statt Schiefertafeln und Lehrbüchern war der Raum jetzt voll von Körben mit roter Erde, noch mehr Werkzeug und schmalen, vertieften Spurrillen für Rollwagen, um die Pozzolana im Schutz der Dunkelheit nach draußen zu größeren Ochsenkarren zu schaffen.

Glücklicherweise gelangten sie durch die Falltür direkt auf die Straße. Links von ihnen ragte die mächtige Fassade des flavischen Amphitheaters auf, rechts lag der helle Kalksteinplatz mit dem Ludus Magnus, und dazwischen versprach der große konische Springbrunnen namens Meta Sudans eine willkommene Abkühlung.

Jetzt sehen wir zweifellos wieder aus wie Sklaven, dachte Drust. Die Kleider verdreckt, voller Tuffstaub, Schweiß und Schlimmerem, die Säume der Umhänge ausgefranst und mehrere von uns mit notdürftig verbundenen Verletzungen. Quintus humpelte heftig, und selbst das Labsal des Springbrunnens entlockte ihm sein sonst allgegenwärtiges Lächeln.

»Was jetzt?«, fragte Ugo, der immer noch schmollte, weil Drust ihn aufgefordert hatte, die neuen Dolabrae zurück auf den Stapel zu legen, bevor sie ans Tageslicht kletterten; doch auch er sah den Sinn der Anweisung ein, als sie sich mitten in den Menschenmassen wiederfanden, die in die Arena strebten.

»Curtius«, sagte Drust. Sie sahen aus wie Sklaven und wenn auch nicht ganz wie Gladiatoren, dann doch zumindest wie eine Gruppe abgehalfterter Ausbilder, und das erregte rund um den Ludus Magnus weder Aufmerksamkeit noch Verweise. Curtius war nicht schwer zu finden, allerdings sichtlich verblüfft, sie in diesem Zustand wiederzusehen. Er führte sie auf einen Ausbilder-Balkon mit Blick auf das kleine Amphitheater der Gladiatorenschule. Unter ihnen übten zahlreiche Kämpfer, überhaupt war der ganze Ludus von geschäftigem Treiben erfüllt – die Spiele würden eine ganze Woche dauern und erforderten jede Menge Organisation.

»Was habt ihr denn veranstaltet – ein Loch gegraben und reingesprungen?«

»Andersrum«, murmelte Kag mit schmerzverzerrtem Gesicht, und Curtius kniff fachmännisch die Augen zusammen, löste dessen blutdurchtränkten Verband und summte vor sich hin.

»Frisch. Glatter Durchstich – sauber, hat aber den Muskel getroffen, du wirst eine Weile brauchen, um dich davon zu erholen. Das muss beobachtet werden – Gladius, richtig?«

Bei Wein, Brot und Oliven erzählte Drust ihm stückweise die ganze Geschichte. Ein Medicus tauchte auf, der ihnen als Anaxi vorgestellt wurde, da sein vollständiger Name laut Curtius unaussprechlich sei.

»Einer der Besten, die wir haben. Ein echter Orpheus – kann mit seinen feinen Fingern und seiner ptolemäischen Magie jemanden direkt dem Hades entreißen.«

Anaxi, der derlei von Curtius offenbar schon kannte, grunzte. »Ich bin kein Alexandriner, sondern komme aus Palmyra. Und ich weiß vor allem, wie schwer Schnitt- und Stichwunden sein müssen, bevor du einem Mann einen Schlag auf den Kopf gibst und ihn abschreibst.«

Er war geschickt und professionell, säuberte, nähte, trug Wundsalbe auf und verband ihre schlimmsten Wunden mit sauberem Leinen.

»Was ist aus Lentulus geworden?«, erkundigte sich Curtius. Drust erzählte es ihm.

»Ich weiß nicht, ob er noch lebt«, schloss er. »Ich hoffe es – er hat Wort gehalten und war tapferer, als es zunächst den Anschein hatte.«

Curtius knurrte leise. »Ich habe gewusst, dass er ein Mithras-Anhänger ist, aber nicht, dass er diesen Rang bekleidet. Das erklärt natürlich, warum Antyllus diesem Barbier gegenüber so ehrfürchtig war – ist der General tot?«

»Ein Gnadenstoß – aber Verus hatte ihn bereits erledigt«, sagte der Hund grimmig und wich vor dem Medicus zurück, der das Gesicht verzog, jedoch geduldig und wortlos wartete. Widerwillig ließ ihn der Hund schließlich seine Arbeit machen.

»Du wirst verdammt lange eine verdammt große Narbe haben«, sagte ihm der Medicus. »Versuch, die Kruste nicht abzuzupfen, sonst hast du ein Gesicht wie der Daumen eines schlechten Schusters. Na gut, wie der Daumen eines schon lange toten schlechten Schusters.«

Er hob seine Arzttasche auf, nickte Curtius zu und marschierte davon.

Curtius sah eine Weile den Kämpfern unten zu und seufzte dann. »Dieser Brasus – er hat sich schon wieder einen verpassen lassen, der Klumpfuß. Von dem *Retiarius*, gegen den er morgen antreten soll.« Mit finsterer Miene trank er einen Schluck. »Die werden alle beide draufgehen ... Habt ihr gefunden, was Lentulus versteckt hatte?«

Drust nahm den Köcher von der Schulter und stellte ihn auf den Tisch, wo Curtius ihn mit einem wässrig gelben Auge musterte. Drust legte die eine Hand in den Schoß und die andere darüber, um das Zittern zu verbergen.

»Das ist alles? Sieht nicht besonders aus – was ist drin?«

»Notizen, Briefe, Berichte – genug, um einen Haufen wichtige Leute zu Fall zu bringen und noch mehr zu retten. Wir müssen sie dem Kaiser persönlich aushändigen, niemand anderem.«

»Wir?«, schnaubte Curtius misstrauisch. »Bei dieser Sache gibt es kein ›wir‹. Treibt sich dieser bleiche Messermensch noch da draußen rum?«

»Ja«, sagte Quintus und schob einen derben Fluch hinterher, der sich auf die Launen der Fortuna bezog.

»Tja dann«, sagte Curtius. »Ich kann euch Linderung für eure Leiden anbieten, Essen, ein wenig Wein und, falls ihr das wünscht, eine Strohmatte in einer sicheren Zelle für diese Nacht. Aber darüber hinaus – ich bin zu alt, um mich mit mordlüsternen Messerschwingern einzulassen.«

»Das ist auch gar nicht nötig«, sagte Drust. »Aber ich muss zuerst mit meinen Brüdern reden. Danach werde ich dich um Hilfe bitten.«

Curtius sah ihn verwirrt und noch misstrauischer an als zuvor, dann blickte er nach oben in in Richtung der vergoldeten Bronzestatue des Nero, deren Kopf über den Rand des Dachs lugte und Sonnenstrahlen von seiner Krone zurückwarf. »So, der Koloss des Nero sagt, ich sollte mich dem Mittagessen widmen. Wenn ich zurückkomme, seid ihr besser bereit, mich um einen Gefallen zu bitten, den ich euch mit großer Wahrscheinlichkeit abschlagen werde – es gibt noch viel zu tun heute. Vierzig gute Männer werden morgen in der Arena antreten, und nur zwei von ihnen werden wieder rauskommen.«

Sie sahen ihm nach, seinem steifen Gang mit den geschundenen Knien und Knöcheln und der kaputten Hüfte. Dann wandte sich Drust an seine Kameraden.

»Wir kriegen das niemals direkt dem Kaiser übergeben, wenn wir versuchen, morgen während der Spiele einfach zu seinem Purpurthron zu marschieren.«

»Ein Haufen Praetorianer und andere Lakaien werden sich uns in den Weg stellen«, pflichtete Kag ihm bei. »Also, wie sieht dein Plan aus?«

Drust holte tief Luft und erklärte es ihnen. Noch immer verbarg er seine zitternde Hand.

»Es gibt nur einen Weg, wie jemand wie ich mit einem Bündel Schriftrollen beim Kaiser stehen kann. Und der lautet, den Palmzweig des Siegers zu erringen und damit das Recht, dem jungen Alexander persönlich Bittschriften zu überreichen.«

Es herrschte fassungsloses Schweigen, bis der Hund durch seine frischen Verbände nuschelte, was alle dachten.

»Moment mal – was? Palmzweig? Wofür?«

»Den Sieg im Zirkel des Verrats.«

Erneute Stille, dann lachte der Hund laut auf und zuckte zusammen. »Bei Jupiters Schwanz – jetzt hab ich mir wegen dir eine der neuen Nähte aufgerissen.«

»Im Ernst?«, fragte Kag nach. »Wie willst du das schaffen?«

»Die massakrieren dich«, knurrte Quintus. »Selbst mit Hund an deiner Seite.«

»Nicht Hund, nicht mit dieser Wunde«, sagte Drust leise. »Und auch Kag und Quintus nicht, aus dem gleichen Grund. Ich will den Letzten von uns, der noch unverletzt ist, nicht fragen, aber ich muss.«

Einen Moment lang standen sie regungslos da, bis Ugo alle Blicke auf sich spürte, einmal kurz blinzelte und ein strahlendes Lächeln aufsetzte.

»Ich werde an deiner Seite sein. Fortuna kann sich in den Arsch ficken.«

Da explodierte Kag. »Bei allen Göttern! Zieht eure Köpfe mal kurz aus euren Schwammlöchern, alle beide – ihr seid zu alt und zu langsam ... Außerdem müsstet ihr euch dafür an einen Besitzer binden. Den Eid ablegen und praktisch wieder Scheißsklaven werden.«

»Mit achtunddreißig anderen Kämpfern um euch rum, die alle jünger und stärker sind als ihr und ihr Leben noch vor sich haben«, ergänzte der Hund. »Das ist ein Kampf, den ihr nicht gewinnen könnt. Ich habe dich in letzter Zeit oft kämpfen sehen, Drust, und da waren ein paar wirklich göttliche Aktionen dabei. Aber du müsstest wirklich ein Sohn des Mars sein, um hier zu gewinnen. Du bringst dich um.«

Er machte eine Pause und schaute Drust fest in die Augen. »Und Ugo gleich mit.«

»He«, polterte Ugo. »Mein Austritt durchs Tor des Todes ist eine Sache zwischen mir und Mars Ultor, da mischt sich niemand anders ein.«

»Auch nicht dieser germanische Arschschwamm, nach dem du im Dunkel ständig gerufen hast?«, fauchte Kag.

»Das war dort, jetzt ist hier«, knurrte Ugo etwas beschämt. »Der eine ist dafür da, im Wald den Himmel leuchten und knallen zu lassen. Der andere ist für die Arena zuständig.«

»Das ist doch Wahnsinn«, rief Quintus. »Was haben wir denn davon, wenn du verreckst? Was ist dann mit der Verschwörung gegen den Kaiser? Wir können nur den Göttern danken, dass du niemanden finden wirst, der zwei alte Säcke wie euch freiwillig in die Arena schickt.«

Noch während er das aussprach, begriff er, begriffen sie alle. Curtius würde es tun. Bislang hatte er Brasus, den

Daker, und seinen Mitstreiter, irgendeinen Retiarius, der kaum besser war. Auf diese Weise würde er Geld sparen, seine Männer behalten und seine Pflicht trotzdem erfüllen.

»Versteh doch«, sagte Drust. »Die einzige andere Wahl, die uns bleibt, ist weglaufen, und das Imperium ist nicht groß genug, als dass wir entkommen könnten. Selbst jenseits der Reichsgrenzen ist es nicht mehr sicher, und wir würden niemals – NIEMALS – zurückkommen können.«

Diese Wahrheit brachte sie alle abermals zum Schweigen, bis Kag sich irritiert am Kopf kratzte.

»Da hätten wir immer noch bessere Chancen als bei dem, was du hier vorschlägst ...«, begann er, aber Drust unterbrach ihn, indem er die Hand hob.

»Es ist ja nicht so, als hätte ich keinen Plan.«

Sie warteten. Es kam nichts. Als sie begriffen, dass auch nichts kommen würde, warf Quintus die Hände in die Luft und schritt leise fluchend einen Halbkreis um sie ab.

»Sollte der schlimmste Fall eintreten«, sagte Drust über einen seiner Ausbrüche hinweg, »nehmt ihr den Schriftrollenköcher und findet einen anderen Weg, das zu erledigen. Oder ihr ergreift die Flucht und hofft, dass mit dem Tod von Ugo und mir alle das Interesse an uns verlieren.«

»So oder so liegen wir mit dem Gesicht nach unten auf dem Bett und die Götter stehen hinter unseren Arschbacken Schlange«, murrte der Hund undeutlich.

»Diese Stellung haben wir doch schon lange eingenommen«, meinte Ugo leise und ruhig. »Von dem Moment an, als Fama unsere Schritte auf die Straße dieser Unternehmung gelenkt hat.«

»Keine echte Göttin«, gab Drust lächelnd zurück.

»Eine literarische Figur, erschaffen von Ovid, wie man hört«, stimmte Quintus zu und zeigte eine schlechte Kopie seines alten Grinsens.

»Sobald ihr tot seid, geben wir Kisa den Köcher«, sagte der Hund und legte trotz der Verbände eine Menge Gift in seine Worte. »Vielleicht fällt dem ja was ein – aber für euch beide ist es dann zu spät.«

»Das ist es für den Horatius immer«, gab Ugo zurück. Er bemerkte die hochgezogenen Augenbrauen ringsum. »Was? So hieß doch der Kerl auf der Brücke, oder?«

»Genau so«, sagte Kag und legte Ugo seine unverletzte Hand auf den Unterarm. »Sehr gut, mein germanischer Riese – bei dieser heroischen Verteidigung aber nicht vergessen, dass da noch zwei andere bei ihm waren, an deren Namen sich niemand erinnert.«

»Herminius und Lartius«, warf Drust mit ernster Miene ein. »Und an die will sich eigentlich niemand erinnern, weil die beiden weggelaufen sind.«

Wieder Stille, erst gebrochen durch die Rückkehr von Curtius, der rülpste und sich den Mund wischte. Er schaute in die Runde und spuckte einen Olivenkern übers Geländer.

»Ich habe zwanzig Meilen schlechte Straße gesehen, die besser aussah als eure Gesichter. Es muss also ernst sein.«

Drust weihte ihn ein und konnte förmlich spüren, dass die anderen gespannt wie Schiffstaue auf seine Antwort warteten. Es sprach für Curtius, dass er keine Gegenargumente einwarf, sondern nur ein wenig den Kopf schief legte wie ein Vogel, der überlegt, wie er die Schnecke zerschmettern kann, um an ihr Fleisch zu kommen.

»Das ist pures Glücksspiel«, sagte er schließlich. »Aber wenn ihr das wirklich machen wollt ...«

»Ulpius Ralla«, sagte Kag verzweifelt. »Was soll der denken, wenn plötzlich als sein Beitrag zu den kaiserlichen Spielen zwei Greise auftauchen?«

Curtius kratzte sich das stoppelige Kinn und schüttelte den Kopf. »Drei Paare sind versprochen, und drei Paare werden antreten – er wird ihre Namen nicht kennen und schon gar nicht ihre Gesichter.«

»Sein Name steht wahrscheinlich auch in unseren Dokumenten hier«, sagte der Hund.

»Die deutlich machen, dass er in die Irre geführt wurde, und auch von wem«, gab Drust zurück und wandte sich wieder an Curtius.

»Hast du einen sicheren Aufbewahrungsort dafür? Einen wirklich sicheren? Ich würde sehr ungern gewinnen, nur um festzustellen, dass du vergessen hast, in welche Kiste du das Ding gelegt hast.«

Curtius nahm den Köcher entgegen und schaute erst ihn, dann Ugo an. »Gewinnen. Dass ich nicht lache, Drust, im Ernst.«

»Er hat einen Plan«, meinte Kag unglücklich. »Behauptet er wenigstens.«

Curtius sah sie der Reihe nach an, dann wieder Drust. »Nun gut, *Auctoratus* – schwör deinen Eid, Hand aufs Herz.«

Auctoratus – die Bezeichnung ließ Drust am ganzen Körper erschauern. Das war ein freiwilliger Gladiator, ein Mann, der aus freien Stücken beschließt, sich wie ein Sklave zu binden. Ein tiefer Fall als Befreiter und vollwertiger Bürger. Was hätte wohl Praeclarum dazu gesagt? Er tastete nach dem Lederbeutel mit ihren Perlenzähnen um seinen Hals. Ich werde sie schon bald wiedersehen ... Dann leistete er den Eid.

Uri, vinciri, verberari, ferroque necari. Ich werde ertragen, gebrannt, gefesselt, ausgepeitscht und durch das Schwert getötet zu werden. Die Worte drangen Ugo und ihm misstönend über die Lippen wie schlechtes Zinn auf einen Marmorboden.

Kag stöhnte auf und schaute in den Himmel. Quintus warf abermals entnervt die Hände in die Höhe. Der Hund stand still und stumm da.

»Geht zurück in den Bau und bereitet alles dafür vor, euch in kürzester Zeit mit allem von Wert, was ihr tragen könnt, aus dem Staub zu machen«, sagte Drust mit einem schiefen Lächeln. »Nur für den Fall. Danach könnt ihr zurückkommen und uns zuschauen – ich werde Curtius bitten, euch Eintrittsmarken zu hinterlassen – aber sobald ihr uns fallen seht, rennt schnell und weit.«

»Fick dich«, fauchte der Hund. »Wer bist du, uns jetzt noch Anweisungen geben zu wollen? Du hast dich selbst zum Sklaven gemacht.«

Kag zerrte ihn davon, und einen Moment später stand auch Quintus auf, bot ihnen aber sein Handgelenk. »Ihr seid völlig übergeschnappt, alle beide. Lebt wohl, bis wir uns im Hades wiedersehen.«

*

Drust schlief in der vertrauten Dunkelheit einer Sklavenzelle, wusste aber erst, dass es Schlaf gewesen war, als er
daraus erwachte. Er hatte ihn als eine graue, wogende
See erlebt, deren Wellen ihn immer wieder untergetaucht und zurück an eine hässliche Oberfläche gespült
hatten. Irgendwo in all dem erkannte er die Wahrhaftig-
keit ihres Verlusts, dass sie wirklich mit einem letzten
sanften Seufzer von ihm gegangen war und er sie jetzt
über einen langen Zeitraum hinweg Stück für Stück
immer noch weiter verlieren würde. Wie sie im Bett seine
Seite gewärmt hatte und er diese Wärme jetzt nicht mehr
spüren konnte. Wie ihr Geruch langsam aus dem kleinen
Lederbeutel wich, der wie ein Amulett um seinen Hals
hing. Jede dieser kleinen Einzelheiten von ihr, die er vermisste, übermannte ihn mit neuen Wellen bitterer Erkenntnis, dass sie wirklich für immer fort war, und im
Traum suchten sie ihn immer öfter heim.

Träume sind alles, was ich noch bin, wenn ich zu müde
bin, um ich selbst zu sein ...

Er erwachte, als Curtius mit Ugo kam und das Licht
vom Gang verdeckte. Die Tür war offen gelassen worden, als kleines Beruhigungsmittel, um ihnen das Gefühl
zu geben, nicht wirklich Sklaven zu sein. Curtius brachte Wein, Brot, Oliven sowie einen salzigen Hartkäse, von
dem Ugo behauptete, er schmecke hervorragend.

Sie frühstückten. Schließlich ging Curtius mit seinem
Schwammstock zur Latrine und ließ Ugo und Drust in unbe-
haglichem Schweigen zurück, das Drust irgendwann brach.

» Tut mir leid, dass ich dich da reingezogen hab«, sagte
er. »Fortuna allein weiß, ob wir gewinnen oder sterben,

aber die Chancen stehen schlecht. Du kannst jederzeit sagen, dass du nicht mehr willst.«

Ugo stellte seinen Wein ab und wischte sich den Mund. Kurz saß er wortlos da, dann holte er Luft.

»Ihr lacht mich immer alle aus, wenn ich einmal scheinbar mehr Germane als Römer bin. Du hast mich daran erinnert, dass du in einer Sklavenzelle aufgewachsen bist. Du kennst die Arena sogar noch besser als Subura.«

Er fuhr sich mit der Hand über die Wange – frisch rasiert, wie Drust etwas wehmütig sah; das hatte auch er immer getan, bevor er den Ring betreten hatte.

»Ich bin die weiße Krähe«, sprach Ugo weiter. »Ich bin kein Römer – selbst nach all der Zeit nicht –, aber auch die Friesen würden mich nicht mehr wiedererkennen. Du kennst dieses Gefühl – ich hab dich nördlich des Walls in Britannien gesehen. Das waren deine Leute, aber sie haben dich nicht erkannt und du sie auch nicht. Das Gleiche gilt für den Hund, es gilt für uns alle.«

Er schaute Drust unverwandt an. »Als ich zum ersten Mal hierhergekommen bin, war ich ein Junge, der ins Atrium von Servilius Structus' Wohnhaus im Bau geführt wurde. Dasselbe Haus, in dem wir uns jetzt umtun. Es hat geregnet und das Impluvium ist übergelaufen, runter in die Zisterne. Das Einzige, was ich damals dachte, war, dass dieser Römer offensichtlich ein Loch im Dach hatte – daheim in Frisia wären wir jetzt alle zusammen draußen gewesen, um es zu flicken.«

Er brach ab und holte Luft. »Jetzt weiß ich es besser – aber jedes Mal, wenn ich dort bin, schau ich hoch zu diesem rechteckigen Loch im Dach und stelle fest, dass die einzige Umgebung, in der ich mir nicht wie eine weiße Krähe vorkomme, diese Familie ist, die wir zusammen gebildet haben. Ist es das nicht wert, dafür zu kämpfen? Dafür zu sterben?«

Beide schwiegen eine Weile, dann rutschte Ugo zur Seite, furzte und grinste. »Abgesehen davon – du hast ja einen Plan. Wann werd ich den erfahren?«

»Auf ins *Armamentarium*«, sagte Curtius, während er höchst geräuschvoll durch die offene Tür trat. Sie folgten ihm hinab in die verschwitzten, stinkenden Tiefen des *Hypogeum*, des gewaltigen Unterbaus des flavischen Amphitheaters. Es war der vierte der vierzehn Tage der Ludi Romani. Morgen würden im Maximus die Wagenrennen beginnen, und im flavischen Amphitheater würde sich eine Arena präsentieren, in der achtunddreißig Männer den Tod finden sollten.

Fürs Erste aber war Zeit zum Mittagessen, und das Hypogeum wimmelte wie ein Madenhaufen. Es stank nach Blut und Tieren, Scheiße, Pisse und Schweiß – Letzterer tropfte wie Regen von den Gewölbedecken der Tunnel und Kammern, und die Hitze hier unten war nicht weniger tödlich als im Sand über ihren Köpfen.

Das Armamentarium lag ganz in der Nähe des *Spoliarium*, wohin man die Toten brachte und auszog. Das bedeutete, Waffen und Rüstungen hatten keinen weiten Weg zurückzulegen, während sie eine Reihe von Sklaven passierten, welche die Teile auf ernsthafte Beschädigungen hin untersuchten und von den schlimmsten Spuren von Blut und finalen Ausscheidungen befreiten. Anschließend wurden die Leichen über eine glitschige Rinne nach irgendwo noch weiter unten befördert – Drust erinnerte sich daran von seinem Rundgang mit dem sardischen Medicus, der ihm die besten Tötungsmethoden hatte beibringen sollen. Die Waffen und Rüstungen der Gefallenen gingen wieder zurück ins Armamentarium.

In dessen Kammern bahnte sich Curtius mit den Ellbogen einen Weg durchs Gewühl, bis er neben einem Mann stand, der nichts weiter trug als einen Lendenschurz und ein schäbiges Kopftuch.

»Ruga – immer noch hier?«, knurrte Curtius. »*Hoplomachus* für den Großen, *Murmillo* für Drust.«

Ruga musterte sie von oben bis unten, wischte sich den Schweiß aus den Augenbrauen und nickte. »Titus – hol die Rüstung von Ständer sieben. Decius – Ständer achtundzwanzig.«

Drust war sich mit der Rolle des Murmillo immer noch nicht sicher, aber Curtius hatte argumentiert, es sei seine beste Chance, am Leben zu bleiben – die einzige Waffe des Murmillo war der Gladius, der praktisch zu Drusts Faust gehörte. Wenn seine Hand nicht gerade zitterte.

Am linken Bein würde Drust eine *Ocrea* tragen, dazu einen Armeeschild, das große gewölbte Rechteck des *Scutum*, das maßgeblichen Anteil an der Erfolgsgeschichte des Imperiums hatte. Er sah fast aus wie ein Legionär – bis auf die fehlende Körperrüstung, denn er trug nur die eine Beinschiene und dazu die *Manica*, einen Armschutz aus Kettengliedern und Polsterung für die rechte Seite, sowie einen Helm, den *Cassis Crista*, ein schweres Bronzeteil mit einem Gitter, das die Gegner daran hindern sollte, ihm etwas Scharfes ins Gesicht zu stoßen.

Die Ausrüstung war verbeult, schwer und mit verdächtigen dunklen Flecken übersät, aber er sammelte alle Metall- und Lederteile ein und stand dann ächzend da, während er auf die anderen wartete. Er hörte Curtius' Beschwerden über den Zustand der Ausrüstung, die Ugo bekommen sollte.

Der Hoplomachus kämpfte üblicherweise mit nackter Brust und war nur mit einem Lendenschurz bekleidet, dem *Subligaculum*, das von einem breiten Gürtel gehalten wurde. Er trug beidseitig lange Beinschienen, die von der Mitte der Oberschenkel bis zu den Füßen reichten. Am rechten Arm trug er eine Manica aus Metallplatten und dazu einen Helm, der denen der griechischen Hopliten nachempfunden war, mit einer Feder auf jeder Seite und dem eingeprägten Wappen eines Falken.

Als reichte das noch nicht, trug er auch noch einen kleinen runden Bronzeschild namens *Aspis*, auch wenn sich niemand erinnern konnte, woher dieser Name kam. Dadurch konnte er einen Speer in der Rechten und einen Gladius hinter dem Schild in der Linken tragen.

Es war dieser Speer, der Curtius missfiel. Es sollte eigentlich ein *Dory* sein, die legendäre Waffe der alten griechischen Krieger aus Sparta, mit einem sieben Fuß langen Schaft, einer blattförmigen Spitze mit messerscharfen Kanten und einem kleinen Dorn am unteren Ende.

Dieser aber war drei Fuß zu kurz und hatte keinen Dorn. Dieser war eindeutig irgendwann einmal abgebrochen und dadurch repariert worden, indem man den Rest einfach unten glatt geschliffen hatte.

»Ich will meinen Dorn«, verlangte Curtius ungehalten. »Schlimm genug, dass der Schild einen ausgefransten

Halteriemen hat, auch ohne dass du meinem Jungen auch noch drei Fuß Reichweite klaust.«

Ugo nahm die Waffe, wog sie in der Hand und ließ sie kreisen, als wäre sie ein kleiner Stock. Er grinste.

»Nein, lass gut sein. Die lange Version wackelt immer so beschissen. Ich ziehe die hier vor.«

»Wenn du die Spitze verlierst, gibt es keinen Ersatz dafür«, warnte Curtius, aber Ugo nickte bloß und grinste weiter.

»Ich hab Schwert und Schild«, sagte er. »Mehr braucht man nicht.«

»Es ist deine Beerdigung«, meinte Curtius verdrossen.

»Aber der Hut da gefällt mir«, setzte Ugo hinzu mit einer Kopfbewegung auf den fraglichen Gegenstand. Es war ein prunkvoller *Secutor*-Helm, dessen Gesichtsplatte in Form einer goldenen Katzenmaske gearbeitet war, die Mund und Kinn freiließ. Zwischen den Ohren und quer über die Stirn verlief eine blaue Emailleverzierung, die ein schwarz hervorstehendes Ankh-Symbol umspielte, dieses seltsame ptolemäische Kreuzzeichen, dessen Schleife zwischen den Augenbrauen endete. Die Augen selbst waren sorgfältig ausgeschnittene Schlitze.

»Der gehört Tiridates«, wandte Curtius brüsk ein. »Grieche, aber aus Oxyrhynchus. Er kämpft mit einem Chepesch – weißt du, was das ist?«

»Ein Sichelschwert. Die Ptolemäer benutzen so was – hab ich schon mal gesehen. Ein bisschen wie ein Bastard, eine Kreuzung aus Axt und Spatha. Na gut, möge Fortuna ihm zulächeln.«

»Er kämpft morgen zusammen mit Alafai, einem Retiarius. Die beiden sind die Favoriten des Kaisers«, erklärte Curtius mit strenger Miene. »Ich an deiner Stelle würde
also nicht so mit Fortunas Segen um mich werfen.«

Ugo zuckte mit den Schultern. »Für die Arena ist sowieso Mars Ultor zuständig. Frauen haben da nichts verloren – nichts für ungut, Drust.«

»Schon gut, germanischer Riese. Der alte Severus hat
das geregelt, als er die Frauenkämpfe in der Arena verboten hat. Ich glaube nicht, dass Praeclarum, möge sie sich
im Elysium sonnen, unglücklich über diesen Erlass war.«

»Geh du ruhig vor, sonst brichst du noch zusammen«,
erwiderte Ugo und sah Drust an, der gebeugt unter der
Last seiner Ausrüstung dastand. »Ich bleib noch ein bisschen hier und sorge dafür, dass dieser Sohn einer kränk-
lichen Sau mir einen besseren *Hoplomachus*-Schild gibt
oder den Riemen an dem hier repariert.«

»Fick dich mit einer dreizackigen Gabel«, gab Ruga
freundschaftlich zurück. »Ich hab von euch gehört – ihr
seid beide mal aus der Arena entkommen. Aber wenn ihr
morgen im Ring tanzt, seid ihr wieder Sklaven. Also hüte
deine Zunge.«

»Ich würde lieber deiner dabei zuschauen, wie sie
Schwänze lutscht. Ich hab gehört, du kannst sogar dem
Koloss des Nero sein Blattgold abnuckeln.«

Drust hörte ihren Schlagabtausch hinter sich leiser werden, während er durch die Menge wankte und versuchte, niemanden so stark anzurempeln, dass sich etwas
löste und er versuchen musste, es irgendwie wieder
aufzuheben.

Durch den Gang wuselten Tierbändiger, die schwitzend von einem Stockwerk ins andere wechselten, um sich um die Käfige mit den Löwen und Tigern und so weiter zu kümmern. Irgendwo trompetete ein Elefant. Drust bewegte sich wie eine plumpe Barke durch dieses aufgewühlte Menschenmeer.

Er sah den Mann auf dem Gang entgegenkommen. Er fiel ihm auf, weil er sofort an den Hund denken musste – der Mann trug einen Kapuzenmantel, einen echten *Caracalla* der Armee aus wasserdichtem Leder. Im nächsten Augenblick wusste er, der Hund würde hier unten niemals mit gesenktem Kopf und aufgesetzter Kapuze herumlaufen, genauso wenig wie in ihrem Tartarus namens Subura. An solchen Orten musste er sich nicht verstecken ... Dieser Mann dagegen tat es, hüllte sich in dieser schwärenden, dem stinkenden Atem eines Drachen gleichenden Ofenhitze in einen schweren Umhang.

Er wusste es, noch ehe der Kerl den Kopf hob, um den Weg vor sich zu prüfen und geschmeidig wie eine Wüstenschlange zur Seite glitt, um dem Strom der Entgegenkommenden auszuweichen.

Ein fahles Gesicht mit Augen, die rastlos umherhuschten und jeden Winkel absuchten. Ein nichtssagendes Gesicht, an das man sich höchstens aufgrund der ausgebleichten Augenbrauen und Wimpern erinnern würde, sollte man in einer dunklen Gasse daran vorbeilaufen – aber Drust kannte Verus, hatte ihn einmal im Schatten hinter Julius Yahya angestarrt und seinen Anblick nie wieder vergessen können.

Ihre Blicke trafen sich wie gekreuzte Klingen – Verus machte einen Satz nach vorn, glitt an einem dahineilenden Sklaven vorbei, stieß mit einem weiteren zusammen und brachte ihn aus dem Gleichgewicht. Verärgerte Ausrufe ertönten. Einer streckte die Hand aus, um ihn am Umhang zu packen, und Verus wirbelte halb herum, ein gellender Schrei, und schon floss Blut.

Nun erhob sich ein Gebrüll aus Warnungen und Empörungen, aber die meisten im Tunnel wirbelten davon wie Wellen von einem geworfenen Stein und ließen Drust allein dort stehen, die Arme voller Gladiatorenausrüstung. Mit Schrecken bemerkte er, wie gelähmt er war. Er starrte Verus an, der wie ein Schneesturm durch die zurückweichenden Schatten auf ihn zukam. Er hörte Stimmen, die nach der Stadtkohorte, den Vigiles und wem sonst noch riefen.

Einige Schritte vor Drust wurde Verus von einem hochroten Schweinsgesicht aufgehalten, das auf einem halb nackten Körper thronte, der nur aus hervorgewölbten Muskeln vom Bedienen der Lastenaufzüge bestand. Das Schweinsgesicht fauchte ihn böse an und quiekte dann, als Verus mit einer Miene so ausdruckslos wie behauener Kalkstein einen Schritt zur Seite machte und ihm ein zweites Lächeln unterhalb des Kinns verpasste.

Drust traf der Anblick des spritzenden Blutes wie ein Schlag in die Magengrube, wie ein Schock, der ihn von Kopf bis Fuß durchfuhr. Ich, dachte er. So ende ich auch …

Er schleuderte den Armvoll Ausrüstung auf Verus, war aber dank der Gnade der Götter geistesgegenwärtig genug, den Griff des Gladius festzuhalten, sodass nur die

Scheide mit dem anderen Zeug davonflog und den Messermann ins Gesicht traf.

Verus bäumte sich auf wie ein Pferd, fluchte, schüttelte eine Hand ab, die ihn zu packen versuchte, und wirbelte im Kreis, sodass die Menge vor ihm zurückwich. Er stolperte über Beinschiene und Armschutz, trat den Helm zur Seite, hüpfte und fluchte schon wieder, denn Drust war nur noch ein Paar nackte Füße, die um die nächste Ecke verschwanden.

Drust rannte instinktiv drauflos, ließ sich von Geruch, Geschmack und dem Wissen aus zu vielen Jahren treiben, die diese stinkenden Katakomben sein Zuhause gewesen waren. Er brüllte und setzte immer wieder seine Ellbogen ein, aber viele schrien auch ihm wütend hinterher, dem Mann, der mit blanker Klinge durch die Menschenmenge stürmte. Gut so, dachte er, soll Verus sich darum kümmern – trotzdem wusste er dank des zunehmenden Lärms und der schrillen Schreie, dass Verus sehr nah war.

Er schmeckte die faulige Luft und sprintete nach links, krachte durch eine Flügeltür und rutschte über stinkende Kacheln, die mit Blut und Eingeweiden und anderen Flüssigkeiten übersät waren. Er sprang über zwei lang gestreckte Körper hinweg und stieß mit der schwitzenden Masse eines fetten Dis Pater zusammen, der seinen Totenmaskenhelm unter den Arm geklemmt hatte und mit dem Hammer in der Bauchhöhle eines ausgeweideten Zwergs steckte.

»He – du hast hier nix verloren. Verpiss dich gefälligst.«

Drust wusste, das Spoliarium war ein finsteres Loch voll blutiger Geheimnisse, welche die dort Beschäftigten gern für sich behielten. Die »Mysterien« nannten sie es, als handele es sich um irgendein Geheimnis, um eine magische, göttliche Offenbarung, die der Öffentlichkeit nicht preisgegeben werden sollte – aber Gladiatoren und Lanistae und Tierkämpfer kamen manchmal hierher, um den Leichnam eines Gefallenen zu holen, bevor er unten im Loch landete, und sie alle kannten die Wahrheit des Leichenhauses.

Er sah zu, wie Sklaven den schlaffen Körper eines toten Löwen in das Loch hebelten, eine quadratische Grube im Boden, die in noch dunklere und stinkendere Abgründe führte, wo man ihm den Pelz abziehen und Klauen und Zähne als erwerbbare Arena-Andenken herausbrechen würde, um die Überreste anschließend in einem Trog mit Lauge zu Schlamm zu machen und sie am Ende des Tages durch die Kanalisation in den Tiber zu spülen. Alle Leichen und Kadaver endeten dort, das wusste er nur zu gut. »Schwimm niemals im Tiber« war ein Leitsatz, der jedem Bewohner Roms von Kindesbeinen an eingebläut wurde.

Er kannte die Tiefe des Lochs und dachte kurz darüber nach, konnte sich aber nicht dazu durchringen hineinzuspringen. Der fette Dis war jetzt richtig wütend, das speckige Gesicht wild verzerrt. Drust wedelte mit dem Gladius und starrte ihn an, was ihn zurückweichen ließ, sodass Drust sich an ihm vorbeiducken und auf die Tür zuhalten konnte, von der er wusste, dass sie sich am anderen Ende des Raums befand.

Es war der einzige Ausgang abgesehen vom Tor des Todes, das direkt in die Arena führte und sich nur dann öffnete, wenn Bedienstete des Dis die Toten mit Ketten und Haken durch die Fersen hinabzogen. Er hörte neuen Lärm hinter sich und erhöhte das Tempo, was ihn sofort gefährlich ins Schlittern brachte.

Direkt vor dem Ausgang verlor er endgültig den Halt, knallte gegen den Türrahmen und stürzte in den dahinterliegenden Tunnel, wo er einmal mehr herumwuselnde Sklaven aufscheuchte, die ihn wütend anschrien. Er kam gerade wieder auf die Beine, als er einen Klammergriff am Fußgelenk spürte, hinunterschaute und den ebenfalls gestürzten Verus sah, der ihn gepackt hatte wie ein Krokodil aus einem Fluss.

Drust schrie auf und versuchte freizukommen, trat mit dem freien Fuß zu und fühlte seine schwielige nackte Fußsohle gegen etwas Weiches krachen. Er hörte ein Grunzen, aber der Griff ließ nicht nach. Drust riss an seinem Bein und schrie um Hilfe, in heilloser Panik bei der Vorstellung, wie sich dieser spinnenartige Mörder vom Fußgelenk übers Knie zum Oberschenkel hinaufarbeitete, das Messer zum Todesstoß erhoben ...

Der Griff ließ nach, und Drust krabbelte davon, erreichte die Tunnelwand und zog sich an ihr hoch. Verus näherte sich ihm mit gezücktem Messer und triumphierendem Zähnefletschen – bis er plötzlich zur Seite flog und in die gegenüberliegende Wand krachte.

»Aber, aber«, sagte eine vernünftige Stimme, die zu lächeln schien. Drust schaute überrascht auf und erblickte einen gewaltigen Kerl in einer durchgeschwitzten Tunika. Er hatte das gute Aussehen eines Griechen – dichte schwarze Locken, große olivfarbene Augen mit langen

Wimpern, eine Nase wie aus der Hand eines Bildhauers, volle Lippen und ein markantes Kinn.

Verus kam auf die Beine, und Drust wollte dem Griechen gerade eine Warnung zurufen, aber jemand kam ihm zuvor. »Tiridates – pass auf, er hat ein Messer.«

Tiridates neigte sich nach links und ließ die Klinge an sich vorbeizischen, wich dann zurück, als sie direkt erneut auf ihn einstechen wollte. Die Geschwindigkeit überraschte ihn sichtlich, und sofort begann es in seinem Gesicht zu arbeiten. Drust wartete nicht ab, wie sich die Sache entwickelte, sondern hastete wie eine Ratte im Kanal sofort weiter, wandte sich nach links und taumelte durch einen kleinen Menschenpulk. Der nächste Tunnel mit Tonnengewölbe war breiter und wieder deutlich belebter. Er hoppelte um eine Ecke, dann noch eine – hier gab es drei mögliche Abzweigungen, vielleicht würde Verus sich ja täuschen lassen –, und folgte einem Hauch herrlich kühler, feuchter Luft.

Der Luftzug wurde stärker, als er den Zugang zu dem Gewölbe erreichte. Dahinter plätscherte Wasser in einem kühlen Garten, den jeder Sklave unter allen möglichen Vorwänden immer wieder aufsuchte – und sei es nur, um hier unten nicht umzukippen. Allerdings gab es darin weder Blumen noch parfümierte Springbrunnen – vielmehr stank es nach ranzigen Fürzen und noch ranzigerer Scheiße, Hinterlassenschaften der Elefanten, deren Käfige zum Transport hinauf in die Arena hierhergeschleppt wurden.

Da man etwas derartig Schweres und Voluminöses nicht mit Männern bewegen konnte, die um eine Winde herumliefen, hatte man sich hier zusätzlich ein wassergetriebenes System ausgedacht. Die riesigen Schaufelräder knirschten und quietschten, als der Aufseher befahl, die Klammern zu lösen. Gischt spritzend floss das Wasser über die Schaufelräder und wurde unten in Kanäle abgeleitet.

Die Ketten strafften sich, und der Käfig schwang ächzend in die Höhe. Drust legte eine kurze Pause ein, um seinem schweißnassen Gesicht und seinen Haaren ein paar Handvoll Wasser zu gönnen.

Die Pause war ein Fehler. Als er gerade wieder etwas sehen konnte, tauchte bereits die bleiche Gestalt im Türrahmen auf und verharrte dort, um sich suchend umzusehen, wobei sie den weißen Kopf wie ein Jagdhund von einer Seite zur anderen riss. Verus hatte den Kapuzenumhang verloren, und seine Tunika war von Schweiß oder Schlimmerem dunkel verfärbt – seinem Aussehen nach war er im Spoliarium mehr als einmal gestürzt, was Drust mit wildem Triumph erfüllte. Kurz fragte er sich, was aus Tiridates geworden war.

Verus erblickte ihn fast im gleichen Moment und setzte sich wieder in Bewegung, während Drust zurückwich. Andere machten ebenfalls Platz, und alle, die nicht hier arbeiteten, strebten zur Tür. Ein Sklave rief etwas, und der Aufseher sah sich mit finsterer Miene um.

»Gib mir, was ich haben will«, sagte Verus heiser, und Drust wollte ihn angrinsen, aber seine Oberlippe klebte an den Zähnen fest, scheinbar das einzig Trockene an seinem ganzen Körper.

»Du brauchst mich lebendig«, höhnte er, »also was willst du machen?«

Verus sprang vor, Drust parierte, und die Klingen klirrten – aber Drust erholte sich noch davon, als das Messer schon seinen Unterarm aufschlitzte. Der Anblick des Blutes ließ ihn aufjaulen.

»Ich brauche eine Kehle und eine Zunge und einen Mund«, zischte Verus. »Weder Augen noch Ohren noch Finger noch Zehen ... sag mir, was ich wissen will, dann kannst du alles andere behalten.«

»Kloppt euch woanders«, sagte der Aufseher ungehalten. Er war ein massiger Kerl und wohlgenährt vom Haferbrei, mit einem Gesicht wie ein zerkochter Knödel und einem Paar mächtiger Männerbrüste, über die Schweiß auf seinen beeindruckenden Bauch rann. Er war es gewöhnt, dass man ihm gehorchte, aber Verus sah ihn nur böse an und teilte ihm mit, er solle sich ficken.

»Ruft die Stadtkohorte«, befahl der Aufseher einem Sklaven. Schließ dich der Meute an, die bereits genau das getan hat, dachte Drust verbittert. Aber sehe ich hier welche von denen? Nein, tu ich nicht ...

Verus machte einen Schritt nach rechts in den Weg des laufenden Sklaven, der klugerweise abdrehte und sich in eine Ecke kauerte. Mehr Zeit brauchte Drust nicht. Er steckte sich den Gladius zwischen die Zähne und sprang dem Boden des entschwindenden Elefantenkäfigs hinterher, verhakte sich in den kleinen Löchern des Metallgitters und hoffte einfach, das Tier würde nicht plötzlich einen Fuß heben und seine Finger zerquetschen.

Er schaute zurück nach unten und grinste Verus ins Gesicht. Es wäre der perfekte Augenblick gewesen, hätte er sich dabei nicht die Mundwinkel an der scharfen Klinge geschnitten. Als er sich endlich im nächsten Stockwerk zur Seite schwingen und den Elefanten auf seinem Ritt in Richtung Licht und Sand alleine weiterrumpeln lassen konnte, brannte der Schweiß in diesen kleinen Schnitten mehr als der viel größere Schnitt in seinem Unterarm.

Auf der Rampe wartete ein Sklave – diese schmalen Vorsprünge waren als Laufgänge gedacht. Jeder Käfig benötigte einen Sklaven, der außen mitfuhr und sich an den Ketten und dem Lasthaken festhielt. Oben musste er die Käfigtür öffnen, um das Tier herauszulassen, und die schräge Falltür bedienen, durch die es dann über eine Rampe hinauf in die Arena gelangte. Dann musste er alles wieder schließen und am Seil zerren, als Signal, dass er fertig war, woraufhin der Käfig wieder zum Ladeplatz abgesenkt wurde. Und das immer und immer wieder – an Tagen wie diesen, das wusste Drust, lief die schweißtreibende Arbeit wie geschmiert, denn jeder war ein geöltes Rädchen in einer alten Maschine.

Er nickte dem Sklaven zu, als hätten sie beide jedes Recht, hier zu sein, vor allem er mit einem blanken Schwert in der Hand. Dann umrundete er den Aufzugschacht auf dem Laufweg. Dieser führte direkt zum nächsten, deutlich kleineren Schacht, in dem die Käfige von Bären, Tigern und Löwen und anderen ähnlich großen Tieren nach oben transportiert wurden. Es gab Dutzende dieser Schächte, die ringförmig um die Mitte der Arena angeordnet waren; falls die Aufseher ihre Arbeit gut machten, konnten sie einen ganzen Schwarm an Tigern, Löwen und Wölfen gleichzeitig entfesseln, die alle von muskulösen Sklaven mithilfe einer Winde nach oben befördert wurden.

Er hörte gleichzeitig scheppernd einen Käfig aufsteigen und hinter sich ein Aufjaulen des Sklaven, das rasch in der Tiefe verhallte; sein Klang traf ihn bis ins Mark, der Schweiß auf seiner Haut fühlte sich an wie Eiswasser.

Verus kam in Sicht, keuchend und schwarz vor Schweiß und Dreck. Er musste wie eine Spinne die Ketten und Seile hochgekrabbelt sein und hielt jetzt wieder unerbittlich auf Drust zu, dem nichts anderes übrig blieb, als auf dem schmalen Laufweg auf ihn zu warten, denn woanders konnte er nicht hin.

Sein schneeweißes Haar war mit schwarzen Ölsträhnen verklebt, aber ansonsten schien Verus völlig unversehrt aus dieser Aktion hervorgegangen zu sein, die ihm auf ein Dutzend schmerzhafte Arten den Tod hätte bringen können. Drust verfluchte Fortuna, dass sie sich der Sache nicht angenommen hatte. Dieses Aas von einer Göttin hasst mich wirklich ...

Verus kam näher und führte einen harten Stoß mit dem Messer gegen ihn, der Drusts Schwertarm durchbohren sollte, damit er den Gladius fallen ließ. Drust parierte ihn, wohl wissend, wie schnell sein Gegner war. Auch den zweiten Stoß bekam er gerade noch pariert, den dritten allerdings nicht mehr. Immerhin gelang es ihm, die Klinge so abzulenken, dass sie ihm nur einen kleinen Schnitt im Arm zufügte.

»Gib auf«, keuchte Verus und wischte sich mit der freien Hand den Schweiß aus den Augen. Von unten sah Drust den Käfig heraufkommen und schaute in das entsetzte Gesicht des Sklaven, der ihn begleitete. Als die grünäugige Maske des Tigers in Sicht kam, schleuderte Drust sein Schwert auf Verus und sprang auf den Käfig.

Es schaukelte bedrohlich, und der Sklave schrie auf. Der ohnehin schon verängstigte Tiger warf sich flach auf den Boden des Käfigs, verspritzte einen Strahl stinkender Pisse und stieß ein panisches Brüllen aus. Drust jubelte innerlich, drehte sich um und wollte Verus triumphierend anschauen, als er sah, dass der Mann wie eine dieser Springspinnen aus der Tiefe nach oben geschnellt kam.

Mit einer Hand bekam Verus den Boden des Käfigs zu fassen und schwang sich mit der anderen hoch, musste aber das Messer fallen lassen, um sich festhalten zu können. Der Sklave schrie auf Drust und Verus gleichermaßen ein, und Drust wusste, dass die schwitzenden Männer an den Winden unten arg gefordert sein würden, das zusätzliche Gewicht hinaufzubefördern.

Sie erreichten die Höhe der Rampe, und Drust hörte den Aufzug einrasten. Wütende Fragen von unten hallten durch den Schacht empor, wurden aber vom Hintergrundlärm des allgemeinen Geschreis, Gebrülls und Getöses hier oben übertönt. Verus arbeitete sich von unten die Außenwand des Käfigs hinauf, während der Tiger auf und ab schlich und ihn anfauchte. Doch die Käfige hatten dicke Gitterstäbe und die Zwischenräume waren zu schmal für Zähne oder Klauen, von Tatzen ganz zu schweigen; es wäre auch sehr unpraktisch gewesen, wäre jeden Tag irgendein glückloser Sklave zerfleischt worden.

»Was soll die Scheiße?«, fragte der Sklave und hob seinen Stachelstock, aber Drust sprang zu ihm und packte ihn am Kragen der Tunika.

»Lauf«, sagte er. »Der Typ, der da hochkommt, ist ein Wahnsinniger. Der bricht dir das Genick wie deine Mama einem Suppenhuhn.«

Dem Sklaven gefiel Drusts Anblick gar nicht, aber der Kerl am Käfig mit dem seltsam wimpern- und brauenlosen Gesicht voller Schmieröl und Schweiß entsprach durchaus dieser Beschreibung.

»Ich werde ausgepeitscht, wenn ich meine Arbeit nicht erledige«, jammerte der Sklave.

»Wenn du hierbleibst, bist du tot«, gab Drust zurück und nahm dem Sklaven den Stachelstock aus den zitternden Händen.

Der Sklave sprang auf den schmalen Laufweg, überquerte ihn mit der Leichtigkeit langer Übung und schaute sich noch einmal um. Als er sich weit genug entfernt wähnte, bedachte er Drust mit einem üblen Schimpfwort und verschwand dann in den nächsten Schacht, wo er aus voller Kehle um Hilfe schrie. Drust wandte sich wieder Verus zu, der noch immer die gegenüberliegende Wand des Käfigs emporkletterte.

»Pass mit der Katze auf«, warnte er ihn gehässig und steckte den Stachelstab zwischen die Gitterstäbe hindurch. Der halb verhungerte, wütende und völlig verschreckte Tiger spürte die scharfe Spitze, jaulte auf und sprang wild fauchend und schlagend im Käfig umher. Verus verlor mit einer Hand den Halt und hing einen Moment lang so da, einen langen, glorreichen Moment, in dem Drust jedem Gott jegliche Belohnung versprach, der ihn die vierzig Fuß bis zum Grund fallen lassen würde.

Nichts dergleichen passierte. Verus bekam seine Hand zwischen die Stäbe und ließ sich dann hinab, bis er wieder unter dem Käfig hing, wo ihn der Stachelstab nicht erreichen konnte. Handgriff um Handgriff arbeitete er sich am Käfigboden zur Vorderseite vor, von wo aus er sich auf die hölzerne Rampe wuchtete. Dort blieb er vornübergebeugt und keuchend stehen, schaute dann auf und zeigte auf Drust.

»Ich werd dich an einen Balken nageln wie deinen Spion«, stieß er zwischen rasselnden Atemzügen hervor. »Dieser Mavro hat sich für einen lautlosen Mörder gehalten. Ich habe ihn eines Besseren belehrt.«

»Du hast kein Messer mehr«, erwiderte Drust, als er vom Käfig auf den Laufweg trat und zwei Schritte zu dem Hebel an der Wand machte. Verus beobachtete ihn wachsam, machte sich allerdings mehr Sorgen wegen des Stachelstabs, der durchaus auch als Speer taugte. Er will, dass ich ihn werfe, dachte Drust. Vielleicht ist er geschickt genug, ihn im Flug zu fangen und dann auf mich zu richten.

Allerdings hatte er gar nicht vor, sich in absehbarer Zeit von diesem Stab zu trennen. Sollte er seinen Gegner erreichen wollen, würde er zurück auf das Dach des Käfigs springen und von dort auf ihn losgehen. Von der Rampe aus war das machbar, das hatte Verus ja gesehen. Trotzdem gab es einiges, was er nicht wusste.

Das ist mein Reich, dachte Drust wild. Das hier ist mein Dunkel, und ich weiß, wie die Schrecken hier funktionieren ...

Er zog den Hebel nach unten, und es ertönte ein dumpfes Knacken, das Verus in Kauerstellung gehen und herumwirbeln ließ. Die beiden Türklappen über seinem Kopf öffneten sich wie ein Flügelpaar. Eine Sandwolke rieselte herab, begleitet von einem heißen Windstoß aus der Arena und dem ohrenbetäubenden Jubel des Amphitheaters. In heilloser Panik drehte sich der Tiger jaulend um die eigene Achse, bis er Drusts Schatten sah, der nun wieder auf dem Käfig stand. Das Tier warf sich flach auf den Boden und schaute hinauf.

»Sag Lebwohl, Verus«, brüllte Drust durch das Getöse. Dann zog er die Käfigtür auf.

Einen kurzen Moment lang schauten sich Verus und der verängstigte Tiger in die Augen. Letzterer wollte seinen Käfig nicht verlassen – das wusste Verus aber nicht. Er wusste gar nichts mehr. Er rannte los.

Es gelang ihm, das obere Ende der Rampe zu erreichen, hinaus ins messingfarbene Gleißen und umgeben von den brüllenden Massen. Blinzelnd stand er da. Dann reagierte der Tiger auf die geflohene Beute und den letzten Pikser mit dem Stachelstab. Verus stand genau am Ende der Rampe, die bleichen Augen vom plötzlichen Tageslicht geblendet, als ihn ein schwarzgelber Schatten von hinten rammte wie ein geschleuderter Speer – jaulend, reißend, beißend.

In einer rollenden Wolke aus fauchendem und kreischendem Sand verschwanden sie außer Sicht. Das Publikum jubelte begeistert, trotz der sich schließenden Falltür bekam Drust mit, wie sehr sie sich an diesem Moment ergötzten. Er hörte es selbst dann noch, als sich die Tür geschlossen hatte und er das Signal gab, den Käfig wieder hinabzulassen.

Noch lange hallte der Jubel durch den Schacht nach unten.

17

Sie waren zu spät für die Parade auf dem Forum, schafften es aber gerade noch, der *Cena Libera* beizuwohnen, dem förmlichen Abendessen, das der Sponsor der Spiele ausrichtete. Da es sich dabei um den Kaiser handelte, war es eine verschwenderische Veranstaltung mit ganzen Ferkeln, mit Hasen und Kaninchen, Geflügel und Fisch – auch wenn der fragliche Knabe selbst nicht anwesend war. Ugo wollte keinen Hasen essen, der ihm heilig war, dafür mochte er die Rotbarbe, da sie im Tod die Farbe änderte.

Trotz der üppigen Tafel aß und trank niemand allzu viel, eher tat man so, während man von den Reichen und Mächtigen bewundert und begutachtet wurde, die dabei Wetten auf die Teilnehmer abschlossen. Eine *Perfidiae harenam* hatte es seit so vielen Jahren nicht mehr gegeben, dass nicht einmal die Kämpfer wirklich wussten, was sie erwartete.

»Keine Schiedsrichter, kein Erbarmen«, sagte Curtius zwischen zwei Bissen. »Es ist eine reine Massenschlägerei – hört bloß nicht auf die Arschschwämme, die euch mit dem Stachelstock drohen, falls ihr mit dem Rücken zur Wand der Arena bleibt. Die wollen nur, dass ihr weiter rausgeht, damit euch das Publikum besser sehen kann. Sichert euch unbedingt ab.«

»Guter Rat«, sagte eine sonore Stimme, und sie schauten zu ihrem Besitzer auf, der an einem silbernen Kelch nippte. Drust erkannte den Griechen aus dem Tunnel – Tiridates – wieder, der ihn seinerseits mit einem amüsierten Lächeln auf den vollen Lippen musterte.

»Ich erinnere mich an dich«, sagte er. »Du bist wie eine Ratte in einer Röhre vor diesem weißhaarigen Irren davongekrabbelt. Ein Jammer – einen Augenblick später, und ich hätte ihm das Genick gebrochen.«

Drust bezweifelte das, sagte es aber nicht. Tiridates lachte so, wie Quintus es immer tat – den Kopf in den Nacken geworfen, schallend und herzhaft. Er bot seinen Kelch dar, und Drust nahm ihn entgegen, wobei er es sogar schaffte, nicht zu zögern – es war ein Gladiatorengebräu, auf das sie alle schworen, eine Mixtur aus Knochenasche und verdünntem Wein, die angeblich eine kräftigende Wirkung hatte. Drust wollte nicht darüber nachdenken, wo die Knochen herstammten.

»Ich hab gehört, dass er tot ist«, sagte Tiridates und nahm seinen Kelch wieder an sich, in den – wie Drust sah – kunstvoll in Silber seine Gesichtszüge eingestanzt waren.

»Mausetot«, bestätigte Curtius. »In sieben Stücken, wenn man das eine Auge nicht mitzählt, das immer noch da draußen liegt und in den Sand starrt.«

»Was ist mit dem Tiger passiert?«, fragte Quintus, und Tiridates bedachte ihn mit diesem Lächeln, das Drust langsam etwas auf die Nerven ging.

»Der wurde am Ende von Camillus aufgespießt «, gab Curtius zurück. »Von diesem *Venator*, der sich selbst Hermes nennt.«

»Schade«, knurrte Quintus. »Dem hätte ich gern eine Leckerei gegeben.«

Tiridates salutierte vor ihm, dann sah er sie der Reihe nach mit diesem überlegenen schiefen Grinsen an. Hinter ihm ragte sein Kampfpartner Alafai über einer Senatorengattin auf und brachte sie sichtlich ins Schwitzen.

»Komische Geschichte«, meinte Tiridates und strich sich über das stattliche glatt rasierte Kinn. »Ich kenne die Hintergründe nicht, interessiert mich auch nicht – aber mir gefällt, was sie ans Tageslicht gebracht hat.«

Er schlang Alafai einen Arm um den Hals und steckte seinen Becher in die schneeweiße Tunika. Etwas flatterte auf und er machte eine schnelle, lässige Handbewegung, die sein Können fast verbarg, schnappte es aus der Luft, zerquetschte es in seiner Faust und ließ es auf den Tisch fallen. »Bis morgen dann«, verabschiedete er sich. »Ich glaube nicht, dass ich da große Probleme kriege.«

»Arroganter Sack«, murmelte Curtius und sah den beiden hinterher. Die weiß glänzende Motte, deren Flügel zu Staub zermalmt waren, zog hektische Kreise auf der Tischplatte und verendete in einer Weinpfütze.

Curtius seufzte und schaute Drust und seine Kumpane an. »Er hat aber leider recht. Fünfundzwanzig Kämpfe, keine Niederlage, und nur drei der Männer, gegen die er gekämpft hat, sind vom Publikum verschont worden. Und da sind morgen noch ein paar andere dabei, die zwar nicht so gut sind wie er, aber sehr viel besser, als ihr beide es je wart.

Ihr solltet das wirklich lassen – Verus ist tot und es muss noch einen anderen Weg geben, zum Kaiser vorzudringen.«

»Verus ist tot«, bestätigte Drust, »aber das sollte dich nicht zu der Annahme verleiten, dass die Bedrohung mit ihm gestorben ist. Julius Yahya mag noch andere solche Leute haben – und er wird bestimmt von Stunde zu Stunde panischer. Selbst wenn es einen anderen Weg gibt, haben wir keine Zeit, ihn zu finden.«

Er sah Ugo an. »Ich würde hier nichts essen oder trinken, germanischer Riese.«

Ugo sah ihn erschrocken an, dann kniff er vorwurfsvoll die Augen zusammen. »Du hast doch selbst was getrunken.«

»Nach Tiridates und aus seinem Becher.«

Ugo schüttelte betrübt den Kopf, während ihm dämmerte, dass Drust sich einen Scherz erlaubt hatte. »Das ist nicht mehr die Arena von früher. Es gibt heutzutage nur wenig Ernsthaftigkeit und noch weniger Ehrgefühl.«

So war die Arena schon immer gewesen, dachte Drust, behielt es aber für sich. Es war ein Spektakel aus Blut und Sand für die johlenden Massen Roms, unabhängig von Status oder Reichtum. Man konnte es noch so sehr mit Ritualen und Pomp verbrämen, am Ende war und blieb es nur das.

Alles, was sie dabei tun mussten, war, bis zum Ende des folgenden Tages zu überleben. Der Trick dabei war, es auch zu wollen.

*

Der nächste Tag dämmerte schwül und rosagrau über dem Kapitol herauf, wo nicht nur ein Festumzug startete, sondern gleich zwei – einer für den Kaiser, der andere für seine Mutter. Beide hatten ihre eigenen Musiker, und immerhin, dachte Drust, dudeln und trommeln sie die gleiche Melodie, selbst wenn sie im irrwitzigen Jubel der Menge nahezu unterging.

Es war der erste Tag der Pferderennen und das Forum Romanum brechend voll von Schreihälsen mit Tuniken in den Farben ihrer Lieblingsrennställe. Die Mutter des Imperiums in ihrer Quadriga bog ab, sobald sie das Forum Romanum und die Via Sacra hinter sich gelassen hatte, steuerte dann quer über das Forum Boarium mit all den brüllenden Nervensägen im Schlepptau auf die Carceres zu, die mächtige Starttoranlage des Circus Maximus. Sie wirkte prunkvoll, wie sie in diesem Rennwagen aufrecht hinter dem Fahrer stand, einem geschmeidigen Jüngling. Als diplomatische Geste trugen sie beide haarsträubend teure Gewänder aus Goldgewebe.

Soweit Drust erkennen konnte, blickte sie nicht ein einziges Mal zu ihrem Sohn hinüber, der neben ihr in einer anderen Quadriga fuhr, einem schwereren Modell allerdings, das besser zu seinem Auftreten als triumphaler General passen sollte.

Seine Gefolgschaft trug ihre besten Tuniken oder Kleider – manche trotzten gar der Hitze und trugen stur ihre Togen. Alle hatten Kissen, Esskörbe und Weinschläuche mit. Ihnen schlossen sich der Editor, der Vorsitzende der Spiele, sowie eine Gruppe Priester an, die in ritueller Anordnung mehrere Wagen eskortierten, auf denen Statuen von Jupiter Maximus, Mars Ultor und anderen Göttern standen.

Die Prozessionen hielten Einzug in den Ring und umrundeten ihn unter dem erwartungsvollen Tosen der Menge zweimal. Dann standen die Quadrigae in der Hitze, während die Priester den Göttern ihren Moment gönnten, anschließend verschwanden die Züge endlich in die kühlen Katakomben. Kurz darauf legten die vordersten Sitzreihen ihre Kissen und ihre gekühlten Getränke zurecht.

Die Veranstaltung würde mit einer Reihe von Schaukämpfen mit stumpfen Waffen beginnen. Danach sollte es einige besondere Vorführungen geben, Tierhetzen und dergleichen, und gegen Mittag würden die Noxii einlaufen, jene Kriminellen, die durch Klingen oder Klauen sterben sollten. Am Nachmittag, wenn die schlimmste Hitze ein wenig nachgelassen hatte, sollte schließlich das Hauptereignis folgen.

So mussten Drust und Ugo eine ganze Weile in den Katakomben warten, während die anfängliche Illusion angenehmen Schattens schnell einer stinkenden Hitze wich, die sie dazu trieb, ihre Ausrüstung abzulegen und sich ebenfalls hinauf zu den gestuften Sitzreihen zu begeben, wo der Hund und die anderen Plätze gefunden hatten. Curtius kam mit ihnen. Den Schriftrollenköcher hatte er nicht bei sich, und Drust fragte auch nicht, wo er ihn versteckt hatte.

Die anderen freuten sich, Drust und Ugo wiederzusehen, vor allem, als sie ihnen Leinensäcke in den Schoß fallen ließen, prall gefüllt mit Köstlichkeiten, die sie vom vortäglichen Festmahl hatten mitgehen lassen.

»Oho – die liebe ich ja«, verkündete Quintus. »Gebratene Mäuse in Honig und Mohn.« Er packte eine Handvoll, stopfte sie sich in den Mund und kaute genüsslich.

»Besser als Kichererbsen«, meinte Kag und reichte den Sack an Ugo zurück, nachdem er sich einige süße Gebäckstücke genommen hatte. Ugo schüttelte schwermütig den Kopf.

»Drust hat gesagt, dass wir nichts essen oder trinken sollen. Für den Fall, dass Julius Yahya irgendwas vergiftet hat.«

»Ein bisschen mehr Vorwarnzeit wäre toll gewesen«, sagte Quintus und kaute langsamer. Drust lachte.

»Er würde kaum Essen und Trinken beim Festmahl vergiften – zu viele Teilnehmer, zu viele Reiche und Mächtige.«

Der kurzsichtige Curtius blinzelte gegen die gleißende Sonne an. Über ihnen saßen Matrosen der Misenum-Flotte, die normalerweise die Webleinen der Takelage bedienten und gerade dabei waren, flink wie eine Affenbande die gewaltigen schattenspendenden Sonnensegel zu entfalten. Auch wenn sie hier und da zerrissen und fadenscheinig waren, boten sie doch eine höchst willkommene Erleichterung.

»Ich glaube, Brasus hat gewonnen«, sagte Curtius. »Könnt ihr mehr sehen als ich, Jungs? Er sollte antreten gegen einen ganz annehmbaren Gallier namens ... hab ich vergessen. Aber er hat schon einige Kämpfe gewonnen ...«

»War Brasus der Hoplomachus?«, fragte Kag, und Curtius nickte. Kag zuckte mit den Schultern.

»Der Hoplomachus ist verschont worden.«

Curtius seufzte. »Na ja. Ich habe Mars Ultor ein Opfer dargebracht, damit ich diesen Daker-Arsch noch ein bisschen behalten kann – aber die Ludi Romani verschlingen so viele Kämpfer. Der Kaiser greift tief in die Tasche, um möglichst viele Tote zu sehen. Brasus wird noch mal kämpfen während dieser Spiele, und ich glaube nicht, dass er es übersteht.«

Drust hob den Kopf in eine kurze kühle Brise; der Himmel wurde dunkler und sah so aus, als könnte es regnen. Seine Vermutung quittierte der Hund mit einem Stirnrunzeln.

»Hoffentlich nicht. Dieser Sand ist nicht gerade der beste, der wird sich bei Nässe sofort in Haferbrei verwandeln. Wie damals in Alba Fucens.«

»Das war in Beneventum«, widersprach Quintus. »Und es endete als reinste Komödie – hätte ich Schuhe angehabt, wären sie mir von den Füßen gesaugt worden.«

»Genau das meine ich. Aber es war trotzdem in Alba Fucens.«

Sie stritten hin und her, aber letztlich ging es nur darum, nicht darüber nachdenken zu müssen, was nach den mittäglichen Bespaßungen passieren würde. Der letzte Programmpunkt lief bereits und es regnete jetzt Andenken auf das Publikum, die teilweise sogar mit einer kleine Balliste abgefeuert wurden, um auch die obersten Reihen zu erreichen.

Einst hatten Manius und Sib auch so etwas gemacht – Sib hatte Holzbälle in die Luft geworfen, die Manius mit abgestumpften Pfeilen beschoss, wodurch die Bälle als kleines Andenken in die Zuschauerränge flogen. Es schien eine Ewigkeit her zu sein …

Drust lebte, weil andere Männer bluteten. Das war seine Welt, ein stinkendes Spektakel des Todes, von dem er einst geglaubt hatte, ihm entrinnen zu können. Nach allem, was sie erreicht hatten – der Bau, ein dickes Kuchenstück von Servilius Structus' alten Geschäften, ein gewisser berühmt-berüchtigter Status –, war er kurz der Illusion erlegen, sie könnten es geschafft haben, aber es war eben nur eine Illusion.

Sie waren dazu bestimmt, an diesem Ort zu sein, wurden immer wieder von Mars Ultor oder Fortunas Harpyenklauen hierher zurückgeschleift, oder gar von Venus – ein Dutzend Götter mochten es so verfügt haben. So oft habe ich das Licht in den Augen eines Gegners erlöschen sehen, dachte er, und jedes Mal hat der letzte schwache Atemzug, das letzte zarte Flattern des Herzschlags nur die unerschütterliche Wahrheit meines Daseins bestätigt. Ich kann mir eine Toga anziehen und so tun, als wäre alles anders, aber am Ende bin und bleibe ich ein Sklave der Arena.

Das Letzte musste er laut ausgesprochen haben, denn er spürte ihre Blicke auf sich und öffnete die Augen.

»Der Sand steckt in deinem Blut?«, fragte Curtius trocken. »Kann schon sein. Solange dein Blut nicht im Sand steckt, lächelt Fortuna und zeigt dir ihre prallen Titten.«

Sie lachten, aber es klang gezwungen. Sehnten sie sich wirklich nach einem anderen Leben, nach einem, das nicht von der eisenstinkenden Klebrigkeit des Blutes oder dem stechenden, dünnen Mief der Furcht erfüllt war? Betrachtete der Hund manchmal seine Hände und fragte sich, ob sie dazu bestimmt sein könnten, etwas anderes zu halten als seine Zwillingsschwerter? Zitterten sie auch manchmal?

Alle wollten Drust nach seinem Plan fragen, ließen es aber sein. Als sie einander umarmten, gingen sie eindeutig davon aus, es würde das letzte Mal sein. Erst als er schon ein paar Schritte gemacht hatte, drehte Drust sich noch einmal um und grinste.

»Schöpfkelle«, sagte er. Sollten sie daraus schließen, was sie wollten.

Als sie hinunterstiegen, um ihre Ausrüstung wieder anzulegen, die sich auf der Schicht aus altem Schweiß ganz glitschig anfühlte, weihte er Ugo ein. Der grinste, schüttelte in theatralischer Fassungslosigkeit den Kopf und lachte dann laut. Während sie durch den dunklen Tunnel schlurften, der zur Arena führte, war das Tor des Lebens noch nicht geöffnet, und Drust hatte Zeit, blind in die ihn umgebende Finsternis zu starren und sich zu fragen, ob der Tunnel wohl endlos weiterführte, sodass er einfach immer weitergehen könnte, bis er müde würde.

Wenn er dann stehen bliebe und sich umdrehte, wäre auch in der Richtung, aus der er gekommen war, nur Finsternis zu sehen. Er würde sich in dieser Finsternis hinsetzen – sich vielleicht sogar ausstrecken, die Augen schließen und sich einfach ausruhen. Vielleicht gäbe es in dieser Finsternis keine Bestien mehr … Vielleicht würde Praeclarum ihn ins Licht der Elysischen Felder geleiten …

Nun wurden Wandfackeln entzündet, die die Finsternis vertrieben und zersplitterte Schatten warfen, in denen die ranzig stinkenden Männer warteten. Manch einer pfiff nervös vor sich hin. Hier und da war sogar ein Dufthauch zu erhaschen, von Weihrauch, den der eine oder andere als letztes Opfer für irgendeine Gottheit mitgebracht hatte. Ugo kauerte sich mit einer Handvoll aromatisch schwelender Zweige hin, badete Kopf und Gesicht in ihrem Rauch und murmelte Gebete. Er bot sie auch Drust an, der jedoch den Kopf schüttelte. Zu welchem Gott, zu welcher Göttin hätte er beten sollen? Alle, denen er je Gebete geschickt hatte, hatten die Brüder am Ende doch nur verarscht.

Es gab immer ein Ende des Tunnels und immer einen Mann, der darauf wartete, dahinter zu sterben.

Noch aber warteten sie alle hier, bis die Trompeten erschollen und das Tor des Lebens geöffnet wurde. Ihre Umrisse zeichneten sich vor den Fackeln ab, manche starr, andere von einem Bein aufs andere tänzelnd, wieder andere hüpften an Ort und Stelle, um ihre Ausrüstung zurechtzuruckeln. Drust sah einen, den er kannte, einen Griechen namens Dyad, der diesen Namen gewählt hatte, weil er für die heimlichen Verehrer von Pythagoras ein machtvolles Symbol war. Das Publikum kannte ihn als »Silber-Arm« wegen der verzierten Manica, der Schiene von Schulter bis Handgelenk, die er immer trug. Er war ein Retiarius, ein Netzkämpfer, und hatte schon über zwanzig Kämpfe gewonnen.

Dann war da noch Tiridates, der sich umschaute und Ugo erblickte, dessen Kopf und Schultern aus all diesem blutgetränkten Zwielicht emporragten.

»Ihr macht das also wirklich?«, fragte er, und da er keine Antwort bekam, drehten sich die ersten Köpfe zu ihnen um. Tiridates lächelte, Schatten flackerten und tanzten über sein Gesicht.

»Ihr meint, ihr könnt in eurem Alter bestehen, ohne über die eigenen Füße zu stolpern? Ihr solltet daheim liegen und ein Nickerchen machen.«

»Wenn ich du wäre, würde ich mich um meinen eigenen Kram kümmern«, knurrte Ugo.

Tiridates lachte. »Schon gut. Ein paar Stunden, dann könnt ihr euch entspannen – ach nein, warte, in welche Richtung fließt noch gleich die Zeit?«

»Spinnst du jetzt?«, fragte eine unbekannte Stimme. Tiridates schnaubte und setzte sich den Helm auf.

»Bin ich es etwa, der hier mit grauen Haaren neben meinem Großvater kämpfen will?«, fragte er mit einer Stimme, die aufgrund der goldenen Katzenmaske metallisch klang.

Ugo beugte sich über ihn wie eine einstürzende Säule. »Fürchte die Alten an einem Ort, wo die Jungen sterben.«

Einige Männer kicherten, bis eine dröhnende Stimme sie alle zusammenfahren ließ.

»Macht euch bereit. Denkt daran, bei diesem Kampf gibt es keinen Summa Rudis, keine Begnadigungen, kein Mitleid. Das letzte Paar, das überlebt, gewinnt – oder der letzte Mann allein, falls sein Partner vorher getötet wird. Ihr tötet eure Gegner, oder sie töten euch. Wenn ihr nur am Rand der Arena klebt, werden Leute euch zwingen, in der Mitte zu kämpfen.«

Der Mann, der normalerweise als Schiedsrichter fungierte, war als Hermes gekleidet und trug einen Stachelstab, mit dem er drohend wedelte.

Irgendwer herrschte ihn an. »Komm mir mit dem Ding zu nah, und ich stopf es dir in den blutigen Halsstumpf.«

Der Schiedsrichter entschied gewöhnlich bei Kämpfen, die nach festen Regeln abliefen. Aber das nun Bevorstehende war eben alles andere als üblich, und da es so lange nicht stattgefunden hatte, waren sich die meisten im Unklaren, was die Regeln anging. Das Einzige, was alle wussten, war, dass sich ganz sicher niemand mit vierzig verzweifelten und erfahrenen Kämpfern in die Arena wagen würde, um sie mit einem spitzen Stock zu piksen.

Die Trompeten erklangen. Knirschend schwang das große Doppeltor auf und überflutete sie mit grellem Licht und einem gewaltigen Brüllen wie von einem lauernden Untier. Mit steifem Gang schlurften sie hinaus in den Sand und spürten die Anspannung in Armen und Beinen deutlicher als das hungrige Schreien eines Neugeborenen.

Im Ring angekommen, bewegten sie sich schneller, verteilten sich rasch nach links und rechts entlang der geschwungenen Mauern und schenkten dem Publikum so wenig Beachtung, als wären es nur Fliegen, die warme Pferdeäpfel umschwärmten.

Drust blinzelte ins Sonnenlicht und holte tief Luft, was ihm die schwache Ammoniaknote des verschmutzten Sandes in die Nase trieb, ein derart vertrauter Geruch, das es ihm buchstäblich einen Stich ins Herz versetzte. Er warf Ugo einen Blick zu, der ihn erwiderte und grinste, bevor er sich den Helm überstreifte und zu einer gesichtslosen Bedrohung wurde.

Bald wird uns wieder Blutgeruch umwehen, frisch wie Schmiedeeisen, dachte Drust. Die Torflügel fielen krachend zu, und der donnernde Lärm der aufgekratzten Menge verebbte zu vereinzelten Rufen, denn alles wartete nun auf eine ferne Gestalt auf dem gegenüberliegenden Balkon.

Drust schlüpfte in die Höhle seines Helms.

Der Kaiser stand auf, hob eine Hand und winkte. Trompeten schmetterten – die Menge ertränkte alles in einem brausenden Brüllen, das Drust in den Ohren klingelte.

Das Pärchen stand da, Rücken zur Wand, Waffe kampfbereit, den Blick auf das Pärchen zur Linken, das Pärchen zur Rechten, alle jeweils etwa zwanzig Schritt voneinander entfernt. Das Pärchen zur Linken setzte sich in Bewegung, noch bevor die Musiker die Trompeten absetzten. Einfache Beute, denken die sich wohl. Die alten Knacker da – schnell ausschalten, den ersten blutigen Erfolg verbuchen ...

Sie kommen auf mich zu, dachte Drust nur.

Ihr Anführer war ein Retiarius mit einem dunkelblauen Kilt, der von einem breiten Gürtel gehalten wurde, mit zwei kniehohen Beinschienen und einer komplizierten Armschiene aus gepolsterten Wickeln, die in einer Schulterverzierung endete. Sein Kopf war kahl bis auf eine Schleife aus gewebtem Band, deren Enden an seinen kantigen Wangenknochen herabhingen. Er grinste und trug das Wurfnetz wie einen Mantel über der Schulter, packte den dreizackigen Fischspeer fester und kam unter tosendem Jubel näher. Er hätte allerdings eindrucksvoller gewirkt, wäre er nicht mit Gerste gemästet worden und eher auf Fettschichten als auf Muskelmasse getrimmt worden – trotzdem wirkte er überraschend leichtfüßig.

Sein Begleiter war ein Hoplomachus, bewaffnet und gekleidet wie Ugo, ein formloser, von Eisen ummantelter Kopf, ein mächtiger Schild. Aber irgendwie hatte er es fertiggebracht, statt des Speers eine Spatha zu ergattern, ein Langschwert.

Ich stecke in Schwierigkeiten, dachte Drust und konnte nur hofften, dass Ugo ihm den Rücken gegen das Pärchen auf der anderen Seite freihielt. Plötzlich ging ihm auf, dass sie vielleicht nicht lange genug leben würden, um seinen Plan in die Tat umzusetzen.

Der Retiarius ließ mit lässiger Geste das Netz von der Schulter rutschen und warf es auf Drust, der es rechtzeitig abblockte; die Bleigewichte prallten klappernd von seinem Schild ab, und er hätte sofort reagiert, wäre der Hoplomachus nicht gleichzeitig mit dem Langschwert auf ihn losgegangen.

Er parierte auch das Schwert und ließ die lange Klinge seitlich abrutschen, dann überraschte er den großen gepanzerten Mann mit einem schnellen Konter, einem Stoß, der sich unter eine seiner Männerbrüste gebohrt hätte, wäre der Kerl nicht zurückgewichen. Dennoch fügte Drust ihm eine blutende Wunde zu und frohlockte innerlich.

Seine Freude war von kurzer Dauer. Die Luft in seinem Helm war stechend, und Schweiß rann ihm ins Auge. Das war immer das Problem bei geschlossenen Helmen und großen Schilden – entweder man besiegte seinen Gegner schnell, oder man ging am Ende kotzend in die Knie, halb ertränkt und erblindet vom Schweiß.

Er hatte den Hoplomachus aus den Augen verloren – zu den Seiten hin konnte er ohnehin nichts sehen – und wich bis dorthin zurück, wo er ihn zuletzt erblickt hatte. Mit dem Rücken stieß er gegen etwas Festes und hörte Stimmen und Rufe hinter sich, laut genug, um sie über die grölende Menge hinweg auszumachen. Er erkannte, dass er sich vor einer der Gittertüren in die Katakomben befand, hinter denen die Tierbändiger und die Schiedsrichter mit ihren Stachelstöcken standen. Das bestätigte sich, weil er sofort einen von ihnen im Rücken spürte, der ihn vorwärts stieß, während eine Stimme brüllte, er solle sich in die Mitte der Arena scheren.

Der Retiarius kam näher, hielt dann verblüfft inne und starrte das Kissen an, das sich auf seinen Dreizack gespießt hatte. Soll bloß niemand behaupten, es herrschte so etwas wie feineres Benehmen in den teuren vorderen Sitzreihen, dachte Drust. Bei den Spielen benehmen sich alle gleich, mit dem einzigen Unterschied, dass die Kissen der ersten Reihen von besserer Qualität waren.

Er konnte den Nackenschutz des Helms nicht weit genug nach hinten schieben, um hochzuschauen, aber das war auch nicht nötig. Der Retiarius verzog wütend das Gesicht und schüttelte seine *Fuscina*, um sie von dem Kissen zu befreien, während noch mehr Zeug herabregnete – Obst, Gemüse, leere Brotdosen, Weinschläuche und alles, was man irgendwie werfen konnte, begleitet von rohen Flüchen. Das Publikum war überaus empört, dass es nichts sehen konnte.

Drust stach nach dem Gegner, aber sein Blick war von beißenden Schweißtränen getrübt. Er rammte seinen Schild in den Mann, der jaulend zurückwich und sofort das Interesse an seinem gepolsterten Dreizack verlor. Ein Aufblitzen am Rand seiner Augenschlitze sorgte dafür, dass Drust wieder an die Gittertür zurückwich und so gerade noch dem Schwung der Spatha entging. Erneut fühlte er den Stachelstock im Rücken. Zornentbrannt fuhr er herum und stach durch eine der quadratischen Öffnungen. Der

Mann mit dem Stachelstock wirkte verblüfft, als ihm der Gladius durch die Kehle fuhr. Er hustete Blut und sank zu Boden.

»Fick dich«, nuschelte Drust gedämpft und musste sich dann wieder zu dem Retiarius umdrehen, der seinen Dreizack inzwischen befreit hatte und ihn nahe an seinem unteren Ende hielt. Und der Kerl konnte wirklich damit umgehen, stach erst nach Drusts Kopf, dann nach einem Fuß.

Mit einem dumpfen Scheppern tauchte nun auch der Hoplomachus wieder in seinem Blickfeld auf, stolperte und ließ die Spatha fallen. Als er sich gerade wieder aufrichten wollte, folgte ein zweiter pfeifender Schlag, der ihn direkt unterhalb des Helms in den Hals traf.

Drust sah Ugo auftauchen, der den verkürzten Speer schwang wie eine Axt. Das verwirrte den Retiarius endgültig. So hatte ein Hoplomachus nicht zu kämpfen. Er hat aber auch keine Spatha, die er schwingen kann wie dein Scheißpartner, dachte Drust erbost und sprang vor.

Er trat auf das herabhängende Ende des Wurfnetzes, doch der Retiarius holte es ein, und Drust ging zu Boden, wobei er spürte, dass sich sein Fuß darin verheddert hatte. Mit neuer Wut rollte er sich tiefer in das Netz hinein, schlitzte den Retiarius knapp oberhalb der gepolsterten Beinschiene auf und rammte ihm das Schwert von oben in den Fuß.

Der Mann richtete sich ruckartig auf, als Ugo ihm mit einem massiven beidhändigen Schlag die Speerspitze in den Bauch rammte. Sie schlitzte den breiten Gürtel auf und fuhr nach unten in den Oberschenkel. Dann versenkte er sie im Gesicht des Gegners, mitten in das klaffende O seines Mundes. Die Lippen schienen sich obszön um die scharfe Klinge zu schließen und wurden aufgeschlitzt, als sie wieder freikam. Der Mann kotzte Blut und fiel auf die Knie.

Drust erledigte ihn mit dem üblichen Stoß in den Nacken; dann steckte er das Schwert in den Sand und fummelte, bis er den Helm vom Kopf bekam. Er sah Ugo das Gleiche tun, und so standen sie einen Moment lang da, sogen keuchend die staubige Luft ein und wischten sich den salzigen Schweiß aus den Augen.

»Die anderen?«, brachte Drust schließlich heraus.

»Einen hab ich getötet. Der andere hat ein weiteres Paar hinter sich gespürt und von selbst abgelassen.«

Ugo schaute zu der Stelle, wo er gekämpft hatte. »Ich glaube, er ist auch hinüber – und wir werden uns gleich um das neue Pärchen kümmern müssen.«

»Bist du verletzt?«

»Nur verschwitzt. Und du hast einen Schiedsrichter erledigt?«

Drust war sich nicht sicher, ob »keine Regeln« auch so etwas einschloss, aber er sah die wütenden Gesichter hinter der Gittertür und hörte die anklagenden Rufe. Er hätte sie angespuckt, hatte dafür aber keinen Speichel und war sich sicher, dass sie kaum das Gitter öffnen und herauskommen würden.

Ringsum gingen die Kämpfe weiter. Mehrere Männer lagen reglos im Sand, andere tanzten durch die Mitte der Arena, und einige Pärchen legten gerade ebenfalls eine wachsame Verschnaufpause ein. Ugo hob einen der Weinschläuche auf, die aus den vorderen Reihen geschmissen worden waren, schüttelte ihn und setzte ihn grinsend an die Lippen.

»Da ist ein guter Tropfen drin«, verkündete er und reichte den Schlauch an Drust weiter. Es war Calenum, das bevorzugte Gesöff der Patrizier. Die beiden Gladiatoren tranken ihn aus und warfen den Schlauch weg. Ugo packte seinen Speer und nickte in Richtung eines Pärchens, das sich vorsichtig näherte. Sie waren überwiegend in Lederriemen gehüllt, trugen aber sonst nicht mehr als je ein Schwert und einen Vollhelm. Schnell und tödlich also, vor allem gemeinsam. Und jung genug, um nicht schon mit Schweiß in den Augen keuchend dazustehen, dachte Drust.

»Jetzt«, rief Ugo beinahe fröhlich – dann trat er vor und schleuderte seinen Speer. Er war nie dafür gedacht gewesen, geworfen zu werden, war nicht ausbalanciert und noch dazu viel zu kurz – außer bei so einer Entfernung. Er schraubte sich ein paar Schritt durch die Luft, bohrte sich einem der Schwertträger in die Brust, riss ihn kreischend von den Füßen und schleuderte ihn nach hinten. Als er nicht mehr weiter rutschte und der aufgewirbelte Sand sich legte, ragte der Speer wie ein junges Bäumchen in die Höhe. Der Partner starrte ihn entsetzt an.

Drust wünschte, er hätte einen Schluck Wein aufgehoben, um sich die Paste aus Sand und Schweiß aus dem Gesicht zu wischen, aber dafür war jetzt keine Zeit – er näherte sich dem entgeisterten Einzelkämpfer, der ihn ansah, sich die Lippen leckte und zurückwich.

»Hinter uns.«

Drust erlaubte sich einen raschen Blick über die Schulter und sah zwei weitere Kämpfer nahen, die sich hatten anschleichen wollen. Ugo hatte sich zu ihnen umgedreht und den weggeworfenen Dreizack aufgehoben. Drust fluchte und stürzte sich auf den Einzelkämpfer.

Der Mann hatte den Mut verloren, als der Speer seinen Waffenbruder durchbohrte, und beging jetzt den schlimmsten aller Fehler – er floh. Nach wenigen Schritten gab Drust die Verfolgung auf und ließ ihn allein ins Gebrüll und die Wurfgeschosse des Publikums laufen. Er würde im Ring sowieso auf neue Gegner stoßen, dachte er und wandte sich ab, um Ugo zu helfen.

Er war wenige Schritte durch den gleißend weißen Sand geschlurft, als er eine Veränderung beim Publikum bemerkte, einen feinen Unterschied, den er nach vielen Jahren der Übung heraushörte. Er wirbelte herum und sah den Einzelkämpfer auf sich zustürmen, das schweißnasse Gesicht zu einer Fratze verzogen.

Bastard, dachte Drust und täuschte einen Rückzug an – eine brauchbare List, aber bei dieser Veranstaltung gab es keine *Tiros*. Er sank auf ein Knie, ließ den Mann wie einen Stier gegen seinen Schild prallen und hebelte ihn mit aller Kraft und einem Aufbrüllen hoch, das die Bewegung unterstützte.

Der Kämpfer flog kopfüber durch die Luft und zog schreiend eine Sandwolke hinter sich her. Als er zu Boden krachte, hörte Drust, wie ihm alle Luft mit einem röchelnden Keuchen entwich, und ließ ihm keine Zeit, neuen Atem zu schöpfen. Einmal, zweimal, dreimal versenkte er seinen Gladius im Hals des Mannes und riskierte dann einen schnellen Blick, um festzustellen, wie Ugo sich schlug.

Einer seiner Gegner lag auf dem Boden, aber der große Germane blutete am Kopf und aus einem Schnitt im Oberschenkel. Sein verbleibender Gegner mochte wie Drust selbst als Murmillo in diesen Kampf gestartet sein, hatte sich aber längst aller schweren Gegenstände entledigt und trug jetzt nur noch einen Speer und eine Spatha. Als Drust in seinem Augenwinkel auftauchte, wich er panisch zurück, aber es war zu spät. Ugo und Drust umzingelten ihn, hieben und stachen zu und Drust schlug ihn so lange mit seinem großen Schild, bis er zu Boden ging. Dann regnete es weitere Hiebe, Ugo erledigte ihn mit der Kante seines Hoplitenschildes, mit einem wuchtigen Schlag, der ihm den Schädel zertrümmerte.

Sie hielten inne und sahen sich hechelnd um. Überall lagen Leichen, aber noch hielten sich viele Kämpfer tänzelnd auf den Beinen. Kein Dis betrat die Arena mit seinen Untergebenen, die Ketten mit Fleischerhaken trugen und wie Diener des Hades gekleidet waren. In diesem wilden Chaos würde niemand an den Fußgelenken fortgeschleift werden.

»Schöpfkelle«, sagte Drust, das Stichwort für seinen Plan. Ugo blinzelte und schüttelte sich Schweiß aus den Augen.

»Zeit zu sterben«, schob Drust energisch hinterher. Dann sank er nieder, als hätte ihm sein letzter Gegner einen tödlichen Treffer zugefügt. Ugo erinnerte sich gut an die Kelle, mit der Drust den großen Mus beim Kampf um den Kessel besiegt hatte. Er grinste und ließ sich in entgegengesetzter Blickrichtung zu Boden gehen. So hatten sie gemeinsam fast die gesamte Arena im Auge, sahen aber aus, als würden sie im blutgetränkten Sand verbluten.

Eine lange Zeit lagen sie so da und spürten die Hitze, aber es waren Wolken aufgezogen, sodass sie immerhin nicht von der Sonne gebraten wurden. Sie kamen zu Atem, und Drust dachte bei sich, wie schön es wäre, jetzt eine Wasserflasche oder einen Schlauch guten Weins zu haben.

Irgendwann fing er an, sich Sorgen um Ugo zu machen, weil er dessen Atemzüge nicht mehr hören konnte, sosehr er sich auch bemühte. Vielleicht war er wirklich verblutet – Drust hatte die offenen Wunden des Germanen nicht vergessen. Also riskierte er eine Frage und bekam zum Lohn ein Grunzen zurück.

»Bin immer noch da. Gute Idee, diese Nummer – aber Silber-Arm und sein Partner kommen in unsere Richtung. Sie sehen aus, als wollten sie irgendwen auf deiner Seite erreichen.«

Drust konnte nur noch zwei aufrechte Gestalten erkennen, von denen einer den anderen stützte, der eindeutig erledigt war – offenbar wollten Dyad Silber-Arm und sein Waffenbruder zwei einfache Siege verbuchen.

»Sobald sie sich positioniert haben, nimm sie von hinten wie eine Hure für zwei Asse«, zischte Drust. »Schlitz sie beide auf.«

»Unehrenhaft«, hörte er Ugo grummeln. »Das ist Dyad, und der andere ist dieser Gallier Cacusso. Der, den sie Schädelberg nennen. Beides Publikumslieblinge.«

»Mach sie fertig«, gab Drust heiser zurück und hoffte, dieser großgewachsene Arsch würde es wirklich tun und nicht etwa aufstehen, um sie beide herauszufordern.

Er machte seine Sache besser, als selbst Drust zu hoffen gewagt hatte. Als Cacusso über ihn hinwegstieg, rammte Ugo ihm seinen Gladius zwischen die Beine. Cacusso kreischte wie ein lebendig gebratenes Schwein und starb, indem er durch den Sand rollte und dabei Unmengen Blut verspritzte; blauweiße Schläuche drangen unter seinem Kilt hervor. Ugo hatte völlig recht – das war kein anständiger Tod für einen Helden der Arena, aber scheiß drauf, dachte Drust.

Silber-Arm war flink. Würden ihm die Reflexe eines gejagten Leoparden fehlen, hätte er nicht so viele Kämpfe gewonnen. Er fuhr herum und stach zu. Ugo grunzte. Drust sah die Klinge rot aus seiner Seite treten. Der große Germane fiel auf ein Knie.

Drusts plötzlicher Sprung traf den Griechen unerwartet. Er hatte angenommen, nur Ugo würde simulieren, und das Auftauchen eines zweiten Gegners lähmte ihn den entscheidenden Augenblick zu lange. So hatte Drust Zeit genug, ihm einen brutalen Stich in die Niere zu versetzen, bei dem sein Schwert fast bis zum Griff in Dyads Fleisch versank. Der Grieche bäumte sich auf, hatte aber dennoch die Geistesgegenwart, Drusts zweiten Angriff mit den polierten Schuppen abzuwehren, denen er seinen Spitznamen verdankte.

Dennoch war er erledigt und wusste es auch. Er fiel auf ein Knie, versuchte sich aufzurichten, scheiterte und ließ sein Schwert fallen, sank nun auf beide Knie und senkte den Kopf. »Segne mich, göttliche Zahl, die du Götter und Menschen hervorgebracht hast. Denn die göttliche Zahl beginnt mit der tiefen, puren Einheit, bis sie die heilige Vier erreicht. Dann gebiert sie die Mutter aller, die alles umschließende, alles begrenzende, die erstgeborene, die niemals abweichende, nimmermüde heilige Zehn, die der Schlüssel zu allem ist.«

Pythagoras und seine Anhänger. Drust fragte sich kurz, ob da wirklich etwas dran sein konnte, dann rammte er die Spitze des Gladius in den Nacken des Mannes, dessen Stimme in einem Gurgeln erstarb.

»Deine Tage waren gezählt, das ist alles«, sagte er und ließ Dyad mit dem Gesicht voran in den Sand fallen. Ein schneller Blick, um festzustellen, ob sich ihm irgendwer näherte. Die beiden hinter ihnen stellten keine Gefahr dar. Der eine war nur noch eine schlaffe Gliederpuppe im weißen Sand, und der andere mühte sich allein gegen ein weiteres Pärchen ab.

Ugo kam auf die Beine und richtete sich auf. Das Blut strömte herunter und tropfte ihm von den Knien. Einen Moment lang wollte Drust es nicht wahrhaben, aber er wusste es – wie auch Ugo es wusste, als sich ihre Blicke trafen.

»Ich hoffe, dieser Pythongras ist kein Gott«, knurrte er. »Mit Zahlen bin ich gar nicht gut.«

»Zähl deine Atemzüge«, sagte Drust, ergriff einen blutgetränkten Arm und half ihm auf. »Ein, aus, ein, aus – ganz einfach.«

»Das letzte Pärchen«, sagte Ugo mit blutigem Grinsen. Drust sah auf und erkannte, dass er recht hatte – das letzte verbleibende Pärchen hatte seinen einzelnen Gegner erledigt und nahm gerade mit erhobenen Händen und gemessen im Halbkreis schreitend die Ovationen des Publikums entgegen. Sie mussten sich um niemanden mehr Sorgen machen, außer um Drust und Ugo.

Und weder Tiridates noch sein Waffenbruder Alafai wirkten sonderlich besorgt.

Ugo spuckte blutige Blasen aus. »Einen von denen werd ich noch mitnehmen«, sagte er. »Alles andere liegt jenseits meiner Macht. Verbrenn mich anständig – lass nicht zu, dass sie mich unten ins Loch schmeißen.«

»Ugo ...«

Der mächtige Germane packte Hoplitenschild und Dreizack, richtete sich kerzengerade auf und taumelte in Schlangenlinien los. Alafai sah ihn und rief Tiridates etwas zu, der sein Bad im Beifall beendete und sich umdrehte. Selbst auf diese Entfernung konnte Drust den unsicheren Blick in der prächtig verzierten Katzenmaske sehen. Die beiden sollten doch längst tot sein, die hatten sich doch ewig nicht mehr gerührt ... Schöpfkelle, dachte Drust. Keine Regeln ...

Er stürmte hinter Ugo her, der durch den Sand schlurfte, und musste Tränen unterdrücken, als er den großen Germanen zur Seite abdrehen und Alafai ablenken sah. Sie näherten sich weiter, und Alafai war bereit, hatte Schwert und Schild erhoben – da schleuderte Ugo seinen Hoplitenschild wie einen Diskus, sodass der Mann verzweifelt parieren musste. Hier gab es keine Regeln, und so etwas hatte er noch nie erlebt. Als er sich wieder fing, hatte Ugo ihn erreicht. Alafai rammte Ugo sein Schwert in den Bauch, aber das war alles Teil des Plans, wie Drust wusste.

Ugos Dreizack traf den Mann ins Gesicht, spießte beide Augäpfel auf und zertrümmerte ihm die Nase. In einer Woge aus Blut und Sand gingen beide zu Boden, und die Menge johlte in heller Begeisterung.

Drust war wie betäubt. Tiridates mit seiner Katzenmaske starrte auf die rollenden Leiber, die sich in rasender Wut gegenseitig aus dem Leben traten, dann wandte er sich mit mörderischem Blick Drust zu und erwartete ihn in der Mitte des Rings, ölig glänzend von Schweiß und fremdem Blut. Er trug nicht mehr als einen Lederharnisch, den Katzenhelm und seine beiden Waffen, das Chepesch mit dem langen Griff und der grausam geschwungenen Klinge in der einen Hand, den langen Speer mit der blattförmigen Spitze in der anderen.

Drust war todmüde. Er ließ den Schild fallen, den er kaum noch halten konnte, und sah das Lächeln auf diesen allzu vollen Lippen, die unter dem Rand des Maskenhelms hervorschauten. Es war ein höhnisches Grinsen, das ankündigte, wie Tiridates diesen letzten Gegner töten würde – einen anderen Ausgang konnte er sich nicht vorstellen. Nur eine Handvoll Leute oben in den Zuschauerrängen kauten auf den Nägeln und wussten, dass hier mehr auf dem Spiel stand als ein vergängliches blutiges Spektakel, um einen müßigen Nachmittag zu füllen.

Tiridates veränderte seine Position, um Drust vor sich zu halten. Er bewegte sich mit selbstsicherer Leichtigkeit, überzeugt von der Überlegenheit seiner Waffen und seines Könnens, und falls er überhaupt darüber nachdachte, wie es Drust – in dem Alter und mit seinem auch damals überschaubaren Können – gelungen war, als Letzter noch auf den Beinen zu sein, so tat das seiner Arroganz keinen Abbruch.

Seine Reichweite war größer, er war jünger, hatte noch keine hinderliche Verletzung abbekommen – nicht eine einzige, wie Drust sah, abgesehen von ein oder zwei Kratzern, die ihm auch eine Hauskatze hätte beigebracht haben können. Drust musste sich zusammenreißen, um bei diesem Gedanken nicht laut zu lachen – Tiridates trug immer noch seinen Helm, also musste ihm einigermaßen heiß sein, allerdings verfügte er auch über dieses Chepesch, eine bösartige Waffe, die er kreisen ließ, um zu zeigen, wie stark und geschmeidig sein Handgelenk war.

Arroganz ist gut, dachte Drust. Sie ersetzt das Denken …

Er umkreiste weiterhin den Mann in stets gleichbleibender Entfernung und ließ die Spitze seines Gladius tanzen, als wolle er den Geist des Gegners mit einem Zauber belegen oder rechne sich genau aus, wo er diese Spitze versenken wollte. Neben den zusammengesunkenen Leibern hielt er inne, nahm den Blick aber nicht von dieser Katzenmaske. Zu seinen Füßen regte sich nichts außer dem aufgebrachten Summen der Fliegen.

Die Sonne brach hervor, als hätte Sol Invictus für diesen letzten Kampf persönlich seinen Platz in den Zuschauerrängen eingenommen. Sie hämmerte auf den Sand und dämpfte sogar kurzzeitig das Toben des Publikums. Drust spürte Schweiß aus jeder Pore treten, den Hals hinablaufen und die Innenseiten seiner Arme. Tiridates muss es genauso gehen, dachte er und wünschte sich verzweifelt, damit recht zu haben – doch die Katzenmaske blieb ausdruckslos, die Lippen lächelten noch immer, und seine Haut zeigte nicht mehr als einen öligen Schimmer, als wäre er gerade von einer Massage in den Thermen gekommen.

Da hörte er ein Ächzen, ein leises Schnaufen, mehr nicht. Drust senkte für einen Moment den Blick, sah eine Blase auf Ugos Lippen entstehen und platzen, sah das glasige Auge ein wenig geöffnet wie im Halbschlaf.

Tiridates sprang. Das Chepesch sauste auf Drusts Hals zu. Es war ein perfekt geführter Stoß, mit dem ganzen Gewicht von Tiridates' Arm hinter der brutalen Schneide des Schwerts. Die Klinge ist nur auf der Außenseite des gebogenen Teils geschärft, wusste Drust. Seit tausend Jahren werden diese Waffen nicht mehr benutzt – typisch für diesen eingebildeten Arschschwamm, sie hier und jetzt zu verwenden.

Denn es bedeutete, dass man den Stoß für einen Schnitt exakt setzen musste, andernfalls erzielte man einfach nur die Wirkung eines massiven Hammerschlags. Das sollte reichen, dachte Drust – drehte sich aber gleichzeitig bereits aus dem ankommenden Schlag, denn er hatte den Speer nicht vergessen, und als dieser angeschnellt kam, warf sich Drust in einer Sandwolke aus der Bahn. Es lag weder Raffinesse noch Eleganz in seinen Bewegungen – er war erschöpft genug, um sich einfach hinzulegen und nur noch zu japsen –, doch er rammte dabei den Knauf des Gladius gegen Tiridates' speerführenden Arm und blockte den Stoß ab, ehe sein Gegner ihn wieder zurückziehen konnte.

Der Arm wurde taub und Tiridates fiel die Waffe aus der Hand, da ihm seine Finger nicht mehr gehorchten. Der Arm fiel genauso schlaff herab wie die Kinnlade unter der Maske. Trotzdem war er schnell und gelenkig, sprang zurück und ließ das Chepesch wie eine Sense kreisen, um Drust auf Abstand zu halten.

Gebückt umrundete er Drust, während die Menge johlte. Drust ließ ihn nur zu gern gewähren. Sein Atem kratzte schmerzhaft in der Kehle, schwarze und graue Kreise schienen am Rand seines Blickfelds aufzublitzen. Mit der freien Hand wischte er sich den Schweiß aus den Augen.

Tiridates wedelte seinerseits mit der freien Hand und versuchte seine Finger wieder mit Leben zu füllen. Jetzt sollte ich auf ihn ansetzen, dachte Drust, solange ich diesen Vorteil habe – doch der Vorteil war keiner. Er konnte sich kaum auf den Beinen halten.

Als Tiridates sicher war, dass seine Finger wieder greifen konnten, kam er tänzelnd näher, das Chepesch in beiden Händen, aber mit einem Griff, bei dem Drust sich nicht sicher sein konnte, ob er über Kopf oder auf Hüfthöhe ausholen würde.

Er hatte die Wahl, sich nach links oder rechts zu bewegen, nach vorn oder nach hinten. Nach vorn würde ihn eine Menge Kraft kosten, die er nicht mehr hatte, bedeutete aber auch, dass er sein Schwert würde einsetzen können. Zurückzuweichen wäre einfacher, aber zwecklos.

Er ließ Tiridates angreifen und trat im letzten Moment vor, damit sein beidhändig geführter Schlag direkt und schwunglos oberhalb der Fäuste des Mannes traf. Sie stießen in einer keuchenden schwitzenden Masse zusammen, und Drusts Schwert schrammte über den Spalt zwischen der Unterkante des Katzenhelms und dem Hals. Er spürte den Ruck und hörte das metallische Kratzen, sah aber kein Blut – dann traf ihn der Schlag in die Rippen, hob ihn von den Füßen und warf ihn um die eigene Achse seitwärts in den Sand, wo er über die reglosen Körper hinwegrollte.

Tiridates wirkte verunsichert. Er tänzelte auf den Fußballen auf der anderen Seite der Leiber herum, als wollte er die tobende Menge – oder sich selbst – davon überzeugen, dass er immer noch die Oberhand hatte. Jetzt sah Drust auch Blut an seinem Hals.

Aber er kam kaum noch auf die Beine. Der nächste Angriff verfehlte ihn nur deshalb, weil er diese Aktion sehr gut kannte und den zischenden Stahl durch eine leichtes Krümmen an sich vorbeiziehen lassen konnte, indem er sich um eine aufgestützte Hand drehte – unter der er etwas Hartes ertastete und feststellte, dass es sich um Ugos Gladius handelte.

Als sie sich wieder gegenüberstanden, brüllte das Publikum verzückt, denn Drust taumelte jetzt mit gesenktem Kopf wie ein Stier, der zur Schlachtbank geführt wird. Hinter Tiridates und zu seiner Linken sah er Gestalten umherhuschen, riskierte einen raschen Blick und erkannte, dass auch hinter ihm welche waren. Einen entsetzlichen Augenblick lang dachte er, dies sei der letzte Akt, die finale Geste eines wahnsinnigen pubertären Kaisers, der mit einem Fingerschnipsen weitere Pärchen in die Arena geschickt hatte, um die Belustigung zu verlängern. Dann begriff er, dass es Dis Manibus mit seinen maskierten Helfern war, die mit ihren Ketten und Haken gekommen waren, um den Gefallenen einen Schlag auf den Kopf zu versetzen und die eindeutig Toten aus der Arena zu schleifen.

Uns werden sie sich nicht nähern, dachte er stumpfsinnig, einer von uns beiden muss die Sache zu Ende bringen. Er richtete sich auf, packte die beiden Schwerter und wartete. Tiridates wankte, das Publikum war auf den Beinen, stimmte wilde Kriegsschreie an und schleuderte Kissen und Kopfbedeckungen. Tiridates ergriff sein Chepesch mit beiden Händen und kam sehr rasch näher. Wütend und kühn – und es konnte gelingen. Drust zwang seine Beine, ihm zu gehorchen, ihn rechtzeitig aus dem Ansturm dieses Brockens mit der großen Klinge zu tragen, der mit kleinen Schritten über die Leichen in seinem Weg hinwegstieg, die Zähne zu einem animalischen Grinsen gefletscht.

»Schöpfkelle.«

Es kam ein letztes gurgelndes Brüllen von Ugo, und Tiridates schrie auf, zuckte vor Ugos Stoß zurück und riss sein Sichelschwert hoch. Ugo konnte seinen Dolch kaum halten und versenkte ihn nicht mehr als einen Fingerbreit in Tiridates' Knöchel, aber der Grieche hüpfte und ging dann – langsam und fast majestätisch – in einer Sandwolke zu Boden.

Drust stolperte vorwärts, während Tiridates noch rollte, schlug zu und traf auf etwas Festes. Tiridates heulte wie eine brennende Katze, und Drust sah seine Hand samt Chepesch durch die Luft segeln und im weißen Sand aufschlagen. Springspinnen, dachte er verwirrt und stach wieder und wieder mit dem Gladius zu. Er verfehlte mehr, als dass er traf, rammte aber schließlich die Spitze eines Schwerts in Tiridates' verbliebenen zuckenden Handteller, den dieser hochgerissen hatte, um sein Gesicht zu schützen. Drust spürte das Metall über Knochen schaben und schob und drehte die Klinge, während Tiridates schrie.

Die Wucht des Gladius mit Drusts halb besinnungslosem Gewicht dahinter heftete die Hand schließlich an Tiridates' Gesicht, während er sich noch wand. Es gelang ihm, sich zur Seite zu rollen, die Hand in seine Wange gespießt, geradewegs durch die Katzenmaske. Der Gladius zitterte in der Luft, wo er Drusts schlaffem Griff entrissen worden war.

Tiridates mühte sich krampfhaft, auf die Beine zu kommen, wollte die rechte Hand heben, um das Schwert aus der Maske zu ziehen, sah den blutigen Stumpf und begriff, dass er keine Hände mehr hatte, um sich zu wehren. Er wusste, dass irgendetwas nicht stimmte, war jetzt aber wie diese Motte in ihrer klebrigen Pfütze, die so dringend fliegen wollte und einfach nicht verstand, warum sie nicht konnte.

Drust nahm Ugos Gladius und kniete neben dem Griechen nieder, sah seine Furcht, hörte sein Wimmern. Mit einem Stöhnen setzte er die Spitze der Klinge auf eines der prächtig verzierten Augen der Katzenmaske und lehnte sich darauf. Tiridates bäumte sich ein letztes Mal auf und brachte es fertig, seine Hand mit einem brutalen Riss zwischen den Fingern freizubekommen, während das andere Schwert noch in seiner Wange steckte. Wild wedelte er mit der befreiten Hand, als wolle er um Gnade flehen, dann zuckten seine blutigen Glieder, und er lag reglos da.

Wie die Motte, zermalmt im verschütteten Wein.

*

Wie durch dichten Nebel stieg Drust die letzten Marmorstufen zur kaiserlichen Tribüne empor. Der Kaiser nahm eine prominente Position auf dem Podium in der Mitte der schmalen Nordseite des Amphitheaters ein. Umgeben von anderen Reichen und Schönen des Imperiums saß er in einer erhöhten Loge. Sie war von vier Säulen umstanden, die jeweils von einer Statue der Victoria gekrönt wurden und einen Baldachin trugen. Das Ganze nannte sich *Cubiculum* – das Schlafzimmer –, weil es dem Kaiser und seinen Gästen erlaubte, sich wie richtige Römer auf Liegen zu fläzen statt aufrecht zu sitzen wie Barbaren.

Die Senatoren hingegen saßen – sie hatten als Zeichen ihrer Stellung ihre eigenen Amtsstühle, die wertvollen sogenannten kurulischen Stühle, die sich frei bewegen ließen. Der Kaiser selbst lag auf einem *Bisellium*, reich verziert und mit Platz für zwei Leute, auch wenn es stets nur eine Person nutzte. Außer heute. Denn genau dort sollte Drust seinen verschwitzten Arsch hinpflanzen, sobald er durch all den Marmor und Porphyr gestolpert war, durch die vergoldeten Mosaike, das Orichalcum und den höflichen Applaus, der wie Mäusetrippeln plätscherte.

Die Beifallspender mit den breiten oder schmalen Purpurstreifen drehten ihre kurulischen Stühle und riefen verhalten höfliche Segnungen, als er an ihnen vorbeikam. Die Wachen standen starr in ihren polierten Rüstungen, und einzig ihre Augen bewegten sich – mit einer Ausnahme.

Er war der Polierteste und Vergoldetste von allen und trug seinen Helm mit dem prächtigen Busch unterm Arm. Er hatte einen modischen Haarschnitt und ein schiefes Grinsen auf den Lippen, als er die freie Hand ausstreckte. Drust starrte ihn mit leerem Blick an. Man hatte ihn so gut es ging gesäubert, ihm eine neue Tunika übergestülpt und seine Kopfwunde verbunden, auch wenn der frische Verband schon wieder einige Flecken aufwies. Er sah aus wie ein Held und fühlte sich wie ein Häufchen Hundescheiße.

»Ordentlicher Kampf, wie ich sehe«, verkündete Honoratus, Präfekt der Prätorianer, und erntete ein paar wohlwollende Lacher. Drust registrierte die Sauberkeit und den Hauch von Bartöl und war förmlich geblendet von all den fein herausgeputzten goldenen Palastratten. Immer noch schien sein Geist unter Schichten von Nebel zu liegen, sodass ihm keine gute Erwiderung einfiel.

»Manche sehen es nicht«, gab er also zurück, und Honoratus' Lächeln schwand, auch wenn es ohnehin sehr schief gesessen hatte. Er machte eine herrische Geste, und Drust begriff, dass er offenbar den Köcher wollte, in dem die Petitionen stecken sollten, die man Drust und seinen Freunden zugestanden hatte. Drust packte das Lederbehältnis noch fester, und Honoratus verzog das Gesicht.

»Lass gut sein«, sagte eine sanfte, aber feste Stimme. »Er ist nicht durch dieses Meer von Blut gewatet, nur um mich zu töten.«

»Vielleicht hat er einfach einen Prätorianer bestochen«, sagte eine andere Stimme, und der Kaiser drehte den Kopf, um den Mann, den er Philostratus nannte, freundlich zurechtzuweisen. Drust hatte keine Ahnung, wer dieser Grieche war, aber der Kindkaiser hielt sich eine ganze Menge philosophierender Griechen. Diesen hier konnte Drust allein deshalb schon leiden, weil sich Honoratus' Gesicht bei seinem Kommentar wie ein Blutbeutel verfärbte.

Kindkaiser. Ein Begriff, der mit böser Zunge von jenen benutzt wurde, die ihn für zu jung hielten und nicht glaubten, er könnte jemals aus dem Schatten seiner Mutter treten. Er bemühte sich redlich, Haare am Kinn seines nichtssagenden Knabengesichts zu züchten, das aussah, als hätte ein Kind es auf ein Ei gemalt. Er blickte Drust fragend an und strich sich übers Kinn, als trüge er den Bart des Sokrates. Dann bedeutete er ihm, Platz zu nehmen, eine weitere große Ehre zusätzlich zu der fetten Geldbörse, dem Lorbeerkranz, dem Palmzweig des Sieges und dem Holzschwert der Freiheit.

In diesem einen flüchtigen Moment saßen sie Kopf an Kopf, wie Brüder.

»Na los, gib mir deine Petitionen.«

»Keine Petitionen«, hörte Drust sich sagen und erzählte dem Kaiser, was der Köcher enthielt und wer hinter alldem steckte. Er sah zu, wie die olivdunkle Haut des Kaisers – wenn er auch nicht so Mavro war wie der Rest seiner Dynastie – die Farbe von Weizenbrei annahm. Drust hatte Mitleid – keine schöne Sache, von der Niederträchtigkeit der eigenen Mutter zu erfahren. Schwankend saß er da, während Alexander Rolle für Rolle hervorzog und überflog. Drust spürte die Blicke der Umsitzenden, die immer unsicherer und verwirrter wurden. Gleiches galt für die Prätorianer. Irgendetwas schien ganz und gar nicht in Ordnung zu sein, aber sie wussten nicht, was es sein könnte, und wollten nicht noch mehr gemaßregelt werden von diesem Jungen, der die absolute Macht über Leben und Tod hatte.

Irgendwann schaute der Kaiser Drust von der Seite an und rief – scheinbar an niemand Bestimmten gerichtet: »Bringt Wein – aber mit mehr Wasser vermengt.«

Man drückte Drust einen Becher in die Hand, und er nippte – es war schneegekühlter Falernum. Er wünschte, sie hätten die Sache mit dem Wasser missachtet, vor allem, als Alexander endlich den Kopf hob und ihn ansah.

Knabe hin oder her, diese Augen – eben noch olivfarben – waren zu glühenden Kohlen geworden, aus denen Ketten und Schmerz und Blut schrien. Drust beneidete die Verschwörer nicht.

»Du hast wohlgetan.«

*

Es gab diesen einen Augenblick im Leben, in dem wir alle geglaubt haben, wirklich etwas zu verändern, dachte Drust. Aber wir haben bloß für einen winzigen Moment ein paar wenige Details verändert, ohne wirklich etwas zu bewegen. Über ein Jahrzehnt lang waren wir in das persönliche Schicksal der letzten fünf Kaiser verstrickt – einen von ihnen haben wir sogar in den Tiber geworfen –, und in all der Zeit, bei allem, was wir getan haben, hatten wir eigentlich nur einen Gedanken, einen Wunsch: Lasst uns einfach in Ruhe.

Drust saß an dem verschrammten Tisch im Bau, starrte ins Nichts und murmelte vor sich hin. Sehr bald würden er und Kag, Hund und Quintus – alle, die von der ursprünglichen Bruderschaft noch übrig waren – zusammen mit Kisa und einigen ihrer Leute zu Ugos Bestattung aufbrechen.

Der Himmel war vom Rauch der Scheiterhaufen all jener durchzogen, die ebenfalls ihre erschlagenen Kameraden gerettet hatten, ehe sie dem Loch anheimfallen konnten. Unter dem Rauch gingen die Spiele weiter. Kuriere waren mit Julius Yahyas Verhängnis in ihren Taschen nach Norden aufgebrochen. Senatoren, die unglücklicherweise in der kaiserlichen Loge gesessen hatten, fanden sich an den

Schultern gepackt und davongezerrt; andere waren wohl noch dabei, sich schleunigst in Sicherheit zu bringen.

Die Menschenmenge, die sich zur Verkündigung von Drusts großem Sieg auf dem Forum Romanum eingefunden hatte, war groß und laut und bunt, denn kurz darauf sollte Murena ein weiteres Rennen bestreiten, und irgendein massiger Schläger aus Britannien, der neue Liebling des Kaisers, sollte in der Arena kämpfen.

»Wer hat das große Rennen gewonnen?«, hatte jemand gefragt, als Drust auf einer Sänfte aus dem flavischen Amphitheater getragen worden war, umgeben von den Brüdern und Curtius und einer Eskorte weiterer Gladiatoren.

»Wen interessiert dieser Mist?«, gab irgendwer zurück. Drust hörte es durch die Vorhänge der Sänfte und den Schleier aus Schmerz und Heilmitteln.

Drust, Löwe der flavischen Arena – in einer Woche würden die Graffiti schon mit neuen Schriftzügen übermalt worden sein, die den besten Fahrer oder den neuen Liebling der Arena priesen. Die Welt würde sich einfach weiterdrehen und Drust und Julius Yahya überrollen.

»Du wirst jetzt für alle Zeiten als Löwe des flavischen bekannt sein«, sagte Kisa, als Drust all das vor sich hin brummte. »Eure Götter, die in den Elysischen Feldern wandeln ...«

»... können verdammt noch mal dableiben«, unterbrach Kag ihn ungehalten. Der Bau verstummte. Wir sind alle Brüder des Sandes gewesen, sind im Licht gewandelt und haben Ordnung im Imperium geschaffen, dachte Drust. War all das wirklich nicht mehr als Sand und Staub? Wie geht es weiter? Wird Julius Yahya bis zu einem Prozess im

Senat überleben? Wird die Mutter des Imperiums genug Fäden in der Hand haben, um ihren Diener da rechtzeitig herauszuziehen? Wird sie es überhaupt riskieren, ihn so weit kommen zu lassen?

Wird sie uns in Ruhe lassen?

Drust saß da und malte Muster in die Weinpfützen auf der Tischplatte. Er sah das Heft seines Gladius in Reichweite seines zitternden kleinen Fingers. Die Hand zitterte nur dann, wenn sie keinen Schwertgriff umfasste, das hatte er jetzt begriffen, doch sein Gladius war nie weit weg, und oft stellte er fest, dass er es in völlig unpassenden Momenten plötzlich in der Hand hielt. Dann starrte er es an, konnte sich nicht erklären, wie es dorthin gekommen war, und spürte es kaum noch, wie man auch einen Ehering nach langer Zeit nicht mehr spürt.

Er stellte sich die Frage, die er sich seit ihrem Tod jede Nacht gestellt hatte, schlaflos und voller Ungewissheit.

Habe ich genug getan? Kann ich es jetzt weglegen?

Historische Anmerkung

Die Ereignisse dieses Bandes setzen etwa sechs Monate nach *Tief in der Wüste* ein, spielen also im Jahr 225 n. Chr.

Alexander wurde mit vierzehn Jahren zum Kaiser von Rom und übernahm dieses Amt von seinem ermordeten Vetter Elagabal, der achtzehn Jahre alt wurde. Er wurde stets als der »Kindkaiser« bezeichnet, vor allem, weil seine Mutter die Amtsgeschäfte für ihn führte, bis er volljährig war, und sich in dieser Zeit so stark als Herrscherin etablierte, dass es für Alexander sehr schwer war, aus ihrem Schatten zu treten – was ihm auch nie wirklich gelingen sollte.

Im Jahr 235 n. Chr. wurde auch Alexander ermordet, eine Tat, die die römische Welt in eine Phase stürzte, die von Historikern als »Reichskrise des 3. Jahrhunderts« bezeichnet wird – eine Periode von rund fünfzig Jahren, während derer es mindestens sechsundzwanzig Anwärter auf den Kaiserthron gab, die meisten von ihnen römische Generäle (daher auch *Zeit der Soldatenkaiser* genannt), welche die Macht über einen kleineren oder größeren Teil des Reichs an sich gerissen hatten.

Die Tat, die Alexanders Schicksal besiegeln sollte, war sein Marsch zum Dunkel, um den germanischen Stämmen entgegenzutreten, kurz nach einer Expedition gegen die Sassaniden, die das bröckelnde Reich der Parther geerbt hatten. In beiden Fällen zeigte sich Alexander allzu willens, lieber für Frieden zu bezahlen als zu kämpfen – was vernünftig gewesen sein mochte, das römische Heer jedoch gegen ihn aufbrachte.

Die Geschichte von Drust, Kag und den anderen beginnt in den riesigen Wäldern Germaniens, Teil eines urzeitlichen Waldsystems, das einst ganz Nordeuropa bedeckte. In Schottland gibt es noch Reste, die einem eine Vorstellung davon vermitteln können, wie sich diese Gegenden angefühlt haben müssen – in Abernethy, Glen Affric, Inshriach und andernorts.

An einem normalen verhangenen Tag sind das dunkle, Furcht einflößende Orte voller seltsamer Geräusche, und jeder, der heute in ihnen wandert, wird sich allem aufgeklärten Wissen zum Trotz genauso fühlen wie damals die Römer. Es ist eine fremdartige Umgebung, sehr wahrscheinlich bewohnt von seltsamen Tieren und noch seltsameren Leuten.

Die Tatsache, dass die Römer die Wälder Germaniens als »das Dunkel« bezeichnet haben, zeigt deutlich, wie sehr sie – und vor allem die Legionäre – diese Orte verabscheuten. Das Vermächtnis der Schlacht, in der Varus und seine große Armee in diesen Wäldern niedergemetzelt worden waren, saß sehr tief.

Verglichen damit führt die Rückkehr der Brüder nach Rom sie an alte Wirkungsstätten, die, wie sie feststellen müssen, nicht weniger finster, bedrohlich und voller seltsamer Tiere sind als die Wälder Germaniens. Auch müssen sie einsehen, dass sie Rom nicht so gut kennen, wie sie gedacht haben.

Was uns zum Untergrund des alten Rom bringt. Heutzutage kann man Führungen buchen und einen Teil dessen erkunden, was die Archäologie freigelegt hat, aber noch immer wartet ein gewaltiges Netzwerk von Tunneln, Aquädukten, Abwasserkanälen, Entwässerungssystemen, Steinbrüchen und geheimen Tempeln – wie jenem des Mithras unter dem Circus Maximus – darauf, wiederentdeckt zu werden. Die riesigen weißen Würmer, die Springspinnen und die schoßhundgroßen Ratten gibt es übrigens wirklich, auch heute noch.

Die letzten gewalttätigen Ereignisse im Leben der Brüder des Sandes finden an diesen verborgenen Orten statt – und im großen grellen Rund der Arena, im Sand des flavischen Amphitheaters. Die *Perfidiae harenam* sind eine Erfindung von mir, aber derartige Veranstaltungen mit vielen Gladiatoren haben tatsächlich stattgefunden, eine große und sündhaft teure Abschlachterei, finanziert von den Kaisern, die als einzige Menschen reich genug waren, um es sich leisten zu können, zum Ergötzen des Publikums so viele Tode zu kaufen.

Die Namen und Schicksale vieler dieser Kämpfer sind uns über all die Jahrhunderte überliefert worden, aber für jeden gepriesenen Gladiator liegen hundert oder mehr in anonymen Löchern und sind längst vergessen. Zu dieser

Gruppe gehören Drust, Kag, der Hund und ihre Kumpane. Sie haben es verdient, dass man ihre kurzen ruhmreichen Momente betrachtet und ihre Geschichte erzählt.

GLOSSAR

a.u.c. – *ab urbe condita*, »seit der Stadtgründung« Roms, die alte römische Jahreszählung ausgehend von 753 v. Chr.

Aedilis Curulis – Der kurulische Ädil war ein niederes Amt in Rom, das abwechselnd mit Patriziern und Plebejern besetzt wurde. Zu den Aufgaben gehörte das Erlassen von Edikten zur Regelung der Märkte, die Aufsicht über die Tempel sowie die Verantwortung für die großen Spiele.

Agrippa – Marcus Vipsanius Agrippa (64/63–12 v. Chr.) war ein römischer Politiker und Feldherr, Schwiegersohn und engster Vertrauter des Augustus sowie Vorfahr der Kaiser Nero und Caligula.

Ala Flavia – Historisch gesichert ist, dass die *Ala II Flavia pia fidelis milliria* in der Zeit um 90–110 n. Chr. in Heidenheim stationiert war und um 155–160 n. Chr. nach Aalen verlegt wurde, wo sie bis Mitte des dritten Jahrhunderts stationiert blieb. Woher diese Ala (Regiment) ursprünglich kam, ist jedoch nicht so einfach nachzuvollziehen. Der Name »Flavia« deutet auf eine Gründung unter Vespasian (70–79 n. Chr.) oder seinen Söhnen (Titus 79–81 n. Chr., Domitian 81–96 n. Chr.) hin. Die früheste Erwähnung findet sich auf einem Militärdiplom aus dem Jahr 86 n. Chr., wo sie bereits ihren vollen Namen *pia fidelis milliaria* trägt. Möglicherweise wurde diese Einheit in Folge des Bataveraufstands im Jahr 70 n. Chr. gegründet; dies würde sie zur ältesten bekannten *ala milliaria* machen.

Alba Fucens – antike Stadt ca. 100 km nordöstlich von Rom, im 9. und 10. Jahrhundert von den Sarazenen zerstört.

Allec – siehe **Garum**.

Apokalypsis – das griechische Wort für Offenbarung.

Apollonius (von Athen) – griechischer Bildhauer des 1. Jahrhunderts v. Chr.

Arena – eigentlich Harena, wortwörtlich »Sand«. Möglicherweise etruskischen Ursprungs, wo die Gladiatorenspiele wohl erfunden wurden.

Argiletum – Straße im antiken Rom, die vom **Forum Romanum** aus als Hauptstraße durch die **Subura** und andere dicht bevölkerte Stadtviertel führte. Berühmt für ihre Buchhändler.

Ariminum – das heutige Rimini.

Armamentarium – Waffenkammer.

Arschschwamm – Ein Stab mit einem Schwamm am Kopfende bildete den antiken Vorläufer der heutigen Toilettenbürste. Obwohl diese Bürsten wohl wie heute zur Reinigung des Aborts selbst benutzt wurden und man zur Reinigung des Gesäßes eher Stofffetzen benutzte, ist »Arschschwamm« als Beleidigung aus antiken Schriften überliefert.

Asclepius – Äskulap, ursprünglich Asklepios, der griechische und römische Gott der Heilkunst.

Asse – Der As war bis zur Einführung des **Denarius** um das Jahr 211 v. Chr. die Grundeinheit der römischen Währung.

Atellane – ein komödiantisches Theaterstück vom Typ Farce, aufgeführt mit Masken.

Auctoratus – Die meisten Gladiatoren waren Sklaven, manche jedoch auch Freiwillige. Die *Auctoratio* war der Schwur eines freien Mannes, der einen legalen Vertrag darstellte, mit dem sich dieser aus Abenteuerlust oder Verschuldung für eine festgelegte Zeit einer Gladiatorenschule anschloss und sich dadurch als Sklave einem Meister und Ausbilder unterwarf. Im Zuge dessen willigte er ebenfalls ein, geschlagen, gebrandmarkt und mit der Klinge getötet zu werden, sollte er die Ansprüche nicht erfüllen. Von Gladiatoren wurde erwartet, dass sie den eigenen Tod akzeptierten.

Bacchus – römische Entsprechung von Dionysos, dem griechischen Gott des Weins, des Rauschs, des Wahnsinns und der Ekstase.

Basilika – ursprünglich ein großer, als Gerichtssaal oder Markthalle bestimmter Prachtbau, später auf romanische Kirchengebäude übertragen.

Basilika Aemilia – die einzige noch sichtbare der vier großen Basiliken aus der Zeit der römischen Republik, 179 v. Chr. erbaut und 410 n. Chr. bei der Plünderung Roms endgültig zerstört.

Beneventum – heute Benevento, antike Stadt und ehemals Angelpunkt der römischen Herrschaft über Süditalien.

Bestiarius – sowohl in der Arena von Tieren zu Tode gehetzter Verbrecher als auch Alternativbezeichnung für den **Venator**.

Biriciana – heute Kastell Weißenburg, römisches Militärlager in Mittelfranken am Obergermanisch-Raetischen Limes.

Bisellium – prunkvoller Sitz für zwei Personen.

Blemmyer – antiker Nomadenstamm in Nubien (südl. Ägypten).

Braca – feste Wollhosen der Antike, zunächst vor allem bei den Kelten verbreitet, dann aber auch zunehmend von Römern getragen, vor allem bei der Kavallerie und bei Grenztruppen in kälteren Gegenden.

Caelius – einer der berühmten sieben Hügel Roms, während der Kaiserzeit bekannt als teure Wohngegend.

Caesars Haus – Julius Caesar, der einzige Römer, den wirklich jeder kennt, wuchs im schlimmsten Teil der Stadt auf, obwohl seine Familie durchaus etwas Besseres war. In Wahrheit muss man sagen, dass sein Haus zwar in **Subura** stand, später berüchtigt als der große Slum von Rom, es aber eher von diesen Neubauten eingekesselt wurde, als dass man absichtlich beschlossen hätte, auf diese Weise mitten unter einfachen Leuten zu wohnen. Das Haus ist nicht mehr auffindbar, seine genaue Lage und Gestaltung also reine Spekulation; wahrscheinlich aber stand es an der **Argiletum** – der heutigen Via Cavour – in der Nähe der Porta Esquilina.

Caesti – Der Caestus war eine Mischung aus Boxhandschuh und Schlagring aus festen Lederriemen.

Campus Martius – ursprünglich eine Tiefebene und große Freifläche außerhalb Roms, genutzt als Truppenübungsplatz und für Triumphzüge, später zunehmend bebaut, da fremde Kulte hier ihre Tempel errichten durften.

Caracalla – römischer Kaiser von 211–217 n. Chr., Sohn des Septimius Severus. Sein eigentlicher Kaisername war Marcus Aurelius Severus Antoninus, in Anlehnung an den beliebten Mark Aurel, genannt wurde er jedoch Caracalla nach dem gallischen Kapuzenmantel, den er (geboren in Gallien) gerne trug und der mit ihm Einzug in die römische Mode hielt.

Castor und Pollux (Dioscuri) – ursprünglich Kastor und Polydeukes, als Dioskuren (»Söhne des Zeus«) griechische Schutzgottheiten der Seefahrt, später auch Schutzgötter des römischen Volkes.

Carpophorus – berühmter Gladiator, über dessen Tierkämpfe sogar Martial ein Gedicht verfasste (de Spectaculis 27).

Cena Libera – Bankett für die Gladiatoren im Vorfeld der Spiele, das stets an einem öffentlichen Ort stattfand, sodass sich das Publikum von der Gesundheit der Kämpfer überzeugen und Wetten auf den Ausgang der Kämpfe abschließen konnte.

Centurio – Anführer einer Hundertschaft (tatsächlich meist 80 Mann) innerhalb der Legion, der im Gegensatz zu den Stabsoffizieren immer aus den Mannschaftsdienstgraden aufstieg.

Cernunnos – vermutlich latinisierter Name eines keltischen Gottes. Wird als »der Gehörnte« gedeutet, anhand bildlicher Darstellungen jedoch meist als Gott der Natur, der Tiere oder der Fruchtbarkeit interpretiert.

Chepesch – auch Khopesh, altägyptisches Krummschwert und wichtiger Ritualgegenstand.

Circus Agonalis – heute Piazza Navona, damals Stadion mit Platz für bis zu 30.000 Zuschauer.

Circus Maximus – größter Circus der antiken Welt mit Platz für bis zu 250.000 Zuschauer. Hier fanden mindestens 1000 Jahre lang Wagenrennen statt.

Cisalpina – *Gallia cisalpina* (»Gallien diesseits der Alpen«) war erst von Kelten besiedelt, wurde von den Römern jedoch im Zweiten Punischen Krieg erobert, war damit von 203–41 v. Chr. eine der ersten römischen Provinzen und danach Kernland des Imperiums. Umfasste im Wesentlichen das heutige Oberitalien und die kroatische Halbinsel Istrien.

Cohors nonae Batavorum – römische Auxiliareinheit von rund 1000 Mann, ausgehoben im Gebiet der heutigen Niederlande und eingesetzt erst dort, dann in Britannien und schließlich in Raetia, zunächst lange in Weißenburg und letztmalig erwähnt in Passau.

Collegium – *Collegia* fungierten als Gilden, als gesellschaftliche Klubs oder als Wohlfahrtsgesellschaften; tatsächlich wurden aus ihnen im alten Rom allerdings auch manchmal organisierte Gruppen lokaler Händler oder Krimineller, welche die kaufmännischen oder kriminellen Aktivitäten eines bestimmten Stadtviertels kontrollierten. Ironischerweise orientierte sich der Aufbau eines *collegium* oftmals am Inbegriff von Recht und Gesetz – dem Senat. Es gab *collegia* für alle möglichen Bereiche – das Collegium

Centonariorum für Müllsammler, das Collegium Communionis Minirum für Schauspieler, das Collegium Saliarium Baxiarum für Schuster. Das Collegium Bacchus für die Anhänger des Gottes des Weins wurde im Jahr 64 n. Chr. verboten. Jede Berufsgruppe oder Organisation konnte ein Collegium gründen – das Collegium Armariorum wurde von den Gladiatoren eingerichtet.

Colossus Solis (Koloss des Nero) – eine massive vergoldete Bronzestatue, die ursprünglich Nero darstellte und im Vestibül des Goldenen Hauses stehen sollte, seiner nie fertiggestellten Riesenpalastanlage. Die Statue existiert nicht mehr, soll aber zwischen 98 und 121 Fuß (30–37 Meter) hoch gewesen sein. Vespasian benannte sie zu Ehren des Sonnengottes um, und Hadrian ließ sie näher ans **flavische Amphitheater** bringen – gezogen von vierundzwanzig Elefanten –, wo sie einige Jahrhunderte stand (die letzte bekannte Erwähnung stammt aus dem Jahr 354 n. Chr.). Irgendwann gab sie dem flavischen Amphitheater auch den bis heute gebräuchlichen Namen »Kolosseum« und war, zusammen mit dem Springbrunnen namens **Meta Sudans**, auch zu Drusts Zeiten bereits ein Touristenmagnet.

Conditor – eine grobe Übersetzung wäre »Erbauer«. Dies war die Bezeichnung für jene Sklaven, die die Rennwagen instand zu halten hatten, von den Rädern bis zum Joch. Die besten unter ihnen konnten ganze Streitwagen konstruieren und waren höchst wertvoll.

Consors imperii – »Partner in der Herrschaft«, bezeichnet die Machtaufteilung, wie sie seit Diokletians Einführung des Mehrkaisertums bis zum Fall des Weströmischen Reiches immer häufiger praktiziert wurde.

Conticinium – ein bestimmter Zeitabschnitt spätnachts bzw. frühmorgens im alten Rom, »wenn die Tiere keine Geräusche mehr machen«.

Cornicen – der Hornbläser, ein Signalgeber im römischen Heer.

Daker – die ursprünglichen indoeuropäischen Bewohner des heutigen Rumäniens und Moldawiens, von den Römern unterworfen.

Denarius – von 211 v. Chr. bis ins 3. Jahrhundert über 500 Jahre lang die römische Hauptsilbermünze, löste den **As** ab.

Dis Manibus – ursprünglich eine floskelhafte Ehrerbietung an die Manen, die Geister der Toten, die sie warnen soll, dass ein weiterer auf dem Weg zu ihnen ist. Bei den Gladiatorenkämpfen in den

Arenen wurde sie jedoch zu einer Gestalt aus Fleisch und Blut, auch bekannt als Charun (die römische Variante des Charon, des griechischen Halbgotts, der die Toten über den Styx rudert). Auch Pluto war einer seiner Namen, wie der römische Gott der Unterwelt. Traditionellerweise war es ein Mann in der Maske einer Gestalt der Unterwelt, begleitet von ebenfalls maskierten Helfern. Er ging mit einem Hammer durch die Arena und suchte damit nach »Lebenszeichen«, die er den Halbtoten auf diese Weise aus dem Kopf hieb. Dann trieben seine Helfer Haken durch die Fersen der Leichen und schleiften sie an Ketten durch das Tor des Todes aus der Arena und hinunter ins **Spoliarium**. Wer überlebte, verließ die Arena auf dem Weg, auf dem er sie betreten hatte, durch das Tor des Lebens.

Dis Pater – auch Dispater oder schlicht Dis, ein anderer Name von Pluto oder Orcus, den römischen Göttern der Unterwelt. In der Anfangszeit der römischen Republik Teil des Staatskults.

Dolabra – Pionieraxt des römischen Heers mit zwei verschiedenen Schneiden auf einem Schaft, einer senkrechten und einer waagerechten, also eine Kombination aus Axt und Hacke. Diente zur Holzbearbeitung, für Erdarbeiten, zum Einreißen von Mauern und manchmal auch als Waffe.

Domus – Stadthaus, im Gegensatz zu Villa (Landhaus).

Donar – westgermanischer Name des Donnergottes Thor.

Draco (Standarte) – wurde von der römischen Kavallerie seit dem zweiten nachchristlichen Jahrhundert eingesetzt, möglicherweise mit dem Eintritt sarmatischer Reiterverbände in die römische Armee. Arrian beschreibt sie in einem Text um das Jahr 137 n. Chr. als skythische Erfindung, die von der römischen Kavallerie übernommen wurde – dabei sind die Sarmaten eine Untergruppe der mit dem Sammelbegriff Skythen bezeichneten Steppenvölker. Zunächst begannen die Römer, das *Draco* bei Kavalleriespielen zu benutzen, den sogenannten *Hippika Gymnasia*. Diese werden von Arrian als prunkvoll überhöhte Übungseinheiten beschrieben, durchgeführt in verzierten Rüstungen. Es ist möglich, dass man das *Draco* schlicht deshalb einführte, weil es so fremd und exotisch aussah. Später wurde es von allen Militäreinheiten getragen – die *Historia Augusta* erwähnt, dass die Mutter des Severus (193–211 n. Chr.) vor dessen Geburt von einer purpurnen Schlange träumte (Freud hätte daraus sicher ganz eigene Schlüsse gezogen ...). Während der

Herrschaft des Gallienus (253–268 n. Chr.) trugen Legionärstruppen bei Paraden angeblich nicht nur die eigenen Standarten, sondern auch die *Draco*.

Dura (Europos) – griechisch-hellenistische Stadt, gegründet unter den Seleukiden nach Zerfall des Alexanderreichs; lag am Euphrat nahe der heutigen syrisch-irakischen Grenze.

Elysische Felder/Elysium – in der griechischen Mythologie die Insel der Seligen, bei den Römern jener Teil der Unterwelt, in dem die Frommen und Gerechten wohnen durften.

Equites – Der *eques* war ein römischer Ritter und Teil der nach den Senatoren höchsten Schicht des römischen Adels.

Erreto, erreto, erreto – aus einem Gedicht des griechischen Poeten Archilochos (ca. 680–645 v. Chr.).

Esquilin – einer der sieben Hügel Roms und zu Beginn der Kaiserzeit Zentrum der Dichter und Epiker.

Fama – die Personifizierung der Gerüchteküche – die Griechen kannten sie als Pheme und sie war wohl eher poetische Personifikation als vergöttlichte Abstraktion, auch wenn es in Athen einen ihr geweihten Altar gab. Der griechische Dichter Hesiod beschreibt sie als Übeltäterin, leicht anzustacheln und unmöglich wieder zu befrieden. Der athenische Redner Aeschines unterscheidet allgemeine Gerüchte (Pheme) von Verleumdung (Sykophantia) und Häme (Diabole). Vergil beschreibt sie (*Aeneas*, Buch IV) als flinkes, vogelartiges Monster mit so vielen Augen, Lippen, Zungen und Ohren wie Federn, das sich dicht am Boden fortbewegt, den Kopf aber in den Wolken hält. Den Römern wurde sie besonders vertraut dank der großen Beliebtheit des Ovid – in den Metamorphosen bewohnt sie einen hallenden Palast aus Messing auf einem Berggipfel.

Flaminia – Die Via Flaminia ist die Straße, die Rom mit der Adriaküste verbindet.

Flavisches Amphitheater – heutzutage besser bekannt als Kolosseum (oder Colosseum). Ursprünglich als **flavisches Amphitheater** bekannt, da erbaut von der Dynastie der Flavier. Es wurde im Jahr 72 n. Chr. von Kaiser Vespasian in Auftrag gegeben und im Jahr 80 n. Chr. von seinem Sohn Titus vollendet, mit späteren Verbesserungen unter Domitian. Es steht direkt östlich des **Forum Romanum** und wurde nach praktischen Vorgaben errichtet, denn seine 80 bogenförmigen Eingänge boten bestmöglichen Zugang für die bis zu 55.000 Zuschauer, die nach gesellschaftlicher Stellung angeordnet saßen. Das Kolosseum ist gewaltig, ein Ellipsoid von 188 Metern Länge und 156 Metern Breite. Ursprünglich waren auf dem Dach der vierten Etage 240 Masten an großen Kragsteinen befestigt, um ein enormes Sonnensegel zu tragen, das von Matrosen der **Misenum-Flotte** bedient wurde, um dem Publikum an heißen Tagen Schatten zu spenden. Seinen heutigen Namen hat es von einer nahe gelegenen riesenhaften Statue (siehe **Colossus Solis**).

Fortuna – eine Göttin, die in Rom das personifizierte Glück darstellte und als solche natürlich von Gladiatoren sehr verehrt wurde. Für gewöhnlich wurde sie mit einem *rota fortunae* (Schicksalsrad) und einem Füllhorn dargestellt, auch war sie wie in modernen Darstellungen der Justitia oft blind oder verschleiert. Der erste der Fortuna geweihte Tempel wird dem Etrusker Servius Tullius zugeschrieben, vom zweiten weiß man, dass er im Jahr 293 v. Chr. erbaut wurde, als Erfüllung eines römischen Versprechens während der späten Etruskerkriege. Um diese Zeit scheinen auch die Gladiatorenkämpfe entstanden zu sein.

Forum Boarium – ältestes römisches Forum, Marktplatz und vor allem Viehmarkt am flachen Ufer des Tiber.

Forum Nervae – drittes der vier Kaiserforen in Rom, 97 n. Chr. unter Kaiser Nerva fertiggestellt. Bildete den Übergang zwischen **Argiletum** und **Forum Romanum**.

Forum Romanum – Mittelpunkt des politischen, religiösen, kulturellen und wirtschaftlichen Lebens des römischen Imperiums.

Frumentarius – ursprünglich Bezeichnung für die Legionäre, die für die Beschaffung von Nahrungsmitteln zuständig waren. Später Bezeichnung für die Staatsbeamten der römischen Geheimpolizei.

Fuscina – Dreizack.

Garum – wichtiges Handelsgut und das Standardgewürz der antiken römischen Küche, vergleichbar mit dem Einsatz von Sojasoße in der heutigen asiatischen Küche. Hergestellt durch die Fermentation von Fischen in Salzlake, die teils monatelang in offenen Becken der Sonne ausgesetzt wurden. Aufgrund der enormen Geruchsbelästigung lagen die Produktionsstätten außerhalb von Ortschaften. Das bei der Produktion zurückbleibende Salz wurde als **Allec** bezeichnet und ebenfalls zum Würzen von Speisen verwendet.

gens – Sippe, Geschlecht.

Gladiatorengattungen – hier eine Erläuterung der wichtigsten Gattungen:

Hoplomachus – Dieser Gladiator trug ein kurzes Krummschwert. Wie der **Thrax** trug auch er hohe Beinschienen.

Kapitol – einer der berühmten sieben Hügel Roms, Ort der wichtigsten Tempel und kolossaler Statuen, vor allem des Tempels der Kapitolinischen Trias (der drei wichtigsten römischen Gottheiten Jupiter, Juno und Minerva).

Murmillo – ein Kämpfer, der offenbar nach dem griechischen Wort für »Fisch« benannt wurde. Er trug einen Helm mit Kamm und einen hohen Schild.

Retiarius – der wohl markanteste Gladiator, ein Kämpfer ohne Helm und ohne Schild, dessen Verteidigung in erster Linie aus einer gepolsterten Schiene am linken Arm bestand. Er setzte ein Wurfnetz ein, um Gegner zu fangen und sie dann mit seinem langen Dreizack aufzuspießen.

Rudiarius – ein Gladiator, der seine *rudis* – das Holzschwert, das symbolisierte, dass man kein Sklave mehr und im Ruhestand war – bereits erhalten hatte und trotzdem kämpfte, war ein erfahrener Freiwilliger, den man besonders im Auge behalten musste. In jeder *familia* von Gladiatoren gab es eine Hierarchie routinierter *rudiarii*, die Trainer, Helfer oder Schiedsrichter sein konnten. Die Elite der pensionierten Gladiatoren wurde als **summa rudis** bezeichnet. Die *summa rudis* agierten als technische Experten, um sicherzustellen, dass die Gladiatoren tapfer, geschickt und regelkonform kämpften. Sie trugen Knüppel und Peitschen, mit denen sie auf verbotene Bewegungen hinwiesen. Im Ernstfall konnte ein offizieller *summa rudis* einen Kampf auch abbrechen, sollte einer der Gladiatoren zu schwere Verletzungen erlitten haben. Alternativ konnte er die Gladiatoren zum Weiterkämpfen ermuntern oder die Entscheidung dem **Munerarius** übertragen. Gladiatoren im Ruhestand, die zum *summa rudis* wurden, erlangten in ihren zweiten Karrieren als Amtsträger bei den Spielen oft Ruhm und Reichtum.

Secutor – bedeutet »Verfolger«. Dieser Typ Gladiator wurde für gewöhnlich gegen den *retiarius* eingesetzt. Seine Rüstung stach durch den Helm mit den kleinen Gucklöchern heraus, die angeblich die Zacken des Dreizacks abhalten sollten.

Thrax – Der »Thraker« war eine weitere Kämpfergattung, der wie einstige feindliche Soldaten gekleidet war (in diesem Fall aus Thrakien im nördlichen Griechenland). Er kämpfte mit einem kleinen rechteckigen Schild, und seinen Helm zierte ein hoher Helmbusch.

Gladius – gerade Stichwaffe, die dem Gladiator seinen Namen gab. Für viele Jahrhunderte war dieses Schwert zudem die mächtige Standardwaffe der Legionäre, bis Änderungen des Kampfstils ein längeres spitzes Schwert mit mehr Reichweite aufkommen ließen, die **Spatha**. Der *gladius* war der leichten Infanterie vorbehalten, die Kavallerie benutzte die *spatha*, als Reitschwert allerdings mit einer stumpfen Spitze, um sich nicht aus Versehen in den Fuß zu stechen. Beide Schwertarten wurden auch von Gladiatoren eingesetzt.

Graecostadium – oder Graecostasis, zunächst der Versammlungsort der griechischen Gesandten auf dem Forum Romanum, später offenbar ein großer zentraler Sklavenmarkt.

Haruspex – römischer Wahrsager, der aus den Eingeweiden von Opfertieren las.

Helvetier – keltischer Volksstamm, ursprünglich ansässig in der heutigen Schweiz und Südwestdeutschland.

Herculaneum – römische Stadt am Golf von Neapel, die zusammen mit **Pompeii** und anderen im Jahr 79 n. Chr. beim Ausbruch des Vesuvs unterging.

Horatius (Cocles) – verteidigte laut der römischen Mythologie im Jahr 507 v. Chr. allein die nach Rom führende Brücke über den Tiber gegen die angreifenden Etrusker; er schickte seine beiden Begleiter fort, sprang dann in voller Rüstung in den Fluss, nachdem die Brücke hinter ihm zerstört worden war, und erreichte gesund das rettende Ufer.

Hypogeum – unterirdische, mit Gewölben versehene Grabanlage.

hyrkanisch – In der Antike bezeichnet Hyrkanien die Landschaft am Südrand des Kaspischen Meers.

Impluvium – das rechteckige, flache Wasserbecken im Zentrum eines römischen Atriums. Hierin wird das Regenwasser aufgefangen und in eine darunter gelegene Zisterne abgeleitet.

in absentio – in Abwesenheit.

Insula – »Insel«, die Bezeichnung für mehrgeschossige Mietshäuser in der Antike, die oft von zweifelhafter Bauqualität waren und deren Bewohner in teils extrem beengten Verhältnissen lebten.

Isthmische Spiele – Teil der **Panhellenischen Spiele**, fanden alle zwei Jahre zu Ehren Poseidons am Isthmus (Landenge) von Korinth statt.

Julia Mamaea – Mutter des Kaisers Severus Alexander und nicht nur in dessen Jugend praktisch alleinige Regentin des Reichs, sondern auch nach dessen Erwachsenwerden die dominierende Person am Hof. Wurde schließlich 235 n. Chr. zusammen mit ihrem Sohn von aufständischen Soldaten ermordet.

Juno-Priesterin mit ihren Gänsen – Auf dem Gelände des Juno-Tempels auf dem Kapitol wurden Gänse gehalten, die angeblich im Jahr 390 v. Chr. die Stadt Rom vor einem nächtlichen Angriff der Gallier retteten, da sie die schlafenden Bewohner mit ihrem Geschrei rechtzeitig weckten.

Kämpfen bis zum Finger – »pugnare ad digitum«, also bis einer der Kontrahenten zum Zeichen seiner Niederlage den Finger hebt.

Kohorte – Verband aus mehreren Centurien (in der Regel sechs), von denen wiederum mehrere (in der Regel zehn) eine Legion bildeten.

Koloss des Nero – siehe **Colossus Solis**.

kurulischer Stuhl – ein reich verzierter Klappstuhl als Amtsstuhl und Herrschaftszeichen der höheren römischen Magistrate.

Laconica – altgriechische Sauna.

Lanista – siehe **Ludus**.

Lepcis – oder Leptis Magna, phönizische Gründung und später bedeutende römische Großstadt im heutigen Libyen, Zentrum des Handels mit exotischen Tieren aus den Tiefen Afrikas.

Libitina – römische Göttin des Todes, der Leichen und der Bestattungen. Der ihr geweihte Hain auf dem **Esquilin** bildete das Zentrum der Begräbnisriten in der Stadt.

Liktoren – Amtsdiener bzw. Leibwächter der höheren römischen Staatsbeamten, trugen als Zeichen der Staatsmacht ein Rutenbündel mit einem Beil, zusammen die sogenannten *fasces*, das Amtssymbol der höchsten Machthaber bei den Etruskern und später im Römischen Reich. Die Anzahl der mitgeführten *lictores* spiegelte den Rang des Würdenträgers wider.

Ludi – Spiele im Allgemeinen sowie Feierlichkeiten, zu denen auch Spiele gehören. Spiele konnten privater, öffentlicher oder außergewöhnlicher Natur sein – da es ungemein teuer war, Gladiatoren auszubilden und zu unterhalten, kämpften sie selten öfter als drei- oder viermal pro Jahr, und auch nicht auf Leben und Tod, es sei denn, ein reicher Sponsor der Spiele bezahlte dafür extra. Tatsächlich wurden die meisten Kämpfe eins gegen eins ausgetragen und von einem Schiedsrichter überwacht, meist selbst ein ehemaliger Gladiator. Verbrecher und Gefangene konnten zum Kampf in der Arena verdammt werden, in der Hoffnung, eines Tages begnadigt zu werden, sollten sie eine gewisse Anzahl von Jahren überleben. Diese Männer wurden in speziellen Kampfstilen unterrichtet. Andere, untrainierte Männer sollten dagegen binnen kurzer Zeit sterben. Es gab auch freiwillige Gladiatoren (**Auctoratus**), die sich entweder als freie Bürger oder Befreite verpflichteten oder sich erneut verpflichteten, nachdem sie ihre Freiheit gewonnen hatten. Selbst **Equites** und – sehr selten – Senatoren verpflichteten sich manchmal. Das Wort Gladiator bedeutet ganz einfach »Schwertträger«.

Ludus – die Gladiatorenschule. Schätzungsweise gab es mehr als einhundert solcher Ausbildungsstätten im Imperium. Neue Gladiatoren wurden in Gruppen namens *familia gladiatorium* zusammengefasst, die dem Befehl eines Managers (**Lanista**) unterstanden, der neue Kämpfer rekrutierte, die Ausbildung leitete und darüber entschied, wo und wann die Gladiatoren kämpften. In allen größeren Städten nahe Rom gab es solche Schulen, eine der allgemein bekanntesten ist die des Batiatus in Capua, wo Spartakus ausgebildet wurde. Am berühmtesten aber waren die Schulen in Rom – die Große Schule der Gladiatoren (*Ludus Magnus*), die per Tunnel mit dem **flavischen Amphitheater** verbunden war; die Schule der Tiere (*Ludus Matutinus*), spezialisiert auf die Ausbildung all jener, die gegen exotische Tiere kämpften, sie pflegten und trainierten; die gallische Schule (*Ludus Gallicus*), die kleinste von allen, die besonders schwer gepanzerte Kämpfer ausbildete; und die dakische Schule (*Ludus Dacicus*), die leicht gepanzerte Kämpfer im Umgang mit dem speziellen gebogenen Schwert schulte.

Lysippos – griechischer Bildhauer des 4. Jahrhunderts v. Chr.

Maccus – eine Figur bzw. Maske in der römischen Farce, einer Unterkategorie der Komödie im Theater.

Mango – generell ein Sklaven-, Vieh- oder Warenhändler; hat in bestimmten Kontexten aber auch die Konnotation des professionellen Schwindlers.

Manica – Armschutz von der Schulter bis zur Hand, anfangs aus organischen Materialien, später teils auch als Plattenrüstung.

Mantikor – persisches Fabelwesen, meist mit Löwenkörper, Skorpionschwanz und Menschenkopf.

Mars Ultor – der »rächende Mars«, Kriegsgott und neben Jupiter eine der wichtigsten römischen Gottheiten.

Mavro – ein Wort griechischen Ursprungs, das »schwarz« oder »dunkel« bedeutet. Wann immer es sich auf Menschen bezieht, ist es rein deskriptiver Natur, weder abwertend noch unsensibel. Die Dynastie der Severer, die im dritten Jahrhundert über das Imperium herrschte und aus Nordafrika stammte, wurde in Rom nicht aufgrund ihrer Hautfarbe als seltsam und exotisch angesehen, sondern aufgrund ihres kulturellen Erbes, verstärkt durch die Hochzeit mit einer noch exotischeren syrischen Familie von Sonnenanbetern. Erst im Zuge dieser Geschehnisse bekam *Mavro* einen verächtlichen Beigeschmack.

Meta Sudans – »schwitzender Kegel«, ein großer kegelförmiger Springbrunnen ganz in der Nähe des Kolosseums, der etwa zur gleichen Zeit erbaut wurde und den kegelförmigen Markierungen an beiden Enden der **Spina** im Circus Maximus nachempfunden war, um die bei den Wagenrennen die Pferde kurvten. Auch deren Funktion sollte dieser Brunnen widerspiegeln, denn er fungierte als Wendepunkt für Triumphzüge, die an dieser Stelle von der Via Triumphalis nach links auf die Via Sacra abbogen und weiter zum **Forum Romanum** zogen. Dieser Springbrunnen war so konstruiert, dass das Wasser nicht heraussprudelte, sondern langsam den Kegel hinablief, was wohl den Namen erklärt. »Schwitzender Kegel« war allerdings auch der Name der kegelförmigen Trainingspuppe, an der sich die schwitzenden Gladiatoren im Umgang mit Holzschwertern übten.

Misenum-Flotte – Im Hafen von Misenum (heute Miseno nahe Neapel) lag während der Kaiserzeit die stärkste der römischen Kriegsflotten.

Missus – Ein Gladiator, der sich geschlagen gab, konnte den **munerarius** (Sponsor der Spiele) bitten, den Kampf zu beenden und ihn aus der Arena zu schicken. War er nicht gefallen, konnte er »stehend fortgeschickt« werden (*stans missus*). Der Ausrichter der Spiele bezog in seine Entscheidung, ob der Verlierer leben oder vom Sieger getötet werden sollte, die Reaktion des Publikums mit ein. Der Schiedsrichter, normalerweise ein **summa rudis** oder ein befreiter Gladiator, sorgte dafür, dass nichts passierte, bis die Entscheidung getroffen war.

Mithras – Laut dem römischen Historiker Plutarch (ca. 46–120 n. Chr.) wurde der Mithraismus, ein Sonnenkult, von den Römern während Pompeius' Feldzug gegen die kilikischen Seeräuber um das Jahr 70 v. Chr. übernommen. Die Soldaten trugen diesen neuen Glauben aus Kleinasien nach Rom und bis in die entlegensten Winkel des Imperiums. Auch syrische Kaufleute importierten den Mithraismus in Großstädte wie Alexandria, Rom und Karthago, während Gefangene ihn auch in ländliche Regionen brachten. Im dritten Jahrhundert hatten der Mithraismus und seine Mysterien das ganze Reich von Persien bis Schottland durchzogen.

Munera (Singular Munus) – bedeutet sowohl »Spektakel« als auch »Pflicht«. In Form von Spielen dauerten diese Veranstaltungen in den größeren Städten meist drei oder mehr Tage, in besonderen Fällen auch selten mehrere Wochen oder Monate. Spiele in den Provinzen dauerten selten länger als zwei Tage, die von Kaiser Titus ausgerichteten Spiele zur feierlichen Einweihung des fertiggestellten **flavischen Amphitheaters** im Jahr 80 n. Chr. dagegen ganze 100 Tage. Das klassische italische *munus plena* beinhaltete *venationes* (Tierhetzen) am Morgen, diverse mittägliche Veranstaltungen (*meridiani*) sowie Gladiatorenkämpfe am Nachmittag.

Munerarius – der Sponsor der Spiele. Dies konnte ein Mitglied einer römischen Adelsfamilie sein, das ein solches Spektakel als Privatperson ausrichtete (während der Kaiserzeit war dies jedoch eine Seltenheit) oder in seiner Funktion als Magistrat oder Priester. Meist aber wurden diese Feierlichkeiten, deren Datum und Funktion im römischen Kalender festgeschrieben war, vom Staat organisiert. Außerhalb von Rom waren die *munerarii* generell Priester des Kaiserkults auf Kommunal- oder Provinzebene oder aber die jeweiligen Statthalter.

Murex – antike Bezeichnung für die Purpurschnecke des Mittelmeers, die nicht nur als Nahrungsquelle diente, sondern aus der auch ein sehr teurer Farbstoff gewonnen wurde, da zur Herstellung eines Gramms reinen Purpurs ca. 10.000 Schnecken benötigt wurden. Im antiken Rom war diese Farbe erst als Togasaum den Senatoren vorbehalten, später kaiserliches Vorrecht (bis zu den byzantinischen und deutschen Kaisern, danach auch Farbe der Kardinäle).

Nobile – Adliger.

Noxii – keine gut ausgebildeten und teuren Gladiatoren, sondern Verbrecher oder Kriegsgefangene, die zum Kampf in der Arena gezwungen wurden, meist mit wenig Vorbereitung und oft als »Kanonenfutter« für die richtigen Gladiatoren.

Numeri – Ein *numerus* ist wortwörtlich eine »Nummer« und bezieht sich ursprünglich auf jene Einheiten innerhalb der römischen Armee, die von verbündeten Barbaren gestellt wurden und nicht in die normale Heeresstruktur der Legionen und Auxiliartruppen integriert waren. Solche Einheiten waren von undefinierter Stärke, und ihre Organisation und Ausrüstung variierte vermutlich stark, je nach ethnischer Herkunft der Truppen. Der Begriff wurde auch für mehr oder weniger permanent aufgestellte Sondereinheiten der regulären Armee verwendet.

Ocrea – eine metallische Beinschiene, die vom Knie (oder noch höher) bis zum Schienbein reichte und vor allem die Vorderseite des Beins schützte.

Olympische Spiele – Teil der **Panhellenischen Spiele** und deren bedeutendster Höhepunkt, fanden alle vier Jahre zu Ehren des Zeus in Olympia statt.

Omnes ad stercus – ein Ausdruck der Gladiatoren, der in ganz Rom an viele Wände gekritzelt wurde. Die beste Übersetzung ist wohl »alles Scheiße«, wahlweise auch »wir stecken bis zum Hals in der Scheiße«, je nach Kontext. Es bedeutet jedoch nicht »hau ab« oder »fahr zur Hölle«, wie verschämte Internetübersetzungen gerne behaupten. Im vorliegenden Kontext wird es als Aufforderung zum Nennen eines Passworts benutzt, und die Antwort hier lautet *sodales, avete,* was so viel bedeutet wie »Willkommen im Klub«.

Optio – militärischer Dienstgrad, Stellvertreter des **Centurio**, sowohl für die Ausbildung zuständig als auch im Kampf in der letzten Reihe eingesetzt, um den Zusammenhalt der Einheit zu überwachen.

Opus Caementitium – römischer Beton; dank der besseren Wasserbeständigkeit dem heute benutzten sogar überlegen, allerdings auch komplizierter herzustellen.

Orichalcum – latinisierte Version der griechischen Bezeichnung für Messing, also der Legierung aus Kupfer und Zink im Verhältnis von 4:1.

Oxyrhynchus – die **Stadt des Spitznasigen Fischs**, ursprünglich *Per-medjed*, heute *Al Bahnasa*, bedeutende Großstadt im alten Ägypten, ca. 160 Kilometer nilaufwärts von Kairo.

Päderastie – institutionalisierte Form der Homosexualität meist zwischen Männern und Knaben in der Antike, die neben der sexuellen auch eine starke pädagogische Komponente hatte.

Palatin – einer der sieben Hügel Roms und ältester Teil der Stadt. Seit Beginn der Kaiserzeit auch Standort des Herrscherpalasts.

Palla – langes Frauenkleid, das zum Ausgehen über anderen Kleidern getragen wurde.

Panhellenische Spiele – die gesamtgriechischen Wettkämpfe zu Ehren der Götter. Die vier wichtigsten waren die Olympischen, die Pythischen, die Nemeischen und die Isthmischen Spiele.

Pantheon – »alle Götter«, zwischen 125 und 128 n. Chr. fertiggestelltes Gebäude in Rom. Eines der besterhaltenen Gebäude der Antike, hatte bis Ende des 19. Jahrhunderts über 1700 Jahre lang die nach Innendurchmesser größte Kuppel der Welt.

Parthien – antike Landschaft im heutigen Nordiran und südlichen Turkmenistan. Das von dort aus errichtete Partherreich war über viele Jahrhunderte einer der Hauptkontrahenten des Römischen Imperiums im Osten.

Phrygische Mütze – Zipfelmütze aus Wolle oder Leder, ursprünglich aus dem heutigen Anatolien.

Pompeii – römische Stadt am Golf von Neapel, die zusammen mit **Herculaneum** und anderen im Jahr 79 n. Chr. beim Ausbruch des Vesuvs unterging.

Populus Romanus – »das römische Volk«.

Porphyr – Sammelbegriff für verschiedene vulkanische Gesteine mit großen Kristallen, oft beliebte Naturwerksteine.

Pozzolana – Vulkanasche, wichtiger Bestandteil für Mörtel, Beton und Ton.

Praetor – der oberste Richter in Rom, während der Republik vom Volk gewählt, in der Kaiserzeit vom Senat bestimmt.

Principia – das Stabsgebäude eines römischen Militärlagers; Verwaltungszentrum und religiöser Mittelpunkt jedes Garnisonsstandorts.

Pythagoras – griechischer Philosoph und Mathematiker (ca. 570–510 v. Chr.); seine Schüler, die Pythagoreer, waren (bzw. sind) der

Ansicht, dass der Kosmos eine nach bestimmten Zahlenverhältnissen aufgebaute harmonische Einheit bildet.

Pythische Spiele – Teil der **Panhellenischen Spiele**, fanden alle vier Jahre zu Ehren Apollons in Delphi statt.

Quadriga – siehe **Wagenrennen**.

Quaestor – anfangs Untersuchungsrichter, später auch hoher Finanzbeamter mit verschiedenen Aufgaben.

Quirinal – einer der sieben Hügel Roms und Villenviertel der römischen Oberschicht sowie Standort einiger wichtiger Tempel und des monumentalen Standbilds der Dioscuri **Castor und Pollux**.

Roma invicta – »unbesiegtes Rom«, bis zum Fall des Weströmischen Reichs weit verbreiteter Sinnspruch oder Motto.

Romulus und Remus – der Sage nach die Gründer der Stadt Rom im Jahre 753 v. Chr. Kinder des Kriegsgottes Mars und der Priesterin Rhea Silvia.

Via Sacra – »heilige Straße«, die Hauptstraße über das **Forum Romanum** vom **flavischen Amphitheater** bis zum **Kapitol**.

Scipio Africanus – eigentlich kein Wagenlenker, sondern legendärer römischer Feldherr und im Zweiten Punischen Krieg der Bezwinger Hannibals.

Scutum – ein großer rechteckiger Schild (nach innen gewölbt wie das Teilstück eines Zylinders), der Standartschild der Legionäre und auch vom **Murmillo** getragen.

Sesterzen – Der Sesterz war eine römische Münze und die finanzielle Hauptrecheneinheit vom 3. Jahrhundert v. Chr. bis ins 3. Jahrhundert n. Chr.

Sica – einschneidiger Krummdolch, stammt ursprünglich von der Balkanhalbinsel und wurde im römischen Reich hauptsächlich von Räuberbanden und Gladiatoren verwendet, weshalb er als unehrenhafte Waffe galt.

Signaculum – Erkennungsmarke der römischen Armee.

Sodales, avete – siehe **Omnes ad stercus**.

Sol Invictus – »unbesiegter Sonnengott«, altrömische Gottheit und seit dem 1. Jahrhundert n. Chr. der persönliche Schutzgott des Kaisers.

Spatha – siehe **Gladius**.

Spina – die langgestreckte Trennmauer in der Mitte des Circus, um die herum die Wagenrennen stattfanden. Im **Circus Maximus**

mit zwei ägyptischen Obelisken verziert und mit einem Gestell aus sieben absenkbaren Marmordelfinen versehen, an denen Publikum und Fahrer erkennen konnten, wie viele Runden noch zurückzulegen waren.

Spoliarium – Der Raum hinter dem Tor des Todes, in den die toten Kämpfer und Tiere aus der Arena von den als Diener des Dis Pater verkleideten Männern geschleift wurden (siehe auch **Dis Manibus**). Es war ein Gebeinhaus, in dem Sklaven den Toten die Rüstungen und Waffen auszogen, damit diese wiederverwertet werden konnten, und die Leichen dann für eine Weile aufstapelten, bis sie von Angehörigen für die Bestattung abgeholt wurden. Beanspruchte niemand die Leiche, wurde sie nach einer Weile ins Loch geworfen.

SPQR – »Senatus Populusque Romanus« (Senat und Volk von Rom), Hoheitszeichen des Reichs und auf allen Feldzeichen der Legionen zu lesen, noch heute Leitspruch im Wappen der Stadt.

Stadt des Spitznasigen Fischs – siehe **Oxyrhynchus**.

Stadtkohorte und Vigiles – die **Stadtkohorten** (*cohortes urbanae*) wurden von Augustus ins Leben gerufen, um der Macht der Praetorianer in Rom etwas entgegenzusetzen. Gegen Ende seiner Herrschaft (27 v. Chr.–14 n. Chr.) gründete Augustus die ersten drei Stadtkohorten, die sich wahrscheinlich vornehmlich aus der Praetorianergarde rekrutierten, die ebenfalls in Rom stationiert war. Das genaue Gründungsdatum ist nicht überliefert, aber die erste Erwähnung stammt von Sueton, der detailliert beschreibt, dass Augustus in seinem Testament jedem Mitglied 500 Sesterzen vermachte. Sie nahmen in Rom und anderen Großstädten des Reichs die Aufgaben einer Polizeitruppe wahr.

Die **Vigiles** (*cohortes vigilum*) wurden ebenfalls während der Herrschaft des Augustus gegründet, um in Rom als Berufsfeuerwehr zu dienen. Es war nicht das erste Mal, dass eine solche Einheit gegründet wurde, denn bereits Marcus Licinius Crassus, einer der reichsten Römer aller Zeiten, hatte die Möglichkeit erkannt, schnelles Geld zu machen, indem er brennende Gebäude für einen geringen Preis erwarb und dann ein Team seiner Sklaven losschickte, um die Gebäude zu retten, damit man sie gewinnbringend sanieren konnte. Sollte der Besitzer des Gebäudes das Angebot ablehnen, wurden die Flammen sich selbst überlassen. Von den besser bezahlten, besser ausgebildeten und besser bewaffneten Stadtkohorten wurden die

Vigiles belächelt und als kleine »Wasserträger« verunglimpft, da deren Ausrüstung alles Nötige zur Brandbekämpfung umfasste – unter anderem Ledereimer und Äxte. Die Vigiles hatten das Recht, jede Wohnung und jedes Geschäft zu betreten, um sicherzustellen, dass die Besitzer die Brandschutzbestimmungen erfüllten.

Stierspringer – Der Stiersprung ist eine aus Abbildungen rekonstruierte akrobatische Übung mutmaßlich kultischen Charakters der minoischen Kultur, bei der junge Männer und Frauen in Längsrichtung über einen Stier sprangen.

Subligaculum – ein traditioneller Lendenschurz, oft das einzige reguläre Kleidungsstück der Gladiatoren (die Brust war fast immer frei).

Subura – überfülltes Stadtviertel und Slum im alten Rom, berüchtigt als Rotlichtviertel und Wohngegend der Armen.

Sueben – eine germanische Stammesgruppe im Einzugsgebiet der Oder, etymologisch der Vorläufer von »Schwaben«.

Summa Rudis – siehe **Gladiatorengattungen** unter **Rudiarius**.

Suppli – frittierte Reiskroketten, als Snacks in der römischen Küche verbreitet und bis heute beliebte Antipasti.

Tarsus – uralte Handelsstadt am Golf von Ískenderun (Issos) am Übergang zwischen Kleinasien und Levante.

Tartarus – die tiefste Region des Hades, die personifizierte Unterwelt.

Tempel des Friedens – auch Forum Vespasiani, im Jahr 71 n. Chr. vom Kaiser Vespasian zu Ehren der römischen Friedensgöttin Pax errichtet, um die bei der Plünderung Jerusalems erbeuteten Schätze auszustellen.

Tibur – das heutige Tivoli, 30 Kilometer östlich von Rom und in der Antike berühmt für die prachtvolle Palast- und Gartenanlage, die Kaiser Hadrian dort 118–134 n. Chr. errichten ließ.

Tiro – Anfänger, Gladiator in seinem ersten öffentlichen Kampf.

Tribunus Laticlavius – meist der jüngste der sechs Militärtribunen, die einer Legion zugeordnet waren.

Triclinium – Im antiken Griechenland und in Rom wurde meist im Liegen gegessen, und zwar auf einer mal hölzernen, mal steinernen Liege mit hochgezogenem Kopfende (Kline). Das Triclinium war also ein Speisezimmer mit drei U-förmig angeordneten Liegen.

Tullianum – antikes Staatsgefängnis auf dem **Forum Romanum**, in dem u.a. der später heiliggesprochene Petrus einsaß. Auch

Todesurteile wurden hier vollstreckt (z.B. starben die feindlichen Herrscher Vercingetorix und Jugurtha hier). Hatte einen direkten Anschluss an die *Cloaca Maxima*, den Hauptabwasserkanal der Stadt (daher das Wort Kloake), über den die Hingerichteten in den Tiber entsorgt werden konnten.

Venator – Die *venatores* waren auf den Kampf gegen wilde Tiere spezialisierte Gladiatoren.

Vestalin – jungfräuliche Priesterin der Vesta, der römischen Göttin von Herdfeuer und Heim.

Vexillationen – von *vexillum* (»Fahne, Standarte, Feldzeichen«); in etwa *Abordnung*, eine Abteilung des römischen Heeres von je nach Situation äußerst flexibler Größe.

Victoria – die römische Siegesgöttin, jungfräuliche Hüterin des Reichs und Schutzherrin des Kaisers.

Vigiles – siehe **Stadtkohorte und Vigiles**.

Wagenrennen – Für die alten Römer war das wie eine Mischung aus Formel Eins und Champions League. Die von zwei Pferden gezogenen Wagen hießen *bigae*, die von vier Pferden gezogenen ***quadrigae***. *Trigae*, *sejuges* und *septemjuges* (Drei-, Sechs- und Siebenspänner) waren weniger verbreitet, kamen aber durchaus vor. Zu Neros Zeiten mögen bis zu zehn Pferde vor einen einzigen Wagen gespannt worden sein, und er selbst hat angeblich einen solchen *decemjugis* bei den **Olympischen Spielen** gefahren. Nero ist außerdem dafür bekannt, einmal Kamele statt Pferden für Wagenrennen eingeführt zu haben, um ein bisschen für Abwechslung zu sorgen. Der junge Elagabal hingegen ließ Elefanten ausprobieren. Zu jener Zeit gab es in Rom vier Rennställe, die sich anhand ihrer Farben unterschieden – die Roten und die Weißen waren im Besitz des Staates, die Blauen und die Grünen in privater Hand. Die Fans waren fanatisch, und die Römer hatten sogar einen eigenen Namen für deren Delirium: *furor circensis*. Kämpfe zwischen rivalisierenden Teams sind sehr gut dokumentiert, vor allem eine Auseinandersetzung in Pompeii, die mehrere Menschen das Leben kostete und dazu führte, dass die betreffenden Teams für zehn Jahre disqualifiziert wurden, auch wenn dieser Bann später aufgrund der Intervention von Neros Gemahlin frühzeitig aufgehoben wurde. Im späteren Byzantium (Konstantinopel) waren die Rennen sogar noch intensiver und politischer und mit noch mehr Randale verbunden.

Wein – Roms liebstes Getränk und so vielseitig wie die Menschen, die ihn verzehrten. Manche Weine wurden nach dem Jahrgang benannt, andere nach der Art ihrer Herstellung oder den Zutaten. Viele Verfasser historischer Romane werfen römische Weinterminologie durcheinander, als wären sie selbst besoffen, ohne allzu viel davon zu verstehen. Also möchte ich an dieser Stelle mein ebenso beachtliches wie gründlich und hart erarbeitetes Wissen teilen ...

Albanum – es gab zwei Sorten, trocken und süß. Er wurde als Qualitätswein eingestuft, der fünfzehn Jahre Reifezeit benötigte.

Calenum – ähnlich dem **Falernum**, nur von etwas leichterem Geschmack und anscheinend der Lieblingswein der Patrizier.

Conditum – Wein gemischt mit Pfeffer, Honig und Meerwasser. Ein von den Griechen übernommenes Getränk, die es aus dem noch ferneren Osten hatten. Cato empfiehlt die Verwendung der Rebsorte Apicius.

Falernum – der wohl berühmteste römische Wein. Der Falerner war ein Weißwein von goldener Farbe (*Fulvus*). Er wurde meist erst nach längerer Lagerung getrunken, hielt sich jedoch angeblich nicht länger als zwanzig Jahre in der Amphore. Es ist auch dieser Wein, der von Schriftstellern am meisten missbraucht wird, die ihn jedem dahergelaufenen Legionär in den Mund kippen, und wenn er verschüttet wird, ist er fast immer rot. *Falernum* war der Château d'Yquem seiner Ära und sicher unerschwinglich für Menschen mit dem Gehalt eines gewöhnlichen Legionärs.

Lora – verächtlich als Wein der Sklaven angesehen. *Lora* wurde aus den Resten der Weinproduktion gewonnen. Dazu wurde die Maische mit Wasser vermengt und ein zweites oder drittes Mal gepresst.

Massilitanum – ein rauchiger, billiger Wein, der angeblich zwar gesund, aber nicht besonders schmackhaft war. Eindeutig ein gewöhnungsbedürftiges Getränk. Eine passende Analogie dürften Whiskeytrinker sein, die zum ersten Mal im Leben Laphroaig probieren.

Momentanum – brauchte mindestens fünf Jahre, bis er trinkbar war, und schmeckte selbst dann wenig beeindruckend, zumindest laut Martial.

Mulsum – ein beliebter Aperitif. *Mulsum* war Wein, dem entweder während oder nach der Gärung Honig beigemischt wurde.

Columella empfiehlt die Zugabe des Honigs während der Gärung, Plinius der Ältere hält dagegen, man solle den Honig einem fertigen trockenen Wein beimischen, direkt bevor man ihn serviert.

Passum – Rosinenwein, hergestellt aus halb vertrockneten Weintrauben, die an den Reben hängen gelassen wurden. Ein sehr süßes Getränk.

Posca – strenggenommen kein Wein, sondern ein Getränk auf Essigbasis, das vor allem bei Reisenden sehr beliebt war. Der Essig wurde in einer Flasche transportiert und dem Trinkwasser hinzugefügt, was angeblich ein erfrischendes Getränk ergab. Dieser Brauch entstand vor allem aufgrund der desinfizierenden Eigenschaften von Essig, es war also eine Möglichkeit, unsicheres Wasser trinkbar zu machen. Um den Geschmack zu verbessern, wurden oft Gewürze und Honig hinzugegeben. Es war das Standardgetränk marschierender Soldaten – und wurde von einem solchen auch dem sterbenden Christus am Kreuz verabreicht, was also durchaus nicht die böse Verhöhnung darstellte, die die Bibel aus dieser Tat macht.

Wôðanaz – Hauptgott der Germanen, auch Wodan oder Odin.